El talento de Mr. Ripley

Mr. R

El *talento* de Mr. Ripley

PATRICIA
HIGHSMITH

EL PAIS
SERIE NEGRA

Título original: *The Talented Mr. Ripley*

Miguel Yuste, 40
28037 Madrid

Traducción: Jordi Beltrán
Diseño de la colección: Manuel Estrada

ISBN: 84-96246-62-0
Depósito legal: M-17.611-2004
Impreso en España - Printed in Spain

1

Tom echó una mirada por encima del hombro y vio que el individuo salía del Green Cage y se dirigía hacia donde él estaba. Tom apretó el paso. No había ninguna duda de que el hombre le estaba siguiendo. Había reparado en él cinco minutos antes cuando el otro le estaba observando desde su mesa, con expresión de no estar completamente seguro, aunque sí lo suficiente para que Tom apurase su vaso rápidamente y saliera del local.

Al llegar a la esquina, Tom inclinó el cuerpo hacia delante y cruzó la Quinta Avenida con paso vivo. Pasó frente al Raoul's y se preguntó si podía tentar a su suerte entrando a tomar otra copa, aunque tal vez lo mejor sería dirigirse a Park Avenue y tratar de despistar a su perseguidor escondiéndose en algún portal. Optó por entrar en el Raoul's.

Automáticamente, mientras buscaba un sitio en la barra, recorrió el establecimiento con la vista para ver si había algún conocido. Entre la clientela se hallaba el pelirrojo corpulento cuyo nombre siempre se le olvidaba a Tom. Estaba sentado a una mesa, acompañado por una rubia y saludó a Tom con la mano. Tom le devolvió el saludo con un gesto desmayado. Se subió a uno de los taburetes y se quedó mirando la puerta en actitud de desafío, aunque con cierta indiferencia.

—Un gin-tonic, por favor —pidió al barman.

Tom se preguntó si era aquélla la clase de tipo que mandarían tras él. Desde luego no tenía cara de policía, más bien parecía un hombre de negocios, bien vestido, bien alimentado, con las sienes plateadas y un cierto aire de inseguridad en torno a su persona. Se dijo que, en un caso como el suyo, tal vez mandaban a tipos como aquél, capaces de entablar conversaciones en un bar y luego, en el momento más inesperado, una mano que se posa en tu hombro mientras la otra exhibe una placa de policía:

Tom Ripley, queda usted arrestado.

Siguió atento a la puerta y vio que el hombre entraba en el bar, miraba a su alrededor y, al verle, desviaba rápidamente la mirada. El hombre se quitó el sombrero de paja y buscó un sitio en la barra desde donde pudiera observar a Tom.

¡Dios mío, qué querría aquel tipo! Seguramente no era un *invertido,* pensó Tom por segunda vez, aunque sólo ahora su mente inquieta había logrado dar con la palabra adecuada, como si ésta pudiera protegerle de alguna forma, ya que hubiera preferido que le siguiese un invertido a que lo hiciera un policía. Al menos, a un invertido se lo hubiese podido quitar de encima fácilmente, diciéndole:

—No, gracias.

Y alejándose tranquilamente.

El hombre hizo un gesto negativo al barman y echó a andar hacia Tom, que se quedó mirándole como hipnotizado, incapaz de moverse, pensando que no podrían echarle más de diez años, quince a lo sumo, aunque con buena conducta... En el instante en que el hombre abría los labios para hablar, Tom sintió una punzada de remordimiento.

—Usted perdone, ¿es usted Tom Ripley?

—Sí.

—Me llamo Herbert Greenleaf. Soy el padre de Richard Greenleaf.

La expresión de su rostro le resultaba más desconcertante a Tom que si le hubiese apuntado con una pistola. Era un rostro amistoso, sonriente y esperanzado.

—Usted es amigo de Richard, ¿no es así?

El nombre le sonaba a Tom, débilmente. Dickie Greenleaf, un muchacho alto y rubio que, según empezaba a recordar Tom, tenía bastante dinero.

—Oh, Dickie Greenleaf. Sí, lo conozco.

—Sea como fuere, sí conocerá a Charles y Marta Schriever. Fueron ellos quienes me hablaron de usted, diciéndome que tal vez pudiera... ¿Le parece que nos sentemos?

—Sí —respondió Tom de buen talante, cogiendo su copa y siguiendo al hombre hacia una mesa vacía situada al fondo del pequeño local.

Tom se sintió como si acabase de recibir un indulto. Seguía en libertad y nadie iba a detenerle. No era eso lo que pretendía su supuesto perseguidor. Fuese lo que fuese, no se trataba de robo o de violación de correspondencia, o como quisieran llamarlo. Tal vez Richard estaba en un aprieto y mister Greenleaf necesitaba ayuda, quizá consejo. Tom sabía perfectamente lo que había que decirle a un padre como mister Greenleaf.

—No estaba del todo seguro de que fuese usted Tom Ripley —dijo mister Greenleaf—. Me parece que sólo le había visto una vez. ¿No estuvo una vez en casa con Richard?

—Creo que sí.

—Los Schriever me hicieron su descripción. Ellos también le han estado buscando. En realidad, querían que nos viésemos en su casa. Al parecer, alguien les dijo que de vez en cuando usted iba al Green Cage a tomar una copa. Esta noche ha sido mi primer intento de localizarle, así que tal vez deba considerarme con suerte.

Mister Greenleaf hizo una pausa y sonrió.

—Le escribí una carta la semana pasada, pero puede que no la recibiera.

—En efecto, no la he recibido —dijo Tom, mientras pensaba que Marc, el maldito Marc, no se ocupaba de reexpedirle las cartas, una de las cuales podía muy bien contener un cheque de la tía Dottie—. Me mudé hace más o menos una semana.

—Entiendo. No es que en la carta le dijese mucho, sólo que deseaba verle y charlar un poco. Me pareció que los Schriever estaban convencidos de que usted conocía muy bien a Richard.

—Sí, me acuerdo de él.

—Pero ¿no se cartean? —preguntó mister Greenleaf, desilusionado.

—No. Me parece que llevamos unos dos años sin vernos.

—Hace un par de años que está en Europa. Verá, los Schriever me hablaron muy bien de usted, y creí que quizá usted podría ejercer alguna influencia sobre Richard si le escribía. Quiero que regrese a casa. Aquí tiene ciertas obligaciones..., pero no hace ningún caso de lo que yo y su madre le decimos.

Tom se sentía intrigado.

—¿Qué fue lo que le dijeron los Schriever?

—Pues que... bueno, seguramente exageraron un poco... Dijeron que usted y Richard eran muy buenos amigos. Supongo que eso les indujo a dar como cosa hecha el que se cartearían regularmente. Verá, conozco a tan pocos de los amigos que tiene ahora mi hijo...

Miró el vaso de Tom, como si pensara invitarle a otra copa, pero el vaso seguía casi lleno.

Tom recordó que en cierta ocasión él y Dickie Greenleaf habían asistido a un cóctel en casa de los Schriever. Tal vez los Greenleaf conocían a los Schriever mejor que él, y probablemente así era como habían dado con él, ya que en toda su vida apenas si habría visto a los Schriever más de cuatro veces. Y fue en la última ocasión cuando había ayudado a Charley Schriever con la declaración de la renta. Charley tenía un cargo directivo en una emisora de televisión, y se había hecho un tremendo lío con sus cuentas. Tom le había ayudado a resolverlo y a Charley le había parecido una genialidad el que lograse hacer una declaración incluso más baja que la que él había preparado, y, además, de un modo perfectamente legal. Tom pensó que tal vez ésa era la razón de haber sido recomendado por Charley a mister Greenleaf. A juzgar por lo de aquella noche, era posible que Charley le hubiese dicho a mister Greenleaf que él, Tom, era un muchacho juicioso, inteligente, honrado a carta cabal y muy dispuesto a hacer favores. Estaba un poco equivocado.

—Supongo que usted no conocerá a alguien más que conozca a Richard lo bastante como para influir en él,

¿verdad? –preguntó mister Greenleaf con un tono bastante lastimero.

Tom pensó en Buddy Lankeau, pero no sentía deseos de cargarle a Buddy una tarea semejante.

–Me temo que no –respondió Tom, moviendo la cabeza negativamente–. Y Richard ¿por qué no quiere volver a casa?

–Dice que prefiere vivir allí, en Europa. Pero su madre está muy enferma y... Bueno, eso son problemas familiares. Lamento molestarle con todo esto.

Mister Greenleaf se pasó una mano por el pelo, gris y bien peinado aunque un tanto escaso.

–Dice que está pintando. No es que eso sea malo, claro, pero no tiene talento para la pintura, aunque sí lo tiene para diseñar embarcaciones, cuando se pone a trabajar en serio.

Alzó los ojos para hablar con un camarero.

–Un scotch con soda, por favor. Que sea Dewar's. ¿Le apetece algo?

–No, gracias –dijo Tom.

Mister Greenleaf le miró como pidiéndole disculpas.

–Es usted el primer amigo de Richard que se ha dignado prestarme atención. Todos los demás parecen darme a entender que me estoy entrometiendo en la vida privada de mi hijo

A Tom no le resultaba difícil comprenderlo.

–Sinceramente, desearía poder ayudarle –dijo cortésmente.

Recordaba perfectamente que el dinero de Dickie procedía de una empresa de construcciones navales. Embarcaciones a vela de poco calado. Sin duda, su padre deseaba que regresara a casa para hacerse cargo del negocio familiar. Tom sonrió ambiguamente a mister Greenleaf, luego apuró su bebida. Estaba ya dispuesto a levantarse para irse, pero la sensación de desengaño de su interlocutor era casi palpable.

–¿En qué lugar de Europa se encuentra? –preguntó Tom, sin que le importase un comino saberlo.

–En una ciudad llamada Mongibello, al sur de Nápoles. Según me dice, allí ni siquiera hay una biblioteca pública. Divide su tiempo entre navegar a vela y pintar. Se ha comprado una casa. Richard dispone de sus propios ingresos... nada extraordinario, pero, al parecer, suficiente para vivir en Italia. Bien, cada cual con sus gustos, pero en lo que a mí respecta, me resulta imposible ver qué atractivo puede ofrecerle ese lugar —dijo mister Greenleaf sonriendo valientemente—. ¿Me permite ofrecerle una copa, mister Ripley? —añadió al aparecer el camarero con su scotch.

Tom tenía ganas de marcharse, pero odiaba la idea de dejarle solo con su bebida recién servida.

—Gracias, creo que me sentará bien —dijo, entregando al camarero su vaso vacío.

—Charley Schriever me dijo que se dedicaba usted a los seguros —dijo mister Greenleaf afablemente.

—De eso hace ya algún tiempo, ahora... —se calló porque no quería decir que trabajaba en el Departamento de Impuestos Interiores, especialmente en aquellos momentos—. Actualmente trabajo en el departamento de contabilidad de una agencia publicitaria.

—¿De veras?

Los dos permanecieron callados durante un minuto. Los ojos de mister Greenleaf le miraban fijamente, con una expresión patética y ansiosa. Tom se preguntaba qué demonios podía decirle y empezaba a lamentarse de haber aceptado la invitación.

—Por cierto, ¿qué edad tiene Dickie ahora? —preguntó.

—Veinticinco.

«Igual que yo —pensó Tom—, y probablemente se estará dando la gran vida en Italia. Con dinero, una casa y una embarcación, ¡cualquiera no se la daría! ¿Por qué demonios iba a regresar a casa?».

El rostro de Dickie iba cobrando precisión en su memoria: sonrisa ancha, pelo ondulado, tirando a rubio; en suma, un rostro despreocupado.

Tom se dijo que Dickie era un tipo afortunado, preguntándose, al mismo tiempo, qué había hecho él hasta entonces, cuando contaba la misma edad que Dickie. La respuesta era que había estado viviendo a salto de mata, sin ahorrar un céntimo y ahora, por primera vez en su vida, se veía obligado a esquivar a la policía. Poseía una especial aptitud para las matemáticas, pero no había logrado hallar ningún sitio donde le pagasen por ella. Tom advirtió que todos sus músculos estaban en tensión, y que con los dedos había arrugado la cajita de cerillas que había sobre la mesa. Se aburría mortalmente y empezó a maldecir para sus adentros, deseando estar solo en la barra. Bebió un trago de su copa.

—Me encantará escribir a Dickie si me da usted su dirección. Supongo que no me habrá olvidado. Recuerdo que una vez fuimos a pasar un fin de semana con unos amigos, en Long Island. Dickie y yo salimos a recoger mejillones y nos los comimos para desayunar.

Tom hizo una pausa y sonrió.

—A algunos nos sentaron mal, y el fin de semana resultó más bien un fracaso. Pero recuerdo que Dickie me habló de irse a Europa. Seguramente se marchó poco después de...

—¡Lo recuerdo! —exclamó mister Greenleaf—. Fue el último fin de semana que Richard pasó aquí. Me parece que me contó lo de los mejillones.

Mister Greenleaf se rió de forma un tanto afectada.

—También subí unas cuantas veces al piso de ustedes —prosiguió Tom, decidido a dejarse llevar por la corriente de la charla—. Dickie me enseñó algunos de los buques en miniatura que guardaba en su habitación.

—¡Oh, aquéllos no eran más que juguetes! —dijo mister Greenleaf, radiante de satisfacción—. ¿Alguna vez le enseñó sus planos y maquetas?

Dickie no se los había enseñado, pero Tom dijo:

—¡Sí! Claro que me los mostró. Trazados con pluma. Algunos resultaban fascinantes.

Pese a no haberlos visto nunca Tom se los imaginaba: unos planos minuciosos, dignos de un delineante profesional, con todas las líneas, tornillos y pernos cuidadosamente rotulados. También podía imaginarse a Dickie, sonriendo orgullosamente al mostrárselos. No le hubiese costado seguir describiéndole los dibujos a mister Greenleaf, pero se contuvo.

—En efecto, Richard tiene talento para esto —dijo mister Greenleaf con aire satisfecho.

—Eso opino yo —corroboró Tom.

Su anterior aburrimiento había dado paso a otra sensación que Tom conocía muy bien. Era algo que a veces experimentaba al asistir a alguna fiesta, pero, generalmente, le sucedía cuando cenaba con alguien cuya compañía no le resultaba grata y la velada se iba haciendo más y más larga. En aquellas ocasiones, era capaz de comportarse con una cortesía casi maniática durante toda una hora, hasta que llegaba un momento en que algo estallaba en su interior induciéndole a buscar apresuradamente la salida.

—Lamento no estar libre actualmente, de lo contrario con mucho gusto iría a Europa y trataría de persuadir a Richard personalmente. Tal vez podría ejercer alguna influencia sobre él —dijo Tom, a sabiendas de que aquello era precisamente lo que mister Greenleaf esperaba que dijese.

—Si usted cree... es decir, no sé si tiene planeado un viaje a Europa o no.

—Pues, no, no lo tengo.

—Richard se dejó influir siempre por sus amigos. Si usted o algún otro amigo suyo pudiera conseguir un permiso, yo estaría dispuesto a mandarle para que hablase con él. Creo que eso sería preferible a que fuese yo mismo. Supongo que le resultaría imposible lograr un permiso allí donde trabaja actualmente, ¿verdad?

De pronto, el corazón de Tom dio un brinco. Fingió estar sumido en profundas reflexiones. Era una posibilidad. Por alguna razón, aun sin ser consciente de ello, lo había presentido. Su empleo actual y nada eran la misma cosa. Además, era muy probable que de todos modos tuviera que marcharse de la ciudad al cabo de poco tiempo. Necesitaba esfumarse de Nueva York.

—Tal vez —dijo sin comprometerse ni abandonar su expresión reflexiva, como si siguiera pensando en los miles de pequeños compromisos y obligaciones susceptibles de impedírselo.

—Si fuese usted, me encantaría hacerme cargo de sus gastos, no hace falta decirlo. ¿Cree usted seriamente que hay alguna posibilidad de que pueda arreglarlo antes del otoño?

Estaban ya a mediados de septiembre. Tom miraba fijamente el anillo de oro que adornaba el dedo meñique de mister Greenleaf.

—Creo que sí podría. Me gustaría volver a ver a Richard... especialmente si, como usted dice, puedo ayudarle en algo.

—¡Claro que puede ayudarle! Creo que a usted le escucharía. Además, está el hecho de que no le conoce muy bien... Ya sabe, él no creerá que lo hace por algún motivo oculto. Bastará con que le diga con firmeza las razones que, a juicio de usted, deberían moverle a regresar a casa.

Mister Greenleaf se recostó en su asiento, mirando a Tom con aprobación.

—Lo curioso es que Jim Burke y su esposa... Jim es mi socio... pasaron por Mongibello el año pasado, cuando iban de crucero. Richard les prometió que regresaría a principios de invierno. Es decir, el pasado invierno. Y lo ha dejado correr. ¿Qué muchacho de veinticinco años presta atención a un viejo de sesenta o más años? ¡Probablemente usted triunfará donde los demás hemos fracasado!

—Eso espero —dijo Tom, modestamente.

—¿Qué le parece si tomamos otra copa? ¿Le apetece un buen brandy?

2

Era ya más de medianoche cuando Tom emprendió el regreso a casa. Mister Greenleaf se había ofrecido a llevarle en taxi, pero Tom no quería que viese dónde vivía: un sórdido edificio de ladrillo rojizo con un letrero que decía SE ALQUILAN HABITACIONES colgado en la entrada. Tom llevaba dos semanas y media viviendo con Bob Delancey, un joven a quien apenas conocía, pero que había sido el único de sus amigos y conocidos en Nueva York que había querido alojarle en su casa. Tom no había invitado a ningún amigo a visitarle en casa de Bob, ni siquiera le había dicho a nadie dónde vivía. La principal ventaja que le reportaba vivir allí estribaba en que podía recibir la correspondencia dirigida a George McAlpin con un riesgo mínimo de ser descubierto. Pero le resultaba difícil soportar el maloliente retrete cuya puerta no cerraba; la sucia habitación que, a juzgar por su aspecto, parecía haber sido habitada por mil personas distintas, cada una de las cuales había dejado su propia clase de porquería sin levantar una mano para limpiarla; los ejemplares atrasados del *Vogue* y del *Harper's Bazaar,* precariamente amontonados en el suelo y cayendo cada dos por tres; y aquellos cursis recipientes de cristal ahumado que había por toda la casa, llenos de cordeles embrollados, lápices, colillas y fruta medio podrida. Bob se dedicaba a decorar escaparates por cuenta propia, en tiendas y grandes almacenes, pero a la sazón los únicos encargos que tenía los recibía de las tiendas de antigüedades de la Tercera Avenida, y en una de ellas le habían dado los recipientes de cristal en pago de algún servicio. A Tom le había horrorizado ver que conocía a alguien capaz de vivir de aquella manera, pero sabía que no iba a estar mucho tiempo allí. Y ahora se había presentado mister Greenleaf. Siempre se presentaba algo. Ésa era la filosofía de Tom.

Antes de empezar a subir los peldaños de ladrillo, Tom se detuvo y miró en ambas direcciones, pero sólo se veía a una vieja que paseaba su perro y a un viejo que, con paso vacilante, doblaba la esquina de la Tercera Avenida. Si había alguna sensación que él odiase, era la de ser seguido, no importaba por quién. Y últimamente, aquello era lo que sentía constantemente. Subió corriendo los peldaños.

Al entrar en su habitación, Tom pensó que la sordidez del lugar sí le importaba ahora. Tan pronto le diesen el pasaporte, embarcaría rumbo a Europa, probablemente en un camarote de primera clase, donde le bastaría tocar un timbre para que acudiesen los camareros a servirle. Se vestiría de etiqueta para cenar y entraría majestuosamente en el comedor del buque, donde conversaría como un caballero con sus compañeros de mesa. Pensó que muy bien podía felicitarse por lo de aquella noche. Se había comportado justo como debía. Resultaba imposible que mister Greenleaf se hubiese llevado la impresión de que la invitación para ir a Europa la hubiese sacado Tom por medio de artimañas. Más bien todo lo contrario. Pensaba no defraudar a mister Greenleaf y hacer todo cuanto pudiera para convencer a Dickie. Mister Greenleaf era tan buena persona que daba por sentado que todos los demás seres humanos lo eran también. Tom casi se había olvidado de que existiera gente así.

Con movimientos lentos, Tom se quitó la chaqueta y se desanudó la corbata. Observaba cada uno de sus movimientos como si fueran los de otra persona. Se sorprendió al ver cuán distintos eran su porte y la expresión de su rostro comparados con los de unas pocas horas antes. Era una de las infrecuentes ocasiones de su vida en que se sentía contento consigo mismo. Metió la mano en el desordenado ropero de Bob y de un manotazo apartó las perchas en ambas direcciones, para dejar sitio donde colgar su traje. Luego entró en el cuarto de baño. De la ducha, llena de herrumbre, salieron dos chorros de agua, uno contra la cortina y otro, éste en espiral, que apenas bastaba para mojarle, aunque, de todos modos, aquello era preferible a sentarse en la pringosa bañera.

Al despertarse a la mañana siguiente, Bob no estaba, y una ojeada a su cama bastaba para ver que no había dormido en casa. Tom saltó de la cama, encendió el fogón y se preparó un café, pensando en que era una suerte que Bob no estuviera en casa aquella mañana. No quería decirle nada del viaje a Europa. Lo único que el holgazán de Bob hubiera visto en ello era la oportunidad de viajar gratis. E igual sucedería con Ed Martin y Bert Visser, probablemente, y todos los demás gorrones que Tom conocía. No pensaba decírselo a ninguno de ellos: así evitaría que fuesen a despedirle al muelle. Tom se puso a silbar. Aquella noche estaba invitado a cenar con los Greenleaf, en su piso de Park Avenue.

Al cabo de quince minutos, duchado, afeitado, y vestido con un traje y una corbata a rayas que pensaba iban a favorecerle en la foto del pasaporte, Tom paseaba por su habitación con una taza de café en la mano, esperando el correo de la mañana. Después de echar un vistazo a su correspondencia, pensaba ir al Radio City para ocuparse del pasaporte. Se preguntaba en qué podía emplear su tiempo por la tarde. No sabía si ir a alguna exposición, con lo que tendría tema de conversación para la cena de los Greenleaf, o bien dedicarse a reunir alguna información sobre la Burke Greenleaf Watercraft Inc., con lo que mister Greenleaf sabría que él, Tom, se interesaba por su trabajo.

Por la ventana abierta entró el débil ruido del buzón al cerrarse. Tom bajó y estuvo esperando a que el cartero se hubiese perdido de vista. Entonces recogió la carta dirigida a George McAlpin, que el cartero había dejado sobre la hilera de buzones, y rasgó el sobre. Ahí estaba el cheque de ciento diecinueve dólares con cincuenta y cuatro centavos, pagadero al Recaudador de Impuestos Interiores.

«¡La buena mistress Edith W. Superaugh!», pensó Tom. «Paga sin ni siquiera hacer una simple llamada de comprobación por teléfono. ¡Eso es un buen presagio!»

Volvió a subir las escaleras y después de romper el sobre en trocitos, echó éstos en la bolsa de la basura.

Guardó el cheque en un sobre y lo depositó todo en el bolsillo interior de una de las americanas que tenía en el ropero. Mentalmente, calculó que con el que acababa de recibir, disponía de cheques por un valor de mil ochocientos sesenta y tres dólares con catorce centavos. La lástima era no poderlos cobrar, o que todavía no hubiese habido algún idiota que pagase en efectivo o extendiese su cheque a favor de George McAlpin. Tom tenía en su poder una tarjeta de identidad, ya caducada, a nombre de un empleado de banca. La había encontrado en alguna parte y hubiese podido cambiar la fecha, pero temía no poder cobrar los cheques impunemente, aunque utilizase una carta de autorización, naturalmente falsificada, por el importe que fuese. Así pues, el asunto de los cheques quedaba convertido en una simple broma pesada. Un juego limpio, casi, ya que no estaba robando a nadie. Decidió que antes de partir hacia Europa destruiría los cheques.

Todavía le quedaban siete nombres en la lista, y pensó si debía probar suerte con uno más en los diez días que faltaban para la partida. La noche anterior, al regresar caminando a casa después de la entrevista con mister Greenleaf, pensó que si mistress Superaugh y Carlos de Sevilla pagaban, daría el asunto por concluido. Mister De Sevilla todavía no lo había hecho y Tom pensó que convendría llamarle por teléfono para meter el temor de Dios en su cuerpo, pero lo de mistress Superaugh le había salido tan fácilmente, que se sentía tentado a probar una vez más, sólo una.

De la maleta que guardaba en el ropero sacó una caja llena de sobres y papel de carta de color malva. Debajo de los sobres y el papel de carta había unos cuantos impresos que había robado de la oficina de Impuestos Interiores cuando trabajaba allí, en el almacén, unas semanas antes. En el fondo de la caja estaba su lista de posibles incautos, todos ellos cuidadosamente seleccionados entre los habitantes del Bronx y de Brooklyn; personas que no se sentirían excesivamente inclinadas a dejarse caer por la oficina que el Departamento tenía en Nueva York: artistas, escritores, gente, en suma, que no pagaban directamente su impuesto sobre la renta y que, por lo general, ganaban entre siete y doce mil dólares al año. Tom se figuraba que, probablemente, aquella clase de contribuyente no encargaba su declaración de impuestos a un profesional, si bien, por otra parte, ganaban lo suficiente como para poder acusarles tranquilamente de haber cometido un error de doscientos o trescientos dólares al calcular sus impuestos. En la lista se hallaban William J. Slatterer, periodista; Philip Robillard, músico; Frieda Moehn, ilustradora; Joseph J. Gennari, fotógrafo; Frederick Reddington, dibujante; Frances Karnegis... Tom tenía una corazonada sobre Reddington. Se trataba de un dibujante de historietas cómicas, y lo más seguro era que no diese pie con bola al hacer sus cálculos.

Escogió dos formularios encabezados con las palabras AVISO DE ERRORES DE CÁLCULO, colocó una hoja de papel carbón entre ellos, y empezó a copiar los datos que figuraban en su lista, debajo del nombre de Reddington:

«Ingresos. $11.250. Exenciones: 1. Deducciones: $600. Abonos: ninguno. Remesas: ninguna. Intereses –dudó unos segundos–: $2,16. Saldo pendiente: $233,76».

Luego cogió una hoja de papel con el membrete del Departamento de Impuestos Interiores, y con la pluma tachó la dirección de Lexington Avenue, escribiendo debajo:

Debido a la acumulación de trabajo en nuestra oficina de Lexington Avenue, le rogamos que mande su respuesta a la siguiente dirección:

Departamento de Incidencias
A la atención de George McAlpin
187E. 51 Street
Nueva York 22, Nueva York.
Gracias.

RALPH E. FISCHER
Director General del Departamento de Incidencias

Firmó con una rúbrica rebuscada e ilegible. Guardó los demás impresos por si Bob llegaba inesperadamente, y descolgó el teléfono. Estaba decidido a pinchar un poco a mister Reddington para ponerle sobre aviso. Preguntó el número en información y llamó. Mister Reddington estaba en casa. Tom le explicó la situación brevemente, expresándole su sorpresa al ver que mister Reddington todavía no había recibido el aviso del Departamento de Incidencias.

—Tienen que habérselo mandado hace días —dijo Tom—. Sin duda lo recibirá mañana. Hemos estado muy atareados en el Departamento.

—Pero si ya he pagado mis impuestos —dijo el otro con voz alarmada—. Estaban todos...

—Bueno, estas cosas suceden a veces, ¿sabe?, cuando los ingresos no están sujetos a un impuesto directo, como en el caso de usted. Hemos examinado su declaración muy detenidamente, mister Reddington. Estamos seguros de no equivocarnos. Nos disgustaría tener que mandar un embargo preventivo a la oficina o al agente para quien usted trabaje...

Al llegar aquí, Tom soltó una risita entre dientes. Una risita amistosa, personal, solía hacer maravillas generalmente.

—... pero nos veremos obligados a hacerlo a menos que nos pague antes de cuarenta y ocho horas. Lamento que el aviso no haya llegado a sus manos con la debida antelación. Como ya le dije, hemos estado muy...

—Oiga, ¿hay alguien ahí con quien pudiera hablar personalmente? —preguntó mister Reddington ansiosamente—. ¡Comprenderá que se trata de una suma muy elevada!

—Oh, claro que sí.

Tom adoptaba siempre un tono campechano al llegar a aquel extremo, la voz de un sesentón amable y lleno de paciencia, pero nada dispuesto a aflojar un centavo por muchas explicaciones y lamentaciones que mister Reddington estuviese en situación de dar. George McAlpin representaba al Departamento de Impuestos de los Estados Unidos de América.

—Puede hablar conmigo, por supuesto —dijo Tom, arrastrando las palabras—, pero no hay absolutamente ninguna equivocación, mister Reddington. Mi único propósito era ahorrarle molestias y tiempo. Puede venir si lo desea, pero tengo todo su expediente aquí mismo, en la mano.

Silencio. Mister Reddington no iba a preguntarle nada sobre su expediente, porque probablemente no sabía por dónde empezar a preguntar. Pero en el caso de que le preguntase en qué consistía el error, Tom tenía ya preparada una complicada explicación acerca de los ingresos netos contra los ingresos acumulados, el saldo pendiente contra el cómputo, el interés a un seis por ciento anual acumulado a partir de la fecha de vencimiento del pago de impuestos y vigente hasta su liquidación, aplicable a cualquier saldo impagado y que representaba el impuesto declarado en la contestación del contribuyente. Todo eso Tom sabía decirlo en voz calmosa, capaz de arrollar todos los obstáculos como haría un tanque Sherman. Hasta entonces, nadie había insistido en presentarse personalmente en el Departamento para seguir escuchando más explicaciones de aquella índole. También mister Reddington empezaba a echarse a atrás. Tom lo advirtió por su silencio.

—De acuerdo —dijo mister Reddington con tono de derrota—. Ya leeré el aviso cuando lo reciba mañana.

—Muy bien, mister Reddington —dijo Tom, y colgó el aparato.

Tom permaneció sentado unos instantes, riéndose y juntando las manos entre las rodillas. Luego se puso en pie de un salto y guardó la máquina de escribir de Bob. Meticulosamente, se peinó delante del espejo y salió en dirección al Radio City.

3

—¡Hola, Tom, muchacho! —dijo mister Greenleaf con una voz que era una promesa de buenos martinis, una cena digna de un gourmet, y una cama donde pasar la noche si se sentía demasiado cansado para regresar a casa.

—Emily. ¡Éste es Tom Ripley!

—¡Estoy tan contenta de conocerle! —dijo ella con voz cálida.

—Encantado, mistress Greenleaf.

Mistress Greenleaf era tal como Tom se había figurado: rubia, bastante alta y esbelta, con la suficiente dosis de convencionalismo para obligarle a comportarse como era debido, pero, al mismo tiempo, con un ingenuo deseo de complacer a todos, igual al que poseía su marido. Mister Greenleaf les acompañó a la sala de estar, Tom recordó que, en efecto, ya había estado allí con Dickie.

—Mister Ripley se dedica a los seguros —anunció mister Greenleaf.

Tom tuvo la sospecha de que se había tomado unas cuantas copas, o quizá aquella noche estaba muy nervioso, ya que la noche anterior Tom le había hecho una detallada descripción de la agencia de publicidad donde supuestamente trabajaba.

—No es un trabajo demasiado interesante, por cierto —dijo Tom modestamente, dirigiéndose a mistress Greenleaf.

Entró una doncella en la habitación con una bandeja de martinis y canapés.

—Mister Ripley ya ha estado aquí —dijo mister Greenleaf—. Vino algunas veces con Richard.

—¿De veras? Me parece que no nos hemos visto, sin embargo —dijo su esposa, con una sonrisa—. ¿Es usted de Nueva York?

—No, soy de Boston —dijo Tom, y era cierto.

Al cabo de unos treinta minutos y bastantes martinis, entraron en el comedor contiguo a la sala de estar. La mesa estaba puesta para tres y adornada con velas; había en ella unas enormes servilletas azul oscuro y una fuente con un pollo entero nadando en salsa. Pero antes tomaron *céleri rémoulade*. Tom sentía predilección por aquel plato, y así lo dijo.

—Pues ¡Richard también! —exclamó mistress Greenleaf—. Le gusta mucho la forma en que lo prepara nuestra cocinera. Lástima que no pueda llevarle un poco a Europa.

—Oh, lo pondré con los calcetines —dijo Tom con una sonrisa.

Mistress Greenleaf se rió. Le había dicho a Tom que se llevase unos cuantos pares de calcetines de lana para Richard, negros y de la marca Brooks Brothers, como los que siempre usaba Richard.

La conversación resultó aburrida, pero la cena era soberbia. Contestando a una pregunta de mistress Greenleaf, Tom dijo que trabajaba en una agencia de publicidad llamada Rothenberg, Fleming y Barter. Más tarde, al volver a hablar de ella, premeditadamente cambió el nombre por el de Reddington, Fleming y Parker. Mister Greenleaf no dio muestras de advertir la diferencia. Tom citó el nombre por segunda vez cuando él y mister Greenleaf se hallaban a solas en la sala de estar, después de la cena.

—¿Estudió usted en Boston? —le preguntó mister Greenleaf.

—No, señor. Estuve en Princeton durante un tiempo, luego viví con una tía mía en Denver y estudié allí.

Tom hizo una pausa, confiando en que mister Greenleaf le preguntase algo sobre Princeton, pero no lo hizo. Hubiese podido discutir sobre la forma en que allí enseñaban historia, las normas disciplinarias del recinto universitario, el ambiente de los bailes de fin de semana, las tendencias políticas del cuerpo estudiantil, cualquier cosa.

El verano anterior, Tom había entablado amistad con una estudiante de Princeton que no hablaba de otra cosa que no fuera la universidad, por lo que, al final Tom había decidido sonsacarle tanta información como le fuera posible, con vistas a que algún día pudiera resultarle útil. Les había contado a los Greenleaf que se crió en Boston, con su tía Dottie. Ella le había llevado a Denver cuando Tom tenía dieciséis años. En realidad, lo único que había hecho en Denver era acabar su segunda enseñanza, pero en casa de su tía Bea se alojaba un joven llamado Don Mizell que estudiaba en la Universidad de Colorado. A Tom le parecía haber estudiado en ella también.

—¿Se especializó en algo concreto? —preguntó mister Greenleaf.

—No exactamente; dividí mis estudios entre la contabilidad y las letras —contestó sonriendo Tom, consciente de que la respuesta era tan poco interesante que a nadie le daría por seguir preguntando.

Mistress Greenleaf entró en la sala con un álbum de fotografías, y Tom se sentó a su lado, en el sofá, mientras ella iba pasando las páginas. Richard dando su primer paso, Richard en una horrible foto en color, a toda página, disfrazado de personaje de cuento infantil, con sus largos bucles rubios. El álbum no tuvo ningún interés para Tom hasta llegar a las fotos tomadas a partir de los dieciséis años de Richard, que salía en ellas piernilargo y con una incipiente onda en el pelo. Por lo que Tom pudo ver, poco había cambiado entre los dieciséis y los veintitrés o veinticuatro años, edad en la que se interrumpía la serie de fotos. Tom se sentía sorprendido al comprobar lo poco que cambiaba la sonrisa ingenua y abierta de Richard, y no pudo evitar pensar que Richard no era demasiado inteligente, o, de no ser así, que le gustaba mucho salir en las fotos, creyendo que quedaría más favorecido si salía con la boca de oreja a oreja, lo cual, a decir verdad, tampoco era signo de una gran inteligencia.

—Todavía no he podido pegar éstas —dijo mistress Greenleaf, entregándole una serie de fotos sueltas—. Todas son de Europa.

Ésas resultaban más interesantes: Dickie en un lugar que seguramente era un café parisino; Dickie en la playa. En algunas, salía con el ceño fruncido.

—Esto es Mongibello, por cierto —dijo mistress Greenleaf, indicando una foto en la que Dickie aparecía arrastrando un bote de remos hacia la playa. Al fondo se veían unas montañas peladas y rocosas y una hilera de casas encaladas que seguían la costa—. Y aquí está la chica, el único súbdito americano, aparte de Richard, que vive allí.

—Marge Sherwood —apuntó mister Greenleaf.

Estaba sentado al otro lado de la estancia, pero seguía atentamente lo que hacían los demás.

La muchacha iba en traje de baño y estaba sentada en la playa, con los brazos en torno a las rodillas. Su aspecto era saludable y sin artificios; tenía el pelo rubio, corto y enmarañado. Una buena chica, en suma. Había una buena foto en la que se veía a Richard, con pantalón corto, sentado en la baranda de una terraza. Sonreía, pero la sonrisa no era la misma que antes, según pudo ver Tom. En las fotos de Europa, Richard parecía tener más aplomo.

Tom se fijó en que mistress Greenleaf tenía los ojos bajos, clavados en la alfombra, y recordó que momentos antes, en la mesa, ella había exclamado:

—¡Ojalá nunca hubiese oído hablar de Europa!

La exclamación había motivado una mirada ansiosa por parte de mister Greenleaf, que le había sonreído a él, como para decir que ya estaba acostumbrado a aquellos arranques de genio. Pero, en aquel momento, los ojos de mistress Greenleaf estaban llenos de lágrimas y su marido se disponía ya a acudir a su lado.

—Mistress Greenleaf —dijo Tom con voz suave—, quiero que sepa que haré cuanto pueda para que Richard regrese a casa.

—¡Bendito seas, Tom! ¡Bendito seas! —dijo ella, apretándole la mano que Tom tenía apoyada en el muslo.

—Emily, ¿no crees que ya es hora de que te acuestes? —preguntó mister Greenleaf, inclinándose solícitamente ante ella. Tom se puso en pie al levantarse mistress Greenleaf.

—Espero que vengas a visitarnos otra vez antes de irte, Tom —dijo ella—. Desde que Richard se fue, apenas vienen jóvenes a casa. Los echamos de menos.

—Me encantará volver —dijo Tom.

Mister Greenleaf salió de la habitación con su esposa, y Tom se quedó de pie, con las manos al costado y la cabeza erguida. En un gran espejo que había en la pared pudo verse a sí mismo: la imagen de un joven que acababa de recobrar su propia estimación. Apartó la mirada rápidamente. Estaba haciendo lo que debía, comportándose correctamente, pero, pese a ello, se sentía culpable de algo. Tan sólo hacía unos momentos, al decirle a mistress Greenleaf que haría cuanto pudiera, lo había dicho sinceramente, sin tratar de engañar a nadie.

Advirtió que empezaba a sudar e hizo un esfuerzo por calmarse, preguntándose qué era lo que tanto le preocupaba. Tan bien como se había sentido aquella noche. Cuando dijo aquello sobre la tía Dottie...

Se irguió de nuevo, mirando nerviosamente hacia la puerta, pero ésta seguía cerrada. Aquél había sido el único momento en que se había sentido incómodo, como en una situación irreal, igual que si hubiese estado mintiendo. Y lo cierto era que, prácticamente, aquélla había sido la única verdad de toda la noche:

—Mis padres murieron cuando yo era muy pequeño. Me crié con mi tía en Boston.

Mister Greenleaf entró de nuevo en la sala de estar. Su figura parecía estar llena de vida, agigantándose por momentos. Tom parpadeó, súbitamente aterrorizado ante él, sintiendo el impulso de atacarle antes de que él le atacase.

—¿Y si tomamos un poco de coñac? —preguntó mister Greenleaf, al tiempo que corría un panel de madera al lado de la chimenea.

«Igual que en las películas», pensó Tom. «Dentro de un instante, mister Greenleaf u otra persona dirá "¡Corten!" y yo volveré a la realidad, acodado en la barra de Raoul's con el vaso de gin-tonic delante. No, mejor dicho, en el Green Cage.»

—¿Ha bebido bastante ya? —preguntó mister Greenleaf—. Bueno, no tiene que beberse esto si no le apetece.

Tom asintió vagamente con la cabeza, y mister Greenleaf se quedó perplejo durante unos segundos, después sirvió dos coñacs.

Tom advirtió que un sudor frío banaba su cuerpo. Pensaba en el incidente del drugstore la semana anterior, aunque aquello ya había terminado y no estaba realmente asustado, ya no. Había un drugstore en la Segunda Avenida cuyo número de teléfono solía indicar Tom a las personas que insistían en volver a llamarle en relación con sus impuestos. Tom le decía que era el número del Departamento de Incidencias, advirtiéndoles que solamente le encontrarían en su despacho entre las tres y media y las cuatro, los miércoles y viernes por la tarde. A tal hora, Tom acostumbraba a merodear cerca de la cabina telefónica del establecimiento, esperando que el teléfono sonase. La segunda vez que lo hacía, el encargado del drugstore le había mirado con ojos suspicaces, y Tom le había dicho que esperaba una llamada de su novia. El viernes de la semana anterior, al descolgar el aparato, una voz de hombre le había dicho:

—Ya sabe de lo que estamos hablando, ¿no? Sabemos dónde vive usted, si es que quiere que vayamos a su casa... Tenemos algo para usted, si usted tiene algo para nosotros, ¿eh?...

La voz era insistente y al mismo tiempo evasiva, así que Tom supuso que se trataba de algún truco y fue incapaz de responder.

—... Mire, iremos ahora mismo a su casa.

Al salir de la cabina, Tom tuvo la impresión de que sus piernas eran de gelatina, y en aquel instante se percató de que el propietario del establecimiento le estaba mirando fijamente, con los ojos muy abiertos y una expresión de pánico. Entonces la conversación que acababa de sostener se explicó por sí sola: el tipo vendía drogas en su comercio y temía que Tom fuese un inspector de policía que estuviese allí para pescarle con la mercancía encima. Tom se había echado a reír, y había salido del local soltando grandes carcajadas, tropezando al andar, ya que sus piernas seguían fallándole a causa del miedo que acababa de experimentar.

—¿Pensando en Europa? —oyó que decía la voz de mister Greenleaf.

Tom aceptó la copa que le ofrecía y respondió:

—Sí, en efecto.

—Espero que disfrute del viaje, Tom, y también que tenga éxito con Richard. A propósito, le ha caído usted muy bien a Emily. Me lo ha dicho. No fue necesario que se lo preguntase.

Mister Greenleaf hacía girar la copa de coñac entre las palmas de sus manos.

—Mi esposa padece leucemia, Tom.

—¡Oh! Eso es muy grave, ¿no?

—Sí. Puede que no viva otro año.

—Lo lamento mucho —dijo Tom.

Mister Greenleaf sacó un papel del bolsillo.

—Tengo una lista de las salidas de buques. Creo que lo más rápido será el acostumbrado viaje hasta Cherburgo, aparte de ser el más interesante. Allí cogería el tren hasta París, luego un coche-cama que cruza los Alpes hasta llegar a Roma y desde allí a Nápoles.

—Me parece una buena idea.

El asunto empezaba a resultarle interesante.

—En Nápoles tendrá que coger un autobús hasta el pueblo donde está Richard. Yo le escribiré para anunciarle su llegada... sin decirle que va de mi parte —añadió sonriendo—, aunque sí le diré que nos hemos visto. Seguramente Richard le dará alojamiento, pero si no puede, por lo que sea, en la ciudad hay hoteles. Espero que usted y Richard se lleven bien. Ahora, en lo que se refiere al dinero...

Mister Greenleaf sonrió paternalmente.

—Me propongo darle seiscientos dólares en cheques de viaje, aparte del pasaje de ida y vuelta. ¿Le parece bien? Con los seiscientos dólares le bastará para dos meses, pero si necesita más, no tiene más que ponerme un telegrama, muchacho. A decir verdad, no parece usted un joven capaz de despilfarrar el dinero en tonterías.

—Habrá más que suficiente con eso, señor.

A medida que iba tomándose el coñac, mister Greenleaf iba poniéndose más blando y alegre, mientras que Tom, por el contrario, sentía acrecentar su mal humor. Tenía ganas de salir del piso, y, pese a todo, deseaba ir a Europa y deseaba también causar buena impresión en mister Greenleaf. Allí, en el piso, le resultaba más difícil que la noche anterior en el bar, cuando se había aburrido tanto, porque no lograba cambiar su actitud. Tom se levantó varias veces con la copa en la mano, paseando hasta la chimenea y regresando junto a mister Greenleaf, y al pasar ante el espejo advirtió que en las comisuras de sus labios se dibujaba una expresión adusta.

Mister Greenleaf seguía hablando jovialmente de lo que él y Richard habían hecho en París, cuando su hijo contaba diez años. Resultaba terriblemente aburrido oírle. Tom pensó que si le ocurría algo con la policía antes de emprender el viaje, los Greenleaf le alojarían en su casa. Podría decirles que se había precipitado al realquilar su piso, y quedarse escondido allí. Tom se sentía mal, casi enfermo.

—Me parece que debería marcharme, mister Greenleaf.

—¿Ya? Pero si quería enseñarle... Bueno, no se preocupe. Otra vez será.

Tom sabía que debía haberle preguntado:

—¿Enseñarme qué?

Y quedarse allí pacientemente, mientras le enseñaba lo que fuese. Pero no podía.

—¡Quiero que visite el astillero, desde luego! —dijo animadamente mister Greenleaf—. ¿A qué hora le va bien? Supongo que tendrá que ser a la hora del almuerzo. Es que me parece que debería decirle a Richard cómo está el astillero actualmente.

—Pues sí... podría hacerlo durante la hora del almuerzo.

—Llámeme cuando quiera, Tom. Ya tiene mi tarjeta con el número de teléfono. Deme media hora de tiempo y mandaré un empleado para que le traiga en coche desde su oficina. Nos comeremos un bocadillo mientras visitamos el astillero, y luego volverá a llevarle en coche.

—Le llamaré —dijo Tom.

Temió desmayarse si seguía un minuto más en la semipenumbra del recibidor, pero mister Greenleaf volvía a reírse entre dientes mientras le preguntaba si había leído determinado libro de Henry James.

—Siento decir que no, no he leído ese libro, señor —dijo Tom.

—Bueno, no importa —dijo mister Greenleaf con una sonrisa.

Entonces se estrecharon las manos y mister Greenleaf le estrujó la suya durante largo rato. Después se encontró libre al fin. Pero al bajar en el ascensor, Tom observó que la expresión de dolor y miedo no había desaparecido de su rostro. Ahogado, se apoyó en un rincón del ascensor, aunque sabía perfectamente que, tan pronto el ascensor llegase al vestíbulo, saldría volando de la cabina y apretaría a correr sin parar, hasta llegar a casa.

4

La atmósfera de la ciudad se hacía más extraña a medida que transcurrían los días. Era como si algo se hubiese marchado de Nueva York —su realidad o su importancia— y la ciudad estuviese montando un espectáculo para él solo, un espectáculo colosal de autobuses, taxis y gente que caminaba presurosa por las aceras, de televisores enchufados en todos los bares de la Tercera Avenida, de cines con el neón de las marquesinas encendido en plena luz del día, y de efectos sonoros compuestos por el sonar de millares de claxons y voces humanas que parloteaban sin sentido. Parecía que el sábado, cuando su buque soltase amarras, toda la ciudad de Nueva York iba a desplomarse como una gigantesca tramoya de cartón piedra.

Tom pensó que quizá era que estaba asustado. Odiaba el mar. Nunca había viajado por mar, salvo un viaje de ida y vuelta desde Nueva York hasta Nueva Orleans, pero a la sazón lo había hecho en un buque platanero, pasándose la mayor parte del viaje trabajando bajo cubierta, sin apenas darse cuenta de que navegaban por el mar. Las escasas veces que se había asomado a la cubierta, la vista del mar le había asustado al principio, luego le había hecho sentirse mareado, impulsándole a regresar corriendo a la bodega, donde, en contra de lo que decía la gente, se había sentido mejor. Sus padres habían perecido ahogados en el puerto de Boston, lo cual, según siempre había pensado Tom, tal vez tenía algo que ver en su aversión hacia el mar, ya que, desde que tenía uso de razón, el agua le infundía pavor, y nunca había conseguido aprender a nadar. Al pensar que en el plazo de menos de una semana iba a tener agua bajo sus pies, con varias millas de profundidad, sufría una sensación de vacío en la boca del estómago, y aún más al pensar que pasaría la mayor parte de su tiempo contemplando el mar, ya que en los transatlánticos el pasaje pasaba casi todo el día en cubierta. Además, tenía la impresión de que marearse resultaba muy mal visto. Nunca le había sucedido anteriormente, pero había estado muy cerca de marearse durante los últimos días, con sólo pensar en el viaje a Cherburgo.

Bob Delancey ya estaba enterado de que Tom iba a marcharse en una semana, pero Tom no le había dicho adónde iba, aunque, de todos modos, Bob no pareció interesarse demasiado por la noticia. Se veían muy poco en el apartamento de la calle Cincuenta y Uno. Tom se fue a casa de Marc Priminger, en la calle Cuarenta y Cinco Este —conservaba las llaves todavía—, a buscar unas cuantas cosas que se había olvidado allí. Eligió una hora en que creía que Marc no estaría en casa, pero éste regresó en compañía del nuevo huésped, Joel, un joven esquelético que trabajaba en una editorial. Con el fin de impresionar a Joel, Marc había adoptado su consabida actitud de condescendencia. De no haber estado presente Joel, Marc le hubiera maldecido con un lenguaje capaz de ruborizar a un marino. Marc, cuyo nombre de pila era Marcellus, era un tipo feo y desagradable que vivía de renta y era aficionado a prestar ayuda a jóvenes con dificultades económicas, a los que alojaba en su casa de dos pisos y tres dormitorios, aprovechando la ocasión para jugar a ser Dios, diciéndoles lo que podían y lo que les estaba prohibido hacer en la casa, y aconsejándoles sobre sus vidas y sus empleos. Sus consejos, por lo general, resultaban desastrosos. Tom había pasado tres meses allí, aunque durante casi la mitad de ellos Marc estuvo en Florida, por lo que a Tom le había quedado la casa para él solo. Sin embargo, a su regreso, Marc le había armado la gran bronca debido a la rotura de unos pocos cacharros de vidrio, adoptando su acostumbrado aire de divina severidad. Por una vez, Tom se había puesto lo bastante furioso como para plantarle cara y responder a gritos. Inmediatamente, Marc le puso de patitas en la calle, no sin antes cobrarle sesenta y tres dólares que, según dijo, era lo que valían los cacharros rotos. Tom le consideraba un individuo cicatero y mezquino, que debiera haber nacido mujer para acabar sus días de solterona al frente de una escuela de niñas. Lamentaba amargamente haber puesto los ojos en Marc Priminger, y pensaba que cuanto antes olvidase su expresión estúpida, sus abultadas mandíbulas y sus feas manos (siempre agitándose en el aire, ordenando esto y aquello a todo el mundo), más feliz se sentiría.

La única persona a quien conocía y a quien quería informar de su viaje a Europa era Cleo, así que el jueves antes de embarcar fue a verla. Cleo Dobelle era una muchacha alta y esbelta, de pelo negro, cuya edad podía haber sido cualquiera de las comprendidas entre los veintitrés y los treinta años; vivía con sus padres en Gracie Square y pintaba un poco, en realidad muy poco, ya que lo hacía en pedacitos de marfil que a duras penas eran mayores que un sello de correo. Había que recurrir a una lupa para verlo y, a decir verdad, así era como ella pintaba, ayudándose con una lupa.

—Pero ¡piensa en lo cómodo que resulta poder llevar *todas* mis pinturas en una caja de puros! —solía decir Cleo—. ¡Los demás pintores no pueden pasarse sin varias habitaciones donde guardar sus obras!

Cleo vivía en su propio apartamento, que contaba con un baño y una cocina, situado en la parte trasera del piso de sus padres. Sus habitaciones permanecían a oscuras casi siempre, ya que la única salida al exterior era la ventana que daba a un minúsculo patio trasero en el que crecía una auténtica jungla de ailantos que impedían el paso de la luz. Cleo tenía encendida la luz —tenue, por supuesto— a todas horas, lo que daba al apartamento un ambiente de noche perpetua. Salvo la noche en que la había conocido, Tom la había visto vestida siempre con pantalones de terciopelo muy ajustados y blusas de seda, con profusión de rayas de colores alegres. Habían simpatizado desde buen principio, y Cleo le había invitado a cenar en su apartamento la noche siguiente. Cleo siempre le invitaba a subir a sus habitaciones, y, por algún motivo, no daba por sentado que Tom tuviese que llevarla a cenar o al teatro, o se comportase como hacían todos los muchachos con las chicas. No esperaba que Tom le trajese flores, libros o bombones cuando iba a su casa para cenar o tomar una copa, aunque de vez en cuando él le hacía algún pequeño obsequio que la llenaba de alegría. Cleo era la única persona a quien podía contarle que se iba a Europa y a qué iba. Así lo hizo.

Tal como esperaba, Cleo se mostró entusiasmada. Entreabrió sus rojos labios, que destacaban en la palidez del rostro, y dio unas palmadas en sus muslos, enfundados en terciopelo, exclamando:

—¡Tommy! ¡Es maravilloso! ¡Parece algo sacado de Shakespeare!

Era exactamente lo mismo que pensaba Tom, y lo que necesitaba oírle decir a alguien.

Cleo estuvo pendiente de él durante toda la velada, preguntándole si tenía esto y lo otro, si había comprado Kleenex y pastillas para el resfriado, calcetines de lana, etcétera; recordándole que en Europa las lluvias solían empezar con el otoño; indicándole que debía vacunarse antes de partir. Tom le dijo que creía estar bien preparado para el viaje.

—Pero, por favor, Cleo, no vengas a despedirme. No quiero que venga nadie.

—¡Claro que no! —dijo Cleo, comprendiéndole a la perfección—. ¡Oh Tommy, qué bien vas a pasarlo! ¿Me escribirás contándome todo lo que logres con Dickie? Eres la única persona entre las que conozco que se va a Europa por un motivo concreto.

Tom le contó la visita al astillero del señor Greenleaf, en Long Island, con las larguísimas mesas equipadas con máquinas que fabrican piezas de metal reluciente, que barnizaban y pulían la madera, los diques de carena donde se alzaban los esqueletos de embarcaciones de todos los calados, deslumbrándola con los tecnicismos que míster Greenleaf había empleado durante la visita: brazolas, cintas, contraquillas... Le relató la segunda cena en casa de los Greenleaf, con motivo de la cual le habían regalado un reloj de pulsera. Se lo enseñó a Cleo. No era un reloj fabulosamente caro, pero no por ello dejaba de ser de excelente calidad, y su estilo era el que el mismo Tom hubiese escogido; la esfera era blanca y sin adornos, con cifras romanas de color negro, montada en oro y con una correa de piel de cocodrilo.

—Y sólo porque unos días antes les había dicho que no tenía reloj —comentó Tom—. Realmente, puede decirse que me han adoptado como hijo suyo.

Cleo era también la única persona a quien podía decirle aquello.

La muchacha suspiró.

—¡Hombres! Siempre estáis de suerte. A una chica no podría sucederle nada parecido. ¡Los hombres sois tan libres...!

Tom sonrió. Con frecuencia pensaba que las cosas eran precisamente al revés.

—Eso que estoy oliendo, ¿serán las chuletas que se están quemando?

Cleo se puso en pie de un salto, lanzando un chillido.

Después de cenar, ella le enseñó cinco o seis de sus últimas pinturas: un par de retratos románticos de un joven al que ambos conocían y que, en la pintura, llevaba una camisa blanca con el cuello abierto; tres paisajes imaginarios de un país cubierto por la jungla, inspirados en la espesura de ailantos que se divisaba desde su ventana. Tom pensó que el pelo de los monitos que salían en el cuadro estaba extraordinariamente bien resuelto. Cleo tenía muchos pinceles de un solo pelo, e incluso entre éstos los había de diversos grosores: desde los más finos hasta otros relativamente gruesos. Se bebieron casi dos botellas de Medoc, sacadas de la alacena de los padres de ella, y a Tom le entró tal modorra que fácilmente hubiera pasado la noche allí mismo, tumbado en el suelo. A menudo habían dormido uno al lado del otro, en las dos voluminosas pieles de oso que había enfrente de la chimenea, y era otra de las cosas extraordinarias de Cleo: el que nunca deseaba, ni esperaba, que Tom se insinuase con ella, así que

Tom nunca lo había hecho. Tom hizo un esfuerzo y sobre las doce menos cuarto se levantó y se marchó.

—No volveré a verte, ¿verdad? —dijo Cleo, con acento abatido, ya ante la puerta.

—Pero ¡si regresaré dentro de unas seis semanas...! —dijo Tom, aunque ni él mismo lo creía.

De pronto se inclinó y le plantó un beso firme, de hermano, en la pálida mejilla.

—Te echaré de menos, Cleo.

Ella le apretó un hombro, el único contacto físico que ella se había permitido con él desde que se conocían.

—Te echaré de menos también —dijo ella.

Al día siguiente se ocupó de los encargos hechos por la señora Greenleaf en Brooks Brothers, consistentes en doce pares de calcetines negros de lana y un albornoz. Mistress Greenleaf no había dejado nada dicho sobre el color del albornoz, sólo que él se encargaría de elegirlo. Tom se decidió por uno de franela color marrón, con cinturón y solapas azul marino. A Tom no le parecía el más elegante del surtido de albornoces, pero creyó que era exactamente el que Dickie hubiese escogido y que, por tanto, no podía dejar de gustarle. Hizo que cargasen los calcetines y el albornoz en la cuenta de los Greenleaf. Se fijó en una camisa deportiva de grueso lino y botones de madera. La prenda le gustaba mucho y le hubiera sido fácil cargarla en la cuenta de los Greenleaf, junto con lo demás, pero no lo hizo. La compró con su propio dinero.

5

La mañana de su partida, la mañana que había estado esperando con gran excitación, empezó desastrosamente. Mientras seguía al camarero que le conducía a su camarote, Tom iba felicitándose por la firmeza con que le había prohibido a Bob que acudiese al puerto a despedirle, pero acababa de entrar en el camarote, cuando oyó un aullido que le heló la sangre en las venas.

—¿Dónde está el champán, Tom? ¡Estamos esperando!

—¡Chico, qué porquería de camarote! ¿Por qué no les pides uno como es debido?

—¿Me llevas contigo, Tommy? —oyó decir a la novia de Ed Martin, una chica a la que Tom no podía ni ver.

Ahí estaban todos, los repulsivos amigos de Bob, en su mayor parte tumbados en su cama, en el suelo, en todas partes. Bob se había enterado de que iba a hacer el viaje en barco, pero Tom no le hubiese creído capaz de hacerle una cosa semejante. Tuvo que hacer acopio de autodominio para no decirles fríamente:

—No hay champán, ¿comprendéis?

Se esforzó por saludarlos a todos, tratando de sonreírles, aunque poco le hubiese costado echarse a llorar como un crío. Dedicó una larga mirada asesina a Bob, pero éste, a causa de la bebida o de lo que fuese, no se enteró. Había muy pocas cosas capaces de sacarle de quicio, pero aquélla era una de ellas. No podía soportar las sorpresas ruidosas como aquélla, a cargo de una gentuza repugnante que creía haber dejado atrás para siempre en el momento de cruzar la pasarela, y que ahora ocupaban el camarote que iba a ser su morada durante los cinco días siguientes. Parecían desperdicios tirados por el suelo.

Tom se acercó a Paul Hubbard, la única persona respetable que había entre los presentes, y se sentó a su lado, en el pequeño sofá empotrado.

—¿Qué tal, Paul? —dijo con voz tranquila—. Lamento todo esto.

Paul soltó un gruñido de desprecio.

—¿Estarás ausente mucho tiempo? ¿Qué sucede, Tom? ¿Es que estás enfermo?

El barullo era enorme, risas, ruidos, las chicas palpando la cama y fisgoneando en el retrete. Tom se alegró de que los Greenleaf no hubiesen acudido a despedirle. Mister Greenleaf se había visto obligado a desplazarse a Nueva Orleans para un asunto de negocios y su esposa, al llamarla Tom por la mañana para decirle adiós, había dicho que no se encontraba con fuerzas suficientes para ir al puerto.

Finalmente Bob o alguno de sus acompañantes sacó una botella de whisky y todos empezaron a beber utilizando los dos vasos del lavabo, hasta que llegó el camarero con una bandeja llena de vasos. Tom se negó a beber. Sudaba tan copiosamente, que tuvo que quitarse la chaqueta para no estropearla. Bob se le acercó y le puso un vaso en la mano, a la fuerza. Tom advirtió que no lo hacía en broma, sino que creía que Tom, por haber aceptado su hospitalidad durante un mes, estaba obligado, cuando menos, a ponerle buena cara; a Tom esto le resultaba tanto o más difícil que si su rostro estuviera hecho de granito. Se preguntó qué más daba que todos le odiasen después de aquello; en realidad no iba a perder gran cosa.

—Puedo acomodarme aquí, Tommy —le dijo la chica que parecía resuelta a acomodarse en algún sitio y hacer el viaje con él.

Se las había arreglado para encajonarse de lado en el ropero, que era tan exiguo que apenas podía moverse.

—¡Me gustaría que atrapasen a Tom con una chica en el camarote! —dijo Ed Martin, soltando una risotada.

Tom le miró echando chispas por los ojos.

—Salgamos de aquí, necesito respirar un poco de aire —dijo Tom en voz baja, dirigiéndose a Paul.

Los demás estaban armando tal estruendo, que no se enteraron de su salida. Se acodaron en la barandilla, cerca de popa. El día estaba nublado y la ciudad, a su derecha, parecía una tierra gris y lejana divisada desde alta mar... sólo que aquellos cochinos seguían ocupando su camarote.

—¿Dónde has estado escondido? —le preguntó Paul—. Ed me llamó diciéndome que te ibas. Llevaba semanas sin verte.

Paul era una de las personas que creían que él trabajaba para la Associated Press. Tom se inventó la excusa de que le habían mandado a que hiciese un reportaje en el extranjero, posiblemente en Oriente Medio. Se las ingenió para dar a sus palabras un aire secreto.

—Además, últimamente he trabajado mucho por la noche —añadió Tom—. Por eso he estado algo alejado de todo. Has sido muy amable al venir a despedirme.

—Es que esta mañana no tenía ninguna clase —dijo Paul, sacándose la pipa de la boca y sonriendo—. Aunque esto no quiere decir que no hubiese venido de todos modos. ¡Con cualquier excusa!

Tom sonrió. Paul era profesor de música en una escuela de señoritas de Nueva York. Así se ganaba la vida, aunque lo suyo, lo que realmente le gustaba, era componer música. Tom ya había olvidado cuándo y cómo se conocieron, pero recordaba haber ido al apartamento de Paul, en Riverside Drive, un domingo; fue con otras personas, para tomar una especie de desayuno-almuerzo, y Paul aprovechó la ocasión para interpretar al piano unas cuantas composiciones suyas, que a Tom le agradaron muchísimo.

—Te invito a tomar una copa. ¿Quieres? A ver si damos con el bar —dijo Tom.

Pero justo en aquel momento apareció un camarero que hacía sonar un gong mientras iba gritando:

—¡Las visitas a tierra, por favor! ¡Todas las visitas a tierra!

—Eso va por mí —dijo Paul.

Se dieron la mano, golpeándose amistosamente la espalda y, tras prometerse mandarse postales, se despidieron.

Tom supuso que la pandilla de Bob se quedaría hasta el último minuto, y que probablemente iba a ser necesario sacarlos a patadas. De pronto, giró sobre sus talones y subió un estrecho tramo de escalones que recordaba una escalera de mano. Al llegar arriba se encontró frente a un letrero que decía RESERVADO PARA SEGUNDA CLASE y que estaba colgado de una cadena que cerraba el paso. Tom se dijo que probablemente a nadie le importaría que un pasajero de primera clase se colara en segunda, así que pasó la pierna por encima de la cadena y salió a la cubierta. No podía soportar la idea de volver a ver a Bob y sus amigotes. Le había pagado a Bob medio mes de alquiler y, además, le había regalado una camisa y una corbata de excelente calidad a modo de despedida.

«¿Qué más quiere Bob?», se preguntó Tom.

El buque ya se movía cuando, finalmente, Tom se atrevió a bajar de nuevo a su camarote. Entró en él cautelosamente. Estaba vacío. El cubrecama azul volvía a estar perfectamente arreglado. Los ceniceros estaban limpios. No había ningún rastro de que allí hubiesen estado Bob y los suyos. Tom, sintiéndose tranquilo, sonrió.

«¡Esto es un buen servicio! ¡La gran tradición de la Cunard Line, y de la marina británica y todo eso que suele decirse!», pensó.

En el suelo, al lado de la cama, había una enorme cesta llena de fruta. Ansiosamente, cogió el sobre blanco y leyó la tarjeta que había dentro:

Buen viaje y bendito seas, Tom. Nuestro mejores deseos te acompañan.

EMILY Y HERBERT GREENLEAF

La cesta tenía un asa muy larga y se hallaba completamente envuelta en celofán amarillo: contenía manzanas, peras, uvas, un par de barras de caramelo y varios botellines de licor. Era la primera vez que Tom recibía una cesta de despedida. Hasta entonces sólo las había visto en los escaparates de las floristerías, marcadas con unos precios fantásticos que le hacían reír.

Pero en aquel momento advirtió que tenía los ojos llenos de lágrimas y, ocultando el rostro entre las manos, rompió en sollozos.

6

Su humor era tranquilo y benévolo, pero en modo alguno sociable. Necesitaba tiempo para pensar, y no tenía ganas de entablar amistad con los demás pasajeros, con ninguno de ellos, aunque cuando se cruzaba con alguno de sus compañeros de mesa les saludaba amablemente. Empezó a representar un papel en el buque: el de joven serio y formal al que esperaba una importante tarea al fin del viaje. Se mostraba cortés, serio y preocupado.

Inesperadamente, tuvo el capricho de llevar una gorra, y se compró una en la camisería del buque, un modelo muy conservador, confeccionado con suave lana inglesa de un gris azulado. La visera le servía para ocultar casi todo el rostro cuando deseaba echar un sueñecito en una silla de cubierta o cuando fingía estar durmiendo. La gorra era la más versátil de todas las prendas para la cabeza, y Tom se preguntó cómo no se le habría ocurrido comprarse una mucho antes. Con una gorra podía hacer el papel de propietario rural, de criminal, de súbdito inglés o francés, o, simplemente, de americano excéntrico; todo dependía del modo en que la llevase puesta. Pasaba buenos ratos probándosela de distintas formas ante el espejo del camarote. Siempre había creído que su rostro era el más inexpresivo del mundo, un rostro sumamente fácil de olvidar, con un aire de docilidad que no acababa de comprender, unido a una vaga expresión de temor que jamás había logrado borrar. Era, en resumen, el rostro de un verdadero conformista. Pero la gorra hacía que todo aquello cambiase, dándole un aire rural, de Greenwich, Connecticut... Ahora se había convertido en un joven que gozaba de una renta propia y que, tal vez, no hacía mucho que había salido de Princeton. Se compró una pipa para que hiciera juego con la gorra.

Estaba empezando una nueva vida. Se habían acabado todas las gentecillas de medio pelo entre las que se había movido durante los últimos tres años en Nueva York. Se sentía tal como él imaginaba que se sentían los emigrantes al dejarlo todo atrás —amigos, parientes, errores del pasado— y salir de su país rumbo a América. Era como hacer borrón y cuenta nueva. Cualesquiera que fuesen los resultados de su misión ante Dickie, pensaba salir airoso de ella y hacer que mister Greenleaf lo supiese, respetándole por ello. Tal vez no regresara a América cuando se le acabase el dinero de mister Greenleaf. Tal vez encontraría un empleo interesante, en un hotel, por ejemplo, donde necesitasen una persona inteligente y desenvuelta que, además, hablase inglés. O quizá obtendría la representación de alguna compañía europea y viajaría por todo el mundo. O puede que surgiera alguien a quien le hiciese falta un joven exactamente como él capaz de llevar un coche, hábil con las cifras, con suficiente gracia para entretener a la abuela de alguien o escoltar a una joven a fiestas y bailes. La versatilidad era lo suyo, y el mundo era muy ancho. Se juró a sí mismo que, tan pronto como pescase un empleo, lo conservaría. ¡Paciencia y perseverancia! ¡Hacia arriba y adelante!

—¿Tiene usted un ejemplar de *El embajador* de Henry James? —preguntó al oficial encargado de la biblioteca de primera clase, al ver que el libro no estaba en la estantería.

—Lo siento señor, pero no lo tenemos —le respondió el oficial.

Tom se quedó chasqueado. Se trataba del libro que mister Greenleaf le preguntó si había leído. Tom se sentía obligado a leerlo. Tom se fue a la biblioteca de segunda clase y encontró el libro, pero cuando dio el número de su camarote, el encargado le dijo que lo sentía mucho, pero los pasajeros de primera no estaban autorizados a sacar libros de la biblioteca de segunda. Tom ya se lo había temido. Dócilmente, volvió a colocar el libro en su sitio, aunque hubiese sido muy fácil, increíblemente fácil, escamotear el libro ocultándolo debajo de la chaqueta.

Por las mañanas daba varios paseos por cubierta, aunque muy despacio, tan despacio que, antes de completar una sola vuelta, pasaban por su lado dos o tres veces los pasajeros que, jadeando y sudando, hacían sus ejercicios matutinos. Luego se acomodaba en su silla de cubierta para tomarse una taza de caldo y seguir pensando en su destino. Después de almorzar, se entretenía en su camarote, gozando de su intimidad y comodidad, sin hacer absolutamente nada. A veces se sentaba en el salón, con aire pensativo, escribiendo cartas en papel que llevaba el membrete del buque. Escribía a Marc Priminger, a Cleo, a los Greenleaf. La carta a los Greenleaf comenzaba con un cortés saludo y les agradecía la cesta que le habían mandado, así como la comodidad de que gozaba a bordo, pero, al mismo tiempo, se divertía imaginando una posdata en la que les contaba que había localizado a Dickie y vivía con él en su casa de Mongibello, extendiéndose en detalles de sus progresos, lentos, aunque seguros, en convencer a Dickie de que volviera a su casa; les hablaba también de los buenos ratos que pasaban nadando, pescando y frecuentando los cafés, y a veces se entusiasmaba tanto con lo que escribía que llenaba ocho o diez páginas. Sabía muy bien que nunca las mandaría, así que escribía acerca de Dickie y Marge, diciendo que él, Dickie, no sentía ninguna inclinación romántica por ella (hacía también un concienzudo análisis del carácter de la muchacha), de modo que no era Marge lo que retenía a Dickie en Europa, aunque mistress Greenleaf hubiese sospechado que sí, etcétera, etcétera, hasta que el escritorio quedaba cubierto de hojas escritas y se oía el primer aviso para la cena.

Una tarde, a primera hora, escribió una carta llena de cortesía a su tía Dottie:

Querida tiita (raramente la llamaba así al escribirle, y mucho menos cara a cara):

Como verás por el membrete del papel, estoy en alta mar. Se trata de una inesperada oportunidad de negocios de la que no puedo hablarte ahora. Tuve que partir un tanto precipitadamente, así que no me fue posible ir a Boston para despedirme, y lo siento porque puede que transcurran meses, incluso años, antes de que regrese.

Sólo quería tranquilizarte y pedirte que no me mandes más cheques. Te agradezco mucho el último que me mandaste, hace uno o dos meses. Supongo que desde entonces no habrás mandado ningún otro. Estoy bien y muy feliz.

Besos,

TOM

De nada servía desearle buena salud, pues la tía Dottie era fuerte como un buey. Escribió una posdata:

P.D. No tengo la menor idea de cuál va a ser mi dirección, de modo que no puedo darte ninguna.

Aquello le hizo sentirse mejor, ya que le desligaba completamente de ella. Ni siquiera era necesario decirle dónde estaba. Se habían acabado las cartas llenas de mal disimulados reproches, las taimadas comparaciones con su padre, los insignificantes cheques por importes tan extravagantes como seis dólares con cuarenta y ocho centavos, o doce dólares con noventa y cinco, como si fueran el cambio sobrante tras pagar sus facturas mensuales, o como si hubiese devuelto algo a la tienda, arrojándole luego el importe, igual que si arrojase unas migajas a un perro vagabundo. Teniendo en cuenta lo que la tía Dottie, con sus rentas, hubiera podido mandarle, aquellos cheques eran un insulto. La tía Dottie decía siempre que su educación le había costado mucho más que el seguro dejado por su padre al morir, y tal vez así era, pero ¿qué sacaba con restregárselo constantemente por la cara? ¿Era propio de seres humanos echarle aquello en cara a un niño? Muchas tías, incluso personas ajenas a la familia, cuidaban de la educación de algún huérfano, y lo hacían gustosamente.

Concluida la carta a la tía Dottie, Tom se levantó y paseó a grandes zancadas por cubierta, para calmar su enojo. Siempre se ponía furioso cuando escribía a su tía, tal vez por tener que hacerlo cortésmente. Y, pese a ello, hasta entonces siempre había querido que ella supiese dónde estaba, porque siempre había necesitado sus mezquinos cheques. Numerosas veces había tenido que escribirle para comunicarle sus cambios de domicilio. Pero ya no necesitaba su dinero. Nunca más dependería de él.

De pronto se acordó de un verano, cuando tenía doce años, en que había salido de excursión con la tía Dottie y una amiga de ésta. Se encontraron atrapados en un atasco de tráfico, con los coches casi pegados unos a otros, y, como hacía mucho calor, la tía Dottie le mandó a por agua. Mientras se encaminaba a la estación de gasolina, el tráfico se reanudó inesperadamente. Tom recordaba cómo había corrido entre los enormes coches que avanzaban poquito a poco, siempre a punto de alcanzar la portezuela del de su tía, pero sin lograrlo en ningún momento, porque ella hacía avanzar el coche todo lo que podía, sin querer detenerse por él, chillándole:

—¡Venga! ¡Venga, gandul!

Finalmente, cuando consiguió subir al coche, con lágrimas de frustración y rabia corriéndole mejillas abajo, la tía Dottie le había dicho alegremente a su amiga:

¡Es un mariquita! ¡Un mariquita de arriba abajo! ¡Igual que su padre!

Resultaba en verdad pasmoso que aquella forma de tratarle no le hubiese causado un trauma imborrable. Tom se preguntaba por qué su tía decía que su padre era un mariquita. Nunca había sido capaz de aducir nada que lo probase. Nunca.

Tumbado en su silla, fortalecido moralmente por el lujo que le rodeaba, e interiormente por la abundante y exquisita comida de a bordo, Tom trató de examinar objetivamente su pasado. Los últimos cuatro años habían sido, en su mayor parte, un desastre; eso era imposible negarlo. Una serie de empleos precarios, seguidos de peligrosos intervalos sin ningún empleo y con la consiguiente desmoralización producida por estar completamente sin blanca, y, además, teniendo que congeniar con estúpidos para no sentirse solo o porque podían ofrecerle alguna cosa con la que ir tirando, como había sucedido con Marc Priminger. No era un historial del que pudiera enorgullecerse, especialmente si tenía en cuenta las grandes aspiraciones que había sentido al llegar a Nueva York. Le había dado por ser actor, si bien a los veinte años no tenía ni la más leve idea de las dificultades que ello comportaba, de la necesidad de prepararse, incluso de que hacía falta tener talento. Estaba convencido de que el talento ya lo tenía, y lo único que le hacía falta era encontrar un empresario dispuesto a presenciar alguno de sus monólogos satíricos —el de la señora Roosevelt, por ejemplo, escribiendo su diario después de visitar una clínica para madres solteras—, pero bastaron tres fracasos para dar al traste con su valor y sus esperanzas. No disponía de ningún ahorro, por lo que había tenido que aceptar un empleo en un buque platanero, con el cual, al menos, le había sido posible alejarse de Nueva York. Durante un tiempo había vivido con el temor de que la tía Dottie le hiciese buscar por la policía en Nueva York, aunque nada malo había hecho en Boston, sólo escaparse para abrirse camino en el mundo, como millones de jóvenes habían hecho antes que él.

Tom opinaba que su principal equivocación estribaba en su sempiterna inconstancia, que le impedía echar raíces en los empleos que conseguía, como le había sucedido en el departamento de contabilidad de unos grandes almacenes. Aquel puesto tal vez le hubiera dado una oportunidad de ascender a cargos más importantes, pero le había desalentado por completo la lentitud con que se movía el escalafón de la firma. De todos modos, parte de la culpa la tenía la tía Dottie al no haber tomado en serio ninguna de las empresas que él había acometido, empezando por el puesto de repartidor de periódicos que había tenido a los trece años. Se había ganado una medalla de plata, concedida por el periódico en premio a su «cortesía, servicio y formalidad». Le parecía estar viendo a otra persona al recordar cómo era él por aquel entonces: un crío flaco y llorón, aquejado siempre por un resfriado de nariz, pero que, sin embargo, había logrado ganarse una medalla de plata por su cortesía, su espíritu servicial y su formalidad. La tía Dottie no podía ni verle cuando estaba resfriado, y solía sonarle la nariz con tanta fuerza que casi se la arrancaba.

Tom se estremeció al recordarlo, pero lo hizo con elegancia, aprovechando para arreglarse la raya de los pantalones.

Recordó que ya a los ocho años había hecho votos de escapar de su tía, imaginándose toda suerte de escenas violentas al tratar ella de impedírselo... luchaban y él la derribaba a puñetazos, estrangulándola, y finalmente le arrancaba el broche que llevaba prendido en el vestido y le asestaba un millón de puñaladas en la garganta con él. Se fugó a los diecisiete años, pero le habían llevado de vuelta a casa, donde siguió hasta los veinte. Entonces huyó otra vez, en esa ocasión con éxito. Resultaba asombroso ver cuán ingenuo había sido, cuán poco sabía del mundo y de sus cosas, como si el odio hacia la tía Dottie no le hubiera dejado tiempo para aprender y hacerse un hombre. Se acordaba de sus sentimientos al ser despedido del almacén donde había trabajado durante su primer mes en Nueva York. El empleo le había durado menos de dos semanas, porque no era lo bastante fuerte para pasarse ocho horas diarias levantando cajas de naranjas, pero se había esforzado tratando de conservar el trabajo, hasta casi caer enfermo; cuando le despidieron le había parecido una jugarreta monstruosamente injusta. No lo había olvidado. Entonces sacó la conclusión de que el mundo estaba lleno de gentes como Simon Legree, y que uno tenía que convertirse en un animal, duro como los gorilas que trabajaban con él en el almacén, si no quería morirse de hambre. Recordó que acababa de salir despedido y entró en una tienda donde robó un pan, llevándoselo a casa y devorándolo, pensando que el mundo le debía un pan y mucho más.

—¿Mister Ripley?

Una de las inglesas que días antes había compartido con él el sofá del salón se inclinaba hacia él.

—Nos estábamos preguntando si accedería usted a jugar una partida de bridge con nosotras. Vamos a empezar dentro de unos quince minutos. ¿Qué le parece?

Tom se incorporó cortésmente en la silla de cubierta.

—¡Muchísimas gracias! Verá, prefiero quedarme disfrutando del aire libre. Además, soy bastante malo jugando al bridge.

—¡Oh, nosotras también! Como guste, otra vez será.

La inglesa se alejó tras dedicarle una sonrisa.

Tom volvió a hundirse en la silla, se echó la visera sobre los ojos y cruzó los brazos sobre la cintura. No ignoraba que su actitud de distanciamiento estaba provocando ciertas habladurías entre el pasaje. No había sacado a bailar a ninguna de las chicas tontas que, entre risitas y cuchicheos, le miraban con ojos esperanzados cada noche, durante el baile que se celebraba después de la cena. Se imaginaba las conjeturas de los demás pasajeros:

«Pero ¿de veras es americano?».

«Eso creo, querida, pero no lo parece por su forma de comportarse, ¿verdad? Casi todos son tan ruidosos.»

«Es terriblemente serio, ¿no crees? No parece tener más de veintitrés años. Seguro que tiene algún asunto importantísimo en la mente.»

Así era: el presente y futuro de Tom Ripley.

7

París quedó reducido a la fachada de un café, iluminada y con la lluvia cayendo sobre su toldo y sus mesitas, apenas entrevista desde la estación del ferrocarril, como los carteles de las agencias de viajes. Tom recorrió andenes inacabables, siguiendo a los hombrecillos uniformados de azul que transportaban su equipaje. Finalmente llegó al cochecama que le llevaría hasta Roma. Se dijo que ya tendría tiempo de visitar París más adelante. Lo que ansiaba en aquellos momentos era llegar a Mongibello.

Al despertarse por la mañana, se hallaba ya en Italia. Aquella misma mañana sucedió algo muy agradable. Tom se hallaba en su compartimento, admirando el paisaje por la ventanilla, cuando oyó unas voces que hablaban en italiano, fuera en el pasillo. Decían algo sobre Pisa. El tren pasaba junto a una ciudad y Tom salió para verla mejor desde el otro lado. Automáticamente, buscó con la mirada la torre inclinada, aunque no estaba seguro de que la ciudad fuese Pisa y, de haberlo sido, no sabía si la torre era visible desde la vía. Pero sí lo era, y ahí estaba: una columna maciza y blanca que sobresalía de entre los tejados de las casas que formaban la ciudad, y se *inclinaba,* se inclinaba de un modo que parecía imposible. Siempre había creído que la gente exageraba mucho cuando hablaba de la torre inclinada de Pisa. Le pareció un buen presagio ver que no era así, un aviso de que Italia iba a ser exactamente tal como él se la había imaginado, y que las cosas le saldrían bien en el asunto de Dickie.

Llegó a Nápoles ya entrada la tarde. No había autobús para Mongibello hasta las once de la mañana siguiente.

Un muchacho de unos dieciséis años, vestido con una sucia camisa y calzado con zapatos de soldado americano, se le pegó en la estación, cuando estaba cambiando un poco de dinero, ofreciéndole Dios sabe qué, tal vez chicas, tal vez drogas, y pese a las protestas de Tom, el muchacho llegó a meterse en el taxi con él, indicando al taxista adónde debía dirigirse, sin dejar de parlotear. Tom desistió de hacerle bajar del vehículo y se acomodó en un rincón, con los brazos cruzados y cara de pocos amigos. Al cabo de un rato, el coche se detuvo delante de un gran hotel que daba a la bahía, y Tom pensó que, de no haber corrido los gastos por cuenta de mister Greenleaf, el aspecto del hotel le hubiese asustado.

—*Santa Lucia* —exclamó el muchacho con aire triunfante y señalando hacia el mar.

Tom asintió con la cabeza. Al fin y al cabo, el muchacho parecía tener buenas intenciones. Tom pagó al taxista y le dio al muchacho un billete de cien liras, que, según sus cálculos, eran unos dieciséis centavos y pico, una buena propina tratándose de Italia según el artículo que había leído a bordo del buque. Al ver que el muchacho ponía cara de ofendido, le dio otro billete de cien, y viendo que su expresión de ultraje no se borraba, Tom agitó una mano en su dirección y entró en el hotel detrás de los botones que ya se habían hecho cargo del equipaje.

Por la noche cenó en un restaurante del puerto llamado Zi'Teresa y que le había recomendado el maître del hotel, que sabía inglés. Pasó grandes apuros para encargar la cena, y finalmente se halló frente a un plato de pulpos en miniatura, de un púrpura tan virulento que parecían cocidos con la misma tinta empleada para escribir el menú. Probó la punta de un tentáculo y le pareció algo desagradable, dura como un cartílago. El segundo plato también fue una equivocación: una fritada de pescado. El tercer plato —del que se había asegurado que fuese alguna clase de postre— resultó ser un par de pescados de color rojizo. Pero la comida no le importaba. Empezaba a sentirse ablandado por el vino. Lejos, a su izquierda, la luna iba a la deriva por encima del Vesubio. Tom la contempló como si la hubiese visto mil veces. Allí, más allá del Vesubio, se encontraba el pueblo de Richard.

A las once de la mañana siguiente, Tom subió al autobús. La carretera bordeaba el mar y atravesaba una serie de pueblecitos donde el autobús se detenía brevemente: Torre del Greco, Torre Annunciata, Castelammare, Sorrento. Tom escuchaba ansiosamente al conductor, que iba anunciando cada uno de los pueblecitos. A partir de Sorrento, la carretera se convertía en una especie de exiguo desfiladero cortado a pico en los acantilados rocosos que Tom había visto, en fotografía, en casa de los Greenleaf. De vez en cuando, se veían pueblecitos abajo, junto al mar, casitas que parecían migas de pan, puntitos que eran las cabezas de la gente que nadaba cerca de la playa. Tom vio que en mitad de la carretera había un enorme peñasco, sin duda desprendido de la pared rocosa. El conductor lo sorteó con un viraje sin darle más importancia.

—¡Mongibello!

Tom se levantó de un salto y de un tirón bajó la maleta de la red portaequipajes. Tenía otra maleta en el tejadillo del autobús. El ayudante del conductor se encargó de bajársela. Entonces el vehículo prosiguió su marcha, dejando a Tom solo al borde de la carretera, con el equipaje a sus pies. Por encima de su cabeza había casas que se encaramaban montaña arriba, y las había también abajo, con sus tejados recortándose sobre el mar azul. Sin quitar ojo de sus maletas, Tom entró en una casita al otro lado de la carretera, en la que había un letrero que decía POSTA, y preguntó al hombre de la ventanilla dónde estaba la casa de Richard Greenleaf. Sin pensarlo, habló en inglés, pero el hombre pareció entenderle, ya que salió con él y sin moverse de la puerta señaló carretera arriba, la misma carretera por la que Tom acababa de llegar. En italiano le dio una detallada explicación de cómo se llegaba allí.

—*Sempre sinistra, sinistra!*

Tom le dio las gracias y le preguntó si podía dejar las maletas en la estafeta durante un rato, y el hombre pareció comprenderle también, puesto que le ayudó a entrarlas.

Tuvo que preguntar a otras dos personas por la casa de Richard Greenleaf, pero todo el mundo parecía saber cuál era, y la tercera persona a quien se dirigió pudo señalársela: una gran casa de dos pisos, con una verja de hierro junto a la carretera, y una terraza que sobresalía del borde del acantilado. Tom hizo sonar la campana de metal que colgaba junto a la verja. De la casa salió una mujer, italiana, secándose las manos en el delantal.

—¿Mister Greenleaf? —preguntó Tom con voz esperanzada.

La mujer le dio una larga y sonriente respuesta en italiano, señalando hacia el mar.

—Judío —parecía decirle incesantemente—. *Judío.*

Tom asintió con la cabeza.

—Grazie.

Tom se preguntó si debía bajar a la playa tal como estaba o bien, adaptándose a las circunstancias, ponerse primero un bañador. También pensó que tal vez debería esperar hasta la hora del té, avisando antes por teléfono. No llevaba ningún bañador en la maleta y allí sin duda lo iba a necesitar. Entró en uno de los pequeños establecimientos cercanos a la estafeta y en cuyo escaparate había expuestas algunas camisas y bañadores. Tras probarse unos cuantos pares de pantalones cortos, ninguno de los cuales le sentaba bien, al menos para utilizarlo como bañador, se decidió por una minúscula prenda negra y amarilla. Envolvió sus ropas cuidadosamente en el impermeable y salió descalzo a la calle. De un salto volvió a entrar en la tienda. La calzada quemaba como brasas.

—¿Zapatos? ¿Sandalias? —preguntó al vendedor.

En la tienda no vendían zapatos.

Tom volvió a calzarse los suyos y atravesó la calle en dirección a la estafeta, con el propósito de dejar la ropa con las maletas, pero el local estaba cerrado. Ya le habían dicho que en Europa algunos sitios cerraban desde el mediodía hasta las cuatro de la tarde. Dio media vuelta y emprendió el descenso por un sendero de guijarros que supuso llevaría hasta la playa. Tuvo que bajar una media docena de peldaños de piedra, muy empinados, luego otro trecho sin asfaltar a cuya vera se alzaban algunas tiendas y casas, después más peldaños, y finalmente llegó a una calzada amplia que discurría a un nivel ligeramente superior al de la playa, donde había un par de cafés y un restaurante con mesas al aire libre. Unos adolescentes italianos, sentados en un banco de madera, bronceándose, le inspeccionaron detenidamente al pasar delante de ellos. Se sintió algo avergonzado de sus enormes zapatos marrones y de la fantasmal palidez de su piel. No había estado en la playa en lo que llevaban de verano. Odiaba las playas. Se fijó en un entarimado que conducía hasta la mitad de la playa, y supuso que las tablas estarían tan calientes como el mismísimo infierno, ya que la gente estaba echada sobre una toalla. Sin embargo, se quitó los zapatos y permaneció unos instantes sobre el entarimado, soportando su quemadura, mientras inspeccionaba calmosamente los grupos cercanos a él. No había nadie que se pareciese a Richard, y las reverberaciones producidas por el calor le impedían distinguir a las personas que se hallaban más lejos. Tom puso un pie sobre la arena y lo retiró rápidamente. Entonces respiró hondo, hizo una carrera hasta el final del entarimado y luego un sprint por la arena, hasta que sus pies se hundieron en el delicioso frescor del agua. Entonces empezó a caminar.

Le vio a cierta distancia, era Dickie, sin duda, aunque estaba requemado por el sol y el pelo, rubio de por sí, parecía más claro de lo que Tom recordaba. Estaba con Marge.

—¿Dickie Greenleaf? —preguntó Tom con una sonrisa.

Dickie alzó los ojos.

—¿Sí?

—Soy Tom Ripley. Nos conocimos en los Estados Unidos hace algunos años. ¿Recuerdas?

Dickie le miraba sin dar muestras de reconocerle.

—Creo que tu padre pensaba escribirte sobre mí.

—¡Oh, claro! —dijo Dickie, dándose una palmada en la frente, como si se reprochase el no haber caído en la cuenta, y poniéndose en pie—. Tom ¿qué más?

—Ripley.

—Ésta es Marge Sherwood —dijo—. Marge, te presento a Tom Ripley.

—Mucho gusto —dijo Tom

—Encantada —respondió ella.

—¿Cuánto tiempo piensas pasar aquí? —le preguntó Dickie.

—Todavía no lo sé —dijo Tom—. Acabo de llegar. Tendré que echar un vistazo por ahí.

Dickie le estaba escrutando, y a Tom no le pareció que lo hiciese con total aprobación. Estaba cruzado de brazos y tenía los pies plantados en la arena caliente, sin que al parecer ello le causase la menor molestia. Tom había tenido que ponerse los zapatos otra vez.

—¿Alquilarás una casa? —preguntó Dickie.

—No lo sé —dijo Tom indeciso, como si hubiera estado pensando en ello.

—Ésta es buena época para encontrar una casa, si es que la quieres para el invierno —dijo la muchacha—. El turismo de verano se ha ido ya, casi no queda nadie. No nos vendría mal tener aquí unos cuantos norteamericanos más durante el invierno.

Dickie no dijo nada. Se habían vuelto a sentar en la enorme toalla de baño, al lado de la muchacha, y a Tom le dio la impresión de que estaba esperando que él se despidiera y siguiera su camino. Tom siguió allí, de pie, sintiéndose tan pálido y desnudo como al acabar de nacer. Odiaba los bañadores y el que llevaba puesto apenas cubría nada. Se las ingenió para sacar el paquete de cigarrillos del bolsillo de la chaqueta, envuelta en el impermeable, y lo ofreció a Dickie y a la muchacha. Dickie aceptó uno, y Tom le dio fuego con su encendedor.

—Me parece que no me recuerdas de Nueva York —dijo Tom.

—Así es, realmente —dijo Dickie—. ¿Dónde te conocí?

—Creo que en... ¿No fue en casa de Buddy Lankenau?

Sabía que no había sido allí, pero sabía también que Dickie conocía a Buddy Lankenau, y Buddy era un individuo muy respetable.

—¡Oh! —dijo Dickie ambiguamente—. Espero que me disculpes. Me falla la memoria cuando se trata de América.

—No hace falta que lo jures —dijo Marge, acudiendo al rescate de Tom—. ¡Cada vez está peor! ¿Cuándo has llegado, Tom?

—Hace sólo una hora, más o menos. He dejado aparcadas mis maletas en la estafeta —dijo Tom, riéndose.

—¿Por qué no te sientas? Aquí tienes otra toalla.

La muchacha extendió una toalla blanca, más pequeña, junto a ella, sobre la arena.

Tom la aceptó agradecido.

—Voy a darme un chapuzón para refrescarme —dijo Dickie, levantándose.

—¡Yo también! —exclamó Marge—. ¿Vienes, Tom?

Tom fue tras ellos. Dickie y la muchacha se adentraron mucho, ambos parecían ser excelentes nadadores, pero Tom se quedó cerca de la orilla y salió del agua antes que ellos. Cuando Dickie y la muchacha regresaron para sentarse en las toallas, Dickie, como si la muchacha se lo hubiese sugerido, dijo:

—Nos vamos. ¿Te gustaría subir a casa y almorzar con nosotros?

—Pues sí. Muchas gracias.

Tom les ayudó a recoger las toallas, las gafas de sol y los periódicos italianos.

Tom creyó que nunca iban a llegar. Dickie y Marge marchaban delante de él, subiendo de dos en dos los inacabables tramos de escalones, lentamente pero sin detenerse. El sol le había debilitado y, en los tramos llanos, notó que le temblaban los músculos de las piernas. Sus hombros ya estaban enrojecidos, y se había puesto la camisa para protegerse de los rayos del sol, pero sentía que el sol le quemaba el cuero cabelludo, produciéndole una sensación de mareo, de náusea.

—¿Te sientes mal, Tom? —le preguntó Marge, respirando de un modo enteramente normal—. Te acostumbrarás si te quedas aquí. Deberías haber visto este lugar durante la ola de calor que tuvimos en julio.

A Tom no le quedaba suficiente respiración para contestar.

Al cabo de un cuarto de hora ya se sentía mejor. Se había dado una ducha fría, y se encontraba cómodamente sentado en un sillón de mimbre, en la terraza de Dickie, con un martini en la mano. Siguiendo una indicación de Marge, se había vuelto a poner el bañador, con la camisa por encima. La mesa de la terraza estaba puesta para tres, y Marge se hallaba en la cocina, hablando en italiano con la doncella. Tom se preguntó si Marge viviría allí. La casa era sin duda lo bastante espaciosa. Estaba sobriamente amueblada, con una mezcla de muebles italianos antiguos y otros, más modernos, americanos. En el vestíbulo había visto dos dibujos originales de Picasso.

Marge salió a la terraza con su martini.

—Aquélla es mi casa —dijo señalándola con una mano—. ¿La ves? Es aquella que parece cuadrada, blanca y con el techo de un rojo más oscuro que las de al lado.

Resultaba imposible distinguirla de entre las demás, pero Tom fingió verla.

—¿Llevas mucho tiempo aquí?

—Un año. Todo el invierno pasado... ¡y menudo invierno! ¡Llovió durante tres meses seguidos, todos los días salvo uno!

—¡Caramba!

—¡Hum!

Marge bebió un sorbo de martini y contempló el pueblecito con cara satisfecha. También ella se había vuelto a poner el bañador, color rojo tomate, y encima llevaba una camisa rayada. Tom se dijo que era bastante atractiva, incluso tenía buen tipo, si a uno le gustaban las chicas un poco llenitas. A él no, por supuesto.

—Según tengo entendido, Dickie posee una embarcación —dijo Tom.

—Así es, la *Pipi,* abreviación de *Pipistrello.* ¿Quieres verla?

Marge señaló otra cosa apenas distinguible que al parecer se hallaba en el pequeño embarcadero que se divisaba desde una esquina de la terraza. Las embarcaciones parecían todas iguales, pero según Marge, la de Dickie era de mayor calado que la mayoría de ellas y, además, tenía dos palos.

Dickie salió a la terraza y se sirvió un cóctel del recipiente que había sobre la mesa. Llevaba unos pantalones de dril, mal planchados, y una camiseta de lino color terracota, igual que su piel.

—Lamento que no tengamos hielo, pero es que no tengo nevera.

Tom sonrió.

—Te he traído un albornoz. Según tu madre, se lo habías pedido. Y también unos cuantos calcetines.

—¿Conoces a mi madre?

—Casualmente conocí a tu padre poco antes de salir de Nueva York, y me invitó a cenar a su casa.

—¿De veras? ¿Cómo estaba mi madre?

—Aquella noche estaba bien, aunque diría que se cansa fácilmente.

Dickie asintió con la cabeza.

—Recibí carta esta semana, y dice que está algo mejor. Cuando menos, no pasa por ninguna crisis aguda en estos momentos, ¿verdad?

—No creo. Me parece que tu padre estaba más preocupado hace unas semanas.

Tom titubeó.

—... también está algo preocupado porque tú no quieres volver a casa.

—Herbert siempre está preocupado por alguna cosa —dijo Dickie.

Marge y la doncella salieron de la cocina con una humeante bandeja de espagueti, una enorme escudilla de ensalada y otra bandeja de pan. Dickie y Marge se pusieron a charlar sobre las ampliaciones que estaban haciendo en uno de los restaurantes de la playa. El propietario quería ampliar la terraza para que la gente pudiera bailar en ella. Hablaban despacio, con toda clase de detalles, igual que los habitantes de una ciudad pequeña, siempre interesados por los más insignificantes cambios que se hacen en el vecindario. A Tom le resultaba imposible participar en la conversación.

Se entretuvo examinando los anillos de Dickie. Le gustaban los dos: un voluminoso trozo de jade rectangular, engarzado en oro, que llevaba en el dedo anular de la mano derecha, y el que lucía en el meñique de la otra mano, y que era una versión más grande y más aparatosa del que llevaba su padre, mister Greenleaf. Las manos de Dickie eran largas y huesudas, y Tom se dijo que eran un poco como las suyas.

—A propósito, tu padre me enseñó el astillero Burke-Greenleaf antes de mi partida —dijo Tom—. Me dijo que habían hecho muchas reformas desde tu última visita. Quedé muy impresionado.

—Me imagino que te ofrecería un empleo también. Siempre está al tanto por si aparece algún joven prometedor.

Dickie daba vueltas y más vueltas a su tenedor y, finalmente, se llevó a la boca una abundante y pulcra porción de espagueti.

—Pues no lo hizo.

Tom tenía la impresión de que el almuerzo no podía haberse desarrollado peor, y se preguntó si mister Greenleaf le habría dicho a su hijo que Tom iba a echarle un sermón para que regresara a casa, o si se trataba simplemente de que Dickie estaba de un humor de perros. Ciertamente, Dickie había cambiado desde la última vez que lo vio.

Dickie sacó una reluciente cafetera *espresso,* que mediría sus buenos sesenta centímetros, y la enchufó en la misma terraza. En cosa de unos momentos, tuvieron cuatro tacitas de café, una de las cuales se llevó Marge a la cocina, para la doncella.

—¿En qué hotel estás, Tom? —preguntó Marge.

Tom sonrío.

—Todavía no me he ocupado de eso. ¿Cuál me recomiendas?

—El Miramare es el mejor. Está a este lado del pueblo, antes de llegar al Giorgio, que, por cierto, es el único que hay aparte del Miramare, pero...

—Dicen que en el Giorgio hay *pulci* en las camas —dijo Dickie, interrumpiéndola.

—Quiere decir pulgas. Es que el Giorgio es barato —dijo Marge con voz seria—, pero el servicio es...

—Prácticamente inexistente —apuntó Dickie.

—De buen humor estás tú hoy, ¿eh? —dijo Marge, lanzándole una migaja de queso.

—Bueno, en tal caso me alojaré en el Miramare, a ver qué tal es —dijo Tom, levantándose—. Tengo que irme.

Ninguno de los dos trató de retenerle. Dickie le acompañó hasta la puerta principal. Marge se quedó en la casa, y Tom se preguntó si entre Dickie y la muchacha habría algo, una de aquellas aventurillas *faute de mieux* que a primera vista pasaban desapercibidas, ya que ninguna de las dos partes daba muestras de gran entusiasmo. Tom se figuró que Marge estaba enamorada de Dickie, pero éste le demostraba tanta o más indiferencia que si se hubiese tratado de la cincuentona doncella italiana.

—Me gustaría ver algunos de tus cuadros cuando te vaya bien, Dickie —dijo Tom.

—Muy bien. Bueno, supongo que volveremos a verte si te quedas por aquí.

Y Tom pensó que lo había dicho al acordarse de que Tom le había traído el albornoz y los calcetines.

—El almuerzo estuvo muy bien. Adiós, Dickie.

—Adiós.

La verja del jardín se cerró con un ruido metálico.

8

Tom alquiló una habitación en el Miramare. Eran ya las cuatro cuando le trajeron las maletas desde la estafeta de correos, y se sentía demasiado cansado para colgar su mejor traje antes de echarse sobre la cama. Desde la calle se oían claramente las voces de unos chicos, tan claramente que parecían estar en la misma habitación, y Tom se puso nervioso al oír la risa insolente de uno de ellos. Se los imaginó discutiendo su expedición a casa del *signore* Greenleaf, haciendo conjeturas poco halagadoras sobre lo que sucedería a continuación.

Tom se preguntó qué estaba haciendo allí, sin amigos, sin hablar palabra de italiano. ¿Y si enfermaba? ¿Quién iba a cuidarle?

Se levantó, consciente de que iba a vomitar, pero moviéndose lentamente, porque sabía muy bien cuándo iba a hacerlo y le quedaba tiempo suficiente para llegar al cuarto de baño. En el baño devolvió el almuerzo y le pareció que también el pescado que había comido en Nápoles. Regresó a la cama y se quedó dormido inmediatamente.

Al despertarse, débil y semiatontado, el sol seguía brillando con fuerza y su reloj nuevo marcaba las cinco y media. Se asomó a la ventana, buscando automáticamente la casa de Dickie, que sobresalía de entre las otras casas, más pequeñas, que moteaban la ladera de rosa y blanco. Divisó la sólida balaustrada rojiza de la terraza, preguntándose si Marge seguiría allí, si estarían hablando de él. De entre el ruido de la calle surgió una risa, tensa y resonante, tan americana como una frase pronunciada con acento de Brooklyn. Vio fugazmente a Dickie y a la muchacha al pasar por delante de un solar entre dos casas, en la calle mayor. Doblaron la esquina y Tom se trasladó a la ventana lateral para verles mejor. Al lado del hotel, justo debajo de su ventana, había un callejón, y por él bajaban Dickie y Marge, él vestido con sus pantalones blancos y su camisa color terracota, y Marge con una falda y una blusa. Tom supuso que habría estado en su casa, a no ser que tuviera alguna ropa en casa de Dickie. En el embarcadero de madera, Dickie se detuvo para hablar con un italiano, al que dio algo de dinero. El hombre se llevó una mano a la gorra, luego soltó las amarras de la embarcación. Tom observó que Dickie ayudaba a Marge a subir a bordo. La blanca vela empezó a subir. Detrás de ellos, a la izquierda, el disco anaranjado del sol se hundía en el agua. Tom pudo oír las risas de Marge y a Dickie gritando algo en italiano hacia el embarcadero. Comprendió que estaba presenciando lo que constituía un día típico de la pareja: una siesta después del tardío almuerzo, probablemente, y después, al ponerse el sol, un paseo en el velero de Dickie. Luego vendrían los aperitivos en alguno de los cafés de la playa. Estaban disfrutando de un día perfectamente normal, como si él no existiera. Tom se preguntó quién podía esperar que Dickie regresara a un mundo de metros y taxis, cuellos almidonados y ocho horas diarias de oficina, incluso contando con un coche con chófer y vacaciones en Florida y Maine. No resultaba un panorama tan atractivo como el vestirse con ropas viejas y navegar libremente, sin tener que responder ante nadie del modo en que empleaba el tiempo, disponiendo además de casa propia y una afable criada que probablemente se cuidaba de todas las tareas molestas. Aparte del dinero que le permitía hacer los viajes que le apetecieran. Tom le envidió intensamente, con un sentimiento mezcla de envidia y de piedad por sí mismo.

Pensó que probablemente la carta de mister Greenleaf decía exactamente lo que hacía falta para poner a Dickie en su contra. Hubiera sido mucho mejor que se presentase sin avisar y trabase conocimiento con Dickie en uno de los cafés de la playa. Posiblemente, a la larga, hubiera podido convencerle de que se fuese a casa, pero tal como se habían desarrollado las cosas, eso resultaba imposible. Tom se maldijo por haberse comportado tan torpemente aquella mañana. Ninguna de las cosas que emprendía en serio le salía bien, esto lo sabía desde hacía años.

Decidió dejar que pasaran unos cuantos días. El primer paso consistiría en lograr caerle simpático a Dickie. Eso lo deseaba más que cualquier otra cosa en el mundo.

9

Transcurrieron tres días sin que Tom hiciese nada. Entonces, en la mañana del cuarto día, bajó a la playa sobre el mediodía y se encontró con Dickie, que estaba en el mismo lugar, a solas, contemplando las rocas grises que cruzaban la arena desde tierra.

—¡Hola! —exclamó Tom—. ¿Dónde está Marge?

—Buenos días. Probablemente estará trabajando. Bajará más tarde.

—¿Trabajando?

—Es escritora.

—¡Oh!

Dickie dio una chupada al cigarrillo italiano que colgaba de sus labios.

—¿Dónde te habías metido? Creí que te habías marchado.

—Estaba enfermo —dijo Tom sin darle importancia y dejando caer la toalla en la arena, pero sin hacerlo demasiado cerca de la de Dickie.

—Entiendo. ¿El estómago, como de costumbre?

—Sí, he estado luchando entre la vida y el cuarto de baño —dijo Tom con una sonrisa—. Pero ya estoy bien ahora.

Era cierto que había estado demasiado débil incluso para salir del hotel, pero había tomado el sol en su habitación, arrastrándose por el suelo conforme se movían los rayos que entraban por la ventana, para no estar tan blanco al volver a bajar a la playa. Y el resto de sus precarias fuerzas lo había empleado en estudiar un manual de conversación en italiano adquirido en el vestíbulo del hotel.

Tom se acercó al mar, se metió tranquilamente hasta que el agua le llegó a la cintura y allí se quedó, echándose agua por los hombros. Se agachó hasta que el agua le llegó a la barbilla y, tras pasar un rato flotando a la deriva, salió sin darse prisa.

—¿Puedo invitarte a una copa en el hotel antes de que te marches a casa, Dickie? —preguntó Tom—. Y a Marge también, si es que viene. Quería darte el albornoz y los calcetines, ¿recuerdas?

—Oh, sí. Muchas gracias, me vendría bien una copa —dijo Dickie, enfrascándose de nuevo en su periódico italiano.

Tom extendió su toalla. Oyó que el reloj del pueblo daba la una.

—No creo que Marge venga ya —dijo Dickie—. Me parece que empezaré a moverme.

Tom se levantó y los dos se encaminaron hacia el Miramare, prácticamente sin decir nada, salvo la invitación a comer que hizo Tom y Dickie rechazó porque, según dijo, la doncella ya le habría preparado el almuerzo en casa. Subieron a la habitación de Tom y Dickie se probó el albornoz y, sin ponérselos, echó una ojeada a los calcetines. Tanto el albornoz como los calcetines resultaron ser de la talla adecuada, y, como Tom esperaba, a Dickie le gustó muchísimo el albornoz.

—Y esto —dijo Tom, sacando del cajón del escritorio un paquete cuadrado envuelto con el papel de una farmacia—. Tu madre te manda también gotas para la nariz.

Dickie sonrió.

—Ya no las necesito. Se acabó la sinusitis. Pero te libraré de ellas.

Tom pensó que ahora Dickie lo tenía todo, todo lo que él podía ofrecerle, y supuso que también rechazaría la invitación a tomar una copa. Le siguió hasta la puerta.

—¿Sabes que tu padre está muy preocupado por que vuelvas a casa? Me pidió que te echase un buen sermón, cosa que, por supuesto, no pienso hacer, aunque, de todos modos, algo tendré que decirle. Prometí que le escribiría.

Dickie se volvió con la mano ya en el pomo de la puerta.

—No sé qué pensará mi padre que estoy haciendo aquí... si emborrachándome día y noche o qué. Es probable que en invierno me vaya a casa a pasar unos días, pero no tengo intención de quedarme. Aquí soy más feliz. Si regresara allí para quedarme, mi padre no me dejaría en paz tratando de hacerme trabajar en Burke-Greenleaf. Me sería completamente imposible pintar, y sucede que a mí me gusta pintar, y creo que es asunto mío el modo como empleo mi vida.

—Lo comprendo. Pero me dijo que no trataría de hacerte trabajar en su negocio si regresabas, a no ser que quisieras hacerlo en el departamento de diseños, y me dijo que eso te gustaba.

—Bueno..., ya hemos hablado de eso varias veces. Gracias, de todos modos, Tom, por entregarme las ropas y el recado. Ha sido muy amable por tu parte.

Dickie le tendió la mano.

A Tom le era imposible estrechársela. Estaba a sólo un paso del fracaso, tanto en lo que se refería a mister Greenleaf como al mismo Dickie.

—Creo que hay algo más que debería decirte —dijo Tom con una sonrisa—. Tu padre me envió aquí especialmente para que te hiciese volver a casa.

—¿Qué quieres decir? —preguntó Dickie, frunciendo el ceño—. ¿Que te pagó el viaje?

—En efecto.

Era su última oportunidad de congraciarse con Dickie, o de ponerle definitivamente en su contra, de hacerle estallar en carcajadas o de inducirle a salir dando un portazo de indignación. Pero la sonrisa ya empezaba a dibujársele en la comisura de los labios, tal y como Tom la recordaba.

—¡Te pagó el viaje! ¡Vaya por Dios! Ya no puede aguantar más, ¿eh?

Dickie cerró la puerta de nuevo.

—Me abordó en un bar de Nueva York —dijo Tom—. Le dije que no tenía una amistad demasiado íntima contigo, pero insistió en que tal vez podía serle útil si venía aquí, así que le dije que lo intentaría.

—¿Cómo se las arregló para dar contigo?

—Por mediación de los Schriever. Yo apenas les conozco, pero ¡le salió bien! Le dijeron que yo era amigo tuyo y que podía hacerte mucho bien.

Se rieron.

—No me gustaría que sospechases que intenté aprovecharme de tu padre —dijo Tom—. Espero encontrar pronto un empleo en algún lugar de Europa y, con el tiempo, podré devolverle el dinero del pasaje. Me dio un pasaje de ida y vuelta.

—¡Oh, no te preocupes! Eso irá a parar a la cuenta de gastos de Burke-Greenleaf. ¡Ya me imagino a mi padre abordándote en un bar! ¿En cuál fue?

—En el Raoul's. De hecho, me estuvo siguiendo desde el Green Cage.

Tom observó el rostro de Dickie, esperando ver algún indicio de que conocía el Green Cage, establecimiento muy popular, pero no fue así.

Tomaron una copa en el bar del hotel. Bebieron a la salud de Herbert Richard Greenleaf.

—Ahora que me doy cuenta, hoy es domingo —dijo Dickie—. Marge se fue a la iglesia. Será mejor que vengas a comer con nosotros. Siempre hay pollo los domingos. Ya sabes que es una vieja costumbre norteamericana, pollo los domingos.

Dickie quiso acercarse a casa de Marge para ver si ella seguía allí. Subieron una escalera que partía de la calle principal y se encaramaba pegada a un muro de piedra, cruzaron un jardín particular, y subieron más escalones. La casa de Marge era un edificio bastante destartalado, de una sola planta y con un jardín mal cuidado enfrente. Un par de cubos y una manguera de jardinero se hallaban tirados sobre el sendero que llevaba hasta la puerta, y el toque femenino se veía representado por el bañador color tomate y unos sujetadores, colgado todo ello en el antepecho de una ventana. Por una ventana, abierta ésta, Tom pudo ver una mesa muy desordenada en la que había una máquina de escribir.

—¡Hola! —exclamó ella al abrirles la puerta—. ¡Hola, Tom! ¿Dónde te has escondido todos estos días?

Les ofreció una copa, pero descubrió que quedaban solamente un par de dedos de ginebra en la botella de Gilbey's.

—No importa, iremos a mi casa —dijo Dickie.

Se movía por la alcoba de Marge, que hacía las veces de cuarto de estar, con gran familiaridad, como si él mismo viviera allí la mayor parte del tiempo. Se inclinó ante una maceta en la que crecía una diminuta planta de difícil clasificación y acarició sus hojas con el dedo índice.

—Tom tiene algo gracioso que contarte —dijo Dickie—. ¡Cuéntaselo, Tom!

Tom respiró hondo y empezó. Hizo que el relato fuese divertido y Marge se rió como alguien que llevase años sin tener nada gracioso de que reírse.

—Cuando vi que entraba en el Raoul's a por mí, ¡estuve a punto de escapar por una ventana!

Su lengua seguía parloteando casi independientemente de su cerebro, que en aquellos momentos estaba ocupado en calcular los progresos que estaría haciendo para ganarse el aprecio de Dickie y Marge. En sus rostros se veía que ganaba terreno rápidamente.

La subida hasta la casa de Dickie no le pareció tan larga como en la ocasión anterior. A la terraza llegaba el delicioso aroma del pollo en el asador. Dickie preparó unos martinis. Tom se duchó y luego lo hizo Dickie, que, al salir, se sirvió una copa, igual que la primera vez, pero el ambiente había cambiado radicalmente.

Dickie se sentó en un sillón de mimbre, con las piernas colgándole por encima de uno de los brazos.

—¡Cuéntame más cosas! —dijo sonriendo—. ¿A qué clase de trabajo te dedicas? Dijiste que tal vez buscarías un empleo.

—¿Por qué lo dices? ¿Es que tienes algo para mí?

—Me temo que no.

—Pues, puedo hacer varias cosas..., de mayordomo, cuidar niños, llevar una contabilidad... Por desgracia tengo aptitud para los números. Por borracho que esté, siempre me doy cuenta cuando el camarero intenta estafarme. Sé falsificar firmas, pilotar un helicóptero, defenderme con los dados en la mano, hacerme pasar prácticamente por cualquier otra persona, cocinar..., y montar un espectáculo para mí solo en un club nocturno cuando el animador de la casa está enfermo. ¿Hace falta que siga?

Tom tenía el cuerpo inclinado hacia delante e iba contando sus habilidades con los dedos. No le hubiera resultado difícil seguir nombrándolas.

—¿A qué clase de espectáculo te refieres? —preguntó Dickie.

—Pues...

Tom se puso en pie de un salto.

—... a éste, por ejemplo.

Hizo una pose con un pie adelantado y una mano en la cadera.

—Vean a Lady Assburden* probando las delicias de viajar en metro en Nueva York. Ni siquiera ha viajado en el metro de Londres, pero no quiere regresar a su país sin llevar consigo alguna experiencia de los Estados Unidos.

Tom lo hizo todo con gestos, fingiendo buscar una moneda, comprobando que no entraba en la ranura, comprando una ficha, mostrando perplejidad ante las diversas escalinatas que bajaban hasta los andenes, poniendo cara de alarma a causa del estruendo del metro, volviendo a mostrar perplejidad al tratar de salir al exterior...

En aquel momento Marge salió a la terraza y Dickie le dijo que se trataba de una inglesa en el metro, pero Marge no le entendió.

Tom siguió representando su pantomima, simulando entrar por una puerta que, a juzgar por su expresión de horror y dignidad ofendida ante el espectáculo, no podía ser otra cosa que la entrada de los urinarios para hombres. La expresión de horror fue en aumento hasta culminar en desmayo. Tom se desmayó grácilmente sobre el suelo de la terraza.

—¡Magnífico! —chilló Dickie, dando palmadas.

Marge no se reía. Seguía allí de pie, con cara de no comprender nada. Ninguno de los dos se molestó en explicarle la farsa. Tom pensó que, de todas formas, no pa-

---

* Literalmente: Señora Pelmaza. *(N. del T.)*

recía tener sentido del humor para apreciar aquella clase de parodia.

Tom bebió un sorbo de martini, inmensamente satisfecho consigo mismo.

—Algún día representaré otra para ti, Marge —dijo Tom, aunque en realidad lo que quería era darle a entender a Dickie que su repertorio no terminaba allí.

—¿La comida está lista? —preguntó Dickie a la muchacha—. Me estoy muriendo de hambre.

—Estoy esperando que las malditas alcachofas estén en su punto. Ya sabes cómo es el fogón. Apenas sirve para hacer hervir el agua.

Marge sonrió a Tom.

—Para según qué cosas, Dickie es muy chapado a la antigua, Tom, sobre todo si son cosas que él no tiene que hacer. Aquí no sigue habiendo más que un fogón de leña y, además, se niega a comprar una nevera, aunque sea de las más sencillas.

—Aquí tienes uno de los motivos por los que hui de los Estados Unidos —dijo Dickie—. Esas cosas no son más que un modo de tirar el dinero en un país donde hay tantos sirvientes. ¿Qué haría Ermelinda si pudiera preparar la comida en media hora?

Dickie se levantó y añadió:

—Ven conmigo, Tom. Te enseñaré algunos de mis cuadros.

Dickie le condujo hasta la espaciosa habitación a la que Tom ya se había asomado un par de veces al dirigirse a la ducha, la habitación del largo diván debajo de las dos ventanas y el enorme caballete en medio de ella.

—Ahora estoy trabajando en este retrato de Marge —dijo Dickie, señalando el cuadro colocado en el caballete.

—¡Oh! —dijo Tom con interés.

A su modo de ver, probablemente también al de otras personas, el cuadro no era bueno. El entusiasmo de la sonrisa del retrato resultaba un tanto artificial, y la piel era tan rojiza como la de un comanche. De no haber sido porque Marge era la única rubia en varios kilómetros a la redonda, no hubiese advertido ni el más mínimo parecido.

—Y estos de aquí... paisajes, muchos paisajes —dijo Dickie, soltando una carcajada de mofa, aunque era evidente que esperaba que Tom hiciese algún cumplido acerca de los cuadros, ya que no era difícil ver que se sentía orgulloso de ellos. Todos se parecían entre sí, y estaban pintados a toda prisa, de cualquier modo. La combinación de terracota y azul eléctrico salía en casi todos, tejados color terracota, igual que las montañas, y mar de un agresivo azul eléctrico. El mismo azul con que estaban pintados los ojos de Marge en el retrato. He aquí mis pinitos surrealistas —dijo Dickie, apoyando otra tela en sus rodillas.

Tom dio un respingo, avergonzado de un modo casi personal. Se trataba de Marge otra vez, sin duda, aunque ahora aparecía con una larga melena que semejaba estar formada por una familia de serpientes, y lo peor de todo eran sus ojos, en los que se reflejaba un paisaje en miniatura con las casas y montañas de Mongibello en uno y un nutrido grupo de seres humanos, diminutos y de color rojo, en el otro.

—Sí, me gusta —dijo Tom, pensando que el señor Greenleaf tenía razón.

Supuso que, pese a todo, los cuadros entretenían a Dickie, impidiéndole meterse en líos, justamente como sucedía con miles y miles de pintores aficionados que pintaban sus abominables cuadros en todo el territorio de los Estados Unidos. Pero lamentaba que Dickie perteneciese a esa categoría, hubiese deseado que como pintor valiese mucho más.

—Ya sé que como pintor nunca causaré sensación —dijo Dickie—, pero la pintura me produce un gran placer.

—Sí.

Tom tenía ganas de olvidarse por completo de los cuadros, incluso de que Dickie pintaba.

—¿Puedo ver el resto de la casa?

—¡No faltaría más! No has visto el salón, ¿verdad?

Dickie abrió una puerta del vestíbulo que daba a una habitación muy grande, donde había una chimenea, varios sofás, anaqueles cargados de libros y tres salidas: una a la terraza, otra al terreno situado al otro lado de la casa, y una tercera al jardín de delante. Dickie le dijo que durante el verano no usaba aquella habitación, que prefería guardársela para el invierno, ya que así podía cambiar de escenario. A Tom le pareció que la habitación parecía más la guarida de una rata de biblioteca que una sala de estar. Se sintió sorprendido. No se había figurado a Dickie como un joven con inclinaciones especialmente intelectuales, sino más bien dedicado principalmente a los deportes. Tal vez se había equivocado. Pero no creía estar equivocado al presentir que Dickie se aburría y necesitaba de alguien que le enseñara a divertirse.

—¿Qué hay arriba? —preguntó Tom

El piso de arriba resultó decepcionante. El dormitorio de Dickie, en una esquina de la casa que daba a la terraza, era austero y vacío —una cama, una cómoda y una mecedora constituían todo el mobiliario—. Los muebles parecían fuera de lugar debido a lo espacioso del dormitorio y, además, la cama era estrecha, apenas más ancha que una cama individual. Las tres habitaciones del segundo piso ni siquiera estaban amuebladas, o al menos no lo estaban del todo. En una no había más que leña y un montón de telas inservibles. No había ningún indicio de Marge por parte alguna, y mucho menos en la alcoba de Dickie.

—¿Qué te parece si un día de éstos nos vamos los dos a Nápoles? —sugirió Tom—. No tuve ocasión de visitar la ciudad al venir hacia aquí.

—Muy bien —respondió Dickie—. Marge y yo iremos el sábado por la tarde. Casi todos los sábados cenamos allí, y luego nos damos el lujo de regresar en taxi o en *carrozza*. Vente con nosotros.

—Oh, me refería a ir algún día laborable, por la mañana. Así podría ver un poco más de la ciudad —dijo Tom, con la esperanza de que Marge no se uniera a la excursión—. ¿Es que pintas todo el día?

—No. Hay un autobús a las doce cada lunes, miércoles y viernes. Supongo que podríamos ir mañana mismo, si tienes ganas.

—Estupendo —dijo Tom, aunque seguía sin saber si Marge iría con ellos—. Marge ¿es católica? —preguntó mientras bajaban las escaleras.

—¡Por venganza! Se convirtió hace seis meses más o menos a causa de un italiano por el que estaba loca. ¡Cómo hablaba el tío! Pasó unos cuantos meses aquí, reponiéndose de un accidente de esquí. Marge se consuela de la pérdida de Eduardo abrazando su religión.

—Me figuraba que estaba enamorada de ti.

—¿De mí? ¡No digas tonterías!

La comida ya estaba preparada al salir a la terraza. Había incluso galletas con mantequilla, acabadas de preparar por Marge.

—¿Conoces a Vic Simmons de Nueva York, Dickie? —preguntó Tom.

Vic tenía un salón donde se reunían muchos pintores, escritores y gente de ballet en Nueva York, pero Dickie no había oído hablar de él. Tom le preguntó sobre otras dos o tres personas, también sin éxito.

Tom confiaba que Marge se marchase después del café, pero se quedó. Aprovechando un momento en que no estaba en la terraza, Tom dijo:

—Me gustaría invitarte a cenar en el hotel esta noche.

—Gracias, ¿a qué hora?

—A las siete y media, ¿te parece bien? Así nos quedará tiempo para tomar unos cócteles... Después de todo, el dinero es de tu padre —añadió con una sonrisa.

Dickie se echó a reír.

—Muy bien. ¡Cócteles y una buena botella de vino!

Marge regresaba en aquel mismo momento.

—¡Marge! ¡Esta noche cenamos en el Miramare, por cortesía de Greenleaf *père*!

Tom comprendió que Marge también iría, y que él no podía hacer nada por evitarlo. Al fin y al cabo, el dinero era del padre de Dickie.

La cena no fue del todo mal, pero la presencia de Marge le impidió hablar de cosas que le hubiera gustado comentar, ni siquiera tenía ganas de hacer alardes de ingenio ante la muchacha. Marge conocía a varias de las personas que se hallaban en el comedor, y, después de cenar, pidió permiso y se trasladó a otra mesa con su taza de café.

—¿Cuánto tiempo piensas quedarte aquí? —preguntó Dickie.

—Al menos una semana —contestó Tom.

—Es que...

Las mejillas de Dickie estaban algo encarnadas. El *chianti* le había puesto de buen humor.

—... es que si piensas quedarte un poco más aquí, podrías alojarte en casa. ¿No crees? No vale la pena que te quedes en el hotel, a no ser que lo prefieras.

—Muchas gracias, Dickie —dijo Tom.

—Hay una cama en la habitación de la doncella. Ermelinda no duerme en casa. Y estoy seguro de que nos las arreglaremos con los muebles que hay esparcidos por la casa, si es que decides mudarte, claro.

—Claro que me gustaría. A propósito, tu padre me dio seiscientos dólares para mis gastos, y todavía me quedan quinientos. Me parece que los dos deberíamos divertirnos un poco con ellos, ¿no crees?

—¡Quinientos! —exclamó Dickie, como si en toda su vida nunca hubiese visto tanto dinero junto—. ¡Con eso podríamos alquilar un pequeño turismo!

Tom no dijo nada en favor de aquella idea, que no era la que él tenía sobre cómo divertirse. Lo que quería era coger un avión para ir a París. Marge regresó a la mesa.

Al día siguiente, por la mañana, se mudó.

En una de las habitaciones de arriba, Dickie y Ermelinda habían instalado un armario junto con un par de sillas y, en las paredes, Dickie había clavado con chinchetas unas cuantas reproducciones de los mosaicos bizantinos de la catedral de San Marcos. Entre los dos subieron la estrecha cama de hierro de la habitación de la doncella. Terminaron antes de las doce, un tanto achispados a causa del *frascati* que habían estado bebiendo mientras trabajaban.

—¿Sigue en pie lo de ir a Nápoles? —preguntó Tom.

—Claro que sí —dijo Dickie, consultando su reloj—. Son sólo las doce menos cuarto. Podemos coger el autobús de las doce.

Se llevaron sólo las chaquetas y el talonario de cheques de viaje que tenía Tom. El autobús llegaba en el momento en que alcanzaron la estafeta. Tom y Dickie se colocaron junto a la portezuela, esperando que la gente terminara de apearse; entonces Dickie subió al vehículo y se encontró ante las mismas narices de un joven pelirrojo que llevaba una chillona chaqueta deportiva, un norteamericano.

—¡Dickie!

—¡Freddie! —chilló Dickie—. ¿Qué haces aquí?

—¡He venido a verte! Y también a los Cecchi. Pasaré unos días en su casa.

—*Ch'elegante!* Me voy a Nápoles con un amigo. ¡Tom!

Llamó a Tom y les presentó.

El norteamericano se llamaba Freddie Miles. A Tom le pareció horrible. No soportaba el pelo rojo, y el de Freddie era color rojo zanahoria. Además, tenía el cutis blanco y pecoso. Sus ojos eran grandes y color castaño rojizo; daban la impresión de moverse constantemente de un lado para otro, como los de un bizco, aunque tal vez se trataba simplemente de una de aquellas personas que jamás miran directamente a su interlocutor. Por si fuera poco, también estaba demasiado gordo. Tom le volvió la espalda, esperando que Dickie acabase la conversación que, según advirtió Tom, estaba retrasando la salida del autobús. Dickie y Freddie hablaban de esquí y se citaron para diciembre en una ciudad de la que Tom nunca había oído hablar.

—Seremos unos quince en Cortina —dijo Freddie—. ¡Será una verdadera juerga, como la del año pasado! Tres semanas, ¡si el dinero nos dura tanto!

—¡O si duramos nosotros! —dijo Dickie—. ¡Te veré esta noche, Fred!

Tom subió al autobús después de Dickie. No había asientos libres y quedaron encajonados entre un hombre flaco y sudoroso que olía mal, y un par de viejas campesinas que olían peor. Justo en el momento que salían de la población, Dickie recordó que Marge iría a comer con ellos como de costumbre, ya que el día anterior, al invitar a Tom a trasladarse a casa, había creído que el viaje a Nápoles quedaba cancelado. Dickie gritó para que el autobús se detuviera, cosa que hizo el vehículo con gran chirriar de frenos y una sacudida que hizo perder el equilibrio a todos cuantos viajaban de pie. Dickie sacó la cabeza por la ventanilla y gritó:

—¡Gino! ¡Gino!

Un mocoso se acercó corriendo para coger el billete de cien liras que Dickie le ofrecía. Dickie le dijo algo en italiano y el mocoso le contestó:

—*Subito, signore!*

Tras lo cual se alejó corriendo carretera arriba, Dickie le dio las gracias al conductor y el autobús reemprendió la marcha.

—Le dije que avisara a Marge que regresaríamos por la noche, pero probablemente tarde —dijo Dickie.

—Muy bien.

El autobús les dejó en una amplia y ajetreada plaza de Nápoles, y de pronto se vieron rodeados de carretillas cargadas de uva, higos, pasteles, sandias, al mismo tiempo que les acosaba un nutrido grupo de adolescentes vociferantes que trataban de venderles plumas estilográficas y juguetes mecánicos. La gente se apartaba para dejar paso a Dickie.

—Conozco un lugar muy bueno para almorzar —anunció Dickie—. Una auténtica pizzería napolitana. ¿Te gusta la pizza?

—Sí.

La pizzería se hallaba en una callejuela demasiado estrecha y empinada para los automóviles. En la entrada colgaba una cortina formada por sartas de cuentas, y en cada mesa había una garrafita de vino. En todo el establecimiento no había más de seis mesas. Era un lugar perfecto para pasar horas y horas tranquilamente, bebiendo vasos de vino. Estuvieron allí hasta las cinco de la tarde, y entonces Dickie dijo que era hora de ir al Galleria. Pidió disculpas por no llevarle al Museo de Arte, donde, según dijo, estaban expuestos algunos originales de Da Vinci y de El Greco, pero ya tendrían tiempo de visitarlo más adelante. Dickie se había pasado la mayor parte de la tarde hablando de Freddie Miles, y la conversación le parecía a Tom tan aburrida como el propio rostro de Freddie. Freddie Miles era hijo del propietario de una cadena de hoteles de los Estados Unidos, y además era dramaturgo; al menos eso decía él, ya que, por lo que Tom pudo deducir, su producción hasta la fecha quedaba limitada a dos obras, ninguna de las cuales se había representado en Broadway. Freddie poseía una casa en Cagnes-sur-Mer, donde Dickie había pasado unas cuantas semanas antes de trasladarse a Italia.

—¡Esto es lo que me gusta! —dijo expansivamente Dickie, ya en el Galleria—. Sentarme a una mesa y ver cómo pasa la gente. Te ayuda a ver la vida con distintos ojos. Los anglosajones estamos muy equivocados al no practicar la costumbre de ver pasar a la gente desde la mesa de un café.

Tom movió la cabeza afirmativamente. No era la primera vez que oía aquella historia. Esperaba que Dickie dijera algo profundo y original. Dickie era bien parecido, un muchacho nada vulgar gracias a los rasgos finos y alargados de su rostro, a sus ojos inteligentes y a la dignidad de su porte, completamente ajena a lo que llevara puesto. En aquel momento iba calzado con unas sandalias rotas y llevaba unos pantalones blancos bastante sucios, pero ahí estaba, sentado con el aire de ser propietario del Galleria, charlando en italiano con el camarero que acababa de servirles los *espressos.*

—*Ciao!* —exclamó al ver pasar a un joven italiano.

—*Ciao,* Dickie!

—Es el que cambia los cheques de viaje de Marge los sábados —explico Dickie.

Un italiano bien vestido saludó a Dickie, apretándole efusivamente la mano, y se sentó con ellos. Tom se puso a escuchar su conversación en italiano, y de vez en cuando pescaba alguna palabra. Empezaba a sentirse cansado.

—¿Quieres ir a Roma? —le preguntó Dickie de sopetón.

—¡Claro! —contestó Tom—. ¿Ahora?

Se puso en pie, buscando en el bolsillo dinero para pagar las consumiciones, cuyo importe estaba marcado en el recibo de papel que el camarero había dejado debajo de las tazas de café.

El italiano tenía un largo Cadillac gris, equipado con persianas, una bocina capaz de emitir cuatro notas distintas, y una estruendosa radio a la que él y Dickie no parecían prestar atención, charlando a voz en grito para poder oírse. En cosa de dos horas alcanzaron los suburbios de Roma. Tom se incorporó en el asiento cuando, especialmente en su honor, el coche enfiló la Via Appia. De vez en cuando encontraban un bache. Eran trechos empedrados con los adoquines originales y que, según dijo el italiano, habían sido dejados tal cual con el fin de que la gente tuviera una idea de qué sentían los romanos al viajar. A derecha e izquierda había campos de aspecto desolado bajo la luz del crepúsculo. Tom pensó que parecían cementerios abandonados, en los que sólo quedaban en pie algunas escasas tumbas y las ruinas de las demás. El italiano les dejó en mitad de una calle de Roma y se despidió bruscamente.

—Tiene prisa —dijo Dickie—. Tiene que ver a su amiguita y esfumarse antes de que el marido de ésta se presente en casa a las once. Ahí está el music hall que estaba buscando. ¡Vamos!

Compraron entradas para la función de la noche. Todavía les quedaba una hora antes de que diese comienzo el espectáculo, asi que se encaminaron a la Via Veneto, ocuparon una mesa en la acera y encargaron *americanos.* Dickie no conocía a nadie en Roma, por lo que Tom pudo observar, al menos no conocía a ninguna de las personas que pasaban por allí, pese a que el ir y venir era constante, tanto de italianos como de americanos. Tom logró entender muy poco de lo que decían y cantaban en la función del music hall, aunque hizo un gran esfuerzo por comprender. Dickie sugirió que abandonasen el local antes de que finalizara el espectáculo. Alquilaron una *carrozza* y dieron varias vueltas por la ciudad, viendo una fuente tras otra, el Foro y también el Coliseo, al que dieron una vuelta. Había luna y Tom, a pesar de seguir sintiéndose cansado y soñoliento, estaba de buen humor a causa de la excitación que le producía el hecho de visitar Roma por primera vez. Iban cómodamente sentados en la *carrozza*, con un pie apoyado en la rodilla opuesta, y a Tom, cada vez que miraba la pierna y el pie de Dickie, le parecía estar contemplándose en un espejo. Eran de la misma estatura, y casi del mismo peso, aunque tal vez Dickie estaba algo más grueso, y usaban el mismo número de albornoz, calcetines y probablemente, camisas.

Dickie al ver que Tom pagaba el viaje, llegó incluso a decir:

—¡Gracias, señor Greenleaf!

La escena tenía algo de irreal para Tom.

A la una de la madrugada, su humor había mejorado si cabe después de la botella y media de vino que se habían bebido entre ambos durante la cena. Caminaban cogidos por el hombro, cantando y, al doblar una esquina, se dieron de bruces con una muchacha a la que hicieron caer al suelo. La ayudaron a levantarse entre disculpas, ofreciéndose para acompañarla a casa. Sin hacer caso de sus protestas, insistieron en ir con ella, uno a cada lado. La muchacha les dijo que tenía que tomar determinado tranvía, pero Dickie no quiso saber nada de ello y, en su lugar, detuvo un taxi. Dickie y Tom se sentaron en los asientos plegables, muy formales, con los brazos cruzados, como un par de lacayos. Dickie se puso a charlar con la muchacha, haciéndola reír un par de veces. Tom pudo entender casi todo lo que decía Dickie. La ayudaron a apearse en una callejuela que les hizo pensar que volvían a estar en Nápoles.

—*Grazie tante!* —les dijo la muchacha.

Les estrechó la mano a los dos y luego desapareció en un portal donde reinaba la más absoluta oscuridad.

—¿Oíste lo que dijo? —preguntó Dickie—. Que éramos los americanos más simpáticos que había conocido en su vida.

—Ya sabes lo que hubiera hecho cualquier sinvergüenza americano en nuestro lugar...: violarla —dijo Tom.

—Vamos a ver... ¿dónde estamos? —preguntó Dickie, dando una vuelta en redondo.

Ninguno de los dos tenía la más ligera idea de dónde se encontraban. Anduvieron varias manzanas de casas sin encontrar nada conocido, ni siquiera una calle, que pudiera servirles de guía. Hicieron un alto para orinar al amparo de la oscuridad de una pared, luego echaron a andar otra vez.

—Cuando amanezca veremos dónde estamos —dijo alegremente Dickie, echando un vistazo a su reloj—. Sólo quedan un par de horas.

—Magnífico.

—Es hermoso acompañar a una buena chica hasta su casa, ¿verdad? —preguntó Dickie, dando un traspié.

—Si lo es —afirmó Tom—. Pero es una suerte que Marge no esté con nosotros. De lo contrario no hubiéramos podido acompañar a esa chica.

—Bueno..., no estoy muy seguro —dijo Dickie con tono pensativo, bajando la vista hacia sus zigzagueantes pies—. Marge no es...

—Lo único que quiero decir —aclaró Tom— es que, de estar Marge aquí, estaríamos preocupándonos por encontrar un hotel donde pasar la noche. Lo más probable, de hecho, es que estuviéramos ya en el maldito hotel. ¡No estaríamos viendo media Roma!

—¡Así es! —dijo Dickie pasándole el brazo por el hombro a Tom.

Dickie le sacudió bruscamente por un brazo, y Tom trató de zafarse y de cogerle la mano.

—¡Dickie! —exclamó.

Entonces abrió los ojos y se encontró ante la cara de un policía. Se incorporó. Estaba en un parque y amanecía. Dickie, sentado a su lado sobre la hierba, hablaba en italiano con el agente, sin dar muestras de nerviosismo alguno. Tom palpó sus ropas, buscando el bulto rectangular del talonario de cheques. Seguía en su bolsillo.

—*Pasaporti!* —les espetaba el policía, una vez y otra.

Dickie volvía a lanzarse a dar explicaciones, sin perder la calma. Tom sabía perfectamente lo que Dickie decía al agente: que eran americanos y que no llevaban el pasaporte consigo porque, al salir, lo habían hecho con la sola intención de dar un paseíto y contemplar las estrellas. Sintió ganas de echarse a reír. Se levantó vacilante y sacudiéndose la ropa. Dickie estaba de pie también, y echaron a andar, alejándose del policía, aunque éste seguía chillándoles. Dickie le respondió con tono cortés, como dándole más explicaciones. Al menos el agente no les siguió.

—¡Menuda facha tenemos! —dijo Dickie.

Tom asintió con la cabeza. Llevaba una larga rasgadura en la rodilla de los pantalones, probablemente debida a una caída. Sus ropas estaban arrugadas, manchadas por la hierba y sucias de polvo y sudor, aunque los dos temblaban de frío. Se metieron en el primer café que hallaron en su camino y se tomaron sendos *caffè latte* y unos bollos, luego varias copas de coñac italiano que sabía a diablos pero les calentó. Entonces estallaron en carcajadas. Todavía estaban borrachos.

A las once llegaron a Nápoles, con el tiempo justo para coger el autobús de Mongibello. Resultaba maravilloso pensar que volverían a Roma, vestidos de un modo más presentable, y visitarían todos los museos que no habían podido ver esta vez, y resultaba maravilloso pensar que aquella misma tarde podrían tumbarse en la playa de Mongibello, tostándose al sol. Pero se quedaron sin playa, porque al llegar se ducharon, luego se desplomaron sobre sus respectivas camas y se quedaron dormidos, hasta que Marge les despertó a las cuatro. Marge estaba enfadada porque Dickie no le había mandado un telegrama avisándola de su intención de pasar la noche en Roma.

—No es que me importase lo de pasar la noche en Roma, es sólo que creí que estabais en Nápoles, y en Nápoles suceden muchas cosas.

—¡Uh, qué miedo! —exclamó Dickie, mirando de reojo a Tom.

Tom permanecía sumido en un enigmático mutismo, decidido a no contarle a Marge nada de lo que habían hecho. Se dijo que pensara lo que le viniera en gana. Con lo dicho por Dickie quedaba ya bien claro que se lo habían pasado en grande. Tom advirtió que la muchacha miraba a Dickie con cara severa debido a su resaca, a su rostro sin afeitar y al Bloody Mary que se estaba tomando en aquel momento. Había algo en los ojos de Marge, cuando estaba seria, que le daba aspecto de persona mayor pese a los vestidos ingenuos que usaba y a su aire de exploradora. Su forma de mirar en aquel instante era la propia de una madre o una hermana mayor... la inveterada aversión femenina hacia los juegos destructivos de los niños y los hombres. Tom se dijo que quizá se trataba de celos. Diríase que Marge sabía que Dickie y él se sentían más unidos de lo que ella jamás lograría con Dickie, solamente porque él, Tom, era hombre también, y lo mismo hubiese sucedido aunque Dickie la amase, cosa que no correspondía a la realidad. De todos modos, al cabo de un momento, pareció que la muchacha se calmaba, y la expresión desapareció de sus ojos. Dickie le dejó a solas con Marge en la terraza. Tom le preguntó por el libro que estaba escribiendo, a lo que ella respondió que se trataba de un libro sobre Mongibello, con fotografías tomadas por ella misma. También le contó que procedía de Ohio, mostrándole una foto, que llevaba en el monedero, en el que se veía la casa de su familia.

—Es una casa sencilla, de tablones de madera, pero es mi hogar —dijo Marge, sonriendo.

Tom sonrió al oír la palabra «tablones», porque era la que Marge empleaba cuando quería decir que alguien estaba bebido, y hacía sólo unos minutos que ella se la había echado en cara a Dickie:

—¡Llevas encima un tablón de miedo!

Tom pensó que su forma de hablar era abominable, tanto la pronunciación como las palabras que escogía para expresarse. Trató de mostrarse especialmente amable con ella, diciéndose que podía permitirse el lujo de hacerlo. La acompañó hasta la verja y se despidieron amistosamente, aunque ninguno de los dos sugirió que se reuniesen los tres más tarde o al día siguiente. No cabía ninguna duda, Marge estaba un poco enfadada con Dickie.

10

Durante tres o cuatro días Marge se dejó ver muy poco salvo en la playa, y aun entonces daba muestras evidentes de frialdad hacia ambos. Sonreía y charlaba tanto, o quizá más, como siempre, pero en su tono se notaba cierta cortesía que lo hacía frío. Tom se dio cuenta de que Dickie estaba preocupado, pero no lo suficiente como para hablar con Marge a solas, ya que, desde que Tom estaba en su casa, Dickie no había estado solo con la muchacha. Tom había estado con él en todo momento desde su traslado.

Finalmente, para demostrar que no lo había pasado por alto, Tom comentó que Marge se estaba comportando de una forma extraña.

—Oh, es que tiene accesos de malhumor a veces —dijo Dickie—. Tal vez está enfrascada en su trabajo. En esos casos no le gusta ver a nadie.

Tom sacó la conclusión de que la relación entre Dickie y Marge era justo tal como él había sospechado de buen principio. Marge estaba mucho más encariñada con Dickie que éste con ella.

Tom, de todos modos, se las ingenió para distraer a Dickie. Disponía de un sinfín de anécdotas graciosas sobre gente que conocía en Nueva York, algunas eran ciertas, otras inventadas. Cada día daban un paseo en el bote de Dickie, y nunca mencionaron la fecha de la posible partida de Tom. Resultaba obvio que a Dickie le gustaba su compañía. Tom se mantenía apartado cuando a Dickie le daba por pintar, y siempre estaba dispuesto a dejar lo que hacía para salir a pasear con Dickie, ya en bote o a pie, o simplemente para sentarse y conversar. Asimismo, Dickie parecía estar complacido del interés que Tom ponía en aprender italiano. Cada día, Tom se pasaba un par de horas con su gramática y sus manuales de conversación.

Tom escribió al señor Greenleaf diciéndole que estaba en casa de Dickie y que éste había hablado da coger un avión y pasar una temporada con sus padres el próximo invierno. Añadió que probablemente lograría persuadirle de que pasase más tiempo con ellos. Aquella carta, estando en casa de Dickie, le pareció mejor que la primera, en la que decía que se encontraba hospedado en un hotel de Mongibello. Tom dijo también que cuando se le acabase el dinero tenía intención de buscar empleo, tal vez en uno de los hoteles de la localidad, y lo hizo como sin darle importancia, con una doble finalidad: recordarle al señor Greenleaf que los seiscientos dólares podían acabársele, y hacerle ver que estaba tratando con un joven muy bien dispuesto a ganarse la vida trabajando. Tom quiso causarle una impresión igualmente buena a Dickie, así que, una vez la hubo escrito, le enseñó la carta antes de meterla en el sobre.

Transcurrió otra semana, con un tiempo ideal que inducía a la pereza. De hecho, el mayor esfuerzo físico que Tom realizaba cada día era subir las escalinatas desde la playa por la tarde, y, en cuanto al mental, era charlar en italiano con Fausto, el chico de veintitrés años que Dickie había contratado en el pueblo para que tres veces a la semana diese a Tom lecciones de italiano.

Un día fueron a Capri en el velero de Dickie. Capri estaba lo bastante lejos como para no ser visible desde Mongibello. Tom se sentía lleno de ansia por llegar, pero Dickie daba muestras de preocupación y de sentirse poco inclinado a entusiasmarse por nada. Discutió con el encargado del embarcadero donde amarraron el *Pipistrello,* y ni tan sólo quiso dar un paseo por las maravillosas callejuelas que desde la plaza se extendían en todas direcciones. Se sentaron en un café de la plaza y bebieron un par de vasos de Fernet-Branca; después Dickie quiso emprender el regreso antes de que cayera la noche, aunque Tom hubiese pagado gustosamente la cuenta del hotel a cambio de quedarse en Capri hasta el día siguiente. Tom se dijo que ya tendría ocasión de volver a Capri, así que decidió tratar de olvidar el día que allí acababa de pasar.

Llegó una carta del señor Greenleaf que se había cruzado con la de Tom. En la carta, el señor Greenleaf reiteraba sus razones para que Dickie regresara a los Estados Unidos, deseaba buena suerte a Tom y le pedía que le contestase pronto, comunicándole los resultados de sus buenos oficios. Una vez más, Tom cogió la pluma y sumisamente se aplicó a contestar la carta, pensando que la del padre de Dickie tenía un desagradable aire de carta comercial, como si la hubiera escrito a un proveedor preguntando por la situación de algún envío de piezas de repuesto o algo parecido. Así pues, Tom no tuvo ninguna dificultad en contestar con el mismo tono. Estaba un poco mareado al escribirla, ya que lo hizo después de comer y a esa hora siempre estaban un poco mareados debido al vino. Era una sensación deliciosa que fácilmente podía borrarse con un par de *espressos* y un breve paseo, o bien, si así lo preferían, podían prolongarla tomándose otro vaso de vino, a sorbitos, mientras iban haciendo las cosas que llenaban el ocio de sus tardes. Para divertirse, Tom procuró que en la carta se reflejase un leve sentimiento de esperanza. Siguiendo el estilo del señor Greenleaf, escribió:

Si no me equivoco, Richard no está muy seguro de su decisión de permanecer aquí un invierno más. Tal como le prometí haré cuanto esté en mi mano para disuadirle de ello, y con el tiempo –si bien puede que no sea hasta la Navidad– quizá consiga que se quede en los Estados Unidos cuando vaya a verles a ustedes.

Tom no pudo ocultar una sonrisa mientras escribía, porque él y Dickie llevaban días hablando sobre hacer un crucero por el mar Egeo cuando llegase el invierno, sin contar con que Dickie ya había desechado la idea de irse a los Estados Unidos, siquiera por unos días, a no ser que su madre estuviera grave para entonces. También habían hablado de pasar en Mallorca los meses de enero y febrero, que eran los peores del año en Mongibello. Además, Tom estaba seguro de que Marge no iría con ellos, ya que él y Dickie la habían excluido de sus planes siempre que hablaban de ellos, aunque Dickie había cometido la equivocación de decirle a la muchacha que posiblemente harían un crucero de invierno. A veces Dickie hablaba demasiado y aquellos días, aunque Tom sabía que se mantenía firme en su decisión de no llevarla con ellos, Dickie se mostraba más atento que de costumbre con la muchacha, simplemente porque comprendía que iba a sentirse sola sin ellos en el pueblo y porque no se le escapaba que, en realidad, era una grosería no invitarla. Los dos trataron de disimular insistiendo en que querían viajar del modo más barato posible, utilizando barcos de ganado, durmiendo con los campesinos en cubierta y cosas por el estilo, es decir, viajando de un modo que no era nada apropiado para una señorita. Pero Marge no cejaba en su actitud de desaliento, ni Dickie dejaba de invitarla a menudo para hacerse perdonar. A veces, mientras paseaban, Dickie la cogía de la mano, aunque Marge no siempre se lo permitía. Otras veces, la muchacha retiraba su mano de un modo que a Tom le parecía estar implorando precisamente todo lo contrario, que Dickie la conservara en la suya.

Cuando la invitaron a acompañarles a Herculano, Marge dijo que no.

—Prefiero quedarme en casa. ¡Que os divirtáis! —dijo ella, haciendo un esfuerzo por sonreír alegremente.

—Pues si no quiere venir, que no venga —dijo Tom, entrando discretamente en la casa para que Marge y Dickie pudieran hablar a solas en la terraza si era eso lo que querían.

Tom entró en el estudio de Dickie y se sentó a contemplar el mar en el antepecho de la ventana, con sus tostados brazos cruzados sobre el pecho. Le encantaba contemplar el azul del Mediterráneo e imaginar que él y Dickie navegaban por donde les apetecía. Tánger, Sofía, El Cairo, Sebastopol... Pensaba que cuando se quedara sin dinero, Dickie le habría cobrado tanto afecto probablemente que le parecería lo más natural del mundo que siguieran viviendo juntos. Los dos podrían vivir sin apuros con los quinientos dólares mensuales que a Dickie le daban sus rentas.

Desde la terraza le llegaba la voz de Dickie, en la que se notaba un cierto tono de súplica, y los monosílabos con que le respondía Marge. Después oyó la verja que se cerraba secamente. Marge se había ido, pese a que pensaba quedarse a comer. Bajó del antepecho y fue a reunirse con Dickie.

—¿Es que se ha enfadado por algo? —preguntó Tom.

—No. Supongo que se siente abandonada o algo así.

—No puede negarse que tratamos de hacerla venir con nosotros.

—No es eso solamente.

Dickie paseaba lentamente de un extremo a otro de la terraza.

—Ahora me sale con que ni siquiera tiene ganas de venir conmigo a Cortina.

—Bueno, seguramente cambiará de parecer de aquí a diciembre.

—Lo dudo —dijo Dickie.

Tom supuso que era porque él también iría a Cortina, ya que Dickie le había invitado la semana anterior. Freddie Miles ya no estaba en el pueblo al regresar ellos de la excursión a Roma. Había tenido que trasladarse apresuradamente a Londres, según les contó Marge. Pero Dickie pensaba escribirle anunciándole que le acompañaría un amigo.

—¿Quieres que me vaya, Dickie? —sugirió Tom, convencido de que Dickie diría que no—. Tengo la sensación de ser un estorbo entre tú y Marge.

—¡Claro que no! ¿Estorbo para qué?

—Bueno, al menos desde su punto de vista.

—No. Es sólo que le debo algo. Y últimamente no he estado demasiado amable con ella. Mejor dicho, no *hemos* estado.

Tom comprendió a qué se refería: él y Marge se habían hecho compañía durante el largo y aburrido invierno, cuando ellos dos eran los únicos americanos que vivían en el pueblo, y que debido a eso Dickie se sentía obligado a no abandonarla ahora que tenía un nuevo compañero.

—¿Y si hablo con ella sobre el viaje a Cortina? —sugirió Tom.

—Entonces seguro que no irá —respondió concisamente Dickie, entrando luego en la casa.

Oyó que le decía a Ermenilda que no sirviera todavía el almuerzo porque él no tenía apetito aún. Pese a que hablaba en italiano, Tom pudo entender que Dickie hablaba con el tono propio del amo de la casa, recalcando que era él, Dickie, quien no estaba aún preparado para el almuerzo. Dickie volvió a salir a la terraza, protegiendo el encendedor con la mano para prender un pitillo. Dickie poseía un bello encendedor de plata, pero la más ligera brisa bastaba para apagarlo. Finalmente, Tom sacó su feo encendedor, tan feo y eficaz como el equipo de campaña de un soldado, y le encendió el cigarrillo. Estuvo a punto de proponer que tomasen una copa, pero se contuvo, ya que no estaba en su casa, aunque daba la casualidad de que las tres botellas de Gilbey's que había en la cocina las había comprado él.

—Son más de las dos —dijo Tom—. ¿Damos un paseíto hasta correos?

A veces, Luigi abría la estafeta a las dos y media, otras veces no lo hacía hasta las cuatro, nunca se sabía.

Bajaron por la ladera sin hablar. Tom se preguntaba qué habría dicho Marge sobre él. De pronto, sintió que el sudor brotaba de su frente debido a un inesperado sentimiento de culpabilidad, amorfo pero muy intenso, como si Marge le hubiera dicho a Dickie que él, Tom, había robado algo o cometido algún acto vergonzoso. Estaba seguro de que Dickie no actuaría de aquel modo si Marge se hubiese limitado a comportarse fríamente con él. Dickie descendía la pendiente con el cuerpo inclinado hacia delante, de tal modo que sus huesudas rodillas parecían adelantarse al resto de su cuerpo; era un modo de andar que, inconscientemente, se había convertido en el de Tom también. Pero Tom advirtió que Dickie tenía la barbilla hundida en el pecho y las manos metidas hasta lo más hondo de los bolsillos de sus shorts. Dickie quebró su silencio solamente para saludar a Luigi y darle las gracias por la carta que le entregaba. No había correo para Tom. La carta de Dickie procedía de un banco napolitano y contenía un impreso en el que, escrita a máquina, Tom vio la cifra de 500 dólares. Dickie se la metió descuidadamente en el bolsillo y dejó caer el sobre en una papelera. Tom supuso que se trataba del aviso que cada mes recibía Dickie, comunicándole que su dinero había llegado a Nápoles. Dickie le había contado que su compañía fideicomisaria le mandaba el dinero a un banco de Nápoles. Siguieron caminando cuesta abajo, y Tom dio por sentado que luego subirían por la carretera principal hasta llegar a la curva que había al otro lado del pueblo, como habían hecho otras veces, pero Dickie se detuvo frente a los escalones que llevaban a la casa de Marge.

—Me parece que subiré a ver a Marge —dijo Dickie—. No tardaré, pero no hace falta que me esperes.

—De acuerdo —dijo Tom, sintiéndose repentinamente desolado. Se quedó mirando cómo Dickie subía por los escalones labrados en la piedra del muro, luego dio bruscamente la vuelta y emprendió el regreso a casa.

A mitad del camino se detuvo con el impulso repentino de bajar a tomarse una copa en el bar de Giorgio (aunque los martinis que allí servían eran horribles), sintiendo al mismo tiempo otro impulso que le inducía a presentarse en casa de Marge, con el pretexto de pedirle disculpas y, de aquel modo, desahogarse al sorprenderles y molestarles. De pronto tuvo la seguridad de que en aquel preciso momento Dickie la estaría abrazando o, cuando menos, tocando, y en parte sintió ganas de verlo y, al mismo tiempo, cierta aversión al pensar en ello. Dio la vuelta y se encaminó hacia la verja de Marge. La cerró tras de sí con cuidado, aunque la casa quedaba tan alejada de la entrada que resultaba imposible que le hubiesen oído, entonces apretó a correr escaleras arriba, subiendo los escalones de dos en dos. Al llegar al último tramo aflojó el paso mientras pensaba en lo que diría:

—Mira, Marge, lo siento si he sido yo la causa de la tirantez de estos días. Te invitamos a ir con nosotros hoy, y lo hicimos en serio, incluyéndome a mí.

Tom se detuvo al divisar la ventana de Marge: Dickie la tenía enlazada por el talle y la estaba besando, ligeramente, en la mejilla, sonriéndole. Se hallaban a unos cuatro o cinco metros de donde Tom estaba, aunque la habitación parecía oscura en comparación con la brillante luz del exterior, por lo que tuvo que forzar la vista para verles. Marge tenía el rostro vuelto hacia Dickie, como si estuviera en éxtasis, y lo que molestó a Tom fue el convencimiento de que Dickie no iba en serio, que recurría a aquello solamente para conservar la amistad de la muchacha. Y le molestó también observar el voluminoso trasero de la muchacha, que llevaba falda de campesina, sobresaliendo debajo del brazo con que Dickie la enlazaba por el talle. Tom nunca lo hubiera creído de Dickie.

Les dio la espalda y bajó corriendo los escalones, sintiendo deseos de gritar. Cerró la verja de un portazo y siguió corriendo hasta llegar a casa, jadeando, apoyándose en la baranda después de cruzar la verja. Permaneció un rato sentado en el diván del estudio de Dickie, aturdido y con la mente en blanco. Aquel beso... no le había parecido un primer beso. Se acercó al caballete de Dickie, evitando inconscientemente mirar el cuadro colocado en él, y, cogiendo la goma de borrar que había en la paleta, la arrojó violentamente por la ventana. Vio que la goma describía un arco y desaparecía en dirección al mar. Cogió más objetos del pupitre: gomas de borrar, plumillas, difuminos, carboncillos y pedazos de colores al pastel, y uno a uno los fue arrojando contra la pared o por la ventana. Sentía la curiosa sensación de que su cerebro actuaba con lógica y que su cuerpo se había desmandado. Salió corriendo a la terraza con la idea de subirse a la baranda de un salto o de hacer equilibrios cabeza abajo, pero se contuvo al ver el vacío que había al otro lado de la baranda.

Subió a la habitación de Dickie y estuvo paseándose por ella durante un rato, con las manos en los bolsillos, preguntándose cuándo volvería Dickie. Se dijo que tal vez se quedaría con Marge toda la tarde, que en realidad se acostaría con ella. Abrió el ropero de un tirón y miró dentro. Había un traje de franela gris, nuevo y bien planchado que nunca le había visto a Dickie. Tom lo sacó del armario. Se quitó sus propios pantalones, que solamente le cubrían hasta las rodillas, y se puso los pantalones del traje. Se calzó un par de zapatos de Dickie. Después abrió el último cajón de la cómoda y sacó una camisa limpia a rayas blancas y azules. Escogió una corbata azul oscuro de seda y se la anudó meticulosamente. El traje le sentaba bien. Se peinó de nuevo, esta vez con la raya un poco más hacia un lado, tal como la llevaba Dickie.

—Marge, tienes que comprender que no estoy *enamorado* de ti —dijo Tom frente al espejo e imitando la voz de Dickie, más aguda al hacer énfasis en una palabra, y con aquella especie de ruido gutural, al terminar las frases, que podía resultar agradable o molesto, íntimo o distanciado, según el humor de Dickie—. ¡Marge, ya basta!

Tom se volvió bruscamente y levantó las manos en el aire, como si agarrase la garganta de la muchacha. La zarandeó, apretándola mientras ella iba desplomándose lentamente, hasta quedar tendida en el suelo, como un saco vacío. Tom jadeaba. Se secó la frente tal como lo hacía Dickie, buscó su pañuelo, y, al no encontrarlo, sacó uno de Dickie del primer cajón de la cómoda, luego siguió con su actuación delante del espejo. Entreabrió la boca y observó que hasta sus labios se parecían a los de Dickie cuando éste se hallaba sin aliento después de nadar.

—Ya sabes por qué he tenido que hacerlo —dijo, sin dejar de jadear y dirigiéndose a Marge, pese a estar contemplándose a sí mismo en el espejo—. Te estabas interponiendo entre Tom y yo... ¡Te equivocas, no se trata de eso! Pero ¡sí hay un lazo entre nosotros!

Dio media vuelta y, sorteando el cadáver imaginario, se acercó sigilosamente a la ventana. Más allá de la curva de la carretera, podían verse los escalones que subían hasta el domicilio de Marge. Dickie no estaba allí ni en los tramos de carretera visibles desde la ventana.

«Tal vez estén durmiendo juntos», pensó Tom, sintiendo un nudo de asco en la garganta.

Se imaginó el acto, torpe, chapucero, dejando insatisfecho a Dickie y maravilloso para Marge. Se dijo que a la muchacha le agradaría hasta que Dickie la torturase. Se acercó rápidamente al ropero y sacó un sombrero de la estantería de arriba. Era un pequeño sombrero tirolés, adornado con una pluma verde y blanca. Se lo encasquetó airosamente, sorprendiéndose al comprobar lo mucho que se parecía a Dickie con la parte superior de la cabeza oculta bajo el sombrero. De hecho, lo único que les diferenciaba era que su pelo era más oscuro. Por lo demás, la nariz..., al menos su forma en general... la mandíbula enjuta, las cejas si les daba la expresión apropiada...

—¿Qué diablos estás haciendo?

Tom se volvió rápidamente. Dickie estaba en la puerta. Tom comprendió que debía de haber estado en la verja al asomarse él momentos antes, por eso no le había visto.

—Bueno... sólo trataba de divertirme —dijo Tom, con el tono grave de voz que en él era síntoma de embarazo—. Lo siento, Dickie.

La boca de Dickie se abrió levemente, luego se cerró otra vez, como si el enojo le impidiera pronunciar palabra, aunque, para Tom, el gesto fue tan desagradable como las propias palabras que pudiera haberle dicho. Dickie entró en la habitación.

—Dickie, lo siento si...

El portazo le cortó en seco. Dickie empezó a refunfuñar mientras se desabrochaba la camisa, como si Tom no estuviera allí, ya que estaba en su habitación, donde Tom no tenía por qué entrar. Tom se quedó de pie, petrificado por el miedo.

—¡A ver si te quitas mi ropa! —exclamó Dickie.

Tom empezó a desnudarse, con dedos torpes debido a la turbación que le embargaba, pensando que hasta entonces Dickie siempre le había dicho que podía ponerse cualquier prenda suya que le apeteciera. Eso nunca se lo volvería a decir.

Dickie bajó la vista hacia los pies de Tom.

—¿Los zapatos también? ¿Es que estás loco?

—No.

Tom hacía esfuerzos para recuperar su aplomo. Colgó el traje en el ropero y entonces dijo:

—¿Te reconciliaste con Marge?

—No pasa nada entre Marge y yo —contestó Dickie secamente, tan secamente que Tom abandonó aquel tema—. Otra cosa que quiero decirte, y decírtelo claramente —dijo Dickie, mirándole—, es que no soy invertido. No sé si se te ha metido esa idea en la cabeza o no.

—¿Invertido? —dijo Tom, haciendo un débil esfuerzo por sonreír—. Jamás me pasó por la cabeza que lo fueses.

Dickie iba a añadir algo, pero se calló. Se irguió y Tom advirtió que las costillas se marcaban bajo su piel morena.

—Pues Marge piensa que tú sí lo eres.

—¿Por qué?

Tom sintió que se quedaba sin sangre en las venas. Se quitó el segundo zapato agitando el pie débilmente, y lo dejó en el ropero junto a su pareja.

—¿Qué le hace pensar eso? ¿Qué he hecho para parecerlo, si es que he hecho algo?

Se sentía a punto de desmayarse. Nadie le había dicho aquello en la cara, no de aquel modo.

—Es sólo por la forma en que actúas —dijo Dickie con un gruñido, saliendo de la habitación.

Tom se puso los shorts a toda prisa. Pese a llevar puesta la ropa interior, había tratado de ocultarse de Dickie detrás de la puerta del ropero. Se dijo que sólo porque le caía bien a Dickie, Marge lanzaba sus sucias acusaciones contra él. Y Dickie no había tenido agallas suficientes para negarlo.

Al bajar se encontró a Dickie preparándose una copa en el bar de la terraza.

—Dickie, quiero que esto quede bien claro —empezó a decir Tom—. Tampoco yo soy invertido, y no quiero que nadie piense que lo soy.

—Muy bien —gruñó Dickie.

El tono de su voz le recordó las respuestas de Dickie a sus preguntas sobre si conocía a fulanito o menganito de

Nueva York. Algunas de las personas sobre las que le había preguntado a Dickie eran homosexuales, era cierto, y a menudo le había parecido que Dickie las conocía en realidad, pero, a propósito, negaba saber quiénes eran. Era Dickie, al fin y al cabo, quien estaba sacando el tema a colación, dándole una importancia exagerada. Tom titubeó mientras por su mente pasaban tumultuosamente muchas cosas que hubiese podido decir, algunas amargas, conciliadoras las otras. Su pensamiento retrocedió hacia ciertos grupos con los que había tenido relación en Nueva York, y a los que había dejado de frecuentar pasado un tiempo, a todos sin excepción, aunque en aquel momento lamentaba incluso haberlos conocido. Le habían aceptado porque les resultaba gracioso, pero él nunca había tenido nada que ver con ninguno de sus componentes. Un par de veces se le habían insinuado, y él les había rechazado, si bien recordaba que luego solía intentar hacer las paces con ellos, yendo a buscar hielo para sus copas, acompañándoles en taxi aunque vivieran en lugares muy alejados de su casa. Lo había hecho porque temía que empezaran a odiarle. Se había comportado como un imbécil, ahora lo comprendía. Recordó la humillación de aquella vez en que Vic Simmons le dijo:

—¡Por el amor de Dios, Tommy, cierra el pico!

Sucedió al decirle a un grupo de personas, por tercera o cuarta vez en presencia de Vic:

—No acabo de estar seguro de si me gustan los hombres o las mujeres, así que estoy pensando en dejarlos a todos.

Por aquellos días, Tom solía fingir que acudía a la consulta de un psicoanalista, ya que todo el mundo lo hacía, y acostumbraba a inventar anécdotas disparatadas sobre las sesiones en la consulta, anécdotas que luego contaba en las fiestas, y la broma sobre su supuesta indecisión siempre hacía reír a cuantos le escuchaban, especialmente por su modo de contarla, hasta que Vic le dijo que cerrase el pico; a partir de entonces, Tom nunca volvió a soltar aquella broma, ni volvió a hablar de su supuesto psicoanalista. A decir verdad, Tom pensaba que había mucho de cierto en ello, porque, en comparación con el resto de la gente, él era una de las personas más inocentes y de pensamiento más limpio que jamás conociera. Ésa era la ironía de la situación que se le había planteado con respecto a Dickie.

—Tengo la impresión de... —empezó a decir Tom.

Pero Dickie ni siquiera le escuchaba. Le volvió la espalda con una expresión hosca en la boca y se fue con su ropa al otro extremo de la terraza. Tom se le acercó, un tanto temeroso, sin saber si Dickie iba a echarle por encima de la barandilla o si, simplemente, se volvería hacia él diciéndole que se largase de su casa. Con voz tranquila, Tom preguntó:

—¿Estás enamorado de Marge, Dickie?

—No, pero me da lástima. Siento afecto por ella, y ella se ha portado muy bien conmigo. Hemos pasado muy buenos ratos juntos. Parece que no seas capaz de comprender eso.

—Sí, lo comprendo. Eso fue lo que pensé cuando os vi por primera vez. Que se trataba de un asunto platónico en lo que a ti se refería, y que probablemente ella sí te amaba.

—Así es. Y uno siempre hace un gran esfuerzo por no herir a las personas que le quieren, ¿sabes?

—Claro.

Tom titubeó otra vez, tratando de escoger sus palabras. Seguía en un estado de temerosa agitación, aunque Dickie ya no estaba enfadado con él, y resultaba fácil ver que no iba a expulsarle de su casa. Con voz que denotaba mayor seguridad en sí mismo, Tom dijo:

—Me imagino que si estuvierais en Nueva York no os veríais tan a menudo, quizá nunca, pero aquí en el pueblo, con tan poca gente...

—Exactamente, ésa es la verdad. Nunca me he acostado con ella, ni tengo intención de hacerlo, pero sí quiero conservar su amistad.

—Bien, pues, ¿es que yo he hecho algo para impedírtelo? Ya te lo dije, Dickie, preferiría marcharme antes que hacer algo que rompiese tu amistad con Marge.

Dickie le miró de reojo.

—No, no has hecho nada... en concreto, pero resulta fácil observar que no te gusta que esté por aquí. Siempre que te esfuerzas en decirle algo amable, se nota el esfuerzo, ésa es la verdad.

—Lo siento —dijo Tom con cara contrita.

Lamentaba no haberse esforzado más, según dijo, y haber causado problemas cuando su verdadera intención era muy otra.

—Bueno dejémoslo ya. Marge y yo nos hemos reconciliado —dijo Dickie con voz desafiante.

Se volvió y se puso a contemplar el mar.

Tom entró en la cocina para prepararse un poco de café. No quiso utilizar la cafetera *expresso* porque a Dickie le molestaba que la usase alguien que no fuese él mismo. Tom decidió subir el café a su habitación y estudiar un poco antes de que llegara Fausto. Todavía no era el momento de hacer las paces con Dickie, ya que éste tenía su orgullo. Sabía que Dickie no se dejaría ver durante casi toda la tarde, luego, sobre las cinco, después de haber pintado un poco, bajaría y todo sería igual que antes, como si el episodio del traje y los zapatos nunca hubiese sucedido. De una cosa Tom estaba seguro: Dickie se alegraba de tenerle allí. Dickie estaba aburrido de vivir solo, y aburrido de Marge también. Tom tenía aún trescientos dólares del dinero que le había dado el señor Greenleaf, y pensaba gastarlo con Dickie corriéndose una juerga en París, sin Marge. Dickie se había quedado sorprendido al decirle Tom que lo único que conocía de París era lo que le había permitido entrever el ventanal de la estación del ferrocarril.

Mientras esperaba que el café estuviese listo, Tom se puso a guardar los alimentos que hubieran sido su almuerzo. Dos de los recipientes llenos de comida los colocó en unas cacerolas de mayor tamaño, medio llenas de agua, con el fin de que las hormigas no llegaran hasta los alimentos. Había también un paquetito con mantequilla recién hecha, un par de huevos, y cuatro panecillos, envueltos en un papel, que Ermelinda les había traído para el desayuno del día siguiente. Tenían que comprar la comida en pequeñas cantidades, diariamente, debido a no tener refrigerador. Dickie quería comprar uno con parte del dinero de su padre. Lo había dicho un par de veces. Tom tenía la esperanza de que cambiase de parecer, ya que el refrigerador se hubiera comido el dinero reservado para viajar, y, además, Dickie tenía un presupuesto muy estricto para los quinientos dólares que recibía cada mes. Dickie, en cierto modo, era muy prudente con el dinero, aunque abajo, en el pueblo, repartía propinas generosas a diestro y siniestro, y solía dar un billete de quinientas liras a cualquier pordiosero que se acercase.

Dickie ya estaba normal cuando dieron las cinco de la tarde. Tom supuso que la sesión de pintura no se le habría dado mal, ya que le había oído pasarse silbando la mayor parte del tiempo en el estudio.

Dickie salió a la terraza, donde Tom estaba dando un repaso a su gramática italiana, y le dio unos cuantos consejos sobre la pronunciación.

—No siempre dicen *voglio* tan claramente —apuntó Dickie—. A veces dicen *io vo'presentare mia amica Marge, per esemplo.*

Dickie agitaba sus manazas en el aire, gesticulando como siempre que hablaba en italiano, de una forma graciosa, como si estuviera dirigiendo una orquesta en pleno *legato.*

—Será mejor que escuches más a Fausto y leas menos tu gramática. Yo mismo, sin ir más lejos, aprendí el italiano en la calle.

Dickie sonrió y empezó a recorrer el sendero del jardín al ver que Fausto estaba ya en la verja.

Tom prestó mucha atención a las bromas que los dos se hacían en italiano, aguzando el oído para entender todas sus palabras.

Fausto apareció sonriente en la terraza, se dejó caer sobre una silla y colocó los desnudos pies sobre la barandilla. Su rostro sonreía o estaba ceñudo, una y otra vez, y era capaz de cambiar de expresión en menos de un segundo. Según decía Dickie, era uno de los pocos habitantes del pueblo que no hablaban en el dialecto del sur.

Fausto residía en Milán, y estaba en Mongibello de visita, pasando unos meses en casa de una tía suya. Acudía tres veces por semana, sin falta y puntualmente, entre las cinco y las cinco y media, y pasaban una hora charlando, sentados en la terraza y sorbiendo vino o café. Tom se esforzaba en aprenderse de memoria todo lo que decía Fausto sobre las rocas, el mar, la política (Fausto era comunista, de los de carnet, y, según decía Dickie, muy propenso a enseñar su carnet a cualquier americano, ya que le hacía gracia ver lo sorprendidos que se quedaban al verlo) y la frenética vida sexual, más propia de gatos que de personas, que llevaban algunos habitantes del pueblo. A veces, a Fausto le resultaba difícil encontrar algo que decir, y entonces se quedaba mirando fijamente a Tom hasta que prorrumpía en carcajadas. Pero Tom estaba haciendo grandes progresos. El italiano era la única cosa que había estudiado que no le aburría, sino que más bien le gustaba. Deseaba hablarlo tan bien como Dickie, y creía que lo conseguiría al cabo de otro mes, si seguía estudiando tanto como hasta entonces.

11

Tom cruzó la terraza con paso enérgico y se metió en el estudio de Dickie.

—¿Quieres ir a París en un féretro? —preguntó.

—*¿Qué?*

Sorprendido, Dickie levantó la mirada de la acuarela en que estaba trabajando.

—He estado charlando con un italiano en el bar de Giorgio. Partiríamos de Trieste, viajando en féretros en el vagón portaequipajes, escoltados por un francés, y nos ganaríamos cien mil liras por cabeza. Sospecho que se trata de un asunto de drogas.

—¿Drogas en los féretros? ¿No es un truco muy gastado ya?

—Bueno, estuvimos hablando en italiano, así que no lo entendí todo, pero dijo que serían tres ataúdes, y es probable que en el tercero vaya un cadáver de verdad y que hayan escondido la droga en el cadáver. Sea como sea, nos ganaríamos el viaje y una buena experiencia.

Se vació los bolsillos, hasta entonces llenos de paquetes de Lucky Strike escamoteados de algún buque. Acababa de comprárselos a un vendedor ambulante, para Dickie.

—¿Qué me dices?

—Me parece una idea maravillosa. ¡A París en un ataúd!

Tom observó una extraña sonrisa en el rostro de Dickie, como si estuviese tomándole el pelo fingiendo seguirle la corriente, cuando en realidad su intención era muy distinta.

—Lo digo en serio —protestó Tom—. El tipo estaba buscando a alguien, a un par de jóvenes dispuestos a encargarse del trabajo. No me cabe la menor duda. Simularán que en los ataúdes viajan los cadáveres de unos soldados franceses caídos en Indochina. El francés del que te hablé se hará pasar por pariente de uno de ellos, o tal vez de los tres.

No era exactamente lo que le había dicho el italiano del bar, pero se aproximaba bastante. Además, doscientas mil liras eran más de trescientos dólares, al fin y al cabo, suficientes para una buena juerga en París. Dickie seguía mostrando cierta reticencia cuando le hablaba de París.

Dickie le miró con ojos inquisitivos y, apagando la colilla del Nazionale que estaba fumando, abrió uno de los paquetes de Lucky Strike.

—¿Estás seguro de que el tipo con quien hablaste no estaba bajo la influencia de la droga él mismo?

—¡Estás de un prudente que asusta últimamente! —dijo Tom, soltando una carcajada—. ¿Dónde está tu espíritu de aventura? ¡Casi diría que ni siquiera me crees! Ven conmigo y te presentaré al hombre. Sigue en el pueblo, esperándome. Se llama Carlo.

Dickie no daba muestras de moverse.

—Mira, cualquier tipo con una proposición semejante no iría por ahí contándosela a cualquiera con todo lujo de pormenores. Lo que hacen es contratar a un par de gorilas para que hagan el viaje desde Trieste a París, tal vez, pero ni eso me parece verosímil.

—¿Me harás el favor de venir conmigo a hablar con el tipo? Si no me crees, lo menos que puedes hacer es echarle un vistazo.

—Claro —dijo Dickie, levantándose de pronto—. Por cien mil liras, puede que hasta fuese capaz de hacerlo.

Antes de salir con Tom, Dickie cerró un libro de poemas que estaba abierto boca abajo sobre el diván del estudio. Marge tenía muchos libros de poesía, y últimamente Dickie se los pedía prestados.

El hombre seguía sentado a una mesa apartada, en el bar de Giorgio, cuando llegaron allí. Tom le sonrió moviendo la cabeza afirmativamente.

—Hola, Carlo —dijo Tom—. *Posso sedermi?*

—*Si si* —respondió el otro, señalando las sillas que quedaban desocupadas junto a la mesa.

—Éste es mi amigo —dijo Tom, hablando cuidadosamente en italiano—. Quiere saber si lo del viaje en tren va en serio.

Tom se quedó a la expectativa, mientras el individuo examinaba a Dickie de pies a cabeza, sopesándolo, y se maravilló de que los ojos de Carlo, negros y despiadados, no dejasen ver más que un interés lleno de cortesía, que en una fracción de segundo fuese capaz de valorar la expresión sonriente y suspicaz de Dickie, su piel bronceada de un modo que sólo era posible pasando meses y meses sin hacer otra cosa que tumbarse al sol, sus raídas ropas, hechas en Italia, y los anillos americanos que adornaban sus dedos.

Lentamente, en los pálidos labios de Carlo empezó a dibujarse una sonrisa; entonces desvió la mirada hacia Tom.

—*Allora?* —le acució éste, lleno de impaciencia.

El hombre alzó su copa de martini dulce y bebió un trago.

—Lo del trabajo es cierto, pero no creo que tu amigo sea el hombre indicado para él.

Tom miró a Dickie. Estaba contemplando al hombre con mirada alerta, sin perder su ambigua sonrisa que, de pronto, a Tom le pareció cargada de desprecio.

—¡Bueno, al menos habrás visto que iba en serio! —dijo Tom.

—¡Hum! —exclamó Dickie, sin dejar de mirar fijamente a Carlo, como si se tratase de alguna especie de animal que le resultase interesante y al que pudiera matar si le venía en gana.

A Dickie no le habría costado nada ponerse a hablar en italiano con el hombre, pero no dijo ni una palabra. Tom se dijo que tres semanas antes, Dickie hubiera aceptado la oferta sin titubear. Y se preguntó qué necesidad tenía de quedarse allí con cara de soplón o de inspector de policía esperando refuerzos para detener al hombre.

—Y bien —dijo Tom finalmente—, ahora me crees, ¿no?

Dickie le miró.

—¿Sobre lo del trabajo? ¡Y yo qué sé!

Tom miró interrogativamente a Carlo, y éste se encogió de hombros, preguntando en italiano:

—No hace falta hablar de ello, ¿verdad?

—No —dijo Tom.

Sintió que la sangre le hervía furiosamente, haciéndole temblar. Estaba furioso con Dickie, que estaba examinando al hombre, tomando nota mentalmente de sus sucias uñas, de la suciedad del cuello de la camisa, de su rostro moreno y feo, recién afeitado pero no recién lavado, de tal modo que por donde había pasado la navaja la piel se veía más clara que en el resto de su cara. Pero los ojos del italiano seguían siendo fríos y amigables, y más fuertes que los de Dickie. Tom sentía que se ahogaba, y se daba cuenta de que no podía expresarse en italiano. Quería hablar con ambos, con Dickie y el italiano.

—*Niente, grazie, Berto* —dijo Tom, sin perder la calma, al camarero que se les había acercado para preguntarles qué querían tomar.

Dickie miró a Tom.

—¿Nos vamos ya?

Tom se levantó bruscamente, tan bruscamente que derribó la silla. La levantó y se despidió de Carlo con una inclinación de cabeza. Tenía la impresión de deberle una disculpa y, con todo, no fue capaz ni de abrir la boca para pronunciar una despedida convencional. El italiano le devolvió la inclinación y sonrió. Tom echó a andar tras las largas piernas de Dickie, que ya se dirigía hacia la puerta del bar. Al salir a la acera, Tom dijo:

—Sólo quería demostrarte que hablaba en serio. Espero que te hayas dado cuenta.

—Muy bien, hablabas en serio —dijo Dickie, sonriendo—. ¿Qué es lo que te pasa?

—¡Eso digo yo! ¿Qué diablos te pasa? —preguntó Tom con tono airado.

—Ese tipo es un bribón. ¿Es eso lo que quieres que reconozca? Pues ¡ya está!

—¿A qué vienen esos aires de superioridad? ¿Es que a ti te ha hecho algo?

—¿Acaso esperas que me arrodille ante él implorando su perdón? No es la primera vez que veo a un bribón. A este pueblo vienen muchos.

Dickie frunció sus rubias cejas.

—Pero, vamos a ver, ¿se puede saber qué diablos te ocurre? ¿Es que quieres aceptar su proposición? Pues ¡adelante!

—Ya no podría aunque quisiera. Después de haberte comportado de esa forma...

Dickie se paró en mitad de la calzada, mirándole. Discutían en voz tan alta que varias personas les estaban observando con curiosidad.

—Nos hubiéramos divertido, probablemente —dijo Tom—, pero no si te lo tomas así. Hace un mes, cuando fuimos a Roma, lo hubieses encontrado divertido.

—¡Oh, no! —dijo Dickie, negando con la cabeza—. Lo dudo.

Tom sintió que la frustración le estaba haciendo pasar por un verdadero calvario, sin contar el hecho de que la gente les estaba mirando. Se obligó a seguir caminando, primero lentamente, a pasitos, hasta que estuvo seguro de que Dickie iba con él. En el rostro de Dickie había aún una expresión de perplejidad, de suspicacia, y Tom comprendió que obedecía a su forma de reaccionar. Tom quería explicárselo, hacérselo comprender para que viese las cosas tal y como él las veía, como el mismo Dickie las hubiese visto un mes antes.

—Es la forma en que te comportaste —dijo Tom—. No tenías por qué hacerlo. El tipo no te estaba causando ningún daño.

—¡Tenía cara de ser un cochino delincuente! —contestó secamente Dickie—. Por el amor de Dios, vuelve si tanto te gusta. ¡No estás obligado a hacer lo mismo que yo!

Tom se paró. Sentía el impulso de desandar sus pasos, aunque no necesariamente para reunirse con el italiano del bar, simplemente para alejarse de Dickie. Entonces, de repente, notó que su tensión desaparecía. Sus hombros se relajaron, sin dejar de dolerle, y empezó a respirar aceleradamente, por la boca. Necesitaba decir: «Como quieras, Dickie», y hacer las paces, tratar que Dickie olvidase el asunto. Pero se le trababa la lengua. Miró a Dickie fijamente, a sus ojos azules y enojados todavía, sus cejas rubias, casi blancas a causa del sol, y pensó que aquellos ojos no eran más que unos pedacitos de gelatina azul, brillantes y vacíos, con una mancha negra en el centro, sin ningún sentido ni relación que a él se refiriese. Decían que los ojos eran el espejo del alma, que a través de ellos se veía el amor, que eran el único punto por donde podía contemplarse a una persona y ver lo que realmente ocurría en su interior, pero en los ojos de Dickie no pudo ver más de lo que hubiera visto de estar contemplando la superficie dura e inanimada de un espejo. Tom sintió una punzada de dolor en el pecho y se cubrió el rostro con las manos. Era como si, de pronto, le hubiesen arrebatado a Dickie. Ya no eran amigos. Ni siquiera se conocían. Era como una verdad, una horrible verdad, que le golpeaba como un mazazo y que no quedaba allí, sino que se extendía hacia toda la gente que había conocido en su vida y la que conocería: todos habían pasado y pasarían ante él y, una y otra vez, él sabría que no lograría llegar a conocerles jamás y lo peor de todo era que siempre, invariablemente, experimentaría una breve ilusión de que sí les conocía, de que él y ellos se hallaban en completa armonía, que eran iguales. Durante unos instantes, la conmoción que sentía al darse cuenta de aquello le pareció más de lo que podía soportar. Le parecía estar sufriendo un ataque, a punto de caer desplomado al suelo. Era demasiado: el hallarse rodeado de personas extranjeras, personas que hablaban un idioma que no era el suyo, su fracaso, el hecho de que Dickie le odiara. Se sintió rodeado por un ambiente extraño y hostil. Notó que Dickie le apartaba violentamente las manos del rostro.

—¿Qué te pasa? —preguntó Dickie—. ¿Es que este tipo te ha hecho tomar alguna droga?

—No.

—¿Estás seguro? Tal vez te la echó en el vaso...

Las primeras gotas de lluvia vespertina cayeron sobre su cabeza.

—No.

A lo lejos se oía tronar. Tom pensó que en lo alto también había hostilidad hacia él.

—Quiero morir —dijo casi sin voz.

Dickie le tiró del brazo, haciéndole tropezar al entrar en un local. Era el pequeño bar que había enfrente de la estafeta. Tom le oyó pedir un coñac, especificando que fuese italiano. Supuso que no era lo bastante bueno como para merecerse un coñac francés. Se lo bebió de un trago; el licor tenía un sabor ligeramente dulzón, casi medicinal. Se tomó otros dos, como si se tratase de una medicina mágica que tuviera la virtud de devolverle a lo que solía denominarse realidad: el olor del Nazionale que Dickie tenía en la mano, el tacto rugoso del mostrador del bar, el peso que sentía sobre el estómago, igual que si alguien se lo estuviese apretando con el puño, la imagen vívida del largo camino cuesta arriba que tendrían que recorrer para llegar a casa, el leve dolor que sentiría en los muslos a causa de la subida.

—Estoy bien —dijo Tom con voz tranquila y grave—. No sé qué habrá sido. Seguramente el calor me ha hecho desvariar.

Se rió, pensando que ésa era la realidad, riéndose para quitarle importancia a algo que, de hecho, era lo más importante que le había sucedido en las cinco semanas transcurridas desde que conoció a Dickie, tal vez en toda su vida.

Dickie no dijo nada, limitándose a ponerse el cigarrillo en la boca y a sacar un par de billetes de cien liras del billetero negro, de piel de cocodrilo, y dejarlos sobre el mostrador. Tom se sintió herido por su silencio, herido como un niño que se hubiese sentido mal, probablemente causando molestias por ello, pero que esperase cuando menos una palabra amable. Pero Dickie se mostraba indiferente. Le había pagado los coñacs con la misma indiferencia con que hubiese podido pagárselos a un perfecto desconocido, enfermo y sin dinero. De pronto, Tom pensó: «Dickie no quiere que vaya a Cortina con ellos».

No era la primera vez que la idea le pasaba por la mente. Marge había decidido ir. Ella y Dickie habían comprado un termo gigantesco durante su última visita a Nápoles, y pensaban llevárselo a Cortina. No le habían preguntado si a él le gustaba el termo. De una forma paulatina y callada, iban dejándole al margen de los preparativos. Tom tenía la impresión de que Dickie esperaba que se marchase antes del viaje a Cortina. Un par de semanas antes, Dickie le había dicho que deseaba enseñarle algunas de las pistas de esquí que tenía señaladas en un mapa. Unos días después, Dickie había consultado el mapa en su presencia, sin decirle nada a él.

—¿Listo? —dijo Dickie.

Tom salió del bar tras él, sumiso como un perro. Al llegar a la calle, Dickie le dijo:

—Si te sientes con fuerzas para ir solo, yo me quedaré en el pueblo. Quisiera ver a Marge.

—Me encuentro bien —contestó Tom.

—Estupendo.

Luego, al alejarse, volvió la cabeza y por encima del hombro añadió:

—¿Querrás recoger el correo? Podría olvidárseme.

Tom asintió con la cabeza. Entró en la estafeta. Había un par de cartas, una para él, del padre de Dickie, y otra para Dickie, de alguien de Nueva York a quien Tom no conocía. Se quedó ante la puerta y abrió la de míster Greenleaf, desdoblando respetuosamente la hoja mecanografiada y con el aparatoso membrete, incluyendo el dibujo de un tirón, de la Burke-Greenleaf Watercraft Inc.

10 de noviembre de 19...

Apreciado Tom:

En vista de que ya lleva más de un mes con Dickie y él no da signos de querer volver a casa, me veo obligado a sacar la conclusión de que no ha tenido usted éxito. Comprendo que con la mejor intención me dijese usted que mi hijo estaba pensando en el regreso, pero, francamente, esa intención no aparece por ningún lado en la carta que él me escribió el 26 de octubre. A decir verdad, parece más resuelto que nunca a quedarse donde está.

Quiero que sepa usted que tanto yo como mi esposa apreciamos cuantos esfuerzos haya hecho por nosotros y por él. No hace falta que siga sintiéndose obligado conmigo en modo alguno. Confío en que los esfuerzos del pasado mes no le hayan causado demasiadas molestias, y, a pesar de no haber logrado el principal objetivo del viaje, espero sinceramente que el mismo le haya resultado grato.

Reciba los saludos y el agradecimiento de mi esposa y míos:

Atentamente,

H. R. GREENLEAF

Era el tiro de gracia. Con su tono frío —más frío si cabe que el habitual estilo comercial con que escribía sus cartas, ya que ésta era de despido y había en ella una cortés nota de agradecimiento—, el señor Greenleaf acababa de librarse de él, sencillamente.

«Confío en que los esfuerzos del pasado mes no le hayan causado demasiadas molestias...», repitió mentalmente Tom. «¡Vaya sarcasmo!»

Mister Greenleaf ni siquiera decía que le gustaría volver a verle cuando regresara a los Estados Unidos. Tom echó a andar mecánicamente cuesta arriba. Se imaginaba a Dickie en casa de Marge, contándole a la muchacha el encuentro en el bar con Carlo, y el extraño comportamiento de Tom en la calle, al salir del bar. Tom sabía lo que iba a decir Marge:

—¿Por qué no te libras de él, Dickie?

Se preguntó si debía volver sobre sus pasos y darles una explicación, obligándoles a escucharle. Dio media vuelta y miró la inescrutable fachada de la casa de Marge, allí arriba, con su ventana vacía y tenebrosa. La lluvia le estaba empapando la chaqueta. Se subió el cuello y empezó a subir la cuesta con paso rápido, hacia la casa de Dickie.

«Al menos —pensó orgullosamente—, no había probado a sacarle más dinero al señor Greenleaf, y hubiese podido hacerlo. Incluso con la ayuda de Dickie, de haber aprovechado los días en que éste se hallaba de buen talante para con él. Cualquier otro lo hubiese hecho, cualquier otro, pero él no, y eso contaba *algo*».

Se quedó de pie en un ángulo de la terraza, contemplando absorto la línea borrosa y vacía del horizonte y sin pensar en nada, sin sentir nada salvo una extraña y débil sensación de soledad, de estar perdido. Incluso Dickie y Marge le parecían muy lejanos, hablando de algo que para él no tenía ninguna importancia. Estaba solo. Eso era la única cosa importante. Empezó a experimentar un cosquilleo de temor en el extremo del espinazo.

Se volvió al oír abrirse la verja. Dickie subía por el sendero, con cara sonriente, aunque a Tom le pareció que era una sonrisa forzada, de cortesía.

—¿Qué haces ahí de pie bajo la lluvia? —le preguntó Dickie, buscando refugio en el umbral.

—Es muy refrescante —contestó Tom con voz amable—. Aquí tienes una carta.

Le entregó la carta a Dickie y se metió la suya en el bolsillo. Tom colgó la chaqueta en el ropero del vestíbulo y cuando Dickie hubo terminado de leer su carta —que le había hecho soltar varias carcajadas a medida que la iba leyendo—, dijo:

—¿Crees que a Marge le haría gracia venir con nosotros a París cuando vayamos?

Dickie puso cara de sorpresa.

—Pues, creo que sí.

—Pregúntaselo —dijo alegremente Tom.

—No acabo de decidirme sobre ir a París —dijo Dickie—. No me importaría cambiar de aires durante unos días, pero París...

Hizo una pausa para encender un cigarrillo.

—Casi preferiría ir a San Remo, incluso a Génova. ¡Menuda ciudad ésa!

—Pero París..., Génova no se le puede comparar, ¿no crees?

—Oh, por supuesto, pero está mucho más cerca.

—Pero, entonces, ¿cuándo iremos a París?

—Pues no lo sé. Cualquier día. París seguirá en su sitio.

Tom escuchó el eco de las palabras en su oído, tratando de ver cuál era el tono con que Dickie las había pronunciado. Un par de días antes, Dickie había recibido carta de su padre, y le había leído unas cuantas frases en voz alta, y los dos se habían reído, pero no le había leído toda la carta como en dos veces anteriores. Tom no albergaba la menor duda de que mister Greenleaf le decía a Dickie que ya estaba harto de Tom Ripley, y probablemente que sospechaba que Tom estaba utilizando su dinero para divertirse. Un mes antes, Dickie se hubiera reído de cualquier acusación como aquélla, pero ahora no.

—Me parece que mientras me queda algo de dinero deberíamos hacer el viaje a París —insistió Tom.

—Ve tú. Yo no estoy de humor. Además, necesito reservar mis energías para Cortina.

—Bueno... Entonces será mejor que nos vayamos a San Remo —dijo Tom, esforzándose por dar a su voz un tono conciliador, aunque de hecho poco le hubiese costado echarse a llorar.

—Muy bien.

Tom salió apresuradamente del vestíbulo y entró en la cocina. La mole blanca del refrigerador pareció saltar sobre él desde un rincón. Quería tomarse una copa, con unos cubitos de hielo, pero no quiso ni tocar el mueble. Se había pasado un día entero en Nápoles, con Dickie y Marge, mirando refrigeradores, examinando las cubetas para el hielo, contando los distintos chismes de cada modelo, hasta que llegó un momento en que era incapaz de distinguir uno de otro; pero Dickie y la muchacha siguieron con ello, con el entusiasmo de unos recién casados. Más tarde se habían pasado varias horas en un café comentando los méritos respectivos de los refrigeradores que acababan de ver, hasta decidirse por uno de ellos. Desde entonces, Marge entraba y salía de la casa con mayor frecuencia que antes, ya que utilizaba el aparato para guardar sus alimentos, y porque con frecuencia les pedía un poco de hielo. De repente, Tom comprendió por qué odiaba tanto al refrigerador; porque era el culpable de que Dickie no se moviese; porque había echado por la borda sus esperanzas de hacer un crucero hasta Grecia cuando llegase el invierno; y eso no era todo, sino que, además, era probable que Dickie nunca se mudase a vivir a Roma o a París, como había comentado con Tom durante las primeras semanas de su estancia allí. Pero no iba a ser así, no con un refrigerador en casa que tenía el honor de ser uno de los tres o cuatro que había en el pueblo, un refrigerador con seis cubetas para hielo y con tantas estanterías en la puerta que, cada vez que alguien la abría, parecía un supermercado ambulante.

Tom se preparó una copa sin hielo. Le temblaban las manos. Sin ir más lejos, el día anterior Dickie le había dicho:

—¿Piensas irte a casa para las Navidades?

Se lo había preguntado como sin darle importancia, en mitad de la conversación, pero lo cierto era que Dickie sabía perfectamente que no pensaba irse a casa para las Navidades. Es más, Tom no tenía casa, y eso Dickie lo sabía muy bien. Tom le había hablado de la tía Dottie, la de Boston. En realidad, Dickie le había lanzado una indirecta, sin más. Marge tenía muchos planes para las fiestas navideñas. Guardaba una lata de pudding hecho en Inglaterra y pensaba encargar un pavo en el pueblo. Tom se la imaginaba vertiendo a raudales su empalagoso sentimentalismo. Casi podía ver la escena: el árbol navideño, probablemente recortado de un trozo de cartón, *Noche de Paz*, golosinas, regalos para Dickie... Marge hacía calceta y a menudo se llevaba los calcetines de Dickie para remendárselos en casa. Y ambos, paulatinamente, sin perder las buenas costumbres, le dejarían en la calle. Todas las palabras amables que le dijesen serían a costa de un penoso esfuerzo. Tom no podía soportarlo por más tiempo. Decidió que sí, se iría. Cualquier cosa antes que aguantar unas Navidades en su compañía.

12

Marge dijo que no tenía ganas de ir con ellos a San Remo. Estaba en plena «racha» y no quería interrumpir el libro. Marge trabajaba de un modo desordenado, sin método, pero siempre alegremente, aunque a Tom le parecía que la mayor parte del tiempo lo pasaba metida en un atolladero, como decía ella, soltando una risita. Tom sospechaba que el libro sería malísimo. Había conocido a varios escritores y sabía que un libro no se escribía de aquella manera, a la ligera, pasándose la mitad del día tumbada al sol en la playa, preguntándose qué habría para cenar. De todos modos, se alegró de que la «racha» de Marge le impidiera ir a San Remo.

—Te agradecería que me buscases aquella colonia, Dickie —dijo ella—. Ya sabes, la Stradivari que no pude encontrar en Nápoles. Por fuerza la tendrán en San Remo, hay tantas tiendas con productos franceses...

Tom ya se veía empleando un día entero en la búsqueda de la dichosa colonia, igual que se habían pasado gran parte de un sábado buscándola en Nápoles.

Se llevaron una sola maleta entre los dos, ya que pensaban estar fuera sólo tres noches y cuatro días. El humor de Dickie parecía levemente mejor, pero no había desaparecido la desagradable impresión de que aquél iba a ser el último viaje que harían juntos. A los ojos de Tom, la cortés animación que Dickie mostró durante el viaje en tren le recordaba la del anfitrión que odia a su huésped y, al mismo tiempo, teme que éste se dé cuenta, y que trata de arreglar las cosas en el último minuto. Nunca en la vida había sentido la impresión de ser un huésped pesado y mal recibido. En el tren, Dickie le habló de San Remo y de la semana que allí había pasado con Freddie Miles a poco de llegar a Italia. Le contó que San Remo era una población muy pequeña que, sin embargo, gozaba de una reputación internacional por la abundancia de comercios que en ella había; la gente cruzaba la frontera con Francia para hacer sus compras en San Remo. Le pasó por la mente que Dickie estaba tratando de encandilarle para que se quedase solo en San Remo en lugar de regresar con él a Mongibello. Empezó a sentir aversión por el sitio antes de llegar a él.

Entonces, cuando el tren ya entraba en la estación de San Remo, Dickie le dijo:

—A propósito, Tom... Detesto tener que decirte esto si va a molestarte, pero me gustaría ir a Cortina d'Ampezzo a solas con Marge. Creo que ella lo preferiría así, y después de todo, estoy en deuda con ella; al menos le debo unas breves vacaciones. Además, no me parece que estés muy entusiasmado con la idea de esquiar.

Tom se quedó rígido y frío, pero trató de no mover un solo músculo pese a estar maldiciendo mentalmente a Marge.

—De acuerdo —dijo—. Claro.

Con gesto nervioso consultó el mapa que llevaba en la mano, buscando algún lugar cercano a San Remo al que pudiera marcharse, aunque Dickie ya estaba bajando la maleta de la red portaequipajes.

—No estamos muy lejos de Niza, ¿verdad? —preguntó Tom.

—En efecto.

—Ni de Cannes. Me gustaría ver Cannes ya que hemos llegado hasta aquí. Al menos Cannes está en Francia —añadió con voz de reproche.

—Pues supongo que podríamos ir. Habrás traído tu pasaporte, ¿no?

Tom lo llevaba consigo. Cogieron otro tren, con destino a Cannes, y llegaron allí sobre las once de aquella misma noche.

A Tom le pareció un lugar hermoso... La curva de la bahía, moteada de brillantes lucecitas, se extendía ante sus ojos hasta terminar en unas delgadas lenguas de tierra que penetraban en el mar; el bulevar principal, elegante y tropical a la vez, siguiendo la orilla con sus hileras de palmeras y de lujosos hoteles.

«¡Francia!», pensó Tom.

Resultaba más sedante que Italia, y más elegante, se daba cuenta de ello incluso en la oscuridad. Entraron en un hotel del Gray d'Albion; era un establecimiento elegante pero que no iba a costarles hasta la camisa, según dijo Dickie, aunque Tom hubiese pagado cualquier precio por alojarse en el mejor hotel de los que se alzaban frente al mar. Dejaron el equipaje en el hotel y se dirigieron al bar del hotel Carlton, que según Dickie era el bar más elegante del lugar. Como esperaba, no había mucha gente en el bar, ya que tampoco la había en Cannes en esa época del año. Tom propuso otra ronda, pero Dickie no quiso.

Por la mañana tomaron el desayuno en un café, luego bajaron paseando hasta la playa. Llevaban los trajes de baño puestos bajo los pantalones. El día era fresco, pero no hasta el punto de no hacer apetecible nadar un poco. En días más fríos habían nadado en Mongibello. La playa estaba prácticamente vacía, concurrida solamente por unas cuantas parejas aisladas y un grupo de hombres que jugaban a algo en lo alto del terraplén. Las olas se ensortijaban e iban a romper con violencia invernal sobre la arena. Tom pudo ver que el grupo de hombres se entretenía haciendo ejercicios acrobáticos.

—Seguramente son profesionales —dijo Tom—. Todos llevan la camiseta amarilla.

Observó interesado cómo una pirámide humana comenzaba a elevarse; pies que buscaban apoyo en los robustos muslos de los que estaban debajo, manos que se aferraban al antebrazo del compañero... Hasta él llegaban las voces:

—*Allez!... Un... deux!*

—¡Mira! —exclamó Tom—. ¡Ahí va la cúspide!

Vio al más pequeño de todos, un chico de unos diecisiete años, subir hasta los hombros del acróbata situado en el centro de los tres que formaban la cúspide. El chico se quedó en perfecto equilibrio, con los brazos abiertos como si estuviese recibiendo una ovación.

—¡Bravo! —gritó Tom.

El chico le sonrió antes de bajar de un salto, ágil como un tigre. Tom miró a Dickie y vio que estaba observando a un par de hombres sentados en la arena, cerca de ellos.

—«Diez mil vi de una mirada, moviendo la cabeza en su danza animada» —dijo Dickie con acento hosco.

Tom se sobresaltó, luego sintió una aguda punzada de vergüenza, como en Mongibello al decirle Dickie:

—Marge cree que eres...

«¡De acuerdo! —pensó Tom—, los acróbatas son unas hadas,* ¿y qué? Tal vez Cannes esté lleno de hadas...».

Tom apretó con fuerza los puños dentro de los bolsillos de los pantalones. Recordó el reproche de la tía Dottie:

—¡Mariquita! ¡Es un mariquita de la cabeza a los pies! ¡Igual que su padre!

Dickie tenía los brazos cruzados y miraba hacia el mar. Premeditadamente, Tom evitó mirar, siquiera a hurtadillas, hacia los acróbatas, aunque sin duda resultaban más divertidos que contemplar el mar.

—¿Vas a bañarte? —preguntó Tom, desabrochándose la camisa pese al frío aspecto del agua.

—Me parece que no —dijo Dickie—. ¿Por qué no te quedas a contemplar a los acróbatas? Yo me vuelvo.

Giró sobre sus talones y emprendió el regreso sin esperar la respuesta de Tom. Tom se abrochó apresuradamente, sin quitar los ojos de Dickie, que caminaba en diagonal, alejándose más y más de los acróbatas, aunque los escalones que subían hasta el paseo estaban el doble de lejos que el tramo próximo a los acróbatas.

Tom, furioso, se preguntaba por qué Dickie se comportaría siempre con semejantes aires de superioridad. Diríase que nunca había visto a un invertido. Aunque no

---

* *Fairly:* literalmente, hada. En el lenguaje coloquial se da esta denominación a los homosexuales. *(N. del T.)*

era difícil adivinar qué le pasaba a Dickie y Tom se dijo que por una vez bien podía Dickie mostrarse un poco condescendiente, o acaso iba a perder algo importantísimo si lo hacía. Mientras corría tras él le vinieron a la mente varios improperios; entonces Dickie le miró por encima del hombro, con expresión fría y adusta, y el primer insulto se apagó antes de salir de sus labios.

Partieron hacia San Remo por la tarde, poco antes de las tres, para no tener que pagar otro día en el hotel. Dickie había propuesto marcharse antes de las tres, aunque fue Tom quien abonó la cuenta de tres mil cuatrocientos treinta francos... diez dólares y ocho centavos por una sola noche. También fue Tom quien compró los billetes para San Remo, aunque Dickie iba forrado de francos. Dickie se había traído consigo el cheque mensual con la intención de hacerlo efectivo en Francia; pensaba que saldría ganando si luego cambiaba los francos por liras, debido a la reciente revalorización del franco.

Dickie permaneció totalmente callado durante todo el viaje. Fingiendo tener sueño, cruzó los brazos y cerró los ojos. Tom, sentado ante él, se puso a observar su rostro huesudo y arrogante, bien parecido, las manos adornadas con los dos anillos, el de la piedra verde y el de oro. Se le ocurrió robar el primero cuando se fuese. Resultaría tan fácil: Dickie se lo quitaba para nadar; a veces incluso lo hacía para ducharse en casa. Tom decidió hacerlo en el último momento. Clavó su mirada en los párpados de Dickie, sintiendo que en su interior hervía una mezcla de odio, afecto, impaciencia y frustración, impidiéndole respirar libremente. Sintió deseos de matar a Dickie. No era la primera vez que pensaba en ello. Antes, una o dos veces, lo había pensado impulsivamente, dejándose llevar por la ira o por algún chasco, pero luego, a los pocos instantes, el impulso desaparecía dejándole avergonzado. Pero ahora pensó en ello durante todo un minuto, dos minutos, ya que, de todas formas, iba a alejarse de Dickie y no tenía por qué seguir avergonzándose. Había fracasado con Dickie, en todos los sentidos. Odiaba a Dickie, y le odiaba porque, como quiera que mirase lo sucedido, el fracaso no era culpa suya, ni se debía a ninguno de sus actos, sino a la inhumana terquedad de Dickie, a su escandalosa grosería. A Dickie le había ofrecido amistad, compañía y respeto, todo lo que podía ofrecer, y Dickie se lo había pagado con ingratitud primero, ahora con hostilidad. Dickie, sencillamente, le estaba echando a empujones. Tom se dijo que si le mataba durante aquel viaje, le bastaría con decir que había sido víctima de un accidente.

De pronto, se le ocurrió una idea brillante: hacerse pasar por Dickie Greenleaf. Era capaz de hacer todo cuanto hacía Dickie. Podía, en primer lugar, regresar a Mongibello a recoger las cosas de Dickie, contarle a Marge cualquier historia, montar un apartamento en Roma o en París, donde cada mes recibiría el cheque de Dickie. Le bastaría con falsificar su firma. No tenía más que meterse en la piel de Dickie. No le resultaría difícil mover a mister Greenleaf a su antojo. Lo peligroso del plan, incluso lo que tenía inevitablemente de efímero y que comprendía vagamente, no hacía más que acrecentar su entusiasmo. Empezó a pensar en cómo ponerlo en práctica.

«El mar. Pero Dickie era tan buen nadador...», se dijo Tom. «El acantilado. Sería fácil precipitar a Dickie desde algún acantilado aprovechando uno de sus paseos por los alrededores.»

Pero se imaginaba a Dickie aferrándose a él y arrastrándole en su caída y sintió que su cuerpo se tensaba hasta que le dolieron los muslos y las uñas se le clavaron en las palmas de las manos. Pensó que tendría que hacerse con el otro anillo, y teñirse el pelo de un color un poco más claro. Aunque no viviría en un sitio donde viviesen también personas que conocían a Dickie. Lo único que tenía que hacer era tratar de parecerse a él lo suficiente para poder utilizar su pasaporte.

Dickie abrió los ojos, mirándole directamente, y Tom relajó el cuerpo, hundiéndose en el asiento con los ojos cerrados y la cabeza echada hacia atrás, con un gesto tan rápido que pareció que se hubiese desmayado.

—¿Te encuentras bien, Tom? —preguntó Dickie, zarandeándole una rodilla.

—Sí —respondió Tom, con una débil sonrisa.

Vio que Dickie volvía a acomodarse en su asiento, con cara de irritado, y no le costó comprender por qué: Dickie odiaba el haber tenido que prestarle atención, siquiera por unos segundos. Tom sonrió. Encontraba divertida la rapidez de sus reflejos al fingir un desmayo, la única forma de evitar que Dickie se percatase de la extraña expresión que se había dibujado en su rostro.

San Remo. Flores. Un nuevo paseo por la playa, tiendas y almacenes, y turistas franceses, ingleses e italianos. Otro hotel, con flores en los balcones.

«¿Dónde?», se preguntó Tom. «¿En una de las callejuelas aquella misma noche?»

Se dijo que la población estaría tranquila, a oscuras, a la una de la madrugada, suponiendo que pudiese mantener despierto a Dickie hasta esa hora. Estaba nublado, pero no hacía frío. Tom se estrujaba el cerebro. Resultaría fácil hacerlo en la misma habitación del hotel, pero ¿cómo se desembarazaría del cadáver? El cadáver tenía que desaparecer del todo. Eso le dejaba una sola posibilidad: el mar, y el mar era el elemento de Dickie. Abajo en la playa había barcas, de remos unas, a motor las otras, que podían alquilarse. Tom advirtió que en cada una de las motoras había un peso de cemento, atado al extremo de un cable, que servía para anclar la lancha.

—¿Qué te parece si alquilamos una embarcación, Dickie? —preguntó Tom, procurando que la ansiedad no se le notase en la voz.

Pero se le notó, y Dickie le miró atentamente porque era la primera vez, desde su llegada a San Remo, que mostraba interés por algo.

Las motoras eran pequeñas, pintadas de blanco y azul o verde, unas diez en total, amarradas en fila junto al embarcadero de madera, y el italiano que las cuidaba esperaba ansiosamente que se las alquilasen, porque la mañana era fría y bastante desapacible. Dickie dirigió la vista hacia el mar, sobre el que flotaba una tenue neblina aunque sin presagiar lluvia. Era un día gris, y lo sería hasta la noche. Seguramente el sol no brillaría en todo el día. Eran cerca de las diez y media..., esa hora perezosa después del desayuno en que la inacabable mañana italiana apenas acababa de empezar.

—Pues muy bien. Pero sólo por una hora, sin salir del puerto —dijo Dickie, saltando a la motora casi inmediatamente.

Por su modo de sonreír, Tom comprendió que ya lo había hecho otras veces, y que gustaba rememorar, sentimentalmente, otras mañanas pasadas allí, tal vez con Freddie, o con Marge. La botella de colonia encargada por Marge abultaba en el bolsillo de la chaqueta de pana que llevaba Dickie. Acababan de comprarla momentos antes, en una tienda del paseo principal que se parecía mucho a un drugstore americano.

El barquero puso el motor en marcha dando un violento tirón a un cable, mientras le preguntaba a Dickie si sabría llevar la lancha. Dickie le respondió que sí. En el fondo de la lancha había un remo, un solo remo. Dickie tomó el timón y zarparon alejándose directamente de la población. Dickie chillaba y sonreía, con el pelo alborotado por el viento.

Tom miró a derecha y a izquierda. A un lado había un acantilado vertical, muy parecido al de Mongibello, y al otro una extensión de terreno bastante llano que se perdía de vista en la neblina que flotaba sobre el mar. Sin detenerse a pensarlo, le resultaba imposible decidirse por una u otra dirección.

—¿Conoces la costa por estos alrededores? —gritó Tom para hacerse oír sobre el ruido del motor.

—¡No! —contestó alegremente Dickie.

Evidentemente, estaba gozando con el paseo.

—¿Es difícil de llevar el timón?

—¡Qué va! ¿Quieres probar?

Tom vaciló. Dickie seguía manteniendo el rumbo directamente hacia mar abierto.

—No, gracias.

Volvió a mirar a ambos lados. A babor se divisaba un velero.

—¿Adónde vamos? —gritó Tom.

—¿Qué más da? —respondió Dickie, sonriendo.

En efecto, ¿que más daba?

Con una brusca maniobra, Dickie viró a estribor, tan bruscamente que los dos tuvieron que echarse a un lado para que la embarcación no volcase. Un muro de espuma blanca se alzó a la izquierda de Tom, luego, poco a poco, cayó dejando ver el horizonte. Seguían navegando a toda velocidad, hacia la nada. Dickie probaba la velocidad del motor, con los ojos azules sonriendo a la vacía inmensidad del mar.

—¡En las lanchas pequeñas siempre se tiene la sensación de correr más! —dijo Dickie a gritos.

Tom movió la cabeza asintiendo, dejando que su sonrisa hablase por él. En realidad, estaba aterrorizado. Sólo Dios sabía la profundidad del mar por aquellos parajes. Si algo le sucedía a la lancha de repente, no habría forma humana de regresar al puerto, al menos no para él. Aunque tampoco había ninguna posibilidad de que alguien les viese allí. Dickie volvía a virar la lancha ligeramente hacia estribor, poniendo proa hacia la alargada lengua de tierra gris, pero hubiese podido golpear a Dickie, saltar sobre él, incluso besarle, o lanzarlo por la borda, sin que nadie se diese cuenta a causa de la distancia. Tom sudaba, sentía arder su cuerpo bajo las ropas, pero tenía la frente helada. Estaba atemorizado, pero no por el mar, sino por Dickie. Sabía que iba a hacerlo, que ya nada podía detenerle, ni siquiera él mismo, y que tal vez no lo lograría.

—¿Me desafías a un chapuzón? —chilló Tom, desabrochándose la chaqueta.

Dickie se limitó a sonreír ante la idea, abriendo mucho la boca, sin apartar los ojos del horizonte. Tom siguió desnudándose. Ya se había quitado los zapatos y los calcetines, y debajo de los pantalones llevaba el bañador, igual que Dickie.

—¡Me tiraré si tú también lo haces! —dijo Tom gritando—. ¿A que no?

Quería que Dickie aflojase la marcha.

—¿Que no? ¡Ya verás!

Dickie aminoró la velocidad súbitamente. Soltó el timón y se quitó la chaqueta. La embarcación empezó a subir y a bajar, perdiendo el impulso.

—¡Venga! —dijo Dickie, señalando con la cabeza los pantalones que Tom todavía llevaba puestos.

Tom miró hacia la orilla. San Remo se divisaba como una borrosa mancha blanca y rosácea. Levantó el remo, como si se dispusiera a jugar con él y, en el momento en que Dickie se agachaba para quitarse los pantalones, se lo descargó sobre la cabeza.

Dickie soltó un grito y estuvo a punto de caer al suelo. Le miró con las cejas arqueadas por la sorpresa.

Tom se irguió y descargó un nuevo golpe, con violencia, concentrando en él toda su fuerza.

—¡Por el amor de Dios! —musitó Dickie, mirándole amenazadoramente.

Pero sus ojos empezaron a parpadear casi al instante y en unos segundos cayó al suelo sin conocimiento.

Sujetando el remo con la izquierda, Tom descargó un tercer golpe sobre el lado de la cabeza de Dickie. El borde del remo cortó la piel y la herida se llenó enseguida de sangre. Dickie quedó tumbado en el fondo de la lancha, retorciéndose. De sus labios salió un gruñido de protesta, tan fuerte que Tom se asustó al oírlo. Tom le golpeó en el cuello, tres veces, con el canto del remo, como si éste fuese un hacha y el cuello de Dickie un árbol. La lancha se bamboleaba y el agua le estaba salpicando el pie que tenía apoyado en la borda. Hizo un corte en la frente de Dickie y la sangre empezó a manar por donde el remo había pasado. Tom experimentó una fugaz sensación de fatiga mientras seguía golpeando con el remo, y las manos de Dickie no cesaban de tenderse hacia él desde el fondo de la embarcación, y con sus largas piernas trataba de derribarle. Tom agarró el remo como si se tratase de una bayoneta y se lo hundió en un costado. Entonces, el cuerpo postrado se relajó y quedó quieto y fláccido. Tom se irguió, tratando de recobrar el aliento. Echó una ojeada a su alrededor. No había más embarcaciones, nada salvo lejos, muy lejos, una motora que navegaba raudamente hacia la orilla.

Se agachó para arrancar el anillo de Dickie y se lo guardó en el bolsillo. El otro anillo resultó más difícil de sacar, pero finalmente consiguió arrancárselo junto con un poco de piel. Buscó en los bolsillos de los pantalones. Había unas cuantas monedas francesas e italianas que dejó allí y se guardó un llavero con tres llaves que estaba junto a las monedas. Entonces cogió la chaqueta de Dickie y del bolsillo sacó el frasco de colonia de Marge, un paquete de cigarrillos, el encendedor de plata, un lápiz, el billetero de piel de cocodrilo y varias tarjetas. Se lo metió todo en los bolsillos de su propia chaqueta de pana. Luego cogió la cuerda tirada sobre el peso de cemento, con un cabo atado a la argolla de proa. Trató de deshacer el nudo, pero era muy difícil por estar completamente empapado, como si llevase años allí. Furioso, descargó varios puñetazos sobre el nudo, pensando que necesitaría un cuchillo.

Echó un vistazo al cuerpo, preguntándose si estaría muerto, y se puso en cuclillas para observar mejor si daba señales de vida. Tenía miedo de tocarlo, miedo de ponerle la mano en el pecho o en la muñeca y sentir sus latidos. Dio media vuelta y, con gestos frenéticos, se puso a tirar de la cuerda, hasta que se dio cuenta de que no hacía más que apretar el nudo.

De pronto se acordó de su propio encendedor. Lo buscó en los bolsillos de sus pantalones, en el fondo de la lancha. Lo encendió y acercó la llama a una parte de la cuerda que estaba seca. La cuerda medía unos cuatro centímetros de grueso, por lo que el procedimiento resultaba lento, muy lento. Los minutos iban pasando y Tom los aprovechó para otear en torno a sí. Se preguntó si el italiano encargado de las lanchas podría verle desde tan lejos. La cuerda se resistía a encenderse, limitándose a soltar volutas de humo mientras poco a poco, hebra por hebra, iba deshaciéndose. Tom dio un nuevo tirón y se le apagó el encendedor. Lo encendió otra vez sin dejar de tirar de la cuerda. Finalmente, cuando se partió, la ató a los tobillos de Dickie, dándole cuatro vueltas rápidamente, antes de que le entrase miedo de tocar el cuerpo; hizo un nudo enorme y chapucero, exagerándolo para tener la seguridad de que no se desharía, ya que no era muy diestro haciendo nudos. Calculó que la cuerda mediría unos diez o doce metros de largo. Empezaba a sentirse más calmado, más metódico en sus movimientos. Pensó que el peso de cemento bastaría para que el cuerpo no subiera a la superficie. Tal vez flotaría a la deriva bajo el agua, pero no emergería a la superficie.

Echó el peso por la borda. Oyó el ruido que hacía al chocar con el agua y empezar a hundirse dejando una estela de burbujas; el peso se hundía más y más en el agua cristalina hasta perderse de vista y hacer que la cuerda se tensara alrededor de los tobillos de Dickie. Tom los había apoyado sobre la borda y en aquel momento se esforzaba por levantar la parte más pesada del cuerpo, tirando de uno de los brazos hacia arriba. La mano del cadáver estaba caliente y fláccida. Los hombros no se movían del fondo de la embarcación y a cada tirón el brazo parecía estirarse como si fuera de caucho, sin que el cuerpo se levantara un solo milímetro. Tom se agachó sobre una rodilla y trató de alzarlo a pulso. Estuvo a punto de volcar la lancha. Se había olvidado de que estaba en el mar. Era lo único que le daba miedo. Iba a tener que arrojar el cuerpo por la popa, ya que ésta era más baja que la proa. Empezó a arrastrarlo hacia popa, haciendo que la cuerda se deslizase a lo largo de la borda. Por los movimientos de la cuerda, sabía que el peso no había tocado el fondo y flotaba entre dos aguas. Probó suerte con la cabeza y los brazos primero, volviendo el cuerpo boca abajo y empujándolo poco a poco. La cabeza del muerto ya estaba sumergida y las manos se hallaban a la altura de la borda, pero ahora eran las piernas las que pesaban terriblemente y se resistían a los esfuerzos de Tom, como poco antes había sucedido con los hombros. Parecían clavadas en el fondo de la lancha. Tom respiró hondo e hizo un último intento. El cuerpo cayó al mar, pero Tom perdió el equilibrio y fue a caer sobre la caña del timón. El motor lanzó un inesperado rugido.

Tom se abalanzó hacia la palanca de mando, pero en aquel momento la lancha viró alocadamente y se ladeó. Tom tuvo una breve visión del agua por debajo de él, y de su propia mano que se alargaba hacia la superficie, ya que había tratado de aferrarse a la borda y ésta ya no estaba donde antes.

Se encontró en el mar.

Dio un respingo, contrayendo el cuerpo para dar un salto hacia arriba y asirse al costado de la lancha. Falló. La lancha había vuelto a girar. Tom saltó otra vez, luego se hundió hasta que el agua le cubrió la cabeza de nuevo, con una lentitud fatal que, sin embargo, a él le pareció demasiado rápida para poder respirar sin tragar agua por la nariz. La lancha se alejaba cada vez más. Ya había visto lanchas girando de aquella manera y sabía que la única solución era subir a bordo y parar el motor. Medio sumergido en el agua, empezó a experimentar por adelantado la sensación de morir, hundiéndose una y otra vez bajo la superficie, sin poder oír el ruido del motor debido al agua que le entraba por las orejas, escuchando solamente los ruidos que él mismo hacía por dentro al respirar, al tratar de subir a por aire. De nuevo alcanzó la superficie y empezó a nadar desesperadamente hacia la lancha, porque era la única cosa que flotaba, aunque seguía girando sobre sí misma y resultaba imposible agarrarse a ella. La afilada proa pasó varias veces a pocos centímetros de su cabeza.

Gritó pidiendo ayuda, sin lograr más que unas cuantas bocanadas de agua salada. Por debajo del agua, su mano tocó la motora y el impulso casi animal de la proa le apartó bruscamente. Buscó desesperadamente la popa, sin prestar atención a las palas de la hélice. Sus dedos palparon el timón. Agachó la cabeza pero era demasiado tarde. La quilla pasó rozándole el cuero cabelludo. La popa volvía a estar cerca de él y trató de sujetarse a ella. Los dedos le resbalaban por el timón y con la otra mano se aferraba a la borda, con el brazo bien alargado para hurtar el cuerpo a la hélice. Con una energía insospechada, se lanzó hacia una esquina de la popa y consiguió pasar un brazo por encima de la borda. Entonces estiró la mano y pudo coger la palanca.

El motor empezó a pararse.

Tom se asió a la borda con ambas manos y sintió que el cerebro se le nublaba a causa del alivio, de la incredulidad, hasta que, de pronto, advirtió el dolor que le atenazaba la garganta y la punzada que sentía en el pecho cada vez que tomaba aire. Descansó durante varios minutos, sin saber exactamente cuántos, concentrando su pensamiento en recobrar suficientes fuerzas para izarse a bordo y, finalmente, tras coger impulso en el agua y lanzarse hacia delante, se encontró tendido boca abajo en cubierta, con los pies colgándole por la borda. Permaneció así, casi sin darse cuenta de las manchas de sangre que había debajo de su cuerpo y que se mezclaban con el agua que fluía de su nariz y boca. Empezó a pensar antes de poder moverse, en la lancha ensangrentada que no podía devolver, en el motor que iba a tener que poner en marcha en cuestión de un momento, en el rumbo.

Pensó en los anillos de Dickie y los buscó a tientas en el bolsillo de la chaqueta. Seguían allí, como era de esperar. Le dio un acceso de tos y las lágrimas le empañaron la vista al esforzarse por ver si se acercaba alguna embarcación. Se frotó los ojos. No había más embarcación que la pequeña motora que había visto antes, a lo lejos, y que seguía describiendo círculos a gran velocidad, sin prestarle atención. Echó un vistazo al fondo de la lancha, preguntándose si podría limpiar todas las manchas de sangre, aunque siempre había oído decir que la sangre era muy difícil de borrar. Al principio su intención era devolver la lancha y, si le preguntaban, decir que su acompañante había desembarcado en otra parte. Pero eso ya no era posible.

Movió la palanca cautelosamente. El motor se puso en marcha ruidosamente, y Tom sintió miedo incluso del ruido, aunque el motor le parecía más humano y manejable que el mar y, por tanto, menos peligroso. Puso proa hacia la costa, en línea oblicua, más hacia el norte. Se dijo que tal vez hallaría algún lugar, alguna caleta solitaria donde podría dejar embarrancada la motora. Aunque existía el riesgo de que diesen con ella. El problema le parecía inmenso y trató de razonar consigo mismo para recuperar la calma. Su cerebro parecía incapaz de pensar el modo de librarse de la embarcación.

Empezaban a divisarse algunos pinos y un trecho de playa al parecer desierta y, un poco más lejos, la pincelada verdosa, difuminada, de un campo de olivos. Lentamente, Tom llevó la embarcación de un lado a otro, comprobando que la playa estuviera desocupada. No había nadie. Puso rumbo hacia ella, sujetando temerosamente los mandos, pues no estaba seguro de poder dominarlos. Entonces advirtió que la quilla rozaba el fondo y giró la palanca hasta las letras que decían *ferma,* accionando otra palanca para desconectar el motor. Metió cautelosamente los pies en el agua, que por allí tendría unos veinticinco centímetros de hondo, y arrastró la lancha todo lo que pudo; entonces sacó las dos chaquetas, sus sandalias y la colonia de Marge y lo dejó todo sobre la arena. La pequeña caleta donde se hallaba —tendría escasamente cinco metros de ancho— le daba sensación de estar a salvo. No había rastro alguno de que alguien hubiese estado allí jamás. Decidió barrenar la lancha.

Se puso a recoger piedras, casi todas grandes como una cabeza de persona ya que sus fuerzas no daban para más, y a dejarlas caer una a una dentro de la embarcación, pero al cabo de un rato tuvo que hacerlo con piedras más pequeñas, pues no había más de las otras cerca de allí. Trabajaba sin parar, temiendo caer rendido si se permitía un descanso, por breve que fuese, y quedarse allí tendido hasta que alguien le encontrase. Cuando las piedras llegaron a la altura de la borda, empujó la lancha hacia dentro, balanceándola al mismo tiempo, más y más, hasta que el agua empezó a entrar por los lados. En el momento en que la lancha empezaba a hundirse, le dio otro empujón mar adentro, y otro, caminando a su lado hasta que el agua le llegó a la cintura y la lancha se hundió del todo. Entonces regresó trabajosamente a la orilla y se tumbó durante un rato, boca abajo sobre la arena. Empezó a trazar planes para el regreso al hotel, a inventarse una historia y a preparar lo que debía hacer a continuación: marcharse de San Remo antes de que anocheciera y regresar a Mongibello. Y allí contar su historia.

13

Al ponerse el sol, justo a la hora en que vecinos y forasteros, recién lavados y acicalados, se sentaban en las terrazas de los cafés para mirar a todo y a todos cuantos pasaban, Tom entró en el pueblo, vestido solamente con el bañador, las sandalias y la chaqueta de Dickie. Llevaba su chaqueta y sus pantalones, ligeramente manchados de sangre, bajo el brazo. Caminaba con pasos lánguidos, vacilantes, sintiéndose agotado, aunque mantenía la cabeza bien alta para impresionar a los centenares de personas que le miraban con curiosidad al pasar delante de los cafés, el único camino que conducía hasta su hotel. Se había dado fuerzas con cinco *espressos* muy azucarados y tres coñacs en un bar de las afueras de San Remo. Y en aquellos momentos estaba representando el papel de joven atlético que acaba de pasarse la tarde entrando y saliendo del agua porque así le apetecía, ya que era tan buen nadador y tan insensible al frío, que podía bañarse en el mar a la baja temperatura de aquel día. Llegó al hotel y, tras coger la llave en recepción, subió a su cuarto. Se dejó caer sobre la cama, decidido a descansar una hora, pero sin dormirse. Descansó, y al advertir que se estaba durmiendo se puso en pie para lavarse la cara en el baño. Volvió a echarse con una toalla húmeda en la mano, que pensaba ir estrujando para no dormirse.

Finalmente se levantó y se puso a trabajar para borrar el rastro de sangre que manchaba una de las perneras de sus pantalones de pana. Fregó la mancha una y otra vez, con jabón y un cepillo de uñas, hasta que se cansó y lo dejó durante un rato, que empleó en hacer la maleta. Colocó los objetos de Dickie como éste hacía siempre: el cepillo de dientes y el tubo de dentífrico en la bolsa de atrás. Luego reanudó la tarea con los pantalones. Su propia chaqueta estaba demasiado ensangrentada para volver a ponérsela, por lo que tendría que tirarla, pero pensaba ponerse la de Dickie, porque era del mismo color beige y casi de idéntica talla. El traje se lo habían hecho en Mongibello, copiándolo del de Dickie. Metió su chaqueta en la maleta, luego bajó con ella y pidió la cuenta.

El hombre del mostrador le preguntó dónde estaba su amigo, y Tom le respondió que habían quedado en reunirse en la estación. El empleado era amable y con una sonrisa le deseó *buon viaggio.*

Tom se detuvo en un restaurante, dos calles más allá del hotel, y se obligó a tomarse una minestrone para recuperar energías. Estaba alerta por si aparecía el encargado de las motoras. Lo principal era salir de San Remo aquella misma noche, cogiendo un taxi que le llevase a la población más cercana si no había ningún tren o autobús.

Había un tren a las diez y veinte que se dirigía al sur. En la estación le dijeron que llevaba coche-cama. Por la mañana se despertaría en Roma y transbordaría con destino a Nápoles. De pronto, le pareció absurdamente sencillo y, dejándose llevar por una ráfaga de seguridad en sí mismo, pensó en irse a París por unos días.

—*Spetta un momento* —dijo al taquillero que ya le entregaba el billete.

Dio una vuelta en torno a su maleta, pensando en lo de París. Se dijo que haría una breve estancia, sólo para ver la ciudad y que no tenía necesidad de avisar a Marge. Súbitamente, decidió no ir convencido de que allí no iba a poder descansar. Se sentía demasiado impaciente por regresar a Mongibello y encargarse de las pertenencias de Dickie.

Las sábanas blancas y tersas de la litera, ya en el tren, le parecieron el lujo más maravilloso que había conocido en toda su vida. Las acarició con las manos antes de apagar la luz. Y las pulcras mantas color gris azulado, la eficiencia que denotaba la negra redecilla colocada en la cabecera... Tom pasó unos momentos de éxtasis al pensar en todos los placeres que iba a poder permitirse con el dinero de Dickie: otras literas, mesas, mares, buques, maletas, camisas, años de libertad, de placer. Entonces apagó la luz, recostó la cabeza en la almohada y se quedó dormido casi inmediatamente, lleno de una felicidad y una confianza como nunca había sentido anteriormente.

Al llegar a Nápoles, entró en el lavabo de la estación; sacó el cepillo de dientes y el dentífrico de Dickie e hizo un hatillo con el impermeable y los ensangrentados pantalones del muerto, sin olvidar su propia chaqueta de pana. Salió a la calle y metió el bulto en una bolsa para la basura que encontró apoyada en la pared de un callejón, delante mismo de la estación. Tras desayunar un *caffe latte* y un bollo en un café de la plaza donde estaba la parada de los autobuses de Mongibello, cogió el viejo carricoche de las once de la mañana.

Se apeó del autobús casi enfrente de donde vivía Marge, que en aquel momento salía hacia la playa vestida con el bañador y una holgada chaqueta blanca.

—¿Dónde está Dickie? —preguntó ella.

—En Roma.

Tom sonrió, totalmente tranquilo.

—Quiere pasar unos días allí. Yo he venido a por algunas de sus cosas.

—¿Está en casa de alguien?

—No, en un hotel.

Tom le dedicó una sonrisa de despedida y echó a andar cuesta arriba con la maleta. Al cabo de un momento oyó las suelas de corcho de Marge que le seguían con paso rápido y se detuvo a esperarla.

—¿Qué tal han ido las cosas en nuestro dulce hogar? —preguntó Tom.

—Aburridas, como siempre —dijo Marge, con una sonrisa.

Se la veía incómoda con él, pero así y todo entró también en la casa. La verja estaba abierta y Tom encontró la llave de la puerta de la terraza en su escondrijo habitual, detrás de la planta medio muerta que había en una vieja tina de madera casi podrida. Salieron los dos a la terraza.

La mesa estaba un poco apartada de su sitio de siempre y sobre la hamaca había un libro. Tom supuso que Marge había ido por allí durante su ausencia. Había estado ausente tres días con sus noches solamente, pero le parecía haberlo estado durante un mes entero.

—¿Cómo está Skippy? —preguntó alegremente Tom mientras abría el refrigerador para sacar una cubeta de hielo.

Skippy era un perro vagabundo que Marge había recogido hacía poco, un animal feo, de raza indescifrable, que Marge, igual que una vieja solterona, mimaba y alimentaba.

—Se marchó, como esperaba.

—Ya.

—Tienes aspecto de haberte divertido mucho —dijo Marge, un tanto pensativa.

—En efecto, lo pasamos bien —dijo Tom, sonriendo—. ¿Te preparo una copa?

—No, gracias. ¿Crees que Dickie tardará mucho en volver aquí?

—Pues... —Tom titubeó—... en realidad no lo sé. Dijo que quería ver muchas exposiciones. Me parece que lo que desea es cambiar de ambiente por unos días.

Tom se sirvió un generoso trago de ginebra al que añadió soda y una rodaja de limón.

—Supongo que volverá dentro de una semana. ¡A propósito!

Tom alcanzó la maleta y sacó el frasco de colonia, al que le faltaba el envoltorio porque había quedado manchado de sangre.

—Su Stradivari. La compramos en San Remo.

—Oh, gracias... muchas gracias.

Marge cogió el frasco con expresión risueña y empezó a desenroscar el tapón cuidadosamente.

Tom se puso a pasear por la terraza con el vaso en la mano, sin decir nada a la muchacha, esperando que se marchase.

—Bueno... —dijo Marge finalmente, saliendo a la terraza—. ¿Cuánto tiempo piensas quedarte?

—¿Dónde?

—Aquí.

—Sólo esta noche. Saldré para Roma mañana, probablemente después de comer —dijo Tom pensando que seguramente no recibiría el correo hasta después de las dos.

—Así pues, supongo que no volveré a verte a no ser que vayas mañana a la playa —dijo Marge, haciendo un esfuerzo por ser amable—. Bueno, que te diviertas. Y dile a Dickie que me mande una postal. ¿En qué hotel está?

—Pues... ¡Caramba! ¿Cómo se llamará? Es uno que está cerca de la Piazza di Spagna.

—¿El Inghilterra?

—¡Así es! Pero me parece que dijo que le escribieras a la American Express.

Tom pensó que Marge no trataría de hablar con Dickie por teléfono. Además, él estaría en el hotel por la mañana por si ella escribía alguna carta.

—Probablemente bajaré a la playa mañana por la mañana —dijo Tom.

—Muy bien. Bueno, gracias por la colonia.

—¡No hay de qué!

Marge cruzó el jardín y salió por la verja de hierro.

Tom recogió la maleta y subió corriendo al dormitorio de Dickie. Sacó el primer cajón de la cómoda: cartas, dos libretas de direcciones, un par de agendas, la cadena de un reloj, varias llaves sueltas, y una especie de póliza de seguros. Uno tras otro fue sacando los demás cajones. Camisas, shorts, jerséis cuidadosamente doblados, y calcetines en desorden. En un rincón de la habitación se amontonaban las carpetas y los blocs de dibujo. Había mucho por hacer. Tom se quitó toda la ropa, bajó desnudo al piso de abajo y se duchó apresuradamente con agua fría, luego se puso los viejos pantalones de dril de Dickie que encontró colgados en un clavo, dentro del ropero.

Empezó por el cajón de arriba, en primer lugar por si había alguna carta reciente que requiriese inmediatamente su atención, y también porque, si Marge volvía por la tarde, así no parecería que estuviese desmantelando toda la casa deprisa y corriendo. Por la tarde tendría tiempo de poner los mejores trajes de Dickie en las maletas más grandes.

Al dar la medianoche Tom seguía yendo de un lado para otro en plena tarea. Las maletas de Dickie ya estaban preparadas, y en aquel momento estaba calculando mentalmente el valor de lo que había en la casa, decidiendo lo que dejaría para Marge y cómo se desharía del resto. Marge podía quedarse con el maldito refrigerador. Así estaría contenta. La voluminosa cómoda del recibidor, donde Dickie guardaba la ropa blanca, valdría varios centenares de dólares, según calculó Tom. Al preguntarle si el mueble era antiguo, Dickie le había dicho que tenía cuatrocientos años. Tom decidió hablar con el *signore* Pucci, el subdirector del Miramare, y pedirle que hiciese de intermediario en la venta de la casa y el mobiliario. Y también del velero. Dickie le había contado que el *signore* Pucci se encargaba de esa clase de operaciones por cuenta de los forasteros residentes en el pueblo.

Tenía pensado llevarse todas las cosas de Dickie directamente a Roma, sin esperar más, pero pensando en lo que probablemente diría Marge al verle llevarse tantas cosas para un viaje que, en apariencia, debía ser muy breve, decidió esperar y más adelante fingir que Dickie había tomado la decisión de instalarse en Roma.

Así pues, sobre las tres de la tarde del día siguiente, Tom bajó a correos y recogió una carta, que parecía interesante, enviada por un amigo de Dickie desde América. Para él no había nada. Mientras regresaba sin prisas a casa, Tom imaginó estar leyendo una carta que acabase de mandarle Dickie. Imaginó las palabras exactas de la carta, por si tenía que citárselas a Marge, e incluso se obligó a sentirse sorprendido tal como lo hubiera estado al enterarse del cambio de parecer de Dickie.

Tan pronto como llegó a casa, se puso a empaquetar los mejores dibujos y telas de Dickie, metiéndolos en la espaciosa caja de cartón que le había dado Aldo, el dueño del colmado donde solían comprar. Trabajaba con calma, metódicamente, esperando que Marge se presentara en cualquier momento, aunque no lo hizo hasta pasadas las cuatro.

—¿Todavía aquí? —preguntó ella al entrar en la habitación de Dickie.

—Sí. He recibido carta de Dickie hoy. Ha decidido instalarse en Roma.

Tom se irguió y sonrió levemente, como si también él se sintiera sorprendido.

—Quiere que recoja todas sus cosas, todas las que pueda llevar.

—¿Instalarse en Roma? ¿Para cuánto tiempo?

—No lo sé. Supongo que durante lo que queda de invierno.

Tom siguió empaquetando las telas.

—¿No piensa volver en todo el invierno?

La voz de Marge denotaba ya su abatimiento.

—Así es. Dijo que incluso era posible que vendiera la casa, aunque todavía no lo había decidido.

—¡Caramba!... ¿Y eso por qué?

Tom se encogió de hombros.

—Se conoce que quiere pasar el invierno en Roma. Dijo que te escribiría. De hecho, pensé que ya lo habría hecho.

—Pues, no.

Se hizo un silencio. Tom siguió trabajando, pensando que todavía no había hecho sus propias maletas. Ni siquiera había entrado en su habitación.

—Todavía piensa ir a Cortina de todos modos, ¿verdad? —preguntó la muchacha.

—No, no irá. Dice que escribirá a Freddie para cancelar la cita, pero que eso no significa que tú no puedas ir.

Tom la observaba atentamente.

—A propósito, Dickie quiere que te quedes el refrigerador. Probablemente no te costará encontrar a alguien que te ayude a trasladarlo.

El regalo del refrigerador no surtió ningún efecto en el rostro atónito de Marge. Tom sabía que se estaba preguntando si él iba o no a vivir con Dickie, y que, probablemente, al verle tan animado, pensaba que sí. Casi podía ver la pregunta asomándole a los labios. Para él, Marge era tan transparente como un niño. Finalmente, la muchacha preguntó:

—¿Vas a quedarte con él en Roma?

—Puede que durante una temporada. Le ayudaré a instalarse. Luego quiero ir a París, antes de fin de mes, y después, supongo que, más o menos a mediados de diciembre, regresaré a los Estados Unidos.

Marge estaba alicaída, pensando sin duda en las semanas de soledad que la esperaban, aunque Dickie la visitase periódicamente en Mongibello; las vacías mañanas de domingo, las cenas sin compañía.

—¿Sabes qué planes tiene para las Navidades? ¿Las pasará aquí o en Roma?

Con voz ligeramente irritada, Tom dijo:

—Bueno, no creo que sea aquí. Tengo la impresión de que quiere estar solo.

Las palabras la redujeron al silencio, un silencio aturdido y dolido.

«Espera a que recibas la carta que voy a escribirte desde Roma», se dijo Tom.

Tenía intención de ser amable con ella, tan amable como el mismo Dickie, por supuesto, pero dejaría bien claro que Dickie no quería volver a verla.

Al cabo de unos minutos, Marge se levantó y se despidió distraídamente. De pronto, a Tom se le ocurrió que tal vez pensaba llamar a Dickie aquella misma noche, incluso ir a verle a Roma. Pero se dijo que qué más daba. Nada le impedía a Dickie cambiar de hotel, y en Roma los había en número suficiente para tener a Marge ocupada varios días tratando de localizarle. Al no encontrarle, ya fuese por teléfono o trasladándose ella a Roma, supondría que se había marchado a París o a cualquier otro sitio con Tom Ripley.

Tom dio un vistazo a los periódicos de Nápoles, buscando la noticia del posible hallazgo de una lancha hundida cerca de San Remo.

Barca affondata vicino San Remo, diría probablemente el titular.

Sin duda armarían un gran revuelo a causa de las manchas de sangre de la motora, suponiendo que siguieran allí. Era la clase de asunto que tanto gustaba a la prensa italiana, que en aquellas ocasiones daba a la noticia un aire muy melodramático:

> Giorgio di Stefani, un joven pescador de San Remo, ayer a las tres de la tarde hizo un terrible descubrimiento a dos metros bajo la superficie del mar. Una pequeña motora, cubierta por dentro de horribles manchas de sangre...

Pero Tom no encontró nada en el periódico. Ni tampoco en el del día anterior. Pensó que podían pasar meses antes de que encontrasen la lancha. Tal vez ni siquiera la encontrarían, aunque si daban con ella, ¿cómo iban a saber que Dickie Greenleaf y Tom Ripley habían navegado juntos en ella? No habían dicho sus nombres al barquero de San Remo, que se había limitado a darles un resguardo de papel color naranja. Tom lo había hecho desaparecer más tarde, al encontrárselo en el bolsillo.

Tom se fue de Mongibello en taxi sobre las seis de la tarde, después de tomarse un *espresso* en el bar de Giorgio, aprovechando para despedirse de éste, de Fausto y de varios otros conocidos del pueblo, suyos y de Dickie. A todos les contó la misma historia: que el *signore* Greenleaf pasaría el invierno en Roma, y que les mandaba sus saludos hasta que volviera a verles. Tom les dijo que sin duda Dickie iría a visitarles dentro de poco tiempo.

Hizo embalar las pinturas por la American Express aquella misma tarde, encargando que mandasen las cajas a Roma junto con el baúl de Dickie y dos maletas muy pesadas. Indicó que Dickie pasaría a recogerlas en Roma. Tom se llevó consigo sus dos maletas y otra de Dickie. Por la mañana había hablado con el *signore* Pucci del Miramare, diciéndole que posiblemente el *signore* Greenleaf desearía vender su casa y sus muebles. El *signore* Pucci le había dicho que gustosamente se encargaría de la venta. Después le había dicho a Pietro, el encargado del embarcadero, que estuviera al tanto por si aparecía algún posible comprador para el *Pipistrello*, ya que era muy posible que el *signore* Greenleaf decidiera desprenderse de él aquel invierno. Añadió que el *signore* Greenleaf estaba dispuesto a venderlo por quinientas mil liras, apenas ochocientos dólares, lo que era toda una ganga tratándose de una embarcación con dos literas. Pietro le había contestado que a su juicio lo vendería en cuestión de pocas semanas.

En el tren, camino de Roma, Tom redactó mentalmente la carta para Marge, tan cuidadosamente que acabó aprendiéndosela de memoria y, al llegar al hotel Hassler, la escribió sin pérdida de tiempo.

Roma
28 de noviembre, 19...

Querida Marge:

He decidido alquilar un apartamento en Roma para todo el invierno, simplemente para cambiar de ambiente y pasar una temporada lejos de Mongibello. Siento unos terribles deseos de estar solo. Siento que todo haya sido tan repentino y que no me quedase tiempo para decirte adiós. De hecho, no estoy lejos del todo y espero verte de vez en cuando. No tuve ganas de hacer el equipaje, así que le colgué el muerto a Tom.

En cuanto a ti y a mí, no creo que pase nada malo, muy al contrario, si no nos vemos durante un tiempo. Tuve la horrible sospecha de que te estabas aburriendo, aunque no puedo decir que tú me aburrieses a mí, y, por favor, no pienses que trato de huir de algo. De hecho, espero que Roma me lleve más cerca de la realidad. Por supuesto, Mongibello no lo logró. Parte de mi desazón fue por tu causa. Naturalmente, que me vaya no va a resolver nada, pero me ayudará a ver claramente cuáles son mis sentimientos hacia ti. Por ese motivo prefiero no verte durante una temporada y espero que sepas comprenderme. Si no... bueno, ¿qué le vamos a hacer? Es un riesgo que debo correr. Puede que me vaya a París con Tom, a pasar un par de semanas allí. Él se muere de ganas de ver la ciudad. Eso suponiendo que no me ponga a pintar enseguida. He conocido a un pintor llamado Di Massimo, cuyos cuadros me gustan mucho. Se trata de un viejo escaso de dinero al que parece agradarle mucho tenerme como alumno si le pago las clases. Voy a pintar con él, en su estudio.

La ciudad tiene un aspecto magnífico con las fuentes funcionando toda la noche y las calles concurridísimas a todas horas, en contraste con Mongibello. Estabas equivocada con respecto a Tom. Pronto regresará a los Estados Unidos, y a mí no me importa, aunque no es mal chico, en realidad, y no le tengo antipatía. No tiene nada que ver con nosotros, de todos modos, y confío que así lo comprendas.

Mándame tus cartas a la American Express, en Roma, hasta que me instale definitivamente. Ya te avisaré cuando encuentre un apartamento. Mientras tanto, procura que no se apague la chimenea ni el refrigerador, sin contar tu máquina de escribir. Siento mucho estropearte las Navidades, querida, pero me parece que será demasiado pronto para verte, así que puedes odiarme o no por eso.

Con todo mi cariño,

DICKIE

Tom no se había quitado la gorra al entrar en el hotel, y en lugar del suyo, había entregado el pasaporte de Dickie en recepción, aunque los hoteles nunca se preocupaban por la foto de pasaporte y se limitaban a copiar el número impreso en la tapa. Había firmado el registro con la firma de Dickie. Al salir para echar la carta al correo, entró en una tienda cercana al hotel para comprar unos cuantos artículos de maquillaje que pudieran hacerle falta. Se divirtió con la dependienta, a la que hizo creer que los compraba para su esposa, que había perdido el estuche de maquillaje y en aquellos momentos se hallaba en el hotel, indispuesta del estómago como de costumbre.

Pasó la velada practicando la firma de Dickie para poder firmar los cheques bancarios. La remesa mensual de Dickie llegaría de América en menos de diez días.

14

Al día siguiente se mudó al hotel Europa, un establecimiento de mediana categoría cercano a la Via Veneto, ya que el Hassler le parecía demasiado lujoso, la clase de hotel que frecuentaban los artista de cine de paso por la ciudad, y temía que Freddie Miles, o cualquier otra persona que conociera a Dickie, se alojase en él cuando estaba en Roma.

En la habitación del hotel, Tom se entretuvo imaginando que conversaba con Marge, con Fausto y con Freddie. Marge, a juicio de Tom, era la que mayores probabilidades de presentarse en Roma ofrecía. Tom le hablaba como si fuese Dickie, se imaginaba una conversación por teléfono, y con su propia voz cuando imaginaba una entrevista cara a cara. Podía suceder, por ejemplo, que se dejase caer inopinadamente en Roma y, tras localizar su hotel, insistiera en subir a su habitación, en cuyo caso se vería obligado a quitarse los anillos de Dickie y a cambiarse de ropa.

—No lo sé —le diría con su propia voz—. Ya sabes cómo es... le gusta creer que se está alejando de todo el mundo. Me dijo que podía ocupar su habitación durante unos días, ya que da la casualidad de que en la mía la calefacción funciona muy mal... Oh, regresará dentro de un par de días, si no recibiré una postal diciéndome que se encuentra bien. Se ha ido a una ciudad de provincias, no recuerdo cuál, con Di Massimo, para ver las pinturas que hay en una iglesia de allí.

—Pero ¿no sabes si se fue hacia el norte o hacia el sur?

—Francamente, no. Supongo que hacia el sur. Pero ¿de qué nos sirve saberlo?

—¡Qué mala suerte la mía! Al menos podía haber dicho adónde iba, ¿no crees?

—Sí. También yo se lo pregunté. He buscado algún mapa o cualquier otra cosa por la habitación, para ver si había alguna pista sobre adónde pensaba ir. Lo único que hizo fue llamarme hace tres días para decirme que podía utilizar su habitación si lo deseaba.

Resultaba una buena idea practicar aquellos cambios de personalidad, ya que podía llegar un momento en que tuviese que adoptar nuevamente la suya en cuestión de segundos, y era extraño constatar cuán fácilmente se olvidaba el timbre exacto de la voz de Tom Ripley. Siguió conversando con Marge hasta que el sonido de su propia voz fue exactamente el mismo que recordaban sus oídos.

Pero durante la mayor parte del tiempo, él era Dickie, discurseando en voz baja con Freddie y Marge, y a larga distancia, por teléfono, con la madre de Dickie, con Fausto; cambiando impresiones con un compañero de mesa al que desconocía, conversando en inglés y en italiano, con la radio portátil de Dickie encendida por si algún empleado del hotel pasaba por delante de su habitación y, sabiendo que estaba solo, le oía hablar, tomándole por un chiflado. A veces, si en la radio se oía alguna canción de su gusto, Tom se ponía a bailar a solas, pero lo hacía como si fuese Dickie bailando con una chica, dando pasos largos, pero con cierta rigidez de movimientos. Una vez había visto bailar a Dickie en la terraza del bar de Giorgio, con Marge, y también en el Giardino degli Orangi, en Nápoles. No era precisamente un buen bailarín. Tom disfrutaba de cada momento, a solas en la habitación o callejeando por Roma, alternando el turismo con la búsqueda de un apartamento. Le resultaba imposible sentirse solo o aburrido mientras fuese Dickie Greenleaf.

Al ir a por su correspondencia a la American Express, los empleados se dirigieron a él llamándole *signore* Greenleaf. La primera carta de Marge decía:

Dickie:

Bueno, quedé bastante sorprendida. Me pregunto qué te pasaría en Roma, en Nápoles o donde fuese. Tom estuvo muy misterioso y lo único que me dijo fue que pasaría una temporada contigo. No me creeré lo de que se vuelve a América hasta que lo vea. A riesgo de meter la pata, chico, te diré que no me gusta ese tipo. Desde mi punto de vista, o el de cualquier otra persona, te está utilizando en provecho propio. Si es verdad que necesitas un cambio de ambiente, ¿por qué no te alejas de él? De acuerdo, puede que no sea un invertido, pero es un don nadie, lo cual es peor. No es lo bastante normal para hacer vida sexual, de la clase que sea, ¿me entiendes? De todos modos, no es Tom quien me interesa, sino tú. Sí, soy capaz de soportar unas cuantas semanas sin verte, cariño, e incluso pasar sola las Navidades, aunque prefiero no pensar en eso. Prefiero no pensar en ti y, como tú dices, dejar que los sentimientos hablen o se queden callados. Pero resulta imposible no pensar en ti aquí porque cada centímetro del pueblo, en lo que a mí respecta, está embrujado por tu presencia, y en esta casa, en todos los sitios donde pongo los pies, hay algún rastro de ti, el seto que plantamos juntos, la valla que empezamos a reparar sin llegar a terminarla, los libros que me prestaste y que nunca te devolví. Y tu silla ante la mesa, eso es lo peor.

Seguiré metiendo la pata: no pretendo decir que Tom vaya a causarte algún daño físico, pero sé que, de un modo sutil, ejerce una mala influencia sobre ti. Te comportas con cierto aire de sentirte avergonzado de estar con él cuando efectivamente estás con él, ¿no habías caído en ello? ¿Alguna vez procuraste analizarlo? Pensé que empezabas a darte cuenta durante las últimas semanas, pero ahora vuelves a estar con él y, francamente, chico, no sé cómo interpretarlo. Si es verdad que no te importa que se marche pronto, entonces, por el amor de Dios, ¡mándale a paseo! Nunca te ayudará a ti, o a quien sea, a que pongas algo en claro.

De hecho, a él le interesa que sigas confundido y manejarte, al igual que a tu padre, como a él le convenga.

Un millón de gracias por la colonia, cariño. Me la guardaré —o al menos procuraré que me quede un poco— para cuando vuelva a verte. Todavía no me he hecho traer el refrigerador a casa. Puedes pedírmelo, por supuesto, cuando quieras.

Tal vez Tom te haya dicho que Skippy se escapó. Me pregunto si debo atrapar una lagartija y tenerla atada por el cuello. Tengo que ponerme a reparar la pared de la casa sin perder más tiempo, antes de que ceda y caiga sobre mí. ¡Ojalá estuvieras aquí cariño..., por supuesto!

Un millón de besos y, por favor, ¡escríbeme!

MARGE

A la atención de American Express
Roma
12 de diciembre de 19...

Queridos papá y mamá:

Estoy en Roma buscando piso, aunque todavía no he encontrado exactamente lo que deseo. Aquí los pisos son demasiado grandes o demasiado pequeños, y en el primer caso en invierno hay que tener cerradas todas las habitaciones menos una para no morirse de frío, así que de poco sirve que el piso sea grande. Lo que estoy buscando es un sitio ni demasiado grande ni demasiado pequeño, cuyo precio sea razonable y que pueda mantenerse caliente sin tener que gastarse una fortuna en ello.

Lamento que últimamente haya descuidado la correspondencia. Espero que esto mejore cuando lleve una vida más tranquila. Sentía necesidad de un cambio de aires, de marcharme de Mongibello —como los dos llevabais tiempo diciéndome—, de modo que lié el petate y me vine para aquí. Incluso es posible que venda la casa y el velero. He trabado amistad con un pintor maravilloso que se llama Di Massimo y que me da clases en su estudio. Voy a pasar unos cuantos meses trabajando como un negro a ver qué pasa. Será una especie de período de prueba. Comprendo que esto no te interesará, papá, pero como siempre me estás preguntando en qué empleo el tiempo, te lo digo. Llevaré una vida muy tranquila y estudiosa hasta el próximo verano.

A propósito, me gustaría que mandases los últimos prospectos de Burke-Greenleaf. Me gusta estar al día de lo que hacéis, y ya hace mucho tiempo que no he visto nada.

Mamá, espero que no te hayas tomado demasiadas molestias por mí con vistas a las Navidades. En realidad no me hace falta ninguna cosa que yo sepa. ¿Cómo te encuentras? ¿Puedes salir de casa muy a menudo? Ya sabes, al cine, al teatro... ¿Cómo está el tío Edward? Dadle mis recuerdos y no dejéis de escribirme.

Con cariño,

DICKIE

Tom la leyó de cabo a rabo, se dijo que había probablemente un exceso de comas y, haciendo acopio de paciencia, la volvió a escribir y luego la firmó. En una ocasión había visto una carta de Dickie a sus padres, puesta en la máquina de escribir y sin terminar, y tenía una idea bastante exacta del estilo de Dickie. Sabía que Dickie nunca había empleado más de diez minutos en escribir. Tom pensó que si la de ahora era distinta lo sería sólo por ser un tanto más personal y entusiástica que de costumbre. Al leerla por segunda vez, se sintió bastante contento. El tío Edward era hermano de mistress Greenleaf, y ésta, en una de sus últimas cartas, decía que estaba en Chicago, en el hospital, aquejado de cáncer.

Al cabo de unos días cogió el avión para París. Antes de partir de Roma llamó al Inghilterra: no había cartas ni llamadas telefónicas para Richard Greenleaf. Aterrizó en Orly a las cinco de la tarde. Le sellaron el pasaporte sin que el funcionario se fijase apenas en él, pese a que Tom había tomado la precaución de aclararse un poco el pelo y ondulárselo y, para pasar la inspección, había adoptado la expresión seria, un tanto malhumorada, que Dickie tenía en la foto del pasaporte. Se instaló en el Hotel du Quai Voltaire, que unos americanos le habían recomendado al trabar amistad con ellos en un café de Roma, diciéndole que estaba en un lugar bastante céntrico y en él no se alojaban demasiados americanos. Luego salió a pasear bajo la tarde fría y brumosa de diciembre. Caminaba con la cabeza bien alta y una sonrisa en los labios. El ambiente de la ciudad era lo que más le gustaba, el mismo ambiente del que tantas veces había oído hablar, con las calles llenas de animación, las casas de fachada gris rematadas por una claraboya, el estruendo de los bocinazos, y, por todas partes, urinarios públicos y columnas cubiertas por los anuncios multicolores de los teatros. Deseaba empaparse lentamente de aquel ambiente, tal vez durante varios días, antes de visitar el Louvre, subir a la torre Eiffel o hacer algo parecido. Compró *Le Figaro* y se instaló en una mesa del Dôme. Pidió un *fine à l'eau,* recordando que Dickie le había dicho que era lo que solía beber en Francia. El francés de Tom era más bien escaso, pero también lo era el de Dickie. Algunas personas de aspecto interesante le miraron fijamente a través de los ventanales del café, pero nadie entró para hablar con él. Tom estaba preparado por si, de un momento a otro, alguien se levantaba de su mesa y se le acercaba diciendo:

—¡Dickie Greenleaf! ¿Eres tú realmente?

No había cambiado su aspecto de un modo muy sensible, pero estaba convencido de que su expresión era igual a la de Dickie. Su sonrisa era peligrosamente acogedora para los desconocidos, una sonrisa más apropiada para saludar a un antiguo amigo o a una amante. Era la mejor sonrisa y la más típica de Dickie cuando estaba de buen humor. Tom estaba de buen humor, y se encontraba en París. Resultaba maravilloso sentarse en un famoso café y pensar en que seguiría siendo Dickie Greenleaf durante muchos días, usando sus gemelos, sus camisas blancas de seda, incluso las prendas un poco usadas ya: el cinturón de cuero marrón y hebilla de latón, del tipo que, según los anuncios de la revista *Punch,* duraba toda una vida, el viejo jersey color mostaza de bolsillos deformados, ahora eran todas suyas, y ello le hacía feliz. Y la estilográfica negra con iniciales de oro. Y el billetero de piel de cocodrilo comprado en Gucci. Y además disponía de suficiente dinero para llenarlo.

Antes del mediodía siguiente, ya le habían invitado a una fiesta en la Avenue Kléber. Había entablado conversación con una joven pareja, ella francesa, él americano, en un café-restaurante del boulevard Saint-Germain. En la fiesta había unas treinta o cuarenta personas, la mayoría de mediana edad, que permanecían de pie, con pose algo rígida, en un espacioso apartamento amueblado convencionalmente y bastante frío. Tom empezaba a comprender que, en Europa, lo elegante era que la calefacción no funcionase en invierno, del mismo modo que el martini sin hielo lo era en verano. Al cabo de unos días de estar en Roma, se había trasladado a un hotel más caro, sólo por no pasar frío, encontrándose que el hotel más caro resultaba también más frío. Tom se dijo que la casa era elegante, de un modo lúgubre y chapado a la antigua. Un mayordomo y una doncella atendían a los invitados, había una larga mesa con *pâtés en croûte*, pavo cortado en rodajas, y *petits fours*, así como grandes cantidades de champán aunque las cortinas y el tapizado del sofá estaban raídos, a punto de caer en pedazos de puro viejos. Además, al salir del ascensor, se había fijado que en el vestíbulo había unos cuantos agujeros que indicaban muy a las claras que por allí había ratones. Cuando menos media docena de los invitados que le presentaron resultaron ser condes y condesas. Uno de los invitados, americano también, le indicó que el joven y la chica que le habían invitado estaban a punto de casarse, y que los padres de ella no estaban muy entusiasmados por el enlace. En la sala flotaba un aire de tensión, y Tom se esforzó en mostrarse tan amable como pudo con todo el mundo, incluyendo a los franceses de aspecto severo, pese a no poder decirles más que:

—C'est très agréable, n'est-ce-pas?

Hizo cuanto pudo y al menos se granjeó una sonrisa de la joven que le había invitado. Se consideraba afortunado por estar allí, preguntándose cuántos americanos podrían decir que les habían invitado a una fiesta particular al cabo de una semana escasa de llegar a París. Siempre le habían dicho que los franceses eran muy remisos en invitar a los desconocidos. Ni uno solo de los americanos parecía conocer su nombre. Tom se sentía completamente a gusto, como no recordaba haberse sentido jamás en ninguna fiesta. Se dijo que aquello era el borrón y cuenta nueva que había decidido hacer durante el viaje por mar, al venir de América. Era una verdadera aniquilación de su pasado y de él mismo, Tom Ripley, que ya pertenecía al pasado y renacía con una personalidad enteramente nueva. Una señora francesa y un par de americanos le invitaron a sus respectivas fiestas, pero Tom rechazó todas las invitaciones con la misma respuesta:

—Muchas gracias, pero me voy de París mañana.

Pensó que no debía mostrarse demasiado asequible con ninguna de aquellas personas. Cabía la posibilidad de que alguna de ellas conociese a alguien que a su vez conociese muy bien a Dickie, y Tom temía encontrarse a ese alguien en alguna de las otras fiestas.

A las once y cuarto, al despedirse de la anfitriona y de los padres de ésta, los tres pusieron cara de lamentar mucho que se fuese. Pero Tom quería llegar a Notre-Dame antes de la medianoche. Era Nochebuena.

La madre le preguntó cómo se llamaba. Tom se lo repitió.

—Monsieur Greenleaf —repitió la muchacha, pronunciando muy mal el nombre—. Dickie Greenleaf. ¿Es así?

—En efecto —dijo Tom, sonriendo.

Al llegar al vestíbulo de abajo, recordó de pronto que Freddie Miles habría dado su fiesta en Cortina el día dos de aquel mes. Ya habían pasado casi treinta días. Había pensado escribir a Freddie diciéndole que no asistiría a la fiesta. Se preguntó si Marge habría ido. Freddie se extrañaría mucho de que no le hubiese avisado, y confió que al menos Marge se hubiese encargado de avisarle. Tenía que escribir a Freddie enseguida. En la libreta de direcciones de Dickie estaba la de Freddie, en Florencia. Tom se dijo que había cometido un desliz, aunque de poca importancia, y debía procurar que no volviese a sucederle.

Salió a la calle y encaminó sus pasos hacia el Arc de Triomphe, que estaba iluminado por los reflectores. Resultaba extraño sentirse tan solo y, al mismo tiempo, sentirse parte de todo cuanto le rodeaba, como acababa de sucederle en la fiesta. Volvió a experimentar la misma sensación entre la multitud que abarrotaba la plaza de Notre-Dame. Había tal gentío, que resultaba imposible entrar en la catedral, aunque los amplificadores se encargaban de que la música llegase a todos los rincones de la plaza. Hubo villancicos franceses cuyo título le era desconocido; luego *Noche de paz,* sencillo y solemne a la vez, seguido de otro muy bullanguero, cantado en francés. Unas voces masculinas entonaron una salmodia, y Tom observó que cerca de él los hombres se quitaban el sombrero. Se quitó el suyo también. Se quedó en posición de firmes, con el rostro serio, dispuesto a sonreír si alguien le dirigía la palabra. Su estado de ánimo era el mismo que había experimentado en el buque, sólo que ahora era más intenso: lleno de buena voluntad, caballeroso, sin nada en el pasado que pudiese manchar su carácter. Era Dickie, el bueno e ingenuo Dickie, con su sonrisa para todo el mundo y mil francos listos para pasar a manos de quien se los pidiese. De hecho, un viejo le pidió dinero cuando se alejaba de la catedral, y Tom le dio un billete de mil francos, azul y crujiente. El rostro del viejo se iluminó con una amplia sonrisa, al mismo tiempo que su mano se tocaba el sombrero a guisa de saludo.

Tom tenía un poco de hambre, aunque le hacía gracia acostarse sin cenar aquella noche. Decidió pasar una hora con el manual de conversación en italiano y acostarse después. Entonces recordó que había hecho el propósito de engordar un poco, ya que las ropas de Dickie le venían un poco holgadas y, además, Dickie tenía el rostro más grueso que él. Entonces entró en un bar y pidió un emparedado de jamón y un vaso de leche caliente al ver que su vecino de mostrador lo estaba tomando. La leche apenas tenía sabor, era algo puro y a la vez purificador, tal como Tom imaginaba que debía de ser una oblea al tomarla en la iglesia.

Regresó sin prisas a Roma, haciendo escala en Lyon y también en Arles para admirar los lugares pintados por Van Gogh. Se las arregló para no perder su alegre ecuanimidad pese a lo atroz del tiempo. En Arles, la lluvia, impulsada por la violencia del mistral, le caló hasta los huesos mientras trataba de dar con los mismísimos sitios donde Van Gogh había colocado su caballete. Llevaba consigo un bello libro con reproducciones de Van Gogh, comprado en París, pero no podía sacarlo bajo la lluvia, viéndose forzado a ir y venir del hotel para cerciorarse del punto de vista del pintor. Hizo una visita a Marsella y la ciudad le pareció aburrida, a excepción de la Cannebière. Después prosiguió su viaje en tren, rumbo al este, deteniéndose en St. Tropez, Cannes, Niza, Montecarlo, los sitios sobre los que tanto había oído, y por los que sentía afinidad al verlos, aunque en invierno el cielo aparecía cubierto por grises nubarrones y no había ni rastro de gente bulliciosa por las calles, ni siquiera en Menton durante la Nochevieja. Tom hizo que su imaginación se encargase de poblar aquellos lugares con hombres y mujeres vestidos de etiqueta que descendían la amplia escalinata del Gran Casino de Montecarlo, de gentes ataviadas con alegres bañadores, como en una acuarela de Dufy, que paseaban bajo las palmeras del paseo de los Ingleses, en Niza. Gentes..., americanos, ingleses, franceses, alemanes, suecos, italianos. Amores, desengaños, peleas, reconciliaciones, asesinatos. La Costa Azul le excitaba como ningún otro lugar del mundo le había excitado al verlo. Y, de hecho, era tan exigua: una simple curva en la costa mediterránea cuajada de nombres maravillosos, engarzados como cuentas en un collar... Toulon, Fréjus, St. Rafael, Cannes, Niza, Menton y, finalmente, San Remo.

Encontró dos cartas de Marge al regresar al hotel el cuatro de enero. La muchacha decía que pensaba irse a su casa el primero de marzo. No había terminado del todo el primer borrador de su libro, pero iba a mandar las tres cuartas partes que tenía hechas, junto con todas las fotografías, al editor americano que estaba interesado por él. La carta decía:

¿Cuándo voy a verte? Detesto perderme un verano en Europa después de soportar otro invierno terrible, pero me parece que volveré a casa a primeros de marzo. Sí, siento nostalgia, de veras, ¡al cabo de tanto tiempo! Cariño, ¡sería tan maravilloso que pudiéramos regresar juntos en el mismo buque! ¿Hay alguna posibilidad? Me temo que no. ¿No piensas ir a los Estados Unidos, aunque sea para una breve visita, este invierno?

Estaba pensando en mandar mi equipaje (¡Dos baúles, tres cajones llenos de libros, y varias cosas más!) en un buque de carga desde Nápoles, y pasar por Roma para, si estás de buen humor, hacer juntos un viaje por la costa y visitar Forte dei Marmi, Viareggio y los otros lugares que nos gustan... ¡una última visita! No estoy de humor para preocuparme por el tiempo, que sé que será horrible. No me atrevería a pedirte que me acompañases hasta Marsella, donde debo embarcarme, pero ¿y a Génova? ¿Qué te parece?...

El tono de la otra carta era más reservado y Tom sabía por qué: porque no le había mandado ni una postal en todo un mes. La carta decía:

He cambiado de parecer sobre lo de ir a la Riviera. Tal vez este tiempo tan húmedo me haya quitado las ganas, o tal vez haya sido el libro. Sea como fuere, me voy antes de lo que pensaba, desde Nápoles: el 28 de febrero, en el *Constitution.* ¡Figúrate... estaré en América en el instante de pisar la cubierta! Comida americana, pasajeros americanos, dólares para pagar en el bar... Cariño, siento no poder verte, ya que por tu silencio comprendo que todavía no quieres que nos veamos, así que no te preocupes más. Considérame fuera de tu vida.

Claro que tengo la esperanza de volver a verte alguna vez, en los Estados Unidos o en alguna otra parte. En el caso de que se te ocurra venir a Mongibello antes del 28, ya sabes dónde serás bien recibido.

Tuya,

MARGE

P.D. Ni siquiera estoy segura de que sigas en Roma.

Tom la veía llorando mientras escribía la carta y sintió el impulso de escribirle una carta muy amable, diciéndole que acababa de regresar de Grecia y preguntándole si había recibido sus postales. Pero le pareció mejor, más seguro, dejarla partir sin saber dónde estaba él.

Lo único que le intranquilizaba, aunque no mucho, era la posibilidad de que Marge se presentase en Roma antes de que estuviera instalado en su apartamento. Si le buscaba en los hoteles lograría dar con él, pero nunca lo conseguiría si él ya estaba en un apartamento. Los americanos acomodados no tenían que comunicar sus lugares de residencia a la policía, aunque, según lo estipulado en el *permesso di soggiorno,* era obligatorio informar a la policía de todos los cambios de residencia. Tom había hablado con un americano residente en Roma, y éste le había dicho que no le diese importancia, que a él nunca le habían molestado. Por si Marge se presentaba inesperadamente en Roma, Tom tenía muchas de sus propias prendas dispuestas en el ropero, aparte de que el único cambio que había efectuado en su físico era el del color del pelo, siempre atribuible a los efectos del sol. No se sentía realmente preocupado. Al principio, se había divertido un poco retocándose las cejas con lápiz y aplicándose un poco de cosmético en la punta de la nariz, con el fin de que pareciese más larga y puntiaguda, como la de Dickie, pero lo dejó al darse cuenta de que con ello lo único que iba a lograr era llamar más la atención. Lo principal al hacerse pasar por otra persona era adoptar el temperamento y el carácter del otro, asumiendo las expresiones faciales que correspondieran a esas cualidades. Lo demás venía por sí solo.

El día diez de enero escribió a Marge para comunicarle que acababa de llegar a Roma después de pasar tres semanas en París, a solas, pues Tom se había marchado de Roma un mes antes, al parecer con destino a París y desde allí regresar a los Estados Unidos. No se habían visto en París ni había encontrado un apartamento en Roma aún, si bien seguía buscándolo y pensaba comunicarle la dirección tan pronto la conociera. Luego le agradecería efusivamente el paquete que le había mandado por Navidad y en el que había un suéter blanco con rayas rojas, tejido por la propia Marge, así como un libro sobre la pintura del Quattrocento y un estuche de piel para los utensilios de afeitar con sus iniciales en la tapa: H.R.G. El paquete no había llegado hasta el seis de enero, y precisamente por eso le escribía, para evitar que Marge creyese que no lo había ido a buscar, que imaginase que se había desvanecido en el aire y empezase a buscarle. Le preguntó si había recibido su paquete, enviado desde París. Probablemente lo recibiría con retraso, por lo cual pedía disculpas. Luego escribió:

Vuelvo a pintar con Di Massimo y estoy bastante satisfecho con el resultado. Te echo de menos, pero, si puedes seguir aguantando mi experimento, desearía dejar pasar unas cuantas semanas antes de verte (a no ser que, efectivamente, te marches a casa en febrero, cosa que no creo) y es posible que para entonces ya no tengas ganas de verme. Da recuerdos de mi parte a Giorgio y a su mujer, y a Fausto si es que sigue en Mongibello, y a Pietro, el del embarcadero...

La carta estaba escrita con el tono distraído y levemente lúgubre con que Dickie escribía todas sus cartas. Era imposible decir con certeza si estaba escrita con cariño o sin él, ya que, en esencia, no decía nada.

De hecho, Tom ya había encontrado un apartamento en una casa de pisos de la Via Imperiale, cerca del Arco de Pincio, y tenía firmado el contrato de arrendamiento para un año, aunque no pensaba pasar en Roma la mayor parte del tiempo, y mucho menos en invierno. Sólo quería un hogar, tener una base en algún sitio, después de tantos años de no tenerla. Y Roma era elegante, parte de su nueva vida. Necesitaba poder decir en Mallorca, en Atenas, en El Cairo o donde fuese:

—Sí, vivo en Roma. Tengo un apartamento allí.

Y decirlo como sin darle importancia, igual que hacía la gente que se pasaba la vida viajando de un lado a otro. Se tenía un apartamento en Europa del mismo modo que otros tenían un garaje en el Bronx. Además, Tom quería que su apartamento fuese elegante, aunque no tenía intención de recibir muchas visitas y detestaba la idea de hacerse instalar teléfono, aunque no constase en la guía. De todos modos, decidió que el teléfono era antes una medida de seguridad que una amenaza. Así que se lo hizo instalar. El apartamento tenía una espaciosa sala de estar, un dormitorio, una especie de salón, cocina y baño. La decoración era un poco recargada, pero estaba en consonancia con la respetabilidad del barrio y de la vida que en él pensaba llevar Tom. El alquiler equivalía a ciento setenta y cinco dólares mensuales en invierno, calefacción incluida, y ciento veinticinco en verano.

Marge contestó con una carta que parecía escrita en pleno éxtasis. Decía que acababa de recibir el paquete con la maravillosa blusa de seda comprada en París, añadiendo que no la había esperado y que le sentaba perfectamente. Según decía, Fausto y los Cecchi habían cenado en su casa la víspera de Navidad, y el pavo le había salido divino, y lo mismo las castañas confitadas y la salsa y el pudding y bla, bla, bla y todo había resultado perfecto sólo que *él* no estaba allí. Y ¿en qué pensaba y qué hacía? ¿Y era más feliz? Y Fausto iría a visitarle de paso para Milán si él le mandaba la dirección enseguida, y si no lo hacía, que dejase una nota para Fausto en la American Express, diciendo dónde podría encontrarle.

Tom supuso que el buen humor de Marge se debía a que pensaba que Tom se había marchado a América desde París. Junto con la carta de Marge recibió otra del *signore* Pucci anunciando que había vendido tres muebles en Nápoles, por ciento cincuenta mil liras, y que tenía un posible comprador para el velero, un tal Anastasio Marrino, de Mongibello, que le había prometido hacerle el primer pago dentro de una semana, pero que probablemente no podría vender la casa hasta el verano, cuando los americanos empezaban a llegar de nuevo a Mongibello. Quitando el quince por ciento de comisión para el *signore* Pucci, la venta de los muebles ascendía a doscientos diez dólares, y Tom decidió celebrarlo yéndose a un club nocturno de Roma y encargando una cena principesca que tomó en elegante aislamiento, instalado en una mesa para dos, con velas y todo. Le era absolutamente indiferente cenar e ir al teatro solo. Así tenía ocasión de concentrarse en su papel de Dickie Greenleaf. Partía el pan exactamente como lo hacía Dickie, se llevaba el tenedor a la boca con la izquierda, igual que Dickie, y observaba las mesas colindantes y las parejas que bailaban en la pista con tal aire de estar inmerso en un profundo y benévolo trance que el camarero, en un par de ocasiones, tuvo que hablarle dos veces para hacerse oír. Los ocupantes de otra mesa le saludaron con la mano, y Tom advirtió que se trataba de una de las parejas americanas que había conocido en la fiesta de Nochebuena, en París. Les devolvió el gesto de saludo. Recordaba incluso cómo se llamaban.

Eran los Souder. No volvió a dirigir la mirada hacia ellos en toda la noche, pero la pareja abandonó el local antes que él y se detuvo ante su mesa para saludarle.

—¿Solito? —preguntó el hombre, que parecía un poco achispado.

—Sí. Cada año tengo una cita conmigo mismo aquí —contestó Tom—. Celebro cierto aniversario.

El americano asintió con la cabeza, con cara de no saber qué más decir, y Tom comprendió que era incapaz de decir nada que fuese inteligente, que se sentía tan violento como cualquier americano de provincias que se encontrase cara a cara con la elegancia y la sobriedad, el dinero y los trajes de buen paño, aunque debajo de ese paño estuviese otro americano.

—Ya nos dijo que vivía en Roma, ¿verdad? —preguntó la mujer—. Me temo que hemos olvidado su nombre, pero lo recordamos muy bien de la fiesta de Nochebuena.

—Greenleaf —contestó Tom—. Richard Greenleaf.

—¡Oh, claro! —dijo la mujer, con tono de alivio—. ¿Tiene un apartamento aquí?

Se la veía dispuesta a tomar mentalmente nota de la dirección.

—De momento estoy en un hotel, pero tengo intención de mudarme a un apartamento cualquier día de éstos, tan pronto como la decoración esté terminada. Estoy en el Elisio. ¿Por qué no me llaman algún día?

—Nos gustaría, pero nos vamos a Mallorca dentro de tres días, aunque eso es mucho tiempo.

—¡Me encantaría verles! —dijo Tom—. *Buona sera!*

Nuevamente solo, Tom reanudó sus propios sueños. Decidió abrir una cuenta bancaria a nombre de Tom Ripley, y de vez en cuando meter en ella unos cien dólares o alguna cantidad parecida. Dickie Greenleaf tenía dos bancos, uno en Nápoles y otro en Nueva York, con unos cinco mil dólares en cada cuenta. La cuenta de Ripley podría abrirla con un par de miles, añadiéndoles las ciento cincuenta mil liras procedentes de la venta de los muebles de Mongibello. Al fin y al cabo, tenía que mantener a dos personas.

15

Visitó el Capitolio y Villa Borghese, exploró minuciosamente el Foro y tomó seis lecciones de italiano de un viejo del barrio a quien Tom dio un nombre falso. Después de la sexta lección, Tom decidió que su italiano ya era igual que el de Dickie. Recordaba palabra por palabra varias frases dichas por Dickie en un momento u otro y ahora comprendía que no eran correctas. Por ejemplo:

—*Ho paura che non c'è arrivata, Giorgio.*

Dickie la había dicho una tarde, mientras esperaban a Marge en el bar de Giorgio. Dickie debería haber dicho *«sia arrivata»*, empleando el subjuntivo después de una expresión que denotaba temor. Dickie nunca utilizaba el subjuntivo con la frecuencia propia del italiano. Voluntariamente, Tom se abstuvo de aprender la forma correcta de utilizar el subjuntivo.

Compró unos metros de terciopelo rojo para las cortinas de la sala de estar, ya que las cortinas que iban incluidas en el alquiler del apartamento le resultaban ofensivas a la vista. Al preguntarle a la *signora* Buffi, la esposa del portero, si sabía de alguna costurera que pudiera confeccionárselas, ella se le había ofrecido para hacerlas, por sólo dos mil liras, poco más de tres dólares. Tom insistió para que aceptase cinco mil. Luego compró también unos cuantos objetos para embellecer el apartamento, aunque nunca recibía a nadie en casa, a excepción de un joven americano, simpático pero no muy inteligente, a quien había conocido en el Café Greco, cuando el otro le preguntó cómo se llegaba al hotel Excelsior desde allí. El Excelsior estaba cerca de su casa, de manera que Tom le invitó a subir y tomar una copa. Lo único que pretendía era impresionarle durante una hora y después decirle adiós, para siempre, y así lo hizo, tras pasarse una hora discurseando sobre los placeres de vivir en Roma y servirle un poco de su mejor coñac. El joven partía para Múnich al día siguiente.

Tom cuidaba mucho de no encontrarse con los miembros de la colonia americana en Roma, pues deseaba evitar que le invitasen a sus reuniones y que él correspondiera invitándoles a las suyas. De todos modos, le encantaba charlar con los americanos y las gentes del país en el Café Greco y en los restaurantes estudiantiles de la Via Margutta. La única persona a quien dijo su nombre era un pintor italiano llamado Carlino, con quien se había encontrado en una taberna de la Via Margutta. Le dijo también que se dedicaba a pintar y que estaba estudiando con un pintor llamado Di Massimo. Si alguna vez la policía investigaba las actividades de Dickie en Roma, tal vez cuando Tom ya llevase mucho tiempo viviendo bajo su propio nombre, el pintor le serviría para demostrar que Dickie Greenleaf había estado pintando en Roma durante el mes de enero. El nombre Di Massimo no le sonaba a Carlino, pero Tom le hizo una descripción tan detallada que probablemente Carlino nunca se olvidaría.

Se sentía solo, pero en modo alguno triste. Era una sensación muy parecida a la que había experimentado en París, la víspera de Navidad, la sensación de que toda la gente le estuviera observando, como si el mundo entero fuese su público, una sensación que le hacía estar constantemente en guardia, ya que una equivocación hubiera sido catastrófica. Y, con todo, estaba absolutamente seguro de que no cometería ninguna equivocación, y ello sumergía su existencia en una atmósfera peculiar y deliciosa de pureza, igual que la que probablemente sentiría un gran actor al salir al escenario a interpretar un papel importante con la convicción de que nadie podía interpretarlo mejor que él. Era él mismo y, sin embargo, no lo era. Se sentía inocente y libre, pese a que, de un modo consciente, planeaba cada uno de sus actos. Pero ya no sentía cansancio después de varias horas de fingir, como le había sucedido al principio. No tenía necesidad de relajarse cuando estaba a solas. Desde que se levantaba y entraba a cepillarse los dientes en el baño, él era Dickie, cepillándose los dientes con el brazo derecho doblado en ángulo recto, Dickie haciendo girar con la cucharilla los restos del huevo pasado por agua que tomaba para desayunar. Dickie, que, invariablemente, volvía a guardar en el armario la primera corbata que había sacado, poniéndose otra en su lugar. Incluso había pintado un cuadro al estilo de Dickie.

Al finalizar enero, Tom dio por sentado que Fausto habría pasado por Roma sin detenerse, aunque las cartas de Marge no decían nada al respecto. Marge le escribía una vez por semana, a la dirección de la American Express. Solía preguntarle si necesitaba calcetines o una bufanda, diciéndole que le sobraba mucho tiempo y podía confeccionárselos ella misma, sin dejar por ello de trabajar en su libro. Siempre le relataba alguna anécdota graciosa sobre algún conocido del pueblo, sólo para que Dickie no creyese que se estaba muriendo de pena por su causa, aunque resultaba evidente que así era, tan evidente como su propósito de no marcharse a América en febrero sin antes hacer otro intento desesperado para atraparle, y esta vez en persona. Tom se decía que por eso le escribía tan a menudo y tan extensamente, por eso los calcetines y la bufanda probablemente estaban ya en camino, aunque nunca contestaba a sus cartas. Las cartas de Marge le repelían. Le disgustaba incluso tocarlas y, después de mirarlas muy por encima, las hacía pedazos y las tiraba a la basura.

Finalmente, Tom escribió:

He desechado la idea del apartamento en Roma de momento. Di Massimo se va a pasar unos cuantos meses en Sicilia, y puede que vaya con él y desde allí a alguna otra parte. Mis planes son muy poco concretos, pero tienen la virtud de ofrecerme libertad y adaptarse a mi actual estado de ánimo.

No me mandes calcetines, Marge. A decir verdad, no necesito nada. Te deseo mucho éxito para tu libro.

Tom tenía ya el billete para ir a Mallorca: primero en tren hasta Nápoles, después en barco hasta Palma, la noche del treinta y uno de enero al uno de febrero. Se había comprado dos maletas nuevas en Gucci, la mejor tienda de artículos de piel que había en Roma. Una de las maletas era grande, de suave piel de antílope, la otra era de lona color canela, con correajes de cuero marrón. Ambas llevaban las iniciales de Dickie. Tom se deshizo de la más estropeada de sus propias maletas, y la otra la tenía guardada en un trastero del apartamento, llena de sus propias ropas por si se presentaba alguna emergencia. Pero no esperaba que así fuese. La embarcación hundida cerca de San Remo nunca había sido encontrada. Tom hojeaba los periódicos cada día para ver si decían algo al respecto.

Una mañana, mientras hacía las maletas, llamaron a la puerta. Supuso que sería alguien que se equivocaba o que iba pidiendo de puerta en puerta. Su nombre no constaba en la escalera, donde estaban los timbres, y le había dicho al portero que no deseaba que constase, pues quería evitar visitas inoportunas. El timbre sonó por segunda vez, y Tom no hizo caso, continuando con su tarea. Le gustaba hacer las maletas y se entretenía mucho con ello, uno o dos días enteros. Con gestos afectuosos, colocaba la ropa de Dickie en las maletas, probándose alguna que otra camisa de seda o chaqueta delante del espejo. Así estaba, abrochándose una camisa azul adornada con caballitos de mar de color blanco, cuando empezaron a golpear la puerta.

Se le ocurrió que tal vez era Fausto, que hubiese sido muy propio de Fausto buscarle por toda Roma para darle una sorpresa. Trató de tranquilizarse diciéndose que era una tontería, pero sus manos estaban bañadas en un sudor frío al dirigirse hacia la puerta. Se sentía débil, y lo absurdo de aquella sensación, unido al peligro de desmayarse y que le encontrasen tendido en el suelo, le hizo agarrarse al pomo de la puerta con ambas manos, aunque solamente la entreabrió unos centímetros.

—¡Hola! —dijo una voz con acento americano, desde la semipenumbra del rellano—. ¿Eres tú, Dickie? ¡Soy Freddie!

Tom dio un paso hacia atrás, abriendo la puerta del todo.

—Dickie está... Pero pasa, pasa. No está aquí en este momento. Volverá dentro de un raro, seguramente.

Freddie Miles entró con cara de curiosidad, mirando en todas direcciones. Tom se preguntó cómo diablos habría dado con la dirección. Rápidamente, se quitó los anillos de los dedos y los ocultó en el bolsillo. Luego miró a su alrededor, tratando de recordar si había algo más que ocultar.

—¿Te alojas en su casa? —preguntó Freddie, mirándole con su expresión estúpida y atemorizada.

—Oh, no. Sólo estaré aquí unas horas —dijo Tom, quitándose la camisa de los caballitos de mar, debajo de la cual llevaba otra—. Dickie se ha ido a almorzar, me parece que dijo al Otelo. Seguramente volverá sobre las tres, a lo sumo.

Tom supuso que el portero o su esposa le habían dicho cuál era el timbre de su piso, y que el *signore* Greenleaf estaba en su casa. Probablemente, Freddie habría dicho que era un viejo amigo de Dickie. Tom se dijo que iba a tener que sacarlo de la casa sin cruzarse con la *signora* Buffi en la planta baja, ya que ella siempre le saludaba diciéndole:

—Buon giorno, signore Greenleaf!

—Te vi en Mongibello, ¿no es verdad? —preguntó Freddie—. ¿No te llamas Tom? Creí que ibas a venir a Cortina.

—Me fue imposible, gracias. ¿Qué tal fue por allí?

—Oh, muy bien. ¿Qué le pasó a Dickie?

—¿Es que no te escribió? Pues verás..., decidió pasar el invierno en Roma. Me dijo que ya te había escrito.

—Ni una palabra..., a no ser que escribiese a Florencia. Pero yo estaba en Salzburgo y él sabía mi dirección.

Freddie se sentó a medias sobre la mesa, arrugando el tapete de seda verde. Sonrió.

—Marge me dijo que se había trasladado a Roma, pero ella solamente sabía la dirección de la American Express.

Ha sido una verdadera casualidad que encontrase el lugar. Anoche me encontré con alguien en el Greco que sabía su dirección. ¿Qué pretende Dickie?

—¿Quién era? —preguntó Tom—. ¿Un americano?

—No, un italiano. Un simple crío.

Freddie miraba los zapatos de Tom.

—¿Sabes que tus zapatos son como los de Dickie y los míos? Duran como el hierro, ¿verdad? Los míos los compré en Londres hace ya ocho años.

Eran los zapatos de piel curtida, sin teñir, que habían pertenecido a Dickie.

—Éstos los compré en América —dijo Tom—. ¿Te apetece una copa o prefieres ir al Otelo a ver si encuentras a Dickie? ¿Sabes dónde cae eso? No vale la pena que esperes, porque normalmente no acaba de almorzar hasta las tres. Y yo no tardaré en irme.

Freddie se había acercado al dormitorio y estaba de pie ante la puerta, mirando las maletas que había sobre la cama.

—¿Es que Dickie se va o es que acaba de regresar? —preguntó Freddie, volviéndose.

—Se marcha. ¿No te lo dijo Marge? Se va a Sicilia a pasar una temporada.

—¿Cuándo?

—Mañana. Quizá hoy a última hora, no estoy seguro.

—Oye, ¿qué le pasa a Dickie últimamente? —preguntó Freddie, frunciendo el ceño—. ¿Qué pretende recluyéndose así?

—Dice que ha trabajado mucho este invierno —contestó Tom con naturalidad—. Me parece que busca un poco de soledad, aunque, por lo que yo sé, sigue en buenas relaciones con todo el mundo, incluyendo a Marge.

Freddie sonrió otra vez y empezó a desabrocharse el abrigo.

—Pues no va a estarlo conmigo si vuelve a darme un plantón. ¿Estás seguro que él y Marge siguen siendo amigos? Cuando la vi me pareció que se habían peleado. Llegué a pensar que tal vez por eso no vinieron a Cortina.

Freddie se le quedó mirando a la expectativa.

—Pues no que yo sepa.

Tom se acercó al ropero para coger su chaqueta, para que Freddie comprendiese que quería marcharse, y entonces, justo a tiempo, comprendió que posiblemente Freddie reconocería la chaqueta de franela gris que hacía juego con los pantalones que llevaba puestos y que era de Dickie. Del extremo izquierdo del ropero descolgó una chaqueta y una gabardina que eran suyas. Los hombros de la gabardina daban la impresión de que la prenda había pasado varias semanas en el colgador, y así era. Al volverse, observó que Freddie tenía clavados los ojos en la pulsera de plata que llevaba en la muñeca izquierda. Era de Dickie. Tom no se la había visto nunca, pero la encontró en la caja donde guardaba las joyas. Freddie la estaba mirando como si la conociese. Tom se puso la gabardina sin perder la calma.

Freddie le estaba observando con una expresión distinta, algo sorprendida. Tom sabía lo que estaba pensando y, presintiendo el peligro, su cuerpo se tensó.

—¿Listo para irte? —preguntó Tom.

—Sí que vives aquí, ¿no es verdad?

—¡No! —protestó Tom, sonriendo.

El rostro feo y pecoso le estaba mirando fijamente bajo la mata de pelo rojo.

«¡Ojalá podamos salir de aquí sin tropezarnos con la *signora* Buffi!», se dijo Tom.

—Vámonos.

—Por lo que veo, Dickie te ha cubierto de joyas, las suyas.

A Tom no se le ocurrió nada que decir, ninguna broma para despistar.

—Oh..., es sólo un préstamo —dijo Tom con voz grave—. Dickie se cansó de llevarla, de manera que me dijo que la llevara yo durante una temporada.

Tom se refería a la pulsera, pero recordó que también llevaba el sujetacorbatas de plata con una «G» bien visible. El mismo lo había comprado. Se daba cuenta de que en Freddie Miles la animosidad hacia él aumentaba por segundos. Se notaba tan claramente como si de su corpachón estuviera saliendo una especie de vapor que inundase toda la habitación. Freddie pertenecía a la clase de tipos que eran capaces de dar una paliza a quien tomasen por un afeminado, especialmente si las circunstancias les eran tan propicias como en aquellos momentos. Su mirada infundía terror.

—Sí, estoy listo para irme —dijo Freddie con tono amenazador, levantándose.

Al llegar a la puerta se volvió.

—¿Es el Otelo que está cerca del Inghilterra?

—Sí —dijo Tom—. Suele llegar allí sobre la una.

Freddie movió la cabeza afirmativamente.

—Me alegra haber vuelto a verte —dijo con voz desagradable.

Se fue cerrando la puerta.

Tom lanzó una maldición en voz baja. Abrió ligeramente la puerta y escuchó los pasos de Freddie que se alejaban escaleras abajo. Necesitaba asegurarse de que Freddie salía a la calle sin cruzar palabra con alguno de los Buffi. Entonces oyó la voz de Freddie que decía:

—Buon giorno, signora!

Tom se asomó al hueco de la escalera. Tres pisos más abajo se veía parte de una de las mangas del abrigo que llevaba Freddie. Estaba hablando en italiano con la *signora* Buffi. La voz de la mujer le llegaba con mayor claridad.

—... sólo el *signore* Greenleaf —decía la mujer—. No, sólo uno... *signore chi?*... No, *signore*... No creo que haya salido en todo el día, ¡claro que puedo estar equivocada!

La mujer soltó una carcajada.

Tom apretaba la barandilla como si fuese el cuello de Freddie. Entonces oyó los pasos de Freddie que subían la escalera corriendo. Entró en el apartamento y cerró la puerta. Podía insistir en que no vivía allí, que Dickie estaba en el Otelo, o bien que no sabía dónde estaba, pero sabía que Freddie ya no iba a cejar hasta dar con Dickie. Además, cabía la posibilidad de que Freddie le arrastrara a la planta baja para preguntarle a la *signora* Buffi quién era él.

Freddie llamó a la puerta. Luego giró el pestillo, pero la llave estaba echada. Tom cogió un pesado cenicero de cristal. Tuvo que agarrarlo por un borde ya que era demasiado ancho para que la mano lo abarcase. Trató de pensar un poco más sobre si había alguna otra salida. Con la mano izquierda abrió la puerta; tenía la otra mano y el cenicero ocultos tras la espalda.

Freddie entró en la habitación.

—Escucha, ¿te importaría decirme...?

El borde del cenicero le dio en plena frente. Freddie se quedó atónito. Entonces se le doblaron las rodillas y cayó como un buey derribado por un mazazo entre los ojos. Tom cerró la puerta de un puntapié. Con el cenicero descargó un fuerte golpe en la nuca de Freddie. Luego otro, y otro, temiendo que Freddie estuviera simplemente fingiendo y que, de pronto, sus brazos le atenazasen las piernas y le derribasen. Descargó otro golpe, esta vez de refilón y sobre el cráneo, y la sangre empezó a manar. Tom se puso a maldecir. Corriendo, fue al cuarto de baño y regresó con una toalla que colocó debajo de la cabeza de Freddie. Luego le cogió la muñeca para tomarle el pulso. Advirtió que todavía le latía, débilmente, cada vez más débilmente, como si el contacto de sus dedos lo estuviera haciendo desaparecer del todo. Al cabo de un segundo, el pulso se esfumó. Tom aguzó el oído hacia la escalera, imaginándose a la *signora* Buffi ante la puerta, con la sonrisa que empleaba cuando tenía la impresión de estar entrometiéndose. Pero ni los golpes con el cenicero ni la caída de Freddie habían armado demasiado ruido, al menos así se lo parecía a Tom. Bajó la vista hacia la mole de Freddie y sintió una súbita sensación de asco e impotencia.

Era solamente la una menos veinte, y faltaban horas para que oscureciese. Se preguntó si a Freddie le estarían esperando en alguna parte, tal vez en un coche, abajo en la calle. Le registró los bolsillos: un billetero, el pasaporte americano en un bolsillo interior del abrigo, un poco de calderilla italiana y de otro país que no pudo reconocer, un estuche-llavero. Había dos llaves en una anilla que decía FIAT. Buscó el carnet de conducir en el billetero. Lo encontró. En él constaban todos los datos: FIAT 1400 *nero* —descapotable— 1955. Le sería fácil localizarlo si había venido en él. Registró todos los bolsillos, sin olvidar los del chaleco, tratando de encontrar el ticket de un garaje, pero no lo halló. Se acercó a la ventana de la calle y estuvo a punto de sonreír al mirar afuera: allí estaba el descapotable negro, aparcado junto a la acera de enfrente, casi delante mismo de la casa. No podía decirlo con certeza, pero le pareció que no había nadie en el coche.

De repente supo lo que iba a hacer. Se puso a arreglar la habitación, sacando las botellas de ginebra y vermut del aparador, y, pensándolo mejor, también la de Pernod, ya que su olor era mucho más fuerte. Dejó las botellas sobre la mesa y preparó un martini en un vaso alto, añadiéndole un par de cubitos de hielo. Bebió un poco para que el vaso quedase sucio, luego vertió un poco en otro vaso y se acercó con él al cuerpo de Freddie. Cogió la mano fláccida de Freddie y apretó los dedos en torno al vaso, que seguidamente volvió a llevar a la mesa. Echó una mirada a la herida y comprobó que ya no sangraba o que estaba dejando de hacerlo; la sangre no había traspasado la toalla manchando el suelo. Apoyó el cuerpo de Freddie en la pared y vertió un poco de ginebra sola en su garganta, directamente de la botella. La mayor parte del líquido se le derramó por la pechera de la camisa, aunque Tom supuso que la policía italiana no haría ningún análisis de sangre para comprobar si Freddie había estado muy borracho o sólo un poco. Tom dejó que sus ojos se posaran inquietos en el rostro de Freddie, y su estómago se contrajo de tal modo que apartó la mirada rápidamente. La cabeza le daba vueltas y se dijo que no debía volver a hacerlo.

«¡Lo que faltaba!», se dijo Tom acercándose a la ventana con pasos vacilantes. «¡Mira que si me desmayo ahora...!»

Abrió la ventana y respiró profundamente el aire fresco, mirando ceñudamente el coche negro aparcado al otro lado de la calle. Se dijo que no debía desmayarse, que sabía exactamente lo que haría: un Pernod para los dos en el último minuto. Otros dos vasos con sus huellas dactilares y las de Freddie, más restos de licor. Luego habría que llenar los ceniceros. Freddie fumaba Chesterfield. Luego la

Via Appia, en uno de los rincones oscuros que había detrás de las tumbas. En la Via Appia había largos trechos sin ningún farol. El billetero de Freddie habría desaparecido. Motivo: robo.

Le quedaban bastantes horas, pero no se detuvo hasta haber dejado preparada la habitación: una docena de cigarrillos Chesterfield, y otra de Lucky Strike, quemados y aplastados en los ceniceros; un vaso de Pernod hecho añicos en el cuarto de baño, sin terminar de barrer los cristales, que seguían sobre las baldosas. Resultaba curioso que, mientras preparaba tan minuciosamente la escena, iba pensando que tendría horas de sobra para volverlo a dejar todo en orden —tal vez entre las nueve de aquella misma noche, hora en que quizá la policía creería interesante someterle a interrogatorio, ya que quizá alguien sabía que Freddie Miles pensaba visitar a Dickie Greenleaf aquel día— y Tom supo con certeza que así sería, que tendría el piso perfectamente arreglado para las ocho de la noche, ya que, según la historia que pensaba contar, Freddie habría salido de su casa a las siete (como, de hecho, iba a suceder), y Dickie Greenleaf era un joven pulcro y ordenado, incluso cuando llevaba unas cuantas copas en el cuerpo. Pero el motivo del desorden era que le servía de justificación de la historia ante sí mismo, que le obligaba a creérsela él también.

Además, pensaba emprender el viaje a Palma vía Nápoles por la mañana, a las diez y media, a no ser que, por alguna razón, la policía le retuviera en Roma. Si el hallazgo del cuerpo salía en los periódicos de la mañana, y la policía no se ponía en contacto con él, lo natural sería que él se presentase voluntariamente para decirles que Freddie Miles había estado en su casa a última hora de la tarde, aunque, de repente, se le ocurrió que tal vez el forense averiguaría que Freddie llevaba muerto desde el mediodía. En aquellos momentos le era imposible sacar a Freddie, imposible a plena luz del día. No. Su única esperanza estribaba en que tardasen tantas horas en hallar el cadáver que el forense no pudiese establecer con certeza la hora exacta del fallecimiento. Además, tenía que sacarlo de la casa sin ser visto por nadie, absolutamente nadie –tanto si lograba bajarlo como si se tratase de un borracho, como si no lo lograba–, para que, si tenía que prestar declaración, pudiese decir que Freddie se había ido sobre las cuatro o las cinco de la tarde.

Temía tanto las cinco o seis horas que faltaban para el anochecer, que durante unos instantes temió también no ser capaz de esperar. Tom temblaba, pensando que no había tenido ninguna intención de matarle, que había sido una muerte estúpida, pero Freddie, con sus malditas sospechas, le había obligado a ello. Tom sentía deseos de salir a dar un paseo, pero no se atrevía a dejar el cadáver allí. Además, era necesario hacer ruido, si es que tenía que hacer ver que él y Freddie se habían pasado toda la tarde charlando y bebiendo. Puso la radio y buscó una emisora que transmitía música de baile. Decidió que, al menos, podía tomarse una copa. Formaba parte de la comedia. Se preparó otro par de martinis con hielo. Ni siquiera aquello le apetecía, pero se lo bebió.

La ginebra no logró más que hacer más intensas sus dudas y temores. Se quedó contemplando el largo y pesado cuerpo de Freddie, con el abrigo hecho una pelota debajo del mismo, sin que él, Tom, se atreviera o tuviera fuerzas suficientes para enderezarlo, aunque le molestaba verlo. Una y otra vez, pensaba en lo triste, estúpida, peligrosa e innecesaria que era aquella muerte, y cuán brutalmente injusta para el propio Freddie. Por supuesto, no resultaba imposible odiar a Freddie: un cochino y un egoísta que se había atrevido a despreciar a uno de sus mejores amigos (porque sin duda Dickie era uno de sus mejores amigos) solamente porque le sospechaba culpable de desviación sexual. Tom se echó a reír al pensar en aquellas palabras: desviación sexual.

«¿Dónde está el sexo?», se preguntó. «¿Y dónde está la desviación?»

Bajó la vista hacia Freddie y con voz baja y llena de resentimiento dijo:

–Freddie Miles, has sido víctima de tu propia mente retorcida.

16

Finalmente, esperó hasta que dieron las ocho, ya que sobre las siete las entradas y salidas de la casa eran más numerosas que durante el resto del día. A las ocho menos diez bajó a la planta baja para asegurarse de que la *signora* Buffi no estuviese trajinando por allí y tuviese cerrada la puerta; además, quería estar completamente seguro de que no hubiese nadie en el coche de Freddie, aunque, horas antes, ya había bajado a comprobar que efectivamente el coche fuera el de Freddie. Arrojó el abrigo del muerto sobre el asiento de atrás. Volvió a subir al apartamento y, arrodillándose, colocó uno de los brazos del cadáver alrededor de su cuello, apretó los dientes, y tiró hacia arriba. Dio varios traspiés al intentar apoyarse mejor en la espalda el cuerpo inerte de Freddie. También horas antes había ensayado la operación del traslado, sin apenas lograr dar un paso debido al peso del cadáver, y en aquellos momentos el cadáver pesaba exactamente lo mismo que antes, pero había una diferencia: ahora tenía que sacarlo. Dejó que los pies de Freddie se arrastrasen, y de este modo consiguió aligerar un poco el peso, y se las arregló para cerrar la puerta con el codo. Luego empezó a bajar las escaleras. A mitad del primer tramo, se detuvo al oír que alguien salía de un apartamento del segundo piso. Se quedó esperando a que quien fuese hubiera salido a la calle, y entonces reanudó su lento y vacilante descenso. Había encasquetado uno de los sombreros de Dickie en la cabeza del muerto, para ocultar el pelo sucio de sangre. Durante la última hora, había estado bebiendo una mezcla de ginebra y Pernod con el fin de alcanzar un estado de ebriedad perfectamente calculada y que le permitiera convencerse a sí mismo de que era capaz de moverse con cierto aire de indiferencia y, al mismo tiempo, conservar el valor, incluso la temeridad, suficiente para arriesgarse sin pestañear. El primer riesgo, lo peor que podía pasarle, era que el peso de Freddie le hiciese caer antes de llegar al coche y meter el cadáver dentro. Tom cumplió lo que se había jurado a sí mismo: no detenerse a descansar mientras bajaba las escaleras. Tampoco salió nadie más de alguno de los pisos, ni entró ningún vecino procedente de la calle. Durante las horas pasadas en el piso, Tom se había estado imaginando los posibles contratiempos que se encontraría al salir: la *signora* Buffi o su esposo saliendo de su vivienda en el preciso instante en que él llegaba al final de las escaleras; un desmayo que haría que le encontrasen tumbado en el suelo junto al cadáver; la posibilidad de que, habiendo dejado el cuerpo en el suelo para descansar, luego no pudiera volver a alzarlo. Se lo había imaginado todo con tal intensidad, que ahora el simple hecho de haber llegado abajo sin que se confirmara uno solo de sus temores le daba la sensación de estar protegido por alguna fuerza mágica que le hacía olvidarse del enorme peso que transportaba en el hombro.

Echó una ojeada a través de las cristaleras de la puerta. La calle parecía normal. Un hombre pasaba por la acera de enfrente, aunque siempre pasaba alguien por una de las aceras. Abrió la primera puerta con el pie y la cruzó arrastrando a Freddie. Antes de cruzar la otra puerta, cambió el peso de hombro, agachando la cabeza bajo el cadáver, y sintiéndose orgulloso de su propia fuerza, hasta que el dolor del brazo que había quedado libre le hizo volver a la realidad. Tenía el brazo demasiado cansado siquiera para rodear la cintura de Freddie. Apretó más los dientes y dando tumbos bajó los cuatro peldaños que daban a la acera, no sin golpearse una cadera contra la columna de piedra del final de la balaustrada.

Un hombre que venía por la acera aflojó el paso como si fuera a detenerse, pero prosiguió su camino sin hacerlo.

Tom decidió que si alguien se le acercaba, le arrojaría tal vaharada de Pernod al rostro que no necesitarían preguntarle qué le pasaba. Mentalmente, Tom iba soltando maldiciones contra los transeúntes que cruzaban por su lado. Pasaron cuatro personas, pero sólo dos le miraron. Se detuvo un momento para que pasara un coche, luego, dando unos pasos rápidos y empujando, metió la cabeza de Freddie por la ventanilla del coche y empujó lo bastante para que le bastara apoyar el cuerpo en el cadáver a fin de que no cayera mientras tomaba un respiro. Miró alrededor, bajo la luz del farol al otro lado de la calle, hacia las sombras que había frente a su casa.

En aquel instante, el más pequeño de los hijos del portero salió corriendo a la acera y echó calle abajo sin mirar hacia Tom. Entonces, un hombre que cruzaba la calle, pasó cerca del coche sin apenas una mirada de sorpresa hacia el cuerpo doblado, con la cabeza metida dentro del vehículo, que casi parecía estar en una pose natural. Tom pensó que, en realidad, era como si Freddie estuviese hablando con alguien que estaba dentro del coche, aunque él, Tom, sabía perfectamente que la pose no era exactamente natural. Pero ésa era la ventaja de hallarse en Europa, donde nadie ayudaba a nadie, ni nadie se entrometía. De haber estado en América...

—¿Necesita ayuda? —le dijo una voz en italiano.

—*Oh, no, no, grazie* —contestó Tom, con una voz alegre de borracho—. Ya sé dónde vive éste —añadió en inglés, mascullando las palabras.

El hombre movió la cabeza comprensivamente, sonrió y siguió su camino. Era un hombre alto y delgado, vestido con una gabardina ligera, sin sombrero, y llevaba bigote. Tom confió en que no se acordase de él ni del coche.

Tom dio la vuelta al coche y tiró de Freddie para colocarlo en el asiento al lado del conductor. Entonces se puso los guantes de piel que llevaba en el bolsillo de su gabardina y metió la llave de Freddie en el contacto. El coche arrancó obedientemente. Bajaron hasta la Via Veneto, pasaron por delante de la Biblioteca Americana, por la Piazza Venecia, desde uno de cuyos balcones Mussolini solía soltar sus discursos; dejaron atrás el gigantesco monumento a Vittorio Emmanuele y cruzaron el Foro, pasando luego por delante del Coliseo. Fue, en resumen, una gira muy completa por Roma, aunque a Freddie le era totalmente imposible gozarla. Parecía haberse dormido en el asiento de al lado, como a veces le sucedía a la gente cuando uno deseaba mostrarles el paisaje.

La Via Appia Antica se abría ante él, gris y antigua bajo la tenue luz de los escasos faroles. A ambos lados de la calzada, recortadas sobre el cielo aún no del todo oscurecido, se advertían las ruinas de las tumbas. La oscuridad iba avanzando, ganándole terreno a la luz. No se veía más que un coche, que se acercaba de frente, en dirección a Roma. Eran pocas las personas que se sentían inclinadas a viajar por aquella carretera llena de baches y mal iluminada, especialmente en el mes de enero, con la posible excepción de las parejas de enamorados. El coche pasó por su lado. Tom empezó a mirar a su alrededor, buscando un lugar propicio. Se dijo que Freddie se merecía yacer detrás de una tumba presentable. Observó un grupo de árboles que crecían junto a la carretera y detrás de los cuales sin duda habría una tumba o los restos de una. Tom se desvió de la calzada al llegar junto a los árboles y apagó los faros. Aguardó un momento, mirando hacia ambos extremos de la vacía y recta carretera.

El cuerpo de Freddie seguía tan fláccido como una muñeca de caucho. Tom se preguntó dónde estaría el *rigor mortis* consabido. Arrastró el cuerpo, ahora sin demasiadas contemplaciones, dejando que la cara rozase el polvo del camino, hasta el último árbol del grupo, y luego lo ocultó detrás de las ruinas de una tumba. Se trataba de un arco que debía de haber sido la tumba de un patricio, pese a que apenas quedaba un metro de pared en pie. Tom se dijo que bastaba para el cerdo de Freddie. Se puso a maldecir el pesado cuerpo y, de pronto, descargó un puntapié en la barbilla del cadáver. Se sentía cansado, cansado hasta el punto de llorar, asqueado de ver el cuerpo de Freddie Miles, y le parecía que nunca iba a llegar el momento en que podría volverle la espalda definitivamente. Todavía quedaba el abrigo, y Tom regresó al coche en su busca. Al volver con la prenda, advirtió que el terreno era seco y duro, por lo que seguramente no quedarían huellas de sus pasos. Arrojó el abrigo junto al cadáver y, girando vivamente sobre sus talones, emprendió el regreso hacia el coche, sin apenas sentir sus propias piernas a causa del agotamiento.

Mientras conducía hacia Roma, frotó la parte exterior de la portezuela con su mano enguantada, para borrar las huellas dactilares. Aquél era el único sitio del coche donde había puesto las manos antes de enfundarse los guantes. Al llegar a la calle a cuyo extremo se hallaba la American Express, dejó el coche aparcado delante del Florida, un club nocturno, y salió de él dejando la llave de contacto puesta. Conservaba en su bolsillo el billetero de Freddie, aunque ya había trasladado al suyo propio el dinero italiano que llevaba encima Freddie. Las otras divisas, francos suizos y schillings austríacos, las había quemado antes, en el apartamento. Se sacó el billetero del bolsillo y, al pasar junto a una cloaca, se agachó levemente y lo arrojó dentro.

Mientras regresaba andando a casa, Tom pensó que sólo había dos cosas que estaban mal: los ladrones, en buena lógica, se hubieran llevado el abrigo, ya que la prenda era de calidad, y, además, el pasaporte, que seguía en un bolsillo del abrigo. Pero se dijo que no todos los ladrones actuaban de acuerdo con la lógica, especialmente si eran italianos. Y tampoco todos los asesinos actuaban con lógica. Su mente retrocedió a la conversación sostenida con Freddie:

... *No, un italiano. Un simple crío.*

Así que alguien le había seguido hasta casa alguna vez, ya que él no le había dicho a nadie, absolutamente a nadie, su dirección. Se sentía avergonzado, pensando que quizá dos o tres mozos de reparto sabían dónde vivía, aunque los mozos de reparto no solían frecuentar el Greco. Le avergonzaba y al mismo tiempo le hacía encogerse dentro de la gabardina. Se imaginaba una cara morena y jadeante siguiéndole hasta su casa, observando atentamente la fachada para ver qué luz se encendía después de entrar él en la escalera. Tom se encorvó aún más y apretó el paso, como si estuviera huyendo de un perseguidor maniático y apasionado.

17

Tom salió a por los periódicos antes de las ocho de la mañana siguiente. No traían nada. Supuso que tal vez no encontrarían el cuerpo hasta pasados varios días. Al fin y al cabo, la tumba donde lo había ocultado no era muy importante, sino más bien todo lo contrario, y era poco probable que a alguien se le ocurriese acercarse a ella para admirarla. Tom se sentía seguro, a salvo, pero físicamente se encontraba fatal. Tenía una fuerte resaca que le hacía detenerse en mitad de todo lo que empezaba. Incluso, al cepillarse los dientes, se detuvo un momento para comprobar si su tren salía efectivamente a las diez y media o bien a las diez cuarenta y cinco. Salía a las diez y media.

A las nueve ya estaba preparado, incluso había hablado con la *signora* Buffi para avisarla de que iba a permanecer ausente unas tres semanas, posiblemente más. No advirtió ningún cambio en el comportamiento de la *signora* Buffi, que, además, no hizo ningún comentario sobre el visitante americano del día anterior. Tom trató de pensar en algo que pudiera preguntarle a la portera, algo que pareciese normal a la vista de las preguntas que el día antes había hecho Freddie, y que, al mismo tiempo, le indicase qué pensaba realmente la *signora* Buffi, pero no se le ocurrió nada, y decidió no menear el asunto. Tom trataba de tranquilizarse diciéndose que todo iba bien, que no tenía motivos para preocuparse y que la resaca que le aquejaba no tenía razón de ser, ya que, después de todo, solamente se había tomado tres martinis y tres Pernods a lo sumo. Sabía que era cosa de sugestión mental, y que tenía una resaca porque había decidido, el día antes, fingir que él y Freddie habían estado bebiendo mucho. Y en aquel momento, cuando ya no le hacía ninguna falta, seguía fingiendo, sin poder remediarlo.

Sonó el teléfono. Tom lo descolgó y con voz taciturna dijo:

—*Pronto?*

—¿El *signore* Greenleaf? —preguntó la voz, en italiano.

—*Sì.*

—*Qui parla la stazione polizia numero ottantatrè. Lei è un amico di un americano chi se chiama Frederick Miller?*

—¿Se refiere a Frederick Miles? Pues sí.

La voz, con tono rápido y tenso, le informó que el cadáver de Frederick Miller había sido hallado aquella misma mañana en la Via Appia Antica, y que el *signore* Miller le había visitado a él el día anterior, ¿o acaso no era así?

—En efecto, así fue.

—¿A qué hora exactamente?

—Sería cerca del mediodía cuando llegó y se fue.., quizá a las cinco o a las seis de la tarde, no estoy del todo seguro.

—¿Tendría usted la amabilidad de respondernos a unas cuantas preguntas?... No, no hace falta que se moleste en venir a la comisaria. El investigador irá a verle. ¿Le parece bien esta mañana a las once?

—Tendré mucho gusto en ayudarles si me es posible —dijo Tom, dando a su voz el tono de excitación apropiado a las circunstancias—. Pero ¿no podría ser ahora mismo? Debo salir de casa antes de las diez.

La voz soltó una especie de quejido y dijo que lo dudaba, pero que procurarían complacerle. Si no les era posible ir antes de las diez, era muy importante que él permaneciese en su casa hasta que llegasen.

—*Va bene* —contestó sumisamente Tom, y colgó el aparato.

«¡Malditos sean!», se dijo, pensando que iba a perder el tren y, además, por si fuera poco, el barco. Lo único que deseaba era salir, marcharse de Roma, y del apartamento. Empezó a repasar lo que tenía que decir a la policía. Resultaba tan sencillo que casi le aburría. No era ni más ni menos que la verdad absoluta. Habían estado bebiendo unas copas, Freddie le había contado cosas de Cortina, habían charlado mucho y finalmente Freddie se había ido, tal vez algo achispado pero de muy buen humor. «No, no tenía idea de adónde podía haber ido Freddie, aunque suponía que tenía alguna cita para la noche.»

Tom entró en el dormitorio y colocó en el caballete una tela que había comenzado unos días antes. La pintura seguía húmeda en la paleta, ya que la había dejado en un recipiente lleno de agua en la cocina. Mezcló un poco de azul y blanco y empezó a añadir pinceladas al cielo gris azulado. En el cuadro predominaban los tonos rojizos y blancos empleados por Dickie y que Tom utilizaba para pintar los tejados y las paredes que se divisaban desde su ventana. El cielo era lo único que se apartaba del estilo de Dickie, ya que el cielo invernal de Roma era tan lúgubre que Tom suponía que el mismo Dickie lo hubiese pintado de gris azulado en lugar de azul. Tom pintaba con el ceño fruncido, igual que hacía Dickie al pintar.

El teléfono volvió a sonar.

—¡Maldita sea! —farfulló Tom, descolgando el aparato—. *Pronto!*

—*Pronto!* ¡Fausto! —dijo la voz al otro lado—. *Come sta?*

Tom oyó la conocida risa juvenil y burbujeante de Fausto.

—¡Ah, Fausto! *Bene, grave!* Un momento —dijo Tom en italiano, imitando la voz distraída de Dickie—. He estado tratando de pintar..., sólo tratando...

Sus palabras estaban calculadas para que pareciesen dichas por Dickie después de haber perdido a un amigo como Freddie, pero dichas en una mañana normal de trabajo absorbente.

—¿Puedes venir a almorzar? —preguntó Fausto—. Mi tren sale para Milán a las cuatro y cuarto.

Tom lanzó un gruñido, igual que Dickie.

—Pues estoy a punto de salir para Nápoles. Sí, inmediatamente, ¡dentro de veinte minutos!

Pensó que si lograba librarse de Fausto entonces, no habría necesidad de decirle que la policía le había llamado. Las noticias sobre la muerte de Freddie no saldrían hasta la tarde, en la prensa vespertina.

—Pero ¡si estoy aquí, en Roma! ¿Dónde está tu casa? Te hablo desde la estación —dijo alegremente Fausto, entre carcajadas.

—¿De dónde has sacado mi número de teléfono? —preguntó Tom.

—¡Ah! *Allora,* llamando a información. Me dijeron que querías que tu número permaneciese en secreto, pero le conté a la chica un cuento larguísimo sobre un sorteo de la lotería que habías ganado en Mongibello. No sé si me creyó, pero hice que pareciese algo muy importante... ¡una casa, una vaca, un pozo e incluso un refrigerador! Tuve que llamar tres veces, pero finalmente la chica me dio el número. *Allora,* Dickie, ¿dónde estás?

—No es eso, es simplemente que tengo que tomar ese tren, de lo contrario me gustaría almorzar contigo, pero...

—¡*Va bene,* te ayudaré a llevar el equipaje! Dime dónde estás y pasaré a buscarte en un taxi.

—No hay tiempo. ¿Por qué no nos vemos en la estación dentro de media hora? Mi tren sale a las diez y media, para Nápoles.

—Muy bien.

—¿Cómo está Marge?

—Ah...! Inamorata di te —dijo Fausto, soltando una carcajada—. ¿Vas a verla en Nápoles?

—Me parece que no. Bueno, Fausto hasta dentro de unos minutos. Tengo que darme prisa. *Arrivederci.*

—*'Rivederci,* Dickie. *Addio!* —Fausto colgó.

Cuando Fausto viese los periódicos de la tarde comprendería por qué no se había presentado en la estación, de lo contrario Fausto seguiría creyendo que él no le había encontrado debido a la gente que había en la estación. Pero Tom se dijo que lo más probable era que Fausto viese los periódicos, ya que la prensa iba a dar mucha importancia a la noticia..., nada menos que el asesinato de un americano en la Via Appia. Decidió que, una vez se hubiese entrevistado con la policía, cogería otro tren con destino a Nápoles, a ser posible después de las cuatro por si

Fausto seguía en la estación. En Nápoles esperaría el siguiente buque para Mallorca.

Deseó que Fausto no lograse arrancarle su dirección a la telefonista también. Temía que se presentase allí antes de las cuatro, especialmente cuando la policía estuviese en el apartamento.

Tom metió dos de las maletas debajo de la cama y escondió la otra en el ropero, cerrándolo con llave. Quería evitar que la policía sospechase que estaba a punto de marcharse de la ciudad. De todos modos, no había motivo para ponerse nervioso. Probablemente, la policía no tenía ninguna pista, y la llamada se redujese a que algún amigo de Freddie estaba enterado de su intención de visitarle el día anterior. Tom cogió un pincel y lo mojó en el recipiente de trementina. Quería que la policía viese que la noticia de la muerte de Freddie no le había trastornado hasta el punto de impedirle pintar mientras les esperaba, aunque estaba vestido para salir, ya que así se lo había comunicado a la policía. Iba a representar el papel de amigo de Freddie, pero no el de amigo íntimo.

A las diez y media, la *signora* Buffi abrió la puerta de la calle a la policía. Tom se asomó al hueco de la escalera y les vio subir directamente, sin detenerse a interrogar a la portera. Tom volvió a entrar en el apartamento, donde flotaba el olor picante de la trementina.

Eran dos, uno de cierta edad, con uniforme de oficial, y otro, más joven, vestido con un uniforme de simple agente. El oficial le saludó cortésmente y pidió ver su pasaporte. Tom se lo entregó y el policía miró atentamente la foto de Dickie, luego el rostro de Tom, que se dispuso a ver puesta en duda su verdadera identidad, pero sus temores no llegaron a confirmarse. El policía hizo una leve inclinación de cabeza, sonrió y le devolvió el documento. Era un hombre bajito, de mediana edad, parecido a muchos miles de italianos de su misma edad; tenía las cejas negras, un tanto grisáceas y espesas, y usaba bigote, también grisáceo y espeso. No parecía una persona notablemente inteligente ni estúpida.

—¿Cómo le mataron? —preguntó Tom.

—Le golpearon en la cabeza y en el cuello con un objeto contundente —contestó el oficial—, y le robaron. Sospechamos que estaba bebido. ¿Lo estaba cuando salió de aquí ayer por la tarde?

—Pues... un poco. Los dos estuvimos bebiendo... martinis y Pernod.

El oficial lo anotó en su bloc, junto con la hora de llegada y salida que le dijo Tom: alrededor de las doce y de las seis, respectivamente.

El más joven de los dos policías, bien parecido e inexpresivo, paseaba por el apartamento, con las manos en la espalda. Se inclinó ante el caballete con el aire de estar contemplando un cuadro en algún museo.

—¿Sabe adónde fue al marcharse de aquí? —preguntó el oficial.

—No.

—Pero le pareció que estaba en condiciones de conducir, ¿no es así?

—Sí. De haber estado demasiado bebido para llevar el coche, yo le hubiera acompañado.

El oficial le hizo otra pregunta que Tom fingió no acabar de comprender. El policía se la hizo por segunda vez, escogiendo palabras distintas y cambiando una sonrisa con su compañero. Tom les miró a los dos, con cierto resentimiento. El policía quería saber cuál era su relación con Freddie.

—Éramos amigos —dijo Tom—. Aunque no muy íntimos. Llevaba casi dos meses sin verle ni tener noticias suyas. Me llevé un gran disgusto esta mañana, al enterarme del suceso.

Tom dejó que su expresión de ansiedad compensase las deficiencias de su elemental vocabulario italiano. Le pareció que lo conseguía. Al parecer, se trataba de un interrogatorio puramente rutinario y supuso que los agentes se irían al cabo de un par de minutos más.

—¿A qué hora le mataron, exactamente? —preguntó Tom.

El oficial seguía escribiendo y al oírle alzó sus espesas cejas.

—Evidentemente, justo después de que el *signore* saliera de su casa, ya que el forense dijo que llevaba como mínimo doce horas muerto, tal vez más.

—¿A qué hora le encontraron?

—Al amanecer. Fueron unos obreros que pasaban por la carretera.

—*Dio mio!* —murmuró Tom

—¿Le dijo algo sobre si pensaba ir a la Via Appia ayer, al salir de aquí?

—No —contestó Tom.

—¿Qué hizo usted cuando se hubo marchado el *signore* Miles?

—Me quedé en casa —dijo Tom, abriendo los brazos como hubiese hecho Dickie—, luego dormí un poco y sobre las ocho o las ocho y media salí a dar una vuelta.

Al regresar sobre las nueve y cuarto Tom se había cruzado con un vecino cuyo nombre ignoraba, aunque se habían saludado.

—¿Dio la vuelta usted solo?

—Sí.

—¿Y el *signore* Miles salió de aquí solo? ¿No iba a reunirse con nadie, que usted sepa?

—No. No dijo nada al respecto.

Tom se preguntó si Freddie se habría alojado con algún amigo en el hotel. Tenía la esperanza de que la policía no le sometiese a un careo con alguno de los amigos de Freddie, ya que posiblemente lo eran también de Dickie. Comprendió que su nombre —Richard Greenleaf— ya estaría en todos los periódicos, junto con su dirección, así que iba a tener que poner tierra por medio. Soltó una maldición en voz baja. El policía se percató de ello, pero debió de pensar que iba dirigida al triste destino que había caído sobre Freddie. Al menos, eso pensó Tom.

—Y bien... —dijo el oficial, sonriendo y guardándose el bloc.

—¿Creen ustedes que fue...?

Tom trató de dar con la palabra equivalente a «maleante», pero no pudo y en su lugar dijo:

— ... algún muchacho violento? ¿Tienen alguna pista?

—Estamos examinando el coche para ver si hay huellas dactilares. Es posible que el asesino sea alguien a quien recogiera en la carretera, algún autoestopista. El coche fue hallado esta mañana en los alrededores de la Piazza di Spagna. Si todo va bien, tendremos alguna pista antes de esta noche. Muchísimas gracias por todo, *signore* Greenleaf.

—*Di niente!* Si les puedo ayudar en algo más...

El policía se volvió al llegar a la puerta.

—¿Estará usted aquí durante los próximos días? Es por si tenemos que hacerle más preguntas.

Tom titubeó.

—Pensaba irme a Mallorca mañana.

—Verá, es que la pregunta puede ser sobre quién es tal o cual persona, comprenda, algún sospechoso —le explicó el policía—. Puede que usted pueda identificarla y decirnos cuál era su relación con el finado.

—De acuerdo, aunque no crean que conocía al *signore* Miles tanto como eso. Probablemente tenía amigos más íntimos en la ciudad

—¿Quiénes?

El policía cerró la puerta y volvió a sacar su bloc.

—No lo sé —dijo Tom—. Lo único que sé es que debe de haber tenido varios amigos aquí, gente que le conocía mejor que yo.

—Lo siento, pero debo pedirle que siga usted disponible durante unos dos días más —repitió el policía con voz tranquila, como indicando que no había forma de oponerse a ello, aunque Tom fuese americano—. Ya le avisaremos tan pronto como pueda marcharse. Lamento que tuviese pensado salir de viaje. Tal vez aún esté a tiempo de cancelarlo. Buenos días, *signore* Greenleaf.

—Buenos días.

Tom se quedó inmóvil cuando los dos policías salieron cerrando la puerta. Pensó que, si avisaba antes a la policía, podía mudarse a un hotel. No quería que empezasen a visitarle los amigos de Freddie, o los de Dickie, ahora que los periódicos habían dado su dirección. Trató de hacerse una idea de su comportamiento observado desde el punto de vista a la *polizia.* Ninguna de sus afirmaciones había sido puesta en duda, ni había dado muestras de estar horrorizado ante la noticia de la muerte de Freddie, por eso concordaba con lo que había dicho acerca de que no le unía al muerto una amistad muy íntima. Finalmente, sacó la conclusión de que las cosas no le habían ido mal, pese a tener que quedarse unos días más en la ciudad.

Sonó el teléfono sin que Tom le hiciera caso. Presentía que era Fausto llamándole desde la estación. Eran las once y cinco y el tren de Nápoles ya debía de haber salido. Cuando el aparato enmudeció, Tom llamó al Inghilterra y reservó una habitación, diciendo que llegaría en media hora aproximadamente. Luego llamó a la comisaria —recordaba que era la número 83— y perdió casi diez minutos tratando de hablar con alguien que supiese o quisiera saber quién era Richard Greenleaf. Al fin consiguió dejar recado de que el *signore* Richard Greenleaf estaría disponible en el Albergo Inghilterra, en caso de que la policía deseara hablar con él.

Llegó al Inghilterra antes de que transcurriera una hora. Llevaba tres maletas, dos de Dickie y una suya, y al verlas y pensar cuán distinta había sido su intención al prepararlas se sintió deprimido.

Al mediodía salió a buscar la prensa. Ningún periódico dejaba de publicar la noticia:

AMERICANO ASESINADO EN LA VIA APPIA ANTICA...
HORRIBLE ASESINATO DEL RICCISSIMO AMERICANO
FREDERICK MILES ANOCHE EN LA VIA APPIA...
EL ASESINATO DEL AMERICANO EN LA VIA APPIA
SIN NINGUNA PISTA...

Tom lo leyó sin perderse ni una palabra. Era cierto que no había ninguna pista, al menos todavía, ni huellas dactilares, ni sospechosos. Pero en todos los periódicos salía el nombre de Herbert Richard Greenleaf y se decía que en su casa, cuya dirección también se detallaba, era donde Freddie había sido visto vivo por última vez. Ninguno de los periódicos daba a entender, sin embargo, que Herbert Richard Greenleaf fuese sospechoso. Los periódicos decían que Miles, al parecer, se había tomado una cuantas copas y, siguiendo el típico estilo periodístico italiano, el contenido de las copas aparecía cuidadosamente enumerado e iba desde *americanos* hasta el scotch, pasando por el coñac, champán, incluso grappa. Solamente la ginebra y el Pernod quedaban fuera de la lista.

Tom se quedó en su habitación a la hora del almuerzo, paseando de un lado a otro, sintiéndose deprimido y atrapado. Llamó a la agencia de viajes donde había comprado el pasaje para Palma y trató de anularlo. Le dijeron que recuperarla un veinte por ciento del importe. No había otro buque con destino a Palma hasta pasados cinco días.

Sobre las dos del mediodía el teléfono empezó a sonar con insistencia.

—Diga —dijo Tom imitando la voz nerviosa e irritable de Dickie.

—Hola, Dick. Aquí Van Houston.

—¡Oh! —exclamó Tom, como si supiese quién era, aunque procurando que el tono de su voz no denotase un exceso de sorpresa o de alegría.

—¿Qué tal estás? ¡Cuánto tiempo!, ¿verdad? —le dijo la voz de tono áspero y forzado.

—En efecto, mucho. ¿Dónde estás?

—En el Hassler. He estado repasando el equipaje de Freddie junto con la policía. Óyeme, necesito verte. ¿Qué pasó con Freddie ayer? Me pasé la tarde intentando localizarte, ¿sabes?, porque Freddie tenía que regresar al hotel antes de las seis. No tenía tu dirección. ¿Qué pasó ayer?

—¡Ojalá lo supiera! Freddie se fue de mi casa alrededor de las seis. Los dos nos habíamos bebido unos cuantos martinis, bastantes, pero parecía capaz de conducir, ya que, de lo contrario, no le hubiese dejado salir, naturalmente. Dijo que tenía el coche abajo. No me imagino lo que pudo pasarle... como no fuera que recogió a alguien por el camino y le amenazaron con una pistola o algo por el estilo.

—Pero si no le mataron de un tiro. Estoy de acuerdo contigo en que alguien debió de obligarle a ir hasta allí, si no quería que le hiciesen daño, ya que tuvo que atravesar toda la ciudad para llegar a la Via Appia. El Hassler está sólo a unas cuantas travesías de tu casa. Tal vez perdió la noción de lo que estaba haciendo.

—¿Le había sucedido alguna vez? Quiero decir si había perdido el conocimiento mientras estaba al volante.

—Escucha, Dickie, ¿puedo verte? Estoy libre en este momento, aunque no debo salir del hotel en lo que queda de día.

—Yo tampoco.

—Oh, vamos. Deja un recado y vente para aquí.

—No puedo, Van. La policía va a venir dentro de una hora y debo estar presente. ¿Por qué no me llamas más tarde? Tal vez pueda verte esta noche.

—De acuerdo. ¿A qué hora?

—Llámame sobre las seis.

—De acuerdo. ¡Arriba ese ánimo, Dickie!

—Lo mismo digo.

—Hasta luego —dijo débilmente la voz.

Tom colgó pensando que Van, a juzgar por su voz, estaba a punto de echarse a llorar.

—*Pronto?* —dijo Tom dando unos golpecitos a la horquilla para atraer la atención de la telefonista del hotel.

Dejó el recado de que no estaba para nadie a excepción de la policía, y que no debían permitir que nadie subiese a verle. Nadie en absoluto.

Después de eso, el teléfono no sonó en toda la tarde. Alrededor de las ocho, ya de noche, Tom bajó a comprar la prensa vespertina. Echó un vistazo al reducido vestíbulo del hotel (y también al bar, cuya puerta daba al vestíbulo). Buscaba a alguien que pudiera ser Van. Estaba preparado para cualquier cosa, incluso para encontrarse a Marge sentada allí, esperándole, pero no vio a nadie que siquiera pareciese ser agente de policía. Compró los periódicos de la tarde y se sentó en un pequeño restaurante unas calles más allá. Todavía no había ninguna pista. Se enteró de que Van Houston era amigo íntimo de Freddie, que tenía veintiocho años y que se hallaba en Roma de paso, procedente de Austria y, al menos antes, con la intención de proseguir viaje hasta Florencia, donde él y Miles residían. La policía había interrogado a tres mozalbetes italianos, dos de dieciocho años y el otro de dieciséis, sospechosos de haber cometido el «horrible acto», pero más tarde los había puesto en libertad. Tom se sintió aliviado al leer que no se habían encontrado huellas dactilares recientes ni aprovechables en el *«bellissimo»* Fiat 1400 descapotable de Miles.

Tom se comió su *costoletta di vitello* lentamente, bebiendo sorbitos de vino y repasando todas las páginas de los periódicos, columna tras columna, buscando las noticias de última hora que la prensa italiana incluía a veces justo antes de pasar a la imprenta. No encontró nada más sobre el caso Miles, pero en la última página del último periódico leyó:

Barca affondata con macchie di sangue trovata nell' acqua poco fondo vicino San Remo.

Leyó la noticia ávidamente con el corazón más aterrado que al llevar el cuerpo de Freddie sobre el hombro, o al ser interrogado por la policía. Le parecía estar leyendo su sentencia, igual que una pesadilla convertida en realidad, incluso en la forma de estar redactado el titular. Había una descripción detallada de la lancha y, al leerla, Tom revivió la escena: Dickie sentado con la caña del timón entre las manos; Dickie sonriéndole; el cuerpo de Dickie hundiéndose en el agua dejando una estela de burbujas tras de sí. El texto de la noticia decía que, según se creía, las manchas eran de sangre, sin afirmar a ciencia cierta que lo fuesen. No decía lo que la policía o quien fuese pensaba hacer en relación con ellas. Pero Tom supuso que la policía haría algo. Probablemente el barquero podría informar a la policía del día exacto en que se había perdido la lancha. Entonces la policía podría hacer indagaciones en los hoteles. Incluso era posible que el barquero recordase que la lancha se la habían alquilado dos americanos que luego no habían regresado. Si la policía se tomaba la molestia de comprobar el registro de los hoteles correspondiente a aquellas fechas, el nombre de Richard Greenleaf iba a destacarse como una bandera roja. En tal caso, por supuesto, el desaparecido sería Tom Ripley, probablemente asesinado aquel mismo día. La imaginación de Tom se lanzó por distintos senderos:

«¿Y si se ponen a buscar el cuerpo de Dickie y lo encuentran? Darían por sentado que se trataba del cuerpo de Tom Ripley. Sospecharían que Dickie es el asesino. Ergo, Dickie sería sospechoso del asesinato de Freddie Miles también. De la noche a la mañana, Dickie pasaría a ser "un tipo peligroso, un asesino". Por el contrario, puede que el barquero no recuerde qué día dejaron de devolverle una de sus lanchas. Incluso, suponiendo que si lo recuerde, tal vez no indaguen en los hoteles. Tal vez a la policía italiana no le interesase tanto el caso. Tal vez, tal vez, tal vez no».

Tom dobló los periódicos, pagó la cuenta y salió.

Al llegar al hotel, preguntó si había algún recado para él.

—Si, signore. Questo e questo e questo...

El recepcionista los fue colocando sobre el mostrador con el aire triunfal de un jugador de póquer mostrando una escalera.

Había dos de Van, uno de Robert Gilberston (a Tom le parecía haber visto ese nombre en la libreta de direcciones de Dickie. Decidió comprobarlo luego). Uno de Marge. Tom lo recogió y leyó cuidadosamente el mensaje escrito en italiano:

«La *signorina* Sherwood llamó a las tres y cinco y volverá a llamar. Era una conferencia desde Mongibello».

Tom asintió con la cabeza y recogió las notas.

—Muchas gracias.

No le gustó la forma en que le miraba el recepcionista y se dijo que los italianos eran un hatajo de fisgones.

Ya en su habitación, se sentó en un sillón con el cuerpo echado hacia delante, fumando y pensando. Trataba de imaginar lo que lógicamente iba a suceder si no hacía nada, y lo que podía suceder si él lo provocaba con sus actos. Era muy probable que Marge viniese hasta Roma. Era obvio que había llamado a la policía de Roma para preguntarles su dirección. Si venía, tendría que recibirla sin hacerse pasar por Dickie, tratando de convencerla de que éste se había ausentado unos momentos, como había tenido que hacer con Freddie. Y si no lo lograba... Tom se frotó las manos nerviosamente. Decidió que no había otra salida que no ver a Marge. Especialmente cuando el asunto de la lancha empezaba a fraguarse. Todo se desbarataría si llegaba a verla. Sería el fin de todo. Pero si se quedaba sentado sin hacer nada, nada sucedería. Trató de tranquilizarse diciéndose que era la coincidencia del asunto de la lancha con el asesinato, todavía por resolver, de Freddie Miles lo que hacía que las cosas se pusieran difíciles. Pero que nada, absolutamente nada, iba a pasarle a él, si era capaz de seguir diciendo lo que debía decir y comportándose como debía comportarse. Después, las cosas volverían a ir como una seda. Se iría a un lugar lejano, muy lejano... Grecia, o la India, tal vez Ceilán, donde ningún antiguo conocido pudiera llamar a su puerta. ¡Qué imbécil había sido al pensar que podría quedarse en Roma!

Llamó a la Stazione Termini para preguntar sobre los trenes que salían hacia Nápoles al día siguiente. Había cuatro o cinco. Tomó nota de la hora en que salía cada uno de ellos. El buque de Mallorca no saldría hasta cinco días más tarde, y Tom se dijo que lo esperaría en Nápoles. Todo lo que le hacía falta era el permiso de la policía, y si todo iba bien, se lo darían al día siguiente. No podían retenerle para siempre, sin ni siquiera tener motivos para sospechar, sólo por si se les ocurría hacerle alguna que otra pregunta. Empezó a dar por seguro que le dejarían en libertad de acción al día siguiente, que sería absolutamente lógico que así fuese.

Volvió a descolgar el teléfono para decirle al recepcionista que, si miss Marjorie Sherwood llamaba otra vez, le pasase la llamada. Tom pensó que si Marge volvía a telefonear, en dos minutos la convencería de que todo iba bien, que el asesinato de Freddie no le incumbía en lo más mínimo y que, si estaba en un hotel, era para evitar llamadas anónimas y, al mismo tiempo, estar a disposición de la policía por si le necesitaban para la identificación de algún posible sospechoso. Le diría que salía en avión con destino a Grecia el día siguiente, por lo que no hacía falta que ella se desplazara a Roma. Entonces se le ocurrió que, de hecho, podía coger el avión de Palma en la misma Roma. No había caído en la cuenta antes.

Se tumbó en la cama, cansado pero sin querer acostarse aún, ya que tenía el presentimiento de que algo iba a suceder aquella misma noche. Procuró concentrar sus pensamientos en Marge, a la que se imaginaba en el bar de Giorgio en aquel preciso momento, quizá tomándose un *Tom Collins* en el bar del Miramare, con parsimonia, dudando entre si debía volver a llamarle o no. Tom podía imaginársela con la preocupación asomándole al rostro, pensando en lo que estaba sucediendo en Roma. Estaría sola en una mesa, sin hablar con nadie. La vio levantarse y regresar a casa, donde prepararía la maleta para coger el autobús a la mañana siguiente. Él estaba allí también, de pie en la calzada ante la estafeta de correos, pidiéndole a gritos que no fuese, tratando de detener el autobús, sin conseguirlo...

La imagen se disolvió en un torbellino de grises y amarillos, el color que tenía la arena de Mongibello. Tom vio a Dickie, vestido con el traje de pana que llevaba en San Remo y sonriéndole. El traje estaba empapado y la corbata no era más que un colgajo que chorreaba agua. Dickie se inclinaba hacia él y le zarandeaba.

—¡Me salvé! —decía—. ¡Despiértate, Tom! ¡Me salvé nadando! ¡Estoy vivo!

Tom trató de zafarse del contacto de sus manos y oyó que Dickie se reía de él, con su risa profunda y alegre.

—¡Tom!

El timbre de su voz era más profundo y más melodioso, mejor en suma que el conseguido por Tom al imitar a Dickie. Tom intentó ponerse en pie. El cuerpo le pesaba como si fuera de plomo y sus movimientos eran lentos, como los de una persona que tratase de salir a la superficie desde lo más profundo del mar.

—¡Me salvé! —gritaba la voz de Dickie, resonándole una y otra vez en los oídos, como si le llegase a través de un túnel larguísimo.

Tom miró a su alrededor, buscando a Dickie bajo la luz amarillenta de la lámpara, en las sombras de la habitación, junto al armario. Sintió que los ojos se le abrían desmesuradamente, aterrorizados, y aun sabiendo que su miedo era infundado, siguió buscando a Dickie por todos lados, debajo de la persiana semicerrada, en el suelo al otro lado de la cama. Finalmente, logró levantarse y, andando con paso vacilante, llegó hasta la ventana y la abrió. Después abrió la otra. Se sentía bajo los efectos de alguna droga. De pronto, pensó que alguien le había echado algo en el vino. Se arrodilló junto a la ventana, aspirando ansiosamente el aire frío, luchando contra la sensación de mareo como si se tratase de algo que, si cedía unos segundos, acabaría dominándole del todo. Al cabo de un rato, entró en el baño y se mojó la cara en el lavabo. El mareo empezaba a desaparecer. Sabía que no le habían drogado. Sólo se había dejado llevar por la imaginación, perdiendo el control de sí mismo.

Se irguió y con gestos pausados se quitó la corbata. Moviéndose como lo hubiera hecho Dickie, se desnudó para bañarse, y luego se puso el pijama y se tendió en el lecho. Trató de imaginarse en qué hubiese pensado Dickie y se dijo que probablemente en su madre. Recordó que en su última carta, mistress Greenleaf había incluido unas fotos de ella y su marido tomando café en la sala de estar, igual que lo habían hecho con Tom después de cenar. Ella le decía en la carta que las fotos eran obra de Herbert, su marido. Tom empezó a redactar mentalmente la siguiente carta que les escribiría. Los esposos Greenleaf estaban contentos de que últimamente les hubiese escrito más a menudo. Tom decidió que era necesario que les tranquilizase sobre el asunto de Freddie, ya que ambos conocían a éste. En una de sus cartas, mistress Greenleaf le había preguntado por Freddie Miles. Pero mientras se esforzaba en redactar la carta, Tom tenía el oído atento por si sonaba el teléfono y le resultó imposible concentrarse.

18

Lo primero que le vino en mente al despertarse fue Marge. Cogió el teléfono y preguntó si la muchacha había llamado durante la noche. Le dijeron que no. Le asaltó la inquietante sospecha de que Marge ya se hallaba camino de Roma. Saltó disparado de la cama y luego, mientras se aseaba, la sospecha se esfumó y empezó a preguntarse por qué se preocupaba tanto por Marge, a la que siempre había sabido manejar. De todos modos, era imposible que llegase antes de las cinco o de las seis de la tarde, porque el primer autobús de Mongibello no partía hasta el mediodía y era muy poco probable que la muchacha alquilase un taxi para ir a Nápoles.

Pensó que quizá podría salir de Roma aquella misma mañana. A las diez llamaría a la policía para saberlo.

Encargó que le subieran *caffe latte* y bollos a la habitación, junto con los periódicos de la mañana. Resultaba raro, pero en ninguno de ellos se hablaba del caso Miles y de la lancha encontrada en San Remo y la ausencia de noticias le hizo sentir miedo, un miedo igual al de la noche anterior, cuando imaginó ver a Dickie en la habitación. Arrojó los periódicos lejos de sí.

Sonó el teléfono y, obedientemente, Tom se dirigió a contestarlo, convencido de que sería Marge o la policía.

—*Pronto?*

—*Pronto.* Hay dos *signori* de la policía que preguntan por usted, *signore*. Están en el vestíbulo.

—Muy bien. Haga el favor de decirles que suban.

Al cabo de un minuto oyó pasos sobre la alfombra del pasillo. Era el mismo oficial del día anterior, pero esta vez le acompañaba otro subordinado, también más joven que él.

—*Buon' giorno* —dijo el oficial, con su acostumbrada inclinación de cabeza.

—*Buon' giorno* —contestó Tom—. ¿Han averiguado algo nuevo?

—No —contestó el policía, con cierto tono de interrogación.

Aceptó la silla que le acercó Tom y abrió su cartera de cuero marrón.

—Ha surgido otro asunto. Usted es también amigo del americano llamado Thomas Ripley, ¿verdad?

—Sí —dijo Tom.

—¿Sabe dónde se encuentra?

—Creo que regresó a América hará cosa de un mes.

El oficial consultó su papel.

—Entiendo. Eso tendrá que confirmárnoslo el Departamento de Información de los Estados Unidos. Verá, es que estamos intentando localizar al tal Thomas Ripley. Sospechamos que puede haber muerto.

—¿Muerto? ¿Por qué?

El policía apretaba suavemente los labios, semiocultos bajo su espeso bigote, entre una frase y la siguiente, lo que le daba el aspecto de estar sonriendo. El gesto ya había desconcertado a Tom el día antes.

—Estuvo usted con él en San Remo, el pasado mes de noviembre, ¿no es así?

Comprendió que habían indagado en los hoteles.

—En efecto.

—¿Dónde le vio por última vez? ¿Fue en San Remo?

—No. Volví a verle en Roma.

Tom acababa de acordarse de que Marge sabía que él había regresado a Roma al irse de Mongibello definitivamente. Él le había dicho que se iba a Roma para ayudar a Dickie a instalarse.

—¿Cuándo le vio por última vez?

—No sé si podré darle la fecha exacta. Me parece que fue hace dos meses, más o menos. Creo que luego me mandó una postal desde Génova... sí, creo que fue desde Génova. Me decía que regresaba a los Estados Unidos.

—¿No está seguro?

—Sé que la recibí, sí —dijo Tom—. ¿Qué les hace sospechar que haya muerto?

El policía contempló su papel con cara de duda. Tom miró de reojo al más joven de los dos agentes, que estaba apoyado en el escritorio con los brazos cruzados mirándole de una manera fija e impersonal.

—Cuando estuvo en San Remo con Thomas Ripley, ¿alquilaron una lancha juntos?

—¿Una lancha? ¿Dónde?

—En el puerto. ¿Acaso fue para dar un paseo por el mismo puerto? —preguntó el policía con voz sosegada, mirando a Tom.

—Me parece que sí. Sí, ahora me acuerdo. ¿Por qué?

—Pues porque se ha encontrado una lancha hundida y con unas manchas que podrían ser de sangre. Se dio por perdida el veinticinco de noviembre. Es decir, no fue devuelta al embarcadero donde la alquilaron. El veinticinco de noviembre fue el día en que usted estuvo en San Remo con el *signore* Ripley.

Los ojos de los dos policías estaban clavados en él, sin apartarse, con una expresión que ofendió a Tom por su misma falta de malicia. Le pareció falsa. Pero hizo un tremendo esfuerzo para comportarse como debía. Se veía a sí mismo igual que si se tratara de otra persona que estuviese contemplando la escena. Rectificó incluso su postura, apoyando una mano en el poste de la cama para darle un aire más despreocupado.

—Pero si no sucedió nada en la lancha. No tuvimos ningún accidente.

—¿Y devolvieron la lancha?

—¡Por supuesto!

El policía seguía observándole atentamente.

—No hemos encontrado el nombre del *signore* Ripley inscrito en ningún hotel después del veinticinco de noviembre.

—¿De veras?... ¿Cuánto llevan buscándole?

—No lo bastante para haber investigado en todos los pueblos y pueblecitos del país, pero hemos hecho indagaciones en los hoteles de las principales ciudades. Sabemos que se inscribió usted en el Hassler del veintiocho al treinta de noviembre, y luego...

—Tom no vino conmigo a Roma... Me refiero al *signore* Ripley. Se fue a Mongibello por aquellas fechas y pasó allí un par de días.

—¿Dónde se alojó cuando vino a Roma?

—En algún hotel de segunda, pero no recuerdo exactamente en cuál. No fui a visitarle.

—Y usted ¿dónde estaba?

—¿Cuándo?

—Los días veintiséis y veintisiete de noviembre. Es decir, al abandonar San Remo.

—En Forte dei Marmi —contestó Tom—. Hice alto allí al regresar. Me alojé en una pensión.

—¿En cuál?

Tom movió la cabeza negativamente.

—No recuerdo el nombre. Era un establecimiento muy pequeño.

«Después de todo —pensó—, gracias a Marge podré demostrar que Tom estuvo en Mongibello, vivito y coleando, después de salir de San Remo. Así que, ¿por qué se empeñan en investigar en qué pensión se alojó Dickie Greenleaf el veintiséis y el veintisiete de noviembre?».

Tom se sentó en el borde de la cama.

—Todavía no acabo de comprender qué les induce a pensar que Tom Ripley ha muerto.

—Creemos que ha muerto *alguien* —contestó el oficial— en San Remo. Alguien murió en esa lancha, mejor dicho, fue asesinado. Por eso la hundieron... para borrar las manchas de sangre.

Tom frunció el entrecejo.

—¿Están seguros de que las manchas son de sangre?

El oficial encogió los hombros, y Tom hizo lo mismo.

—Me figuro que habría centenares de personas navegando en lanchas de alquiler en San Remo y en aquel mismo día.

—No tantas. Sólo unas treinta. Tiene mucha razón, pudo haber sido cualquiera de esas treinta personas... o cualquier pareja de las quince, lo que viene a ser igual

—añadió el policía con una sonrisa—. Ni siquiera sabemos el nombre de cada una de ellas. Pero empezamos a creer que Thomas Ripley ha desaparecido.

El policía desvió la mirada hacia un rincón de la habitación y, a juzgar por su expresión, parecía estar pensando en cualquier otra cosa. Tom se dijo que tal vez estaba simplemente disfrutando del calorcillo que se desprendía del radiador junto al que estaba su silla.

Tom volvió a cruzar las piernas con gesto de impaciencia. Resultaba fácil de ver lo que estaba pasando por la cabeza del policía: Dickie Greenleaf había estado dos veces en la escena del crimen, o cuando menos bastante cerca. Thomas Ripley, el desaparecido, había dado un paseo en lancha con Dickie Greenleaf el veinticinco de noviembre. *Ergo*...

Tom enderezó el cuerpo con cara de enojo.

—¿Me está usted diciendo que no me cree cuando afirmo haber visto a Tom Ripley aquí, en Roma, alrededor del día uno de diciembre?

—¡Oh, no! Yo no he dicho nada de eso. ¡Claro que no!

El oficial gesticulaba tratando de aplacarle.

—Es que quería oír lo que usted podía decirnos sobre su... su viaje con el *signore* Ripley al marcharse de San Remo, puesto que no logramos dar con él.

El policía volvió a sonreír conciliadoramente, mostrando unos dientes amarillentos.

Tom se encogió de hombros con gesto de exasperación. Resultaba obvio que, de buenas a primeras, la policía italiana no quería acusar de asesinato a un ciudadano norteamericano.

—Lamento no poder decirles exactamente dónde se encuentra ahora. ¿Por qué no intentan localizarle en París? ¿O en Génova? Tom prefiere alojarse siempre en hoteles de segunda.

—¿Tiene usted la postal que le envió desde Génova?

—Pues no —dijo Tom.

Se pasó los dedos por el pelo, como solía hacer Dickie cuando estaba irritado. Se sintió mejor tras pasar unos segundos concentrándose en su papel de Dickie Greenleaf y dar un par de vueltas por la habitación.

—¿Conoce usted a algunas de las amistades de Thomas Ripley?

Tom dijo que no con un movimiento de cabeza.

—No, ni tan sólo le conozco bien a él, al menos no le conozco desde hace mucho tiempo. No sé si tiene muchas amistades en Europa. Me parece que una vez dijo que conocía a alguien en Faenza, y también en Florencia. Pero he olvidado sus nombres.

Tom pensó que si el policía sospechaba que estaba tratando de proteger de la policía a los amigos de Tom, tanto peor para él.

—*Va bene,* lo investigaremos —dijo el oficial.

Guardó los papeles en la cartera. Por lo menos había anotado una docena de cosas en ellos.

—Antes de que se marchen —dijo Tom, con el mismo tono de franqueza y nerviosismo—, quiero preguntarles cuándo puedo salir de la ciudad. Tenía pensado hacer un viaje a Sicilia. Me gustaría mucho irme hoy mismo, si puede ser. Tengo intención de hospedarme en el hotel Palma, en Palermo, y allí les será muy fácil encontrarme si me necesitan.

—Palermo —repitió el oficial—. *Ebbene,* puede que no haya ningún inconveniente. ¿Me permite usar su teléfono?

Tom encendió un cigarrillo y se puso a escuchar al oficial, que preguntó por el *capitano* Anlicino y luego, con voz impasible, manifestó que el *signore* Greenleaf no tenía idea de dónde estaba el *signore* Ripley, y que, según decía el *signore* Greenleaf, era probable que hubiese regresado a América, o que estuviese en Florencia o en Faenza.

—*Faenza* —repitió espaciando las sílabas—. *Vicino Bologna.*

Cuando el otro lo hubo comprendido, el oficial dijo que el *signore* Greenleaf deseaba irse a Palermo aquel mismo día.

—*Va bene. Benone.*

Luego se volvió sonriendo hacia Tom

—Sí, puede usted irse a Palermo hoy.

—*Benone. Grazie.*

Tom los acompañó hasta la puerta.

—Si averiguan dónde se halla Tom Ripley, me gustaría que me lo comunicaran —dijo Tom con voz de sinceridad.

—¡No faltaría más! Le tendremos al corriente, *signore. Buon' giorno!*

Una vez a solas, Tom se puso a silbar mientras volvía a meter en las maletas los escasos objetos que de ellas había sacado. Se sentía orgulloso de sí mismo por haber dicho Sicilia en lugar de Palma de Mallorca, ya que Sicilia seguía siendo Italia, cosa que no sucedía con Palma, y, naturalmente, la policía italiana siempre iba a mostrarse mejor dispuesta a dejarle partir si se quedaba dentro de su jurisdicción. Había tenido la idea al pensar que el pasaporte de Tom Ripley no mostraba ningún visado francés posterior a la excursión San Remo-Capri. Recordó haberle dicho a Marge que Tom Ripley, según sus propias palabras, pensaba viajar hasta París y desde allí volver a los Estados Unidos. Si alguna vez llegaban a interrogar a la muchacha sobre si Tom Ripley había estado en Mongibello después de visitar San Remo, era probable que ella les dijera también que más tarde Tom Ripley se había ido a París. Y si él mismo tenía que volver a ser Tom Ripley alguna vez, y la policía le pedía el pasaporte, se fijarían en que no había estado en Francia después de visitar Cannes. Lo único que podría decirles era que había cambiado de parecer después de decírselo a Dickie y que había decidido quedarse en Italia, aunque eso no tenía importancia en absoluto.

De pronto, Tom se irguió. Acababa de ocurrírsele que tal vez se trataba de un ardid, que le estaban dando un poco más de cuerda al permitirle el viaje de Sicilia, libre, al parecer, de toda sospecha. El oficial parecía un tipo bastante astuto, aunque no acababa de ver qué podían sacar con darle un poco más de cuerda. Les había dicho exactamente adónde se iba. No tenía la menor intención de escapar de nada. Lo único que deseaba era alejarse de Roma, lo deseaba desesperadamente. Metió los últimos objetos en la maleta y cerró la tapa de golpe, echando luego la llave.

El teléfono sonó una vez más. Tom lo descolgó bruscamente.

—Pronto?

—¡Oh, Dickie! —dijo una voz femenina, casi sin aliento.

Era Marge y estaba abajo, según se veía por el sonido del aparato. Tom se quedó confuso y con su propia voz dijo:

—¿Quién habla?

—¿Eres Tom?

—¡Marge! ¡Caramba, qué sorpresa! ¿Dónde estás?

—En el vestíbulo. ¿Está Dickie contigo? ¿Puedo subir?

—Puedes subir dentro de unos cinco minutos —dijo Tom, soltando una carcajada—. No estoy vestido del todo.

Los de recepción siempre indicaban a los visitantes que hablasen desde una de las cabinas de abajo, así que no era probable que les estuviesen escuchando.

—¿Está Dickie contigo?

—Pues, en este momento, no. Salió hace cosa de media hora, pero regresará en cualquier momento. Se dónde está, si es que quieres ir a su encuentro.

—¿Dónde?

—En la comisaria número ochenta y tres. No, perdona, en la ochenta y siete.

—¿Es que se ha metido en algún lío?

—No, es sólo que quieren hacerle algunas preguntas. Tenía que presentarse allí a las diez. ¿Quieres que te dé la dirección?

Tom deseó no haber empezado la conversación con su voz verdadera. Le hubiera resultado muy fácil fingirse un sirviente, algún amigo de Dickie, quien fuese, y decirle a Marge que éste no regresaría hasta muy tarde.

La muchacha empezaba a dar muestras de impaciencia.

—No, no. Le esperaré.

—¡Aquí está! —dijo Tom como si acabase de encontrarla—. Via Perugia número veintiuno. ¿Sabes dónde cae eso?

Tom no lo sabía, pero pensaba mandarla en dirección contraria a la American Express, donde quería ir a recoger la correspondencia antes de salir de Roma.

—No quiero ir ahí —dijo Marge—. Subiré y le esperaré contigo, si no te importa.

—Bueno, verás...

Tom soltó una de sus inconfundibles carcajadas que Marge conocía muy bien.

—Sucede que... estoy esperando una visita de un momento a otro. Es una entrevista para un empleo. Lo creas o no, el bala perdida de Ripley está buscando trabajo.

—Ah —dijo Marge sin demostrar el menor interés—. Bueno, oye, ¿cómo está Dickie? ¿Por qué tiene que hablar con la policía?

—Oh, es sólo porque tomó algunas copas con Freddie aquel día. Habrás visto los periódicos, ¿no? La prensa le está dando al asunto una importancia muy superior a la que realmente tiene, y lo hace sólo porque los muy cretinos no tienen ni la más insignificante pista.

—¿Hace mucho que Dickie vive aquí?

—¿Aquí? Pues sólo desde anoche. Yo acabo de volver del norte. Cuando me enteré de lo de Freddie vine corriendo a Roma para ver a Dickie. De no haber sido por la policía, ¡nunca hubiese dado con él!

—¡A mí me lo vas a decir! ¡Acudí a la policía por desesperación! He estado tan preocupada, Tom. Al menos hubiese podido telefonearme... al bar de Giorgio o donde sea...

—Me alegro mucho de que hayas venido, Marge. Dickie también estará contentísimo. Parece preocupado por lo que puedas pensar al ver lo que dicen los periódicos.

—Oh, ¿de veras? —dijo Marge con acento de incredulidad, aunque parecía contenta.

—¿Por qué no me esperas en el Angelo? Es ese bar que hay delante del hotel, yendo hacia la Piazza di Spagna. Veré si puedo escabullirme y tomar algo contigo dentro de unos cinco minutos, ¿de acuerdo?

—De acuerdo. Pero hay un bar aquí mismo, en el hotel.

—No quiero que mi futuro jefe me vea en un bar.

—Ya. Muy bien, entonces en el Angelo.

—No hay pérdida posible. En esta misma calle, delante del hotel. Hasta luego.

Tom se puso a terminar de hacer las maletas. En realidad, ya casi estaban hechas y sólo faltaban los abrigos que había en el ropero. Cogió el teléfono y pidió que le preparasen la cuenta, y que le mandasen a alguien para ayudarle a bajar el equipaje. Luego colocó el equipaje en un sitio donde el botones pudiera verlo sin dificultad y bajó por la escalera. Quería comprobar si Marge seguía en el vestíbulo, esperándole, o tal vez llamando de nuevo por teléfono. Tom pensó que no era posible que ya estuviese allí mientras él hablaba con la policía. Entre la salida de los agentes y la llamada de Marge habían transcurrido unos cinco minutos. Tom llevaba puesto un sombrero para ocultar el tono más claro de su pelo, una gabardina que era nueva y, además, en su rostro se dibujaba la expresión tímida, algo atemorizada, propia de Tom Ripley.

La muchacha no estaba en el vestíbulo. Tom liquidó su cuenta. El empleado de recepción le entregó otro mensaje: Van Houston había estado allí. El mensaje estaba escrito de su propio puño y letra, unos diez minutos antes.

Te he estado esperando diez minutos. ¿Es que nunca sales a dar una vuelta? No me permiten subir a verte. Llámame al Hassler.

VAN

Tal vez Marge y Van se habían encontrado, suponiendo que se conociesen, y en aquellos instantes estaban en el Angelo, tomando algo juntos.

—Si pregunta alguien más por mí, haga el favor de decir que me he ido de la ciudad —dijo Tom en recepción.

—*Va bene, signore.*

Tom salió a la calle, donde ya le estaba esperando un taxi.

—¿Querrá detenerse un momento en la American Express, por favor? —preguntó al taxista.

El taxista no pasó por delante del Angelo, sino que enfiló otra calle. Tom se alegró al darse cuenta y se felicitó a sí mismo, sobre todo porque el día anterior, sintiéndose demasiado nervioso para quedarse en su apartamento, había decidido trasladarse a un hotel. En el apartamento le hubiera resultado totalmente imposible zafarse de Marge, que conocía la dirección gracias a los periódicos. De haber tratado de burlarla con la misma estratagema, ella hubiese insistido en subir para esperar a Dickie en el apartamento. ¡La suerte estaba de su parte!

Había algo para él en la American Express: tres cartas, una de ellas del señor Greenleaf.

—¿Qué tal van las cosas? —le preguntó la muchacha italiana que acababa de entregarle su correspondencia.

Tom supuso que la muchacha también leía la prensa. Observó su rostro invadido de ingenua curiosidad y le devolvió la sonrisa.

—Muy bien, gracias, ¿y a usted?

Al darse la vuelta para salir, le cruzó por la mente que jamás podría utilizar la American Express como dirección de Tom Ripley en Roma. Dos o tres empleados ya le conocían de vista. Para la correspondencia de Tom Ripley empleaba la American Express de Nápoles, aunque nunca había estado allí ni siquiera había escrito pidiéndoles que le reexpidieran alguna carta, ya que, de hecho, no esperaba nada importante a nombre de Tom Ripley, ni siquiera otra carta de mister Greenleaf. Cuando las cosas se calmasen un poco, iría a la American Express de Nápoles y, mostrando el pasaporte de Tom Ripley, recogería lo que tuvieran para él.

No podría utilizar la American Express de Roma para la correspondencia de Tom Ripley, cierto, pero tenía que conservar a Tom Ripley cerca de él, es decir, su pasaporte y las ropas, por si surgía algún imprevisto como la llamada de Marge aquella misma mañana. Marge había estado peligrosamente a punto de subir a la habitación. Mientras la inocencia de Dickie Greenleaf despertase algunas dudas en la mente de la policía, resultaría un suicidio intentar salir del país bajo la identidad de Dickie, ya que si súbitamente tenía que recuperar la personalidad de Tom Ripley, el pasaporte de éste no indicaría su salida de Italia. Si quería salir de Italia, para alejar a Dickie Greenleaf definitivamente de la policía, tendría que hacerlo bajo el nombre de Tom Ripley, y, más tarde, volver a entrar con el mismo nombre para, una vez finalizadas las investigaciones policiales, adoptar de nuevo la personalidad de Dickie. Cabía esa posibilidad.

La cosa parecía sencilla y sin riesgo alguno. Lo único que faltaba era capear las dificultades de los próximos días.

19

El buque se acercaba al puerto de Palermo lentamente, metiendo suavemente su blanca proa entre los desperdicios que flotaban en el mar, como si tantease el camino que debía seguir. A Tom le pareció ver en ello cierta similitud con su propia forma de llegar a Palermo. Acababa de pasar dos días en Nápoles sin que la prensa hubiera dicho nada de interés sobre el caso Miles, aparte de guardar un absoluto silencio acerca de la lancha hallada en San Remo. Que él supiese, tampoco la policía había tratado de ponerse en contacto con él, aunque no descartaba la posibilidad de que le estuvieran esperando en el hotel de Palermo, creyendo que no había necesidad de molestarse en buscarle en Nápoles.

De todos modos, en el puerto no le estaba esperando ningún agente de policía, según pudo comprobar. Compró un par de periódicos y seguidamente cogió un taxi hasta el hotel Palma. Tampoco había policías en el vestíbulo del hotel. El vestíbulo era viejo y su decoración muy recargada, con enormes columnas de mármol y gran profusión de macetas de respetable tamaño donde crecían palmas. Un empleado le indicó el número de su habitación, entregando las llaves a un botones para que le acompañase. Tom experimentó tal alivio que se acercó al mostrador de la correspondencia y atrevidamente preguntó si había algo para el *signore* Richard Greenleaf. El empleado le dijo que no.

Entonces se sintió aún más tranquilo. Aquello significaba que ni tan sólo Marge había preguntado por él. No había duda de que la muchacha habría visitado a la policía para averiguar el paradero de Dickie. Durante el viaje, Tom se había imaginado cosas horribles: que Marge cogía el avión y llegaba a Palermo antes que él; que encontraría un recado suyo en el hotel Palma, anunciándole que llegaría en el siguiente buque. Incluso había buscado a Marge entre los pasajeros al subir a bordo en Nápoles.

Empezaba a pensar en la posibilidad de que Marge hubiese desistido de ver a Dickie después del último episodio. Tal vez se había metido en la cabeza que Dickie la rehuía y que lo único que deseaba era estar con Tom, a solas. Era posible que la idea incluso hubiese logrado penetrar en su dura mollera. Tom estudió la posibilidad de escribirle en aquel sentido mientras se bañaba en el hotel aquella misma tarde. Decidió que la carta tenía que escribirla Tom Ripley. Pensaba decirle que hasta el momento había procurado actuar con mucho tacto, que no había querido decírselo por teléfono en Roma, pero que le parecía que Marge ya se había hecho cargo de la situación. Él y Dickie eran muy felices juntos y sanseacabó. Tom rompió a reír alegremente, sin poderse controlar, y finalmente se sumergió por completo en la bañera, tapándose la nariz con los dedos.

«Querida Marge —diría—, te escribo esta carta porque sospecho que Dickie nunca lo hará, aunque se lo he pedido muchas veces. Tú eres una buena persona y no te mereces ser engañada de este modo durante tanto tiempo...».

Volvió a acometerle el ataque de risa y, para serenarse, concentró su atención en el pequeño problema que estaba todavía por resolver: probablemente Marge habría dicho a la policía italiana que había hablado con Tom Ripley en el Inghilterra. La policía forzosamente empezaría a hacerse preguntas sobre su paradero, hasta era posible que ya le estuviesen buscando en Roma. Sin duda, la policía buscaría a Tom Ripley allí donde estuviese Dickie Greenleaf, lo cual representaba un nuevo peligro si, por ejemplo, ateniéndose a la descripción de Marge, le tomaban por Tom Ripley y descubrían en su poder los dos pasaportes, el suyo y el de Dickie. Pero, como él decía siempre, el riesgo era lo que daba interés al asunto. Se puso a cantar despreocupadamente:

Papa non vuole, Mama ne meno,
come faremo far' l'amor'?

Siguió cantando a grito pelado mientras se secaba, con voz de barítono, tal y como, pese a no habérsela oído nunca, suponía que debió de ser la de Dickie. Se dijo que a Dickie le hubiese gustado el tono de su voz.

Se vistió uno de sus trajes que no se arrugaban, y que usaba siempre cuando viajaba, y salió a la calle, sumergiéndose en el crepúsculo de Palermo. Allí, al otro lado de la plaza, se alzaba la gran catedral en la que se advertía la influencia normanda, ya que, según decía la guía de viaje, la había erigido el arzobispo inglés Walter-of-the-Mill. Luego, hacia el sur, se hallaba Siracusa, escenario de la terrible batalla naval entre los latinos y los griegos. Y Taormina. Y el Etna. La isla era grande y nueva para él. ¡Sicilia! ¡Baluarte de Giuliano! ¡Colonizada por los antiguos griegos, invadida por normandos y sarracenos! Tom se propuso empezar su visita turística al día siguiente, pero antes quería disfrutar de aquellos momentos, deteniéndose a admirar la alta catedral que se alzaba ante él. Resultaba maravilloso contemplar los arcos cubiertos de polvo de la fachada, pensando que al día siguiente entraría en el templo, en cuyo interior imaginaba que se respiraría un olor dulzón, mezcla de incienso y de la cera de los innumerables cirios que en la catedral habían ardido desde hacía siglos y siglos. Se le ocurrió que las cosas siempre le eran más gratas al experimentarlas de antemano que al convertirse en realidad, y se preguntó si siempre iba a ser de aquella manera, si, cuando pasaba a solas una velada, acariciando los objetos que habían sido de Dickie o mirando simplemente los anillos que llevaba en la mano, lo que hacía en realidad era experimentar o gozar por anticipado.

Más allá de Sicilia estaba Grecia. Estaba completamente decidido a ver Grecia, a verla con los ojos de Dickie Greenleaf, con el dinero de Dickie, con sus ropas y el modo de comportarse Dickie ante los desconocidos. Temió no poder realizar su sueño, que una cosa tras otra viniera a impedírselo... el asesinato, la sospecha, la gente. No había sido su intención asesinar, sino que las necesidades del momento le habían forzado a ello. La idea de ir a Grecia y saltar de ruina en ruina en la Acrópolis, bajo su verdadera personalidad, la de Tom Ripley, un turista americano, no le seducía en absoluto. Antes prefería no ir. Al alzar la mirada hacia el campanario de la catedral, se le llenaron los ojos de lágrimas, entonces giró bruscamente sobre sus talones y echó a andar por otra calle.

Por la mañana recibió un sobre voluminoso, con una carta de Marge. Tom sonrió al palparla con los dedos. Estaba seguro de que diría lo que él ya esperaba, pues de lo contrario no hubiese abultado tanto. La leyó mientras desayunaba, saboreando cada una de las líneas del mismo modo que saboreaba los bollos recién hechos y el café sazonado con canela. La carta decía todo lo que cabía esperar, y más.

Si realmente no supiste que estuve en tu hotel, la única explicación será porque Tom no te lo dijo, lo cual no permite sacar más que una sola conclusión. Se ve claramente que huyes de mí, que no te atreves a enfrentarte conmigo. ¿Por qué no reconoces que te es imposible vivir sin tu compañerito? Lo siento, chico, no puedo decirte más. Siento que no tuvieras suficiente valor para decírmelo antes y sin ambages. ¿Por quién me has tomado, por una tonta provinciana que ignora que existen semejantes cosas? Pues ¡tú eres el único que actúa como tal! No importa, espero que el hecho de decirte yo lo que tú no tuviste valor de confesarme te alivie un poquito la conciencia y te permita ir por ahí con la cabeza alta. No hay nada como sentirse orgulloso de la persona a quien se ama, ¿verdad? Me parece que una vez hablamos de esto, ¿no?

La mayor hazaña de mis vacaciones en Roma ha sido informar a la policía de que Tom Ripley está contigo. Andaban locos tras sus pasos. (Me pregunto por qué. ¿Qué habrá hecho ahora?) Asimismo, con mi mejor italiano, les puse al corriente de que tú y Tom sois inseparables y les dije que no podía comprender cómo habían podido dar contigo sin dar con Tom.

He cambiado mis planes y embarcaré rumbo a los Estados Unidos hacia fines de marzo, después de una breve visita a Kate en Múnich. Supongo que, después, nuestros pasos nunca volverán a cruzarse. No te guardo rencor, Dickie. Sólo que te había creído más valiente.

Gracias por todos los buenos recuerdos. Ya han pasado a ser piezas de museo, algo irreales, tal como siempre te habrá parecido tu relación conmigo. Mis mejores votos para el futuro.

MARGE

Tom lanzó un bufido al leer el final de la carta, luego la dobló y se la guardó en un bolsillo de la chaqueta. Con un gesto automático, miró hacia la entrada del hotel, buscando a la policía. Si la policía pensaba que Dickie Greenleaf y Tom Ripley estaban viajando juntos, lo lógico era que ya hubiesen indagado en los hoteles de Palermo para localizar a Tom Ripley. Pero no había señales de que le estuviesen vigilando, aunque bien podía ser que, sabiendo que Tom Ripley seguía con vida, hubieran dado carpetazo al asunto de la lancha. Era lo más natural que podían hacer. Además, quizá ya se habían disipado las sospechas en torno a Dickie por lo de San Remo y el caso Miles. Era posible.

Subió a su habitación y con la Hermes portátil de Dickie empezó una carta para mister Greenleaf. La empezó con una explicación sobria y lógica del asunto Miles, pensando que probablemente mister Greenleaf se sentía bastante alarmado ya. Le dijo que los interrogatorios de la policía ya habían concluido y que lo único que seguramente le pedirían era que identificase a los posibles sospechosos, ya que podía ser que se sospechase de algún conocido que él y Freddie tuvieran en común.

Sonó el teléfono mientras estaba escribiendo. Una voz de hombre le dijo que era el *tenente* Fulano de Tal de la policía de Palermo.

—Estamos buscando a Thomas Phelps Ripley. ¿Por casualidad está en el mismo hotel que usted? —preguntó cortésmente.

—Pues, no —contestó Tom

—¿Sabe dónde se halla?

—Me parece que en Roma. Hace sólo dos o tres días que le vi en Roma.

—No ha sido localizado en Roma. ¿No sabe adónde puede haber ido al marcharse de Roma?

—Lo siento, pero no tengo ni la más ligera idea —dijo Tom.

—*Peccato* —dijo la voz, soltando un suspiro de desaliento—. *Grazie tante, signore.*

—*Di niente.*

Tom colgó y regresó a la máquina de escribir.

La aburrida prosa de Dickie le estaba saliendo con mayor soltura de lo que jamás le había salido la suya propia. La mayor parte de la carta la dirigió a la madre de Dickie, a la que puso al corriente del estado de su guardarropa, que era bueno, y de su salud, que era igualmente buena, preguntándole, además, si había recibido el tríptico pintado al esmalte que para ella había comprado en una tienda de antigüedades romana hacía un par de semanas. Mientras escribía iba pensando en lo que tenía que hacer con respecto a Thomas Ripley. Se dijo que no debía correr riesgos. Aunque lo guardase bien envuelto en papeles que habían sido de Dickie, era una imprudencia tener el pasaporte de Tom en la maleta, aunque tal como estaba no era probable que algún inspector de aduanas diese con él. El forro de la maleta nueva, de piel de antílope, le ofrecía un escondrijo más seguro. Allí no podrían verlo aunque le vaciasen la maleta, y seguiría estando a su alcance en caso de apuro. Algún día podía necesitarlo. Podía venir un día en que fuese más peligroso ser Dickie Greenleaf que Tom Ripley.

Empleó media mañana en escribir la carta a los Greenleaf. Una corazonada le dijo que mister Greenleaf se estaba impacientando con Dickie, no con la misma impaciencia que Tom había presenciado en Nueva York, sino que se trataba de algo mucho más serio. Mister Greenleaf sospechaba que el traslado desde Mongibello a Roma era un simple capricho. De nada habían servido sus esfuerzos por convencerle de que realmente quería estudiar y pintar en Roma. Mister Greenleaf los había descartado con un simple comentario, diciéndole algo en el sentido de que era una tontería que siguiera atormentándose a sí mismo con lo de querer pintar, ya que para aquellas alturas ya debiera saber que para ser pintor hacía falta algo más que un bello paisaje o un cambio de aires. Mister Greenleaf tampoco había dado grandes muestras de entusiasmo ante el interés de Tom por el catálogo de la Burke-Greenleaf. Las cosas distaban mucho de ser como Tom esperaba que fuesen, es decir, mister Greenleaf no parecía dispuesto a dejarse llevar a su antojo ni a pasar por alto el descuido en que Dickie había tenido a sus padres en el pasado. Tal como estaba todo, Tom no se atrevía a pedirle más dinero como tenía pensado hacer.

«Cuidate mucho, mamá —escribió—. Cuidado con los resfriados (mistress Greenleaf le había dicho que ya se había resfriado cuatro veces en lo que llevaban de invierno, y que había tenido que pasar las Navidades en cama, abrigada con el chal que él le había regalado). Si te hubieses puesto un par de esos calcetines de lana que me mandaste, no te habrías resfriado. Yo no he pillado ninguno este invierno, lo cual es una verdadera proeza si se piensa en cómo es el invierno en Europa... ¿Quieres que te mande alguna cosa desde aquí? Me gusta comprarte cosas...».

20

Pasaron cinco días, tranquilos y solitarios pero muy agradables, Tom se dedicó a callejear, deteniéndose aquí y allí para pasarse una hora en un café o en un restaurante, leyendo sus guías de viaje y los periódicos. Un día muy desapacible alquiló una *carrozza* y se trasladó a Monte Pelligrino para visitar la fantástica tumba de santa Rosalía, la patrona de Palermo. Había una famosa estatua de la santa –de la que, en Roma, Tom había visto algunas reproducciones– en pleno éxtasis, aunque seguramente un psiquiatra lo hubiese llamado de otro modo. La tumba le hizo una gracia tremenda, sin poder apenas contener la risa al ver la estatua: el cuerpo recostado, exuberante y femenino, las manos en actitud de buscar algo a tientas, los ojos en blanco, la boca entreabierta. Sólo faltaban los efectos sonoros que imitasen un jadeo. Pensó en Marge. Visitó un palacio bizantino, la biblioteca de Palermo, con sus pinturas y sus antiquísimos manuscritos conservados en vitrinas, y después estudió la formación del puerto, que su guía de viaje mostraba mediante un meticuloso diagrama. Trazó un boceto de una pintura de Guido Reni, sin ningún propósito concreto, y se aprendió de memoria una larga cita de Tasso que aparecía en la fachada de un edificio público. Escribió a Bob Delancey y a Cleo, en Nueva York, a ésta una larga carta describiéndole sus viajes, sus diversiones y sus variopintos conocidos con el mismo ardor de un Marco Polo describiendo sus viajes por China.

Pero se sentía solo. No era la sensación de estar solo sin sentirse tal cosa, como en París. Se había imaginado que iba a hacerse con un amplio círculo de nuevos amigos, con los que empezaría una nueva vida, llena de costumbres, pensamientos y sensaciones distintas a las de antes, y, por supuesto, mejores. Pero empezaba a comprender que eso no era posible, que siempre tendría que mantenerse alejado de la gente. Tal vez las costumbres y las sensaciones nuevas las conseguiría, pero jamás lograría forjarse un nuevo círculo de amistades... a no ser que se marchase a Estambul o a Ceilán, aunque no se sentía muy atraído por la clase de gente que en tales ciudades podía frecuentar. Estaba solo y jugando a algo para lo que la soledad era necesaria. Precisamente, el peligro, la mayor parte del peligro, lo constituían las personas con quienes podía entablar amistad. Si se veía obligado a vagar por el mundo completamente solo, tanto mejor, ya que menores serían las posibilidades de ser descubierto. Eso no dejaba de ser una forma optimista de enfocar el asunto, de modo que se sintió mejor por haberlo pensado.

Modificó ligeramente su modo de comportarse, para que estuviese más en consonancia con alguien que observaba la vida desde cierta distancia. Todavía se mostraba cortés y sonreía a todo el mundo, a la gente que le pedía prestado el periódico en el restaurante, a los empleados del hotel..., pero adoptaba una actitud un tanto más altanera, y cuando hablaba no lo hacía con la locuacidad de antaño. El cambio le gustaba porque le permitía hacerse la idea de que era un joven que acababa de sufrir un serio desengaño sentimental o cualquier otra clase de desastre emocional y que trataba de reponerse como correspondía a una persona civilizada: visitando uno de los parajes más bellos de la Tierra.

Eso le hizo pensar en Capri. El tiempo seguía siendo atroz, pero Capri era Italia y lo poco que de él había visto, en compañía de Dickie, no había servido sino para estimularle el apetito. Se preguntó si debía esperar hasta el verano y mientras mantener a la policía lejos de sí. Pero más que Grecia con su Acrópolis, lo que le hacía falta era pasar unas buenas vacaciones en Capri y, por una vez, mandar la cultura a paseo. Recordaba haber leído algo sobre el invierno en Capri: viento, lluvia y soledad. Pero seguía siendo Capri pese a todo, el mismo Capri donde había residido Tiberio. La plaza seguía siendo la misma, sin gente, pero sin que hubiese cambiado uno solo de los guijarros del empedrado. Se le ocurrió que podía ir allí aquel mismo día y apretó el paso en dirección al hotel. La ausencia de turistas no menguaba las posibilidades de la Costa Azul y probablemente habría servicio aéreo con Capri. Había oído decir que había una línea de hidroaviones entre Nápoles y Capri, y se dijo que, si el servicio no funcionaba en febrero, fletaría uno para él solo. Al fin y al cabo, el dinero de algo servía.

—*Buon' giorno! Come sta?* —dijo al empleado del mostrador, sonriéndole.

—Hay carta para usted, *signore. Urgentissimo* —dijo el empleado, devolviéndole la sonrisa.

Era del banco de Dickie en Nápoles. Dentro del sobre había otro, más pequeño, remitido por la compañía fideicomisaria de Nueva York. Tom leyó primero la carta del banco napolitano:

10 de febrero de 19...

Muy señor nuestro:

Nos llama la atención la Wendell Trust Company de Nueva York sobre ciertas dudas con respecto a su firma en el recibo de la remesa de quinientos dólares correspondiente al pasado mes de enero. Según parece, las dudas son acerca de la autenticidad de dicha firma. Nos apresuramos a ponerlo en su conocimiento con el fin de poder dar los pasos necesarios en este sentido.

Nos ha parecido conveniente informar del hecho a la policía, pero esperamos que usted se sirva confirmarnos la opinión de nuestro Inspector de Firmas y del Inspector de Firmas de la Wendell Trust Company de Nueva York. Le estaremos muy agradecidos por cuanta información pueda facilitarnos y le rogamos que se ponga en contacto con nosotros lo antes posible.

Suyo respestuosa y obedientemente,

EMILIO DI BRAGANZI
Segretario Generale della banca di Napoli

P.D. En caso de que su firma sea auténtica, le rogamos que, pese a ello, se presente en nuestras oficinas de Nápoles cuanto antes para firmar otra vez en nuestra ficha. Le adjuntamos una carta que por mediación nuestra le ha enviado la Wendell Trust Company.

Tom rasgó el sobre de la compañía de Nueva York.

5 de febrero de 19...

Apreciado mister Greenleaf

Nuestro Departamento de Firmas nos comunica que, a su juicio, la firma que aparece en el recibo de la remesa mensual, núm. 8747, correspondiente al pasado mes de enero, no es válida. En la creencia de que por algún motivo este hecho ha escapado a su atención, nos apresuramos a comunicárselo, con el fin de que pueda usted confirmarnos el haber firmado el cheque en cuestión o, por el contrario, corrobore nuestra opinión en el sentido de que dicho recibo ha sido falsificado. Hemos llamado la atención del banco de Nápoles sobre este particular

Le adjuntamos una ficha de nuestro archivo permanente de firmas rogándole se sirva firmarla y devolvérnosla.

Le agradeceremos sus noticias a la mayor brevedad posible.

Atentamente,

EDWARD T. CAVANACH
Secretario

Tom se humedeció los labios. Escribiría a los dos bancos diciéndoles que no echaba a faltar ninguna cantidad. Pero dudaba que eso les dejase satisfechos durante mucho tiempo. Ya había firmado tres recibos, empezando por el de diciembre. Se preguntó si examinarían los recibos anteriores para comprobar la firma. Era probable que un experto se diese cuenta de que las tres firmas eran falsas.

Subió a su habitación y, sin perder un segundo, se sentó ante la máquina de escribir. Tras colocar en ella una hoja de papel con el membrete del hotel, se quedó mirándola fijamente durante unos instantes, pensando que no conseguiría tranquilizar a los bancos con lo que iba a escribir. Si disponían de un grupo de expertos que examinaran las firmas con lupa y toda clase de medios, lo más probable era que descubriesen que las tres firmas eran falsas. De todos modos, sabía muy bien que las falsificaciones eran excelentes; tal vez la de enero la había hecho demasiado deprisa, pero aun así era una buena falsificación pues, de no serlo, no la hubiera enviado al banco. Les hubiese dicho que había perdido el recibo y que hicieran el favor de mandarle uno nuevo. En la mayoría de los casos de falsificación, transcurrían meses antes de que alguien se diese cuenta. Era extraño que en su propio caso lo hubiesen hecho tan pronto, en cuestión de cuatro semanas. Probablemente le tenían bien vigilado, sin omitir ninguna de las facetas de su vida, a raíz del asesinato de Freddie Miles y del hallazgo de la motora hundida cerca de San Remo. Lo cierto era que querían verle personalmente en el banco de Nápoles. Quizá algún empleado conocía a Dickie de vista. Tom sintió que el pánico se apoderaba de él y le dejaba momentáneamente paralizado. Se veía ante una docena de policías, italianos y americanos, que le preguntaban sobre el paradero de Dickie Greenleaf, sin que él pudiera decirles dónde estaba ni demostrarles que existía. Se imaginó a sí mismo tratando de firmar con el nombre de H. Richard Greenleaf ante la mirada de una docena de grafólogos, desmoronándose de golpe sin poder pergeñar una sola letra. Hizo un esfuerzo y empezó a golpear el teclado de la máquina. Dirigió la carta a la Wendell Trust Company de Nueva York.

12 de febrero de 19...

Muy señores míos:

En contestación a su carta referente a la remesa del mes de enero, debo comunicarles que yo mismo firmé el cheque al recibir la cantidad, de la que no faltaba un solo céntimo. En caso de haber extraviado el cheque, como es natural les hubiese avisado inmediatamente.

Les adjunto la ficha debidamente firmada tal como me piden.

Atentamente,

H. RICHARD GREENLEAF

Probó la firma de Dickie varias veces, en el sobre de la compañía fideicomisaria, antes de firmar en la ficha y en la carta. Luego escribió una carta parecida al banco de Nápoles, prometiéndoles personarse en sus oficinas al cabo de breves días para volver a registrar su firma. Escribió la palabra *«Urgentissimo»* en ambos sobres y bajó al vestíbulo. El conserje le vendió unos sellos y Tom echó las cartas al correo.

A continuación salió a dar una vuelta. De su deseo de visitar Capri ya no quedaba ni rastro. Eran las cuatro y cuarto de la tarde. Tom anduvo sin rumbo fijo durante mucho rato. Finalmente, se detuvo ante el escaparate de un anticuario y pasó varios minutos con los ojos clavados en un tétrico cuadro al óleo en el que se veían dos santos barbudos que bajaban por la ladera de una colina a la luz de la luna. Entró en la tienda y compró el cuadro sin regatear. Ni siquiera estaba enmarcado, así que se lo llevó al hotel enrollado bajo el brazo.

21

83 Stazione Polizia
Roma
14 de febrero de 19...

Distinguido *signore* Greenleaf:

Le rogamos que se presente en Roma con toda urgencia con el fin de responder a algunas preguntas importantísimas referentes a Thomas Ripley. Le agradeceríamos mucho su presencia y nos será de gran utilidad para acelerar nuestras investigaciones.

En caso de no presentarse antes de una semana, nos veremos obligados a tomar ciertas medidas con las consiguientes molestias para nosotros y para usted.

Respetuosamente,

Cap. ENRICO FARRARA

Tom comprendió que seguían buscando a Thomas Ripley, si bien podría tratarse de algo nuevo relacionado con el caso Miles. Los italianos no solían emplazar a un americano con términos semejantes a aquéllos. El último párrafo era una amenaza apenas disimulada. Además, ya estaban enterados del asunto del cheque falsificado.

Se quedó con la carta en la mano, mirando a su alrededor sin ver nada, hasta que reparó en su propia imagen reflejada en el espejo. Las comisuras de la boca mostraban un rictus de preocupación y en sus ojos se advertía la ansiedad y el miedo. Daba la impresión de querer expresar las sensaciones que le invadían mediante el gesto y la expresión del rostro y, al advertir que ambos eran auténticos, sintió que, de pronto, sus temores se hacían más intensos aún. Dobló la carta y se la guardó en el bolsillo, luego la volvió a sacar y la rompió en pedazos.

La pregunta no se respondió por sí sola, pero, de pronto, supo lo que tenía que hacer, lo que iba a hacer cuando regresara al continente. No iría a Roma ni a ningún lugar cercano a ella, sino que podía ir hasta Milán o Turín, o quizá hasta algún sitio próximo a Venecia; allí compraría un coche de segunda mano, que hubiese hecho muchos kilómetros, y diría que se había pasado los últimos dos o tres meses viajando por Italia, sin enterarse de que estaban buscando a Thomas Ripley.

Siguió haciendo las maletas, decidido a que aquél fuese el fin de Dickie Greenleaf. Odiaba tener que convertirse de nuevo en Thomas Ripley, un don nadie, odiaba volver a sus viejos hábitos, a experimentar otra vez la sensación de que la gente le despreciaba y le encontraba aburrido a menos que hiciera algo especial para divertir a los demás, como un payaso, sintiéndose incompetente e incapaz de hacer algo que no fuese divertir a la gente durante unos minutos. Odiaba volver a su auténtica personalidad del mismo modo que hubiese odiado tener que ponerse un traje viejo, manchado y sin planchar, un traje que ni cuando era nuevo valía nada. Sus lágrimas cayeron sobre la camisa de Dickie, a rayas azules y blancas, colocada encima de las demás prendas que había en la maleta, limpia y almidonada y con aspecto de ser tan nueva como al sacarla de la cómoda de Dickie en Mongibello. Pero, sobre el bolsillo del pecho, estaban las iniciales de Dickie, bordadas con diminutas letras rojas. Mientras hacía la maleta iba pasando lista a las cosas de Dickie que le sería posible conservar porque no llevaban sus iniciales, o porque nadie recordaría que pertenecían a Dickie, no a él. Sólo quizá Marge recordara algunas de ellas, como la libreta de direcciones con tapas de cuero azul y que Dickie había utilizado un par de veces solamente. Probablemente se la había regalado Marge. De todas formas, no tenía intención de ver a Marge otra vez.

Pagó la cuenta del hotel, pero tuvo que esperar hasta el día siguiente para tomar un buque que le llevase al continente. Hizo la reserva del pasaje a nombre de Greenleaf, pensando que era la última vez que reservaba un pasaje a nombre de Greenleaf, aunque no estaba del todo seguro. No lograba deshacerse de la idea de que todo se olvidaría con el paso del tiempo y que, por esa razón, no había que desanimarse. A decir verdad, tampoco había que desanimarse por volver a ser Tom Ripley. Tom nunca se había sentido verdaderamente descorazonado, aunque a veces lo pareciese. Además, algo había aprendido durante los últimos meses. Si uno deseaba ser alegre, melancólico, pensativo, cortés, bastaba con actuar como tal en todo momento.

Un pensamiento muy alegre acudió a su mente en el momento de despertarse por última vez en Palermo: dejar las ropas de Dickie en la consigna de la American Express de Venecia, bajo un nombre diferente, y reclamarlas en el futuro, si las quería o las necesitaba, o simplemente no reclamarlas jamás. Se sintió mucho mejor al pensar que las camisas de Dickie, junto con los gemelos, la pulsera con su nombre y el reloj, quedarían guardadas a buen recaudo en alguna parte en vez de terminar en el fondo del mar Tirreno o en algún cubo de basura de Sicilia.

Así pues, borró las iniciales de las maletas rascándolas y, bien cerradas, las facturó desde Nápoles a la American Express Company, en Venecia, junto con las dos telas que había empezado a pintar en Palermo. Las mandó a nombre de Robert Fanshaw, diciendo que pasarían a buscarlas. Los únicos objetos comprometedores que conservó consigo fueron los anillos de Dickie, que guardó en el fondo de un estuche de piel, feo y pequeño, perteneciente a Thomas Ripley y que, por alguna razón ya olvidada, llevaba consigo en todos sus viajes desde hacía muchos años. Normalmente guardaba en él los gemelos para la camisa, algunos botones sueltos, un par de plumines de estilográfica y un carrete de hilo blanco con una aguja de coser clavada en él.

Salió de Nápoles en un tren que pasó por Roma, Florencia, Bolonia y Verona, donde se apeó y cogió un autobús hasta Trento, a unos sesenta kilómetros. No quiso comprar un coche en una ciudad de la importancia de Verona, ya que había la posibilidad de que su nombre llamase la atención de la policía al pedir la matrícula. En Trento adquirió un Lancia de segunda mano que le costó en liras el equivalente de unos ochocientos dólares. Hizo la operación con su propio nombre, Thomas Ripley, tal como constaba en el pasaporte. Luego se instaló en un hotel y se dispuso a esperar las veinticuatro horas que tardaría en serle concedida la matrícula. Pasaron seis horas sin ninguna novedad. Al principio, Tom había temido que su nombre fuese conocido incluso en aquel pequeño hotel y que también en el departamento encargado de matricular los automóviles supieran quién era él. Pero llegó el mediodía del día siguiente y el coche ya estaba matriculado, sin que hubiese tenido ningún percance. Tampoco los periódicos hablaban de la búsqueda de Thomas Ripley, del caso Miles ni de la lancha de San Remo. La ausencia de noticias le producía una extraña sensación de felicidad y seguridad, una sensación en la que había algo de irreal. Empezó a sentirse a gusto en su papel de Thomas Ripley y a exagerar la vieja reticencia de Tom Ripley para con los desconocidos, la vieja actitud de inferioridad que se manifestaba cada vez que agachaba la cabeza o lanzaba una de sus miradas tristonas y furtivas. Se preguntaba si, después de todo, habría alguien capaz de creer que un tipo como él hubiese cometido un asesinato. Además, el único asesinato del que podían creerle sospechoso era el de Dickie, en San Remo, y no había indicios de que estuvieran adelantando mucho en aquel sentido. El hecho de ser Tom Ripley tenía una compensación, al menos: le libraba del sentimiento de culpabilidad producido por la estúpida e innecesaria muerte de Freddie Miles.

Deseaba irse directamente a Venecia, pero pensó que era mejor quedarse una noche y hacer lo que pensaba decirle a la policía que había estado haciendo durante meses: dormir en el coche, en un camino vecinal. Pasó una incómoda noche en el asiento posterior del Lancia, en algún paraje cercano a Brescia. Al amanecer se acomodó en el asiento del conductor, entumecido hasta el punto de apenas poder volver la cabeza para conducir. Pero de aquel modo podría dar un aire de autenticidad a su coartada. Compró una guía del norte de Italia y la llenó de fechas y señales, doblando el ángulo de algunas páginas y pisoteándola con el fin de romper el lomo del librito y lograr que quedase abierto por las páginas correspondientes a Pisa.

La noche siguiente la pasó en Venecia. En un arrebato infantil, había evitado ir a Venecia solamente por el temor de llevarse una desilusión al verla, pensando que sólo los sentimentales y los turistas americanos eran capaces de entusiasmarse con Venecia, y que, en el mejor de los casos, la ciudad era poco más que un lugar para parejas en luna de miel, a las que atraía la incomodidad de no poder ir a ninguna parte como no fuera en góndola, moviéndose muy lentamente por los canales. Se encontró con una ciudad mucho mayor de lo que suponía, llena de italianos parecidos a los que había en las demás ciudades. Comprobó que podía recorrerse la ciudad de cabo a rabo por una serie de callejuelas y puentes, sin poner el pie en una góndola, y que en los canales principales había un servicio de transporte a cargo de motoras que era igual de rápido y eficiente que el metro, advirtió también que los canales no olían mal. Había multitud de hoteles entre los que podía elegir, desde el Gritti y el Danieli, que conocía de oídas, hasta sórdidos hoteles y pensiones en las callejuelas poco concurridas, tan distintas del mundo de los policías y los turistas americanos, que a Tom no le costaba imaginarse a sí mismo viviendo en uno de ellos durante meses y más meses sin que nadie se fijase en él. Se decidió por un hotel llamado Costanza, cerca del puente Rialto; el hotel era de una categoría intermedia entre los famosos establecimientos de lujo y las pequeñas pensiones de mala muerte. Era limpio, barato y cercano a los lugares de interés. Era justo el hotel que le hacía falta a Tom Ripley.

Pasó un par de horas deshaciendo lentamente su equipaje y asomándose a la ventana para contemplar con ojos de ensueño el crepúsculo que iba descubriendo el Gran

Canal. Se imaginaba la conversación que sostendría con la policía antes de que pasase mucho tiempo:

—Pues no tengo la menor idea. Le vi en Roma. Si no me creen pueden preguntárselo a miss Marjorie Sherwood... Pues ¡claro que soy Tom Ripley! —aquí soltaría una carcajada—. No acabo de ver a qué viene todo esto... ¿San Remo? Sí, me acuerdo. Devolvimos la lancha al cabo de una hora... Sí, regresé a Roma después de ir a Mongibello, pero me quedé sólo un par de noches. He estado recorriendo el norte de Italia... Me temo que no tengo ninguna idea de dónde está, aunque le vi hará cosa de tres semanas...

Tom se apartó de la ventana con una sonrisa en los labios, se cambió de camisa y corbata y salió en busca de un restaurante tranquilo para cenar. Tenía que ser un buen restaurante, pues Tom Ripley podía darse el gusto de cenar en un sitio caro por una vez. Llevaba el billetero tan lleno de billetes de diez mil y veinte mil liras que resultaba imposible doblarlo. Había hecho efectivos mil dólares en cheques de viaje, a nombre de Dickie, antes de salir de Palermo.

Compró dos periódicos de la tarde, que se puso bajo el brazo, y siguió andando. Cruzó un puente pequeño y arqueado y se metió en una calle muy larga y estrecha llena de tiendas de artículos de cuero y camiserías. Vio escaparates relucientes de joyería que parecía salida de los libros de cuentos leídos en sus años infantiles. La gustaba que en Venecia no hubiese automóviles. Eso daba a la ciudad un aire más humano. Las calles eran sus venas y la gente que iba y venía constantemente era la sangre. Emprendió la vuelta por otra calle y cruzó el amplio cuadrilátero de San Marco por segunda vez. Había palomas por doquier, en el aire, en los espacios iluminados por la luz de los escaparates, caminando entre los pies de los viandantes, como si ellas mismas fuesen turistas en su propia ciudad. Las mesas y sillas de los cafés salían de los soportales e irrumpían en plena plaza, forzando a transeúntes y palomas a abrirse paso por los pocos espacios que quedaban libres. A cada extremo de la plaza, los altavoces atronaban el aire con sus sones. Tom trató de imaginarse cómo sería la plaza en verano, llena de sol y de gente echando puñados de grano a las palomas, que bajaban a picotearlo en el suelo. Entró en otro túnel iluminado que hacía las veces de calle y que estaba lleno de restaurantes. Optó por un establecimiento de aspecto respetable, con manteles blancos y paredes recubiertas de madera. Tom sabía por experiencia que en esa clase de restaurantes daban más importancia a la gastronomía que a hacerse una clientela de turistas de paso. Se instaló en una mesa y abrió uno de los periódicos.

Y ahí lo tenía, en una pequeña noticia de la segunda página:

LA POLICÍA BUSCA A UN AMERICANO DESAPARECIDO

Se trata de Dickie Greenleaf amigo del asesinado Freddie Miles, y desaparecido tras unas vacaciones en Sicilia.

Tom acercó más la vista al periódico, olvidándose de todo cuanto le rodeaba, pero, al mismo tiempo, consciente de la desazón que iba apoderándose de él a medida que leía; desazón que iba dirigida hacia la policía por ser tan estúpidos e incompetentes, y a los periódicos por malgastar espacio con semejantes noticias. El texto decía que Richard, llamado Dickie Greenleaf, amigo íntimo del finado Freddie Miles, el americano asesinado en Roma tres semanas antes, había desaparecido tras, según se creía, embarcar en Palermo con destino a Nápoles. Tanto la policía de Sicilia como la de Roma había sido puesta en estado de alerta y le buscaba. En el último párrafo se decía que, precisamente, la policía romana acababa de pedirle a Greenleaf que respondiese a ciertas preguntas referentes a la desaparición de Thomas Ripley, que también era amigo íntimo de Greenleaf. Según el periódico, nada se sabía de Ripley desde hacía tres meses aproximadamente.

Tom dejó el periódico e inconscientemente puso la cara de sorpresa propia de alguien que acaba de leer en la prensa la noticia de su propia desaparición. Fingió tan bien sentirse atónito que no se dio cuenta de que el camarero había acudido a su mesa hasta que el hombre tuvo que ponerle el menú en la mano. Tom se dijo que había llegado el momento de presentarse a la policía. Si no tenían nada en su contra, como era lo más probable, no investigarían la fecha de compra del automóvil. La noticia del periódico fue un alivio para él, ya que era un claro indicio de que su nombre no había llegado a la policía a través de la oficina de matrículas de Trento.

Cenó pausadamente, saboreando la comida, y después pidió un *espresso* y se fumó dos cigarrillos mientras hojeaba la guía del norte de Italia. Al terminar, pensaba de otro modo:

No había razón alguna por la que debiera haber leído la noticia en el periódico, y más tratándose de una noticia tan breve. Además, estaba en un solo periódico. No, no había necesidad de presentarse a la policía hasta haber leído dos o tres noticias parecidas, o una sola pero lo bastante destacada como para llamarle la atención. Probablemente no tardarían en publicar algo más importante. En cuanto pasaran unos días más y Dickie Greenleaf siguiera sin dar muestras de vida, empezarían a sospechar que se ocultaba en alguna parte porque había asesinado a su amigo Freddie Miles, y, posiblemente, a Tom Ripley también. Tal vez Marge había hablado con la policía sobre la conversación sostenida con Tom Ripley en Roma dos semanas antes. De todos modos, la policía no le había visto en persona todavía...

Siguió hojeando distraídamente la guía mientras su cerebro iba pensando.

Se figuró que Marge estaría en Mongibello, ultimando los preparativos para regresar a América. La muchacha leería en la prensa la noticia de la desaparición de Dickie, de la que seguramente culparía a Tom, y escribiría al padre de Dickie diciéndole que Tom Ripley ejercía una pésima influencia sobre su hijo, eso en el mejor de los casos. Cabía la posibilidad de que mister Greenleaf decidiera trasladarse a Europa.

«¡La lástima es no poder presentarse ante ellos, primero como Tom y luego como Dickie, para dejar los dos asuntos bien aclarados!»

Decidió poner un poco más de realismo en la interpretación de su propio papel, encorvándose un poco más, mostrándose más tímido que nunca, e incluso comprándose unas gafas con montura de concha y dando a su boca un rictus más triste que contrastase con la de Dickie. Era posible que tuviera que hablar con algún policía que hubiese visto su caracterización de Dickie.

«¿Cómo se llamaba aquel que me vio en Roma? ¿Rovassini?»

Finalmente decidió teñirse otra vez el pelo dándole un tono más oscuro que el de su color natural.

Dio un tercer vistazo a los periódicos buscando algo sobre el caso Miles. No había nada.

22

Por la mañana, el periódico más importante traía un largo informe sobre el caso. Sólo en un breve párrafo se hablaba de la desaparición de Thomas Ripley, pero, en cambio, el artículo decía claramente que Richard Greenleaf «se exponía a ser considerado sospechoso de participación» en el asesinato de Miles, y que, a menos que se presentase para aclarar toda sospecha, era evidente que trataba de rehuir el «problema». También se hablaba de los cheques falsificados, diciendo que lo último que se sabía de Richard Greenleaf era la carta dirigida al banco de Nápoles manifestando que no había sido víctima de ninguna falsificación. Pero dos de los tres expertos que se encargaban del asunto afirmaban su creencia de que los cheques correspondientes a enero y febrero eran falsos, coincidiendo con la opinión del banco del *signore* Greenleaf en América, que había mandado a Nápoles fotoco pias de las firmas. El periódico terminaba en un tono algo jocoso:

«¿Es posible que alguien cometa una falsificación en contra de uno mismo? ¿O es que el acaudalado americano protege a algún amigo suyo?».

Tom pensó que podían irse todos al diablo. La letra de Dickie era muy variable y él mismo había tenido ocasión de verlo en una póliza de seguros que Dickie guardaba entre sus papeles. Si empezaban a comprobar todo lo que había firmado durante los últimos tres meses, se iban a armar un buen lío. Al parecer, no habían caído en la cuenta de que también la firma de la carta enviada desde Palermo era falsa.

Lo único que verdaderamente le interesaba era averiguar si la policía tenía alguna prueba que, sin ningún género de duda, incriminase a Dickie en la muerte de Freddie Miles. Y, desde el punto de vista personal, eso le afectaría poco. Compró un ejemplar de *Oggi* y otro de *Epoca* en la plaza de San Marco. Las dos revistas llevaban profusión de fotografías y se ocupaban de todo lo espectacular y sensacional que ocurría en el mundo, desde un asesinato hasta los campeonatos de permanencia en el mástil de una bandera. No había nada en ellas sobre Dickie Greenleaf. Tal vez lo habría la semana siguiente. Aunque, de todas formas, no podrían publicar ninguna foto de él, Tom. En Mongibello, Marge había fotografiado a Dickie varias veces, pero nunca a él.

En su deambular por la ciudad aquella mañana, Tom compró unas gafas de gruesa montura en una tienda donde vendían juguetes y artículos para gastar bromas pesadas. Los cristales eran de vidrio normal y corriente. Luego visitó la catedral de San Marco y la recorrió toda por dentro sin ver nada, aunque no por culpa de las gafas. Iba pensando en que debía identificarse sin perder más tiempo, ya que cuanto más lo aplazase, peor sería para él. Al abandonar el templo se acercó a un policía y le preguntó dónde estaba la comisaría más próxima. Se sentía triste. No tenía miedo, pero presentía que el acto de identificarse como Thomas Ripley iba a ser una de las cosas más tristes que había hecho en toda su vida.

—¿Que usted es Thomas Ripley? —preguntó el capitán de la policía, sin mostrar mayor interés que el que Tom le hubiera inspirado de haber sido un perro perdido y finalmente encontrado—. ¿Me permite ver su pasaporte?

Tom se lo entregó.

—No sé exactamente qué sucede, pero al ver en la prensa que se me da por desaparecido...

Los agentes le contemplaban con rostro inexpresivo, haciéndole pensar que la cosa resultaba tan desagradable como había previsto.

—¿Qué sucede? —preguntó Tom.

—Llamaré a Roma —le respondió el capitán mientras descolgaba el teléfono.

La comunicación tardó unos minutos y luego, con voz impersonal, el policía informó a alguien en Roma que el americano, Thomas Ripley, se hallaba en Venecia; luego hizo unos comentarios sin importancia y finalmente se dirigió a Tom.

—Quisieran verle en Roma. ¿Puede ir allí hoy mismo?

Tom arrugó la frente y dijo:

—No tenía ninguna intención de ir a Roma.

—Veré qué puedo hacer —dijo amablemente el capitán, cogiendo de nuevo el aparato.

Tom le oyó pedir que mandasen algún miembro de la policía de Roma para entrevistarse con él en Venecia, y se dijo que, al parecer, el hecho de ser ciudadano americano todavía daba ciertos privilegios.

—¿En qué hotel se aloja usted? —preguntó el policía.

—En el Costanza.

El policía transmitió la información a la sede de Roma. Luego colgó y, cortésmente, informó a Tom que aquella misma tarde, después de las ocho se personaría en Venecia un representante de la policía de Roma para hablar con él.

—Gracias —dijo Tom.

Salió dejando tras de sí al capitán que, con aire sombrío, rellenaba un formulario. Tom pensó que la escena había sido corta y aburrida.

Pasó el resto del día en su habitación, reflexionando, leyendo y dando los últimos toques a su nueva caracterización. Le parecía muy probable que mandasen al mismo individuo con quien había hablado en Roma, el *tenente* Rovassini o como se llamase. Se retocó las cejas para que quedasen algo más oscuras. Sin quitarse el traje de tweed marrón, pasó toda la tarde tumbado, e incluso se arrancó un botón de la chaqueta. Dickie siempre había sido pulcro y ordenado, así que Tom Ripley iba a ser todo lo contrario, para aumentar el contraste. No comió nada para almorzar, aunque en realidad no tenía apetito, pero lo hizo para no dejar de perder los kilos que deliberadamente había engordado para el papel de Dickie Greenleaf. Estaba dispuesto a ser más delgado de lo que jamás había sido. En su pasaporte constaba con un peso de setenta kilos, mientras que Dickie pesaba unos setenta y seis. Ambos, sin embargo, tenían la misma estatura: cerca de un metro ochenta.

A las ocho y media de la tarde sonó el teléfono y la telefonista le anunció que el *tenente* Roverini le esperaba abajo.

—¿Quiere decirle que suba, por favor? —dijo Tom.

Se acercó a la silla donde tenía pensado sentarse y la arrastró aún más lejos del círculo de luz proyectado por la lámpara de pie. La habitación estaba arreglada de modo que se notase que había estado leyendo y matando el tiempo durante las últimas horas: la lámpara de pie estaba encendida, al igual que la pequeña lámpara para leer, el cubrecamas estaba algo arrugado y sobre él había un par de libros abiertos y dejados boca abajo; incluso había empezado a escribir una carta a la tía Dottie.

El *tenente* llamó a la puerta. Tom le abrió sin darse prisa.

—*Buona sera.*

—*Buona sera. Tenente Roverini della Polizia Romana.*

En el rostro sonriente del *tenente* no se advertía ningún signo de sorpresa o suspicacia. Detrás de él entró otro policía, alto, más joven y silencioso.

Tom le reconoció: era el mismo que había acompañado a Roverini al interrogarle en el apartamento de Roma. El teniente se sentó en la silla que Tom le ofrecía.

—¿Es usted amigo del *signore* Richard Greenleaf? —preguntó.

—Sí.

Tom estaba sentado en la otra silla, un sillón, para ser exactos, lo cual le permitía adoptar una postura negligente.

—¿Cuándo y dónde le vio usted por última vez?

—Le vi brevemente en Roma, justo antes de que se marchase a Sicilia.

—¿Tuvo noticias suyas desde Sicilia?

El teniente iba tomando nota de sus respuestas en la libreta que había extraído de la cartera marrón.

—Pues no. No supe nada de él.

—¡Ajá! —exclamó el teniente.

Parecía dedicar más atención a sus papeles que al propio Tom. Al fin, levantó la mirada con expresión amistosa e interesada.

—Durante su estancia en Roma, ¿no se enteró usted de que la policía le andaba buscando?

—No. No sabía nada de eso. Ni acabo de comprender por qué se dice que he desaparecido.

Tom se ajustó las gafas y miró al policía con ojos inquisitivos.

—Se lo explicaré más tarde. Siguiendo con Roma, ¿no le dijo el *signore* Greenleaf que la policía deseaba hablar con usted?

—No.

—Es raro —comentó el teniente en voz baja, haciendo otra anotación en la libreta—. El *signore* Greenleaf sabía que queríamos entrevistarnos con usted. El *signore* Greenleaf no se muestra demasiado dispuesto a colaborar, que digamos.

Sonrió a Tom, y éste no cambio su expresión seria y atenta.

—*Signore* Ripley, ¿dónde ha estado usted desde fines de noviembre?

—Viajando. Principalmente por el norte de Italia.

Premeditadamente, Tom deslizó alguna que otra falta en su italiano, procurando que las palabras fluyeran con un ritmo muy distinto del de Dickie.

—¿Por dónde? —preguntó el teniente, empuñando de nuevo la pluma.

—Milán, Turín, Faenza..., Pisa...

—Hemos hecho indagaciones en los hoteles de Milán y Faenza, sin ir más lejos, ¿acaso se alojó siempre con amigos suyos?

—No... es que casi siempre dormía en mi coche.

Tom pensó que resultaba claro ver que no disponía de mucho dinero, y también que él era un joven de los que preferían dormir de cualquier forma en vez de hospedarse en un lujoso hotel.

—Lamento no haber renovado mi *permiso di soggiorno* —dijo Tom, poniendo cara contrita—. No sabía que se tratase de un asunto muy importante.

Lo cierto era que no ignoraba que los turistas casi nunca se tomaban las molestias de renovar el permiso de estancia y que se quedaban allí meses y meses pese a haber declarado al entrar que su visita duraría solamente unas semanas.

—Se dice *permesso de soggiorno* no *permiso* —le corrigió el teniente con aire paternal.

—*Grazie.*

—¿Me permite ver su pasaporte?

Tom lo sacó del bolsillo interior de la americana. El teniente se puso a estudiar atentamente la fotografía, mientras Tom asumía la expresión vagamente ansiosa que tenía en la foto. En ella no usaba gafas, pero llevaba el pelo con la raya en el mismo lado, y la corbata anudada del mismo modo, con un nudo triangular. El teniente echó una ojeada a los diversos visados de entrada que llenaban parcialmente las primeras dos páginas del pasaporte.

—Salvo la breve excursión a Francia con el *signore* Greenleaf, lleva usted en Italia desde el dos de octubre, ¿verdad?

—En efecto.

El teniente sonrió y echó el cuerpo hacia delante.

—*Ebbene,* con esto se aclara un asunto importante... el misterio de la lancha de San Remo.

Tom arrugó el entrecejo.

—¿Y eso qué es?

—Se encontró una lancha hundida cerca de San Remo, y en ella había unas manchas que se creyeron de sangre. Naturalmente, eso fue cuando le dábamos por desaparecido; inmediatamente después de eso...

El policía abrió las manos y soltó una carcajada.

—... creímos oportuno interrogar al *signore* Greenleaf para saber qué le había sucedido a usted. Así lo hicimos. ¡La embarcación se dio por perdida el mismo día de la visita de ustedes dos a San Remo!

Se rió otra vez.

Tom fingió no darse por enterado de la coincidencia.

—Pero el *signore* Greenleaf, ¿es que no les dijo que yo me fui a Mongibello al partir de San Remo? Fui a hacer algunos —hizo una pausa para buscar la palabra exacta— ... recados por cuenta suya.

—*Benone!* —exclamó el teniente Roverini, sonriendo.

Se aflojó los botones de la guerrera para estar más cómodo y se acarició el bigote con un dedo.

—¿Conocía usted también a Freddie Miles? —preguntó.

Tom soltó un suspiro involuntario, comprendiendo que el asunto de la lancha quedaba definitivamente archivado.

—No. Sólo le vi una vez, cuando se apeaba del autobús en Mongibello. Nunca volví a verle.

—¡Ajá! —exclamó el teniente, tomando nota de ello.

Permaneció callado durante un minuto, como si se le hubiesen terminado las preguntas, luego sonrió.

—¡Ah, Mongibello! ¡Bonito pueblo! ¿No cree? Mi esposa es de allí.

—¿De veras? —preguntó amablemente Tom.

—Sí. Mi esposa y yo pasamos allí nuestra luna de miel.

—En efecto, es un pueblo muy hermoso —dijo Tom—. *Grazie* —aceptó el Nazionale que le ofrecía el teniente, pensando que tal vez se trataba de una pausa cortés, a la italiana, una especie de descanso entre dos asaltos. Estaba seguro de que la vida privada de Dickie iba a salir en la conversación, incluyendo el asunto de los cheques falsificados, y todo lo demás. Con voz seria y empleando su vacilante italiano, Tom dijo:

—Según he leído en un periódico, la policía sospecha que el *signore* Greenleaf fue el autor del asesinato de Freddie Miles, a menos que él mismo se presente a las autoridades. ¿Es cierto que le creen culpable?

—¡Ah, no, no, no! —protestó el teniente—. Pero ¡es imprescindible que se presente! ¿Por qué se estará escondiendo de nosotros?

—No lo sé. Como dice usted..., no parece muy dispuesto a colaborar —comentó Tom solemnemente—. Ni siquiera se molestó en avisarme de que la policía me estaba buscando para hablar conmigo, en Roma. Pero, pese a todo..., me cuesta creerle culpable de asesinar a Freddie Miles.

—¡Pero!... Verá, un hombre declaró en Roma que había visto a dos hombres junto al coche del *signore* Miles, delante de donde vivía el *signore* Greenleaf, y que ambos estaban bebidos o... —hizo una pausa para que sus palabras tuvieran mayor efecto— quizá uno de ellos estaba muerto, ya que el otro le sostenía junto al coche. Por supuesto, nos es imposible afirmar que el hombre que no se tenía en pie fuese el *signore* Miles o el *signore* Greenleaf, pero si pudiéramos encontrar a este último, podríamos preguntarle si estaba tan borracho que el *signore* Miles se vio obligado a sostenerle en pie.

El teniente se rió.

—Se trata de un asunto muy serio.

—Sí, me doy cuenta.

—Así que, ¿no tiene ni la más mínima idea de dónde puede estar el *signore* Greenleaf a estas horas?

—No, absolutamente ninguna.

El teniente reflexionó.

—Que usted sepa, ¿se pelearon el *signore* Greenleaf y el *signore* Miles?

—No, pero...

—Pero ¿qué?

Lentamente, sabiendo perfectamente lo que tenía que decir, Tom prosiguió:

—Sé que Dickie no fue a esquiar con Freddie Miles, que le había invitado. Recuerdo que me sorprendió que no fuese, aunque él no me dijo por qué.

—Estoy enterado de eso. Era en Cortina d'Ampezzo. ¿Está seguro de que no había ninguna mujer de por medio?

Tom advirtió que su sentido del humor le instaba a aprovechar aquella observación del teniente, pero prefirió fingir que meditaba cuidadosamente la pregunta.

—No lo creo.

—¿Qué me dice de la muchacha, de Marjorie Sherwood?

—Supongo que sería posible —dijo Tom—, pero no creo que sea probable. Tal vez no sea la persona más indicada para contestar a esas preguntas sobre la vida del *signore* Greenleaf.

—El *signore* Greenleaf ¿nunca le hablaba de sus asuntos sentimentales? —preguntó el teniente presa de un asombro latino.

Tom reflexionó que estaba en su mano seguir el asunto indefinidamente y que Marge confirmaría sus palabras, simplemente por el modo en que reaccionaría ante las preguntas sobre Dickie. La policía italiana nunca lograría llegar al fondo de la vida amorosa del *signore* Greenleaf. Ni el mismo Tom lo había logrado.

—No —dijo Tom—. No puedo decir que me hablase de sus cosas más personales. Lo que sé es que sentía mucho afecto por Marjorie. Por cierto, ella también conocía a Freddie Miles.

—¿Le conocía muy bien?

—Pues...

Tom procuraba dar a entender que sabía más de lo que decía. El teniente se inclinó hacia él.

—Puesto que durante un tiempo vivió usted con el *signore* Greenleaf, en Mongibello, a lo mejor puede contarnos algo sobre los afectos del *signore* Greenleaf en general. Es algo que para nosotros tiene muchísima importancia.

—¿Por qué no habla con la *signorina* Sherwood? —sugirió Tom.

—Ya hemos hablado con ella en Roma... antes de que el *signore* Greenleaf se esfumara. He tomado medidas para volver a hablar con ella cuando llegue a Génova para embarcarse hacia su país. Actualmente está en Múnich.

Tom guardó silencio, consciente de que el teniente estaba esperando que añadiera algo más a su declaración. Tom se sentía tranquilo. Las cosas estaban saliendo tal y como había esperado en sus momentos de mayor optimismo: la policía no tenía nada en su contra, nada en absoluto, ni albergaban ninguna sospecha sobre él. De pronto, se sintió inocente y fuerte, tan libre de culpa como su vieja maleta, de la que había tenido la precaución de arrancar la etiqueta de la consigna de equipajes de Palermo. Con su modo de hablar prudente, sincero, a lo Tom Ripley, dijo:

—Recuerdo que en Mongibello, Marge se pasó unos días diciendo que no iría a Cortina, pero luego cambió de parecer. De todos modos, no sé a qué fue debido. Si eso le sirve de algo...

—Pero nunca llegó a ir a Cortina.

—En efecto, pero eso se debió solamente a que tampoco fue el *signore* Greenleaf, supongo. Al menos, la *signorina* Sherwood siente tanto cariño por él como para no ir sola a donde pensaba ir con él.

—¿Cree usted que se pelearon, el *signore* Miles y el *signore* Greenleaf, a causa de la *signorina* Sherwood?

—No puedo decirle. Es posible. Sé que el *signore* Miles sentía mucho afecto por ella también.

—¡Ajá!

El teniente frunció el entrecejo tratando de poner en orden sus ideas sobre todo aquello. Levantó la vista hacia su joven compañero, que a todas luces estaba atento a la conversación, aunque, a juzgar por su rostro impasible, no tenía ningún comentario que hacer.

Tom se dijo que acababa de dejar a Dickie retratado como el típico enamorado celoso, negándose a que Marge fuese a Cortina y se divirtiese un poco, sólo porque, a su modo de ver, a la muchacha le gustaba demasiado Freddie Miles. Resultaba gracioso pensar que alguien, especialmente Marge, sintiese mayor atracción por Freddie, aquella especie de buey con ojos de besugo, que por Dickie. Tom sonrió, luego transformó su sonrisa en una expresión de no entender nada.

—¿Cree realmente que Dickie huye de algo, o bien cree que es pura casualidad que no puedan dar con él?

—¡Oh, no! Esto es demasiado. Primero el asunto de los cheques, del que tal vez se haya enterado usted por los periódicos.

—No acabo de entender este asunto de los cheques.

El policía se lo explicó. Estaba al corriente de las fechas de los cheques y de cuántas eran las personas convencidas de que se trataba de una falsificación. Añadió que el *signore* Greenleaf había negado que hubiese tal falsificación.

—Pero cuando el banco desea volver a entrevistarle en relación con la falsificación de que ha sido víctima, y cuando la policía de Roma quiere volver a interrogarle en relación con el asesinato de su amigo, y él desaparece tan repentinamente...

El teniente hizo un gesto muy expresivo con las manos.

—... la única explicación posible es que huye de nosotros.

—¿Y no se le ocurre pensar que tal vez alguien le haya asesinado? —preguntó Tom suavemente.

El teniente se encogió de hombros y no los volvió a bajar hasta haber transcurrido casi un cuarto de minuto.

—No lo creo. Los hechos no lo hacen suponer. No del todo. *Ebbene*... hemos mandado radiogramas a todos los buques que tomaron pasaje en Italia, sin reparar en su calado. O bien se ha ido en una embarcación de pesca, o sigue en Italia, escondido en alguna parte. Sin descartar, claro está, la posibilidad de que se haya ocultado en algún otro país europeo, ya que no tenemos por norma anotar los nombres de las personas que salen de nuestro país, y el *signore* Greenleaf dispuso de varios días para hacerlo. Sea como sea, está escondido, y obra como si fuese culpable. Eso quiere decir que *algo* hay.

Tom le miró fijamente, con expresión grave.

—¿Vio usted alguna vez cómo firmaba los cheques, especialmente los correspondientes a enero y febrero?

—Le vi firmar uno de ellos —dijo Tom—. Pero me temo que eso fue en diciembre. No estaba con él en enero y febrero. ¿Es en serio que sospecha de él por el asesinato del *signore* Miles? —volvió a preguntar Tom con voz de incredulidad.

—Lo cierto es que no tiene una buena coartada —contestó el policía—. Según él, estuvo paseando cuando se hubo marchado el *signore* Miles, pero nadie le vio pasear.

Inesperadamente, el policía señaló a Tom con el dedo.

—Y además..., a través del amigo del *signore* Miles, el *signore* Van Houston, hemos sabido que al *signore* Miles le costó mucho trabajo encontrar al *signore* Greenleaf en Roma... casi parecía que quisiera darle esquinazo. Puede ser que el *signore* Greenleaf estuviera enojado con el *signore* Miles, aunque, según el *signore* Van Houston, ¡el *signore* Miles no estaba enojado en absoluto con el *signore* Greenleaf!

—Entiendo —dijo Tom.

—*Ecco* —dijo el teniente con tono concluyente, mirando fijamente las manos de Tom.

Aunque tal vez eran figuraciones de Tom. Volvía a llevar su propio anillo, pero quizás el teniente había advertido cierto parecido con el otro. Haciendo un alarde de osadía, Tom adelantó la mano hacia el cenicero para apagar su cigarrillo.

—*Ebbene* —dijo el teniente, levantándose—. Muchísimas gracias por su ayuda, *signore* Ripley. Es usted una de las pocas personas de las que podemos sacar algo sobre la vida del *signore* Greenleaf. En Mongibello, las personas que le conocían son muy calladas. ¡Un rasgo muy italiano, por desgracia! Ya sabe, el miedo a la policía.

Se rió entre dientes.

—Espero que podamos encontrarle más fácilmente la próxima vez que necesitemos preguntarle algo. Quédese un poco más en las ciudades y un poco menos en el campo. A no ser, claro, que le apasionen nuestros paisajes.

—¡Me apasionan, sí! —exclamó Tom calurosamente—. A mí me parece que Italia es el país más hermoso de Europa. Pero si usted quiere, me mantendré en contacto con usted para que en todo momento sepa dónde estoy. Tengo tanto interés como ustedes en encontrar a mi amigo.

Lo dijo como si su mente inocente ya hubiese olvidado la posibilidad de que Dickie fuese un asesino.

El teniente le entregó una tarjeta con su nombre y con la dirección de su despacho en la jefatura de Roma. Luego inclinó la cabeza cortésmente.

—*Grazie tanto, signore Ripley. Buona sera!*

—*Buona sera* —dijo Tom.

El otro policía le saludó militarmente al salir y Tom le correspondió con una inclinación de cabeza. Luego cerró la puerta.

Le hubiese gustado salir volando por la ventana. ¡Los muy idiotas! Habían estado tan cerca de la verdad sin llegar a adivinarla... Ni por un momento se les había ocurrido que Dickie estaba huyendo de las preguntas sobre las falsificaciones porque, en primer lugar, no era el verdadero Dickie

Greenleaf. La única cosa en la que habían dado en el clavo era la posibilidad de que Dickie Greenleaf fuera el asesino de Freddie Miles. Pero Dickie Greenleaf estaba muerto, más muerto que una piedra y él, Tom Ripley, estaba a salvo. Descolgó el teléfono.

—¿Quiere ponerme con el Grand Hotel, por favor? —dijo en italiano, con su propia voz—. *Il ristorante, per piacere*... Quisiera reservar mesa para una persona, a las nueve y media. Gracias. A nombre de Ripley. R-i-p-l-e-y.

Aquella noche iba a cenar espléndidamente. Y contemplaría la luna reflejándose en el Gran Canal, con sus góndolas perezosas transportando a los recién casados y la silueta de los gondoleros y los remos recortándose sobre las aguas bañadas por la luz de la luna. De pronto, le entró un apetito voraz y se dijo que pediría algo exquisito y caro para cenar..., lo que fuese la especialidad del Grand Hotel, pechuga de faisán o *petto di pollo* y, para empezar, tal vez *canelloni* con una cremosa salsa por encima de la pasta y un buen *valpolicella* para ir bebiendo a sorbitos, pausadamente, mientras soñaba en el porvenir y trazaba planes sobre lo que haría en el futuro.

Tuvo una idea brillante mientras se cambiaba de ropa: escribiría un testamento, firmado por Dickie, legándole a él todo su dinero y sus rentas y lo guardaría en un sobre con la indicación de que no se abriera hasta pasados unos meses. Era una idea excelente.

23

Venecia
28 de febrero de 19...

Apreciado mister Greenleaf:

He creído que en estas circunstancias no se tomaría usted a mal que le escriba para darle cuanta información personal tengo sobre Richard, ya que yo, según parece, soy una de las últimas personas que le vieron.

Fue en Roma, sobre el dos de febrero y en el hotel Inghilterra. Como usted sabe, eso fue solamente dos o tres días después de la muerte de Freddie Miles. Encontré a Dickie muy trastornado y nervioso. Dijo que pensaba irse a Palermo tan pronto como la policía dejara de interrogarle sobre la muerte de Freddie, y parecía ansioso por marcharse, lo cual es muy comprensible. Pero quería decirle a usted que debajo de todo se advertían síntomas de depresión, síntomas que me causaron una preocupación mucho más fuerte que el nerviosismo que visiblemente se había adueñado de él. Me dio la impresión de que iba a hacer algo violento... tal vez contra sí mismo. Supe también que no quería volver a ver a su amiga Marjorie Sherwood, y me dijo que trataría de evitar encontrársela si ella iba a verle desde Mongibello al enterarse del asunto Miles. Procuré convencerle de que la viese. Ignoro si lo hizo. Marge posee la virtud de calmar a la gente, como tal vez usted ya sabe.

Bueno, lo que estoy tratando de decirle es que sospecho que Richard se haya suicidado. En el momento de escribirle la presente, no ha sido encontrado y, naturalmente, confío en que lo sea antes de que lea usted esto. Huelga decir que no me cabe ninguna duda de que Richard no tuvo nada que ver, directa o indirectamente, con la muerte de Freddie, pero temo que el shock que le produjo la noticia y los subsiguientes interrogatorios le trastornaron profundamente. Sé que esta carta va a entristecerle y, créame, lamento tener que escribírsela. Puede que no fuese necesario y que Dickie esté simplemente oculto esperando que las cosas se calmen, cosa que, conociendo su temperamento, resulta comprensible también. Pero a medida que va pasando el tiempo, siento que aumenta mi preocupación. Pensé que era mi deber escribirle para hacerle saber...

Múnich
3 de marzo de 19...

Apreciado Tom:

Gracias por tu carta. Fue muy amable de tu parte. He contestado a la policía por escrito y uno de ellos vino a verme. No pasaré por Venecia, pero, de todos modos, te agradezco la invitación. Salgo para Roma pasado mañana, a fin de reunirme con el padre de Dickie, que llegará por vía aérea. Sí, estoy de acuerdo contigo en que hiciste bien en escribirle.

Me siento tan abrumada por todo esto que me parece que me ha dado algo parecido a la fiebre de Malta o, si lo prefieres, lo que los alemanes llaman *Foehn,* pero con un virus de más para acabar de arreglarlo. Me ha sido literalmente imposible levantarme durante cuatro días, de lo contrario hubiese ido a Roma antes. Te ruego, pues, que disculpes la incoherencia de estas líneas, que no son más que una pobre respuesta a tu amable carta. Pero necesitaba decirte que no estoy conforme en lo del posible suicidio de Dickie. Simplemente, no sería propio de él, aunque sé que vas a decirme que nunca se notan las intenciones del futuro suicida, etcétera. No, cualquier cosa menos ésta, en el caso de Dickie. Puede que le asesinaran en alguna calleja de Nápoles... incluso de Roma, porque quién sabe si llegó a Roma o no al salir de Sicilia. También creo en la posibilidad de que se metiera en algún lío y ahora esté simplemente escondido. Creo que ésta es la verdad.

Me alegra que pienses que lo de las falsificaciones es una equivocación (por parte del banco, entiéndeme). Soy del mismo parecer. Dickie ha cambiado tanto desde noviembre que nada me extrañaría que se notase hasta en su letra. Esperemos que se sepa algo de aquí a que recibas mi carta. He recibido un telegrama de mister Greenleaf citándome en Roma... así que será mejor que reserve mis energías para ese mal trago.

Me alegra saber cuál es tu dirección por fin. Gracias otra vez por tu carta, tus consejos y tu invitación.

MARGE

P.D. Me olvidaba de la buena noticia. ¡Hay un editor interesado por *Mongibello*! Dice que antes de hablar de un contrato quiere examinar el libro, pero ¡es un buen indicio! ¡Ahora sólo me falta terminarlo!

M.

La carta indicaba bastante a las claras que Marge estaba decidida a mantenerse en buenas relaciones con Tom y que, probablemente, su actitud hacia él también había cambiado en lo que se refería a la policía.

La prensa italiana estaba levantando un gran revuelo en torno a la desaparición de Dickie. De algún modo, tal vez a través de Marge, se las habían arreglado para conseguir algunas fotos. En *Epoca* las había de Dickie navegando en su velero, y en las de *Oggi* Dickie aparecía tomando el sol en la playa y el aperitivo en el bar de Giorgio; en otra foto Freddie estaba con Marge (que, según la revista, mantenía relaciones sentimentales con ambos, *il sparito* Dickie y *il assassinato* Freddie), sonrientes y en actitud cariñosa los dos; incluso habían publicado una foto del padre de Dickie en la que mister Greenleaf salía con la expresión circunspecta de un hombre de negocios. La dirección de Marge en Múnich la había encontrado Tom en un periódico. *Oggi* llevaba dos semanas publicando una especie de biografía novelada de Dickie según la cual el muchacho había destacado por su carácter «rebelde» durante sus años de estudiante. Su vida social en los Estados Unidos y su huida a Europa en pos del arte aparecían tan adornadas que daba la impresión de que estuvieran refiriéndose a una combinación de Errol Flynn y Paul

Gauguin. Los semanarios ilustrados daban siempre los últimos informes facilitados por la policía, informes que prácticamente no decían nada, hinchados por la imaginación del periodista de turno. Una de las hipótesis favoritas era la de que se había escapado con otra muchacha, posible autora de las falsificaciones, y que se lo estaba pasando en grande, de incógnito, en Tahití, en México o en algún país sudamericano. La policía seguía rastreando en Roma, Nápoles y París. No había ninguna pista sobre el asesino de Freddie Miles, ni se decía nada sobre el hecho de que se hubiese visto a Dickie Greenleaf transportando el cuerpo de Freddie Miles, o viceversa, en las cercanías de donde vivía el primero. A Tom le intrigó que se ocultase aquello a la prensa, y supuso que lo hacían para evitar una denuncia por difamación por parte de Dickie. Le agradó que se refiriesen a él, Tom, con las palabras «un leal amigo» del desaparecido Dickie Greenleaf, que gustosamente había declarado cuanto sabía sobre el carácter y los hábitos de Dickie, y que estaba tan perplejo por su desaparición como lo estaba todo el mundo.

«El *signore* Ripley, uno de los jóvenes americanos de buena posición que visitan Italia –decía *Oggi*–, vive actualmente en un *palazzo* veneciano con vistas a San Marco».

Eso fue lo que más agradó a Tom, hasta el punto de recortarlo de la revista.

Nunca se le había ocurrido que estaba viviendo en un «palacio», aunque, por supuesto, se trataba de lo que los italianos denominaban *«palazzo»,* es decir, una casa de dos pisos, dotada de cierto empaque y con más de dos siglos de antigüedad, con una entrada principal sobre el Gran Canal, a la que sólo podía llegarse en góndola, de la que una amplia escalinata descendía hasta el agua, y con unos portalones de hierro que tenían que abrirse utilizando una llave de veinte centímetros de largo, sin contar las puertas normales, situadas detrás de la de hierro, que también requerían una enorme llave. Por lo general, Tom se servía de la puerta de atrás, mucho menos impresionante, para sus entradas y salidas, salvo cuando deseaba impresionar a sus invitados llevándoles hasta su domicilio en góndola. La puerta de atrás, que al igual que la pared de la casa medía sus buenos cuatro metros de alto, daba a un jardín bastante mal cuidado, aunque de abundante vegetación; en el jardín había un par de olivos retorcidos y un baño para los pájaros que consistía en la estatua de un muchacho desnudo sosteniendo una taza ancha y poco profunda. El jardín parecía hecho a la medida de un palacio veneciano: un tanto ruinoso, necesitado de unas reparaciones que nunca iban a efectuarse, pero bello pese a todo, porque su belleza había nacido dos siglos antes. El interior de la casa estaba a tono con la idea que Tom tenía sobre lo que debía ser el hogar de un joven soltero y civilizado, al menos en Venecia: en la planta baja el suelo era de mármol blanco y negro, parecido a un tablero de ajedrez, y desde la entrada conducía hasta cada una de las habitaciones; en el piso de arriba, el mármol era blanco y rosado, los muebles más que tales daban la impresión de ser la encarnación de la música del Cinquecento interpretada por un conjunto de óboes, flautas dulces y violas *da gamba.* Tenía servicio, Anna y Ugo, un joven matrimonio italiano que ya antes habían servido en casa de un americano, en la misma Venecia, por lo que conocían la diferencia entre un Bloody Mary y una *crème de menthe frappé,* aparte de sacar brillo al mobiliario de madera tallada, hasta hacer que pareciese dotado de vida propia por los cambiantes reflejos que se advertían al pasar junto a él. Lo único con cierto aspecto de modernidad, aunque relativa, era el cuarto de baño. En el dormitorio de Tom había una cama gigantesca, más ancha que larga. Tom decoró la alcoba con una serie de vistas panorámicas de Nápoles desde 1540 hasta los alrededores de 1880, que había encontrado en un anticuario. Durante una semana no se había ocupado de otra cosa que de decorar la casa. Era consciente de una firmeza en sus gustos que antes, en Roma, no había sentido ni se había reflejado en la decoración de su apartamento. Se sentía más seguro de sí mismo en todos los sentidos.

Esa confianza en sí mismo le llevó incluso a escribir a la tía Dottie, empleando un tono afectuoso e indulgente que nunca había querido, o tal vez podido, emplear antes. En la carta se interesaba por su salud y le preguntaba por el pequeño círculo de viejas chismosas que la tía Dottie frecuentaba en Boston; también le explicaba por qué le gustaba Europa y por qué pensaba vivir en ella durante una temporada, se lo explicaba con tanta elocuencia que copió ese pasaje de su carta y lo guardó en el escritorio. Escribió la inspirada carta una mañana después del desayuno, tranquilamente sentado en su dormitorio, enfundado en una bata de seda recién estrenada y que le habían hecho a medida en Venecia, deteniéndose de vez en cuando para contemplar el Gran Canal y la Torre del Reloj de la Piazza San Marco. Después de escribirla, se preparó un poco más de café y con la Hermes de Dickie se puso a escribir el testamento de éste, legándose a sí mismo todo el dinero que tenía Dickie en diversos bancos así como su renta mensual. Lo firmó con el nombre de Herbert Richard Greenleaf, Jr. Juzgó más prudente no añadir la firma de un testigo, ya que, si los bancos o mister Greenleaf ponían el testamento en duda, cabía la posibilidad de que quisieran saber quién era el testigo. Al principio había pensado en inventarse un nombre italiano para el supuesto testigo, que hubiese sido alguien a quien Dickie habría hecho firmar el testamento en Roma. Pero descartó la idea pensando que era mejor arriesgarse con un testamento no testificado y, por otra parte, la máquina de Dickie estaba tan estropeada que resultaba facilísimo identificar sus rasgos, casi tanto como los de su escritura. Además, tenía entendido que los testamentos ológrafos no requerían testigos. Pero la firma era perfecta, exactamente igual a la que había en el pasaporte de Dickie. Tom se pasó media hora practicándola antes de firmar el testamento, luego descansó unos segundos, firmó en un pedazo de papel y, sin esperar más, firmó el documento. Se dijo que nadie iba a ser capaz de demostrar que no era auténtico. Colocó un sobre en la máquina y lo dirigió «a quien pueda interesar», anotando asimismo que no debía abrirse hasta el mes de junio de aquel mismo año. Lo guardó en un compartimento de la maleta, como si lo hubiese estado llevando allí durante cierto tiempo y sin saberlo. Luego bajó con la máquina y su estuche y los arrojó al pequeño brazo del canal, demasiado estrecho para permitir el paso de una embarcación, que iba desde una de las esquinas delanteras de la casa hasta el muro del jardín. Se alegró de haberse librado de la máquina de escribir, aunque hasta entonces no había sentido deseos de desprenderse de ella. Pensó que en su subconsciente habría pensado utilizarla para escribir el testamento o alguna otra cosa de gran importancia, y que por eso la había conservado.

Tom iba siguiendo las noticias sobre los casos Greenleaf y Miles en la prensa italiana y en la edición parisiense del *Herald Tribune*, con la preocupación propia de quien era amigo de ambos. A fines de marzo, los periódicos apuntaban la posibilidad de que Dickie hubiera sido asesinado por el mismo individuo o individuos que habían estado aprovechándose de la falsificación de su firma. Un periódico de Roma dijo que en Nápoles había un individuo que afirmaba que la firma de la carta recibida desde Palermo, declarando no haber sido víctima de ninguna falsificación, era igualmente falsa. Otros, sin embargo, discrepaban. Alguien de la policía, aunque no se trataba de Roverini, opinaba que el culpable o culpables era alguien íntimamente relacionado con Greenleaf, alguien que había dado con la carta del banco y que, con toda la desfachatez, había optado por contestarla personalmente. Según la prensa, el policía había dicho:

«El misterio estriba no sólo en quién falsificó la carta, sino en cómo la misma fue a caer en sus manos, ya que el portero del hotel de Palermo recuerda que se la entregó personalmente a Greenleaf y que la carta era certificada. Además, el portero recuerda que Greenleaf iba siempre solo durante su estancia en Palermo...».

Tom se estremeció al leer la noticia, aunque ésta no hacía más que confirmar que la policía seguía dando palos de ciego en torno a la verdad de lo sucedido, sin llegar nunca a dar en el blanco. Pero ya sólo bastaba que diesen un paso, y parecía probable que alguien lo diese sin tardar. Tom se preguntó si sabrían ya la respuesta, pero la ocultaban con el fin de cogerle desprevenido. El teniente Roverini, por ejemplo, le ponía al corriente de las investigaciones con cierta frecuencia. Tom temía que, cuando menos lo esperase, cayesen sobre él con todas las pruebas que habían logrado reunir.

Empezó a creer que le vigilaban, especialmente cuando caminaba por la calle estrecha y larga que conducía a la puerta de atrás. La Viale San Spiridone era una simple hendidura entre los muros de las casas, abierta para permitir el paso de la gente; en ella no había ninguna tienda y la luz era apenas suficiente para que Tom pudiera ver adónde iban sus pasos; no había nada excepto una sucesión ininterrumpida de fachadas con sus correspondientes puertas, firmemente cerradas con llave, a ras con la misma fachada. En caso de ser atacado, no había adónde huir, ni ningún portal en el que esconderse. Tom no pensaba específicamente en la policía al imaginar un ataque contra su persona, sino que sus atacantes eran cosas o seres sin nombre, sin forma, rondando constantemente su cerebro como las furias. Solamente se sentía tranquilo al transitar por la Viale San Spiridone cuando llevaba unas cuantas copas de más; entonces recorría la calle con paso arrogante y silbando.

A menudo le invitaban a reuniones y fiestas, aunque sólo asistió a dos de ellas durante las primeras dos semanas después de instalarse en su nuevo domicilio. Contaba también con un círculo de amistades bastante amplio gracias a un pequeño incidente que le ocurrió al empezar a buscar casa. Un corredor de fincas le llevó a visitar cierta casa de la parroquia de San Stefano. Al llegar se encontraron con que, no sólo no estaba deshabitada como creían, sino que, además, sus ocupantes estaban celebrando una reunión. La anfitriona les rogó que se quedasen a tomar una copa para compensarles la molestia de haberse desplazado hasta allí inútilmente, y también para que le perdonasen su descuido, ya que, un mes antes, había decidido alquilar la casa, cambiando de parecer algo más tarde sin acordarse de avisar al corredor de fincas. Tom aceptó la invitación y se quedó, comportándose con su habitual reserva y cortesía. Le fueron presentando a cada uno de los invitados, que él supuso miembros de la colonia de gentes acomodadas que pasaban el invierno en Venecia. A juzgar por la calurosa acogida que le dispensaron, anhelaban ver caras nuevas, e incluso se brindaron para ayudarle a buscar casa. Naturalmente, su nombre no les era desconocido y el hecho de conocer a Dickie Greenleaf hizo que su cotización social subiera hasta extremos que a él mismo le sorprendieron. Resultaba obvio que empezarían a lloverle invitaciones de todas partes y que, para aliviar un poco el aburrimiento en que transcurrían sus vidas, tratarían de sonsacarle cuanto pudieran sobre el suceso. Tom adoptó una actitud reservada y amistosa a la vez, como era de rigor en un joven de su posición, sensible, y nada acostumbrado a verse envuelto en asuntos desagradables y que, con respecto a Dickie, su principal emoción era la ansiedad que su posible suerte le inspiraba.

Al abandonar la primera fiesta, llevaba en el bolsillo las direcciones de tres casas más (en una de las cuales se instaló) y varias invitaciones para asistir a otras fiestas. Asistió a la que daba la condesa Roberta (Titi) della Latta-Cacciaguerra. Tom no estaba de humor para fiestas. Le parecía ver a la gente a través de una espesa niebla y la conversación le resultaba difícil. A menudo tenía que hacerse repetir lo que acababan de decirle y se aburría mortalmente. Pero creyó que aquellas personas le servirían para practicar. Las ingenuas preguntas que le hacían (si Dickie bebía; si estaba enamorado de Marge; si él tenía alguna idea de su paradero) eran un buen entrenamiento para las preguntas, más concretas, que le haría mister Greenleaf cuando le viera, suponiendo que llegase a verle. Transcurrieron diez días desde la llegada de la carta de Marge, y Tom empezó a sentirse inquieto al ver que mister Greenleaf no le escribía ni telefoneaba desde Roma. A veces, dejándose llevar por el miedo, Tom se imaginaba que la policía le había dicho a mister Greenleaf que estaban jugando con Tom Ripley y que hiciera el favor de no hablar con él.

Cada día examinaba ansiosamente el buzón para ver si había carta de Marge o de mister Greenleaf. Tenía la casa preparada para su llegada y las respuestas a sus preguntas se hallaban dispuestas en su cabeza. Era igual que esperar a que se alzase el telón y diese comienzo el espectáculo, y la espera se le hacía interminable. De todas formas, también era posible que mister Greenleaf estuviera enojado con él (por no decir que sospechaba de él) y que pensase prescindir de él por completo, alentado a ello por Marge. Lo cierto era que no podía emprender ninguna cosa en tanto no sucediera algo, fuese lo que fuese. Tom tenía deseos de irse de viaje, de hacer su famoso viaje a Grecia. Se había comprado una guía de Grecia y ya tenía trazado el itinerario por las islas.

Entonces, el día cuatro de abril por la mañana, recibió una llamada telefónica de Marge. Estaba en Venecia y le llamaba desde la estación.

—¡Iré a recogerte! —le dijo alegremente Tom—. Mister Greenleaf ¿está contigo?

—No, se ha quedado en Roma. Vengo sola. No te molestes en venir a buscarme. Sólo traigo lo justo para una noche.

—¡Tonterías! —dijo Tom, muriéndose de ganas de hacer algo—. Tú sola nunca encontrarás la casa.

—Claro que la encontraré. Está al lado *della Salute*, ¿verdad? Cogeré el *motoscafo* hasta San Marco, y luego alquilaré una góndola.

—Si insistes...

A Tom acababa de ocurrírsele que era mejor dar un buen repaso a la casa antes de que ella llegase.

—¿Has almorzado?

—No.

—¡Excelente! Almorzaremos juntos por ahí. ¡Ten cuidado en el *motoscafo*!

Una vez hubieron colgado, Tom recorrió la casa lentamente, examinando minuciosamente las habitaciones de arriba y de abajo. No había nada que perteneciese a Dickie. Esperaba que la casa no tuviese un aire excesivamente fastuoso. En la sala de estar había una cajita de plata para cigarrillos, con sus iniciales grabadas en la tapa. Tom la cogió y la guardó en el último cajón de la cómoda.

Anna estaba en la cocina, preparando el almuerzo.

—Anna, habrá uno más para el almuerzo —dijo Tom—, una joven.

El rostro de Anna se iluminó ante la perspectiva de tener un huésped.

—¿Una joven americana?

—Sí. Es una vieja amiga. Cuando el almuerzo esté preparado, usted y Ugo pueden hacer fiesta el resto del día. Ya nos serviremos nosotros mismos.

—*Va bene* —dijo Anna.

De ordinario, Anna y Ugo llegaban a las diez y se marchaban a las dos, pero Tom no quería que estuvieran presentes mientras hablaba con Marge. Los dos comprendían el inglés, aunque no lo suficiente para seguir una conversación sin perder palabra. Pero Tom estaba convencido de que ambos aguzarían el oído en cuanto oyesen el nombre de Dickie, y eso le irritaba.

Tom preparó unos martinis y los colocó en una bandeja, junto con un plato de canapés. Cuando llamaron a la puerta, la abrió de un tirón.

—¡Marge! ¡Qué alegría verte! ¡Pasa!

Cogió la maleta que llevaba la muchacha.

—¿Cómo estás, Tom? ¡Caramba!... ¿todo esto es tuyo?

Marge miró a su alrededor y levantó la vista hacia el alto y artesonado techo.

—Lo alquilé... por una miseria —dijo Tom modestamente—. Ven a tomar una copa y cuéntame qué hay de nuevo. ¿Has hablado con la policía en Roma?

Dejó sobre una silla el abrigo y el impermeable de plástico de la muchacha.

—Sí, y también con mister Greenleaf. Está muy trastornado... naturalmente.

Marge se sentó en el sofá, y Tom se instaló en una silla enfrente de ella.

—¿Han averiguado algo nuevo? Uno de ellos me ha tenido al corriente por correo, pero sin decirme nada que importase realmente.

—Verás, averiguaron que, antes de salir de Palermo, Dickie hizo efectivos más de mil dólares en cheques de viaje. *Justo* antes de salir. Así que debe de haberlos utilizado para irse a alguna parte... a Grecia o África, por ejemplo. De todos modos, no es de esperar que sacase mil dólares para suicidarse.

—En efecto —asintió Tom—. Bueno, eso parece esperanzador. No recuerdo haberlo leído en la prensa.

—Supongo que no lo publicaron.

—Claro, estaban demasiado ocupados en publicar tonterías... lo que Dickie tomaba para desayunar en Mongibello... —dijo Tom, sirviendo los martinis.

—¡Es increíble! Parece que la situación ha mejorado un poco, pero al llegar mister Greenleaf los periódicos estaban en el momento más insoportable. ¡Oh, gracias!

Aceptó el martini, agradecida.

—¿Cómo está él?

Marge meneó la cabeza.

—Me da tanta lástima. Se pasa el día diciendo que la policía americana lo haría mucho mejor y todo eso, y, por si fuera poco, no sabe ni jota de italiano, lo cual hace que las cosas sean doblemente malas.

—¿Qué estás haciendo en Roma?

—Esperar. ¿Qué otra cosa podemos hacer todos? He vuelto a aplazar mi viaje de retorno... Mister Greenleaf y yo fuimos a Mongibello, y tuve que interrogar a casi todo el mundo, casi siempre a instancias de mister Greenleaf, por supuesto, pero nadie pudo decirnos nada. Dickie no ha vuelto por allí desde noviembre.

Tom bebió unos sorbos con rostro pensativo. Resultaba fácil ver que Marge se sentía optimista. Incluso en aquellos momentos se la veía llena de energía, como la típica exploradora que a Tom le recordaba la muchacha, con sus movimientos bruscos, su cuerpo robusto y rebosando salud, su aspecto vagamente desaliñado. De pronto, se dio cuenta de que Marge le irritaba intensamente, pero aun así representó su comedia a la perfección, levantándose para darle unos golpecitos en la espalda y un pellizco afectuoso en la mejilla.

—A lo mejor se está dando la gran vida en Tánger o en cualquier otra parte, esperando que las cosas se calmen.

—Pues ¡menudo rostro tiene si eso fuera cierto! —exclamó Marge, echándose a reír.

—Puedes creer que no fue mi intención alarmar a nadie cuando dije que estaba deprimido. Me pareció que tenía el deber de contárselo a mister Greenleaf y a ti.

—Lo comprendo. Creo que hiciste bien en contárnoslo. Es sólo que no creo que sea cierto.

Sonrió y en sus ojos brilló un optimismo que a Tom le pareció completamente demencial.

Empezó a hacerle preguntas sobre lo que opinaba la policía de Roma, las pistas que tenían (ninguna que valiese la pena mencionar) y lo que ella había oído decir acerca del caso Miles. Tampoco había novedades en ese caso, aunque Marge estaba al corriente de que Freddie y Dickie habían sido vistos cerca de donde vivía Dickie, alrededor de las ocho de la noche. Dijo que a ella le parecía que estaban exagerando el asunto.

—Puede que Freddie estuviera simplemente borracho, o que Dickie le hubiese rodeado los hombros con el brazo en señal de afecto. ¿Cómo pueden estar seguros si era de noche? ¡No me digas que Dickie le asesinó!

—Pero dime, ¿tienen algún indicio concreto que les haga creer que Dickie le mató?

—¡Claro que no!

—Entonces, ¿por qué ésos... no tratan de averiguar de una vez por todas quién le mató en realidad? Y también dónde está Dickie.

—*Ecco!* —exclamó Marge con énfasis—. De todos modos, la policía ya está segura de que Dickie, cuando menos, fue de Palermo a Nápoles. Uno de los camareros del buque recuerda que llevó su equipaje desde el camarote hasta el muelle de Nápoles.

—¿De veras? —dijo Tom, recordando al camarero, un idiota a quien se le había caído su maleta al intentar llevarla bajo el brazo—. ¿Es que a Freddie no le mataron hasta horas después de salir de casa de Dickie? —preguntó Tom súbitamente.

—No. Los médicos no pueden precisar la hora con exactitud. Y parece ser que Dickie no tenía coartada, por supuesto, ya que no hay duda de que estaba solo.

—Pero no creerán realmente que Dickie le matara, ¿verdad?

—No han dicho nada de eso, claro. Pero la sospecha está en el aire. Naturalmente, no se pondrán a lanzar acusaciones a diestro y siniestro tratándose de un ciudadano americano, pero en tanto no haya otros sospechosos y Dickie siga sin dar señales de vida... Luego, la portera dc donde vivía Dickie dijo también algo sobre Freddie... que había bajado para preguntarle quién vivía en el apartamento de Dickie o algo parecido. Dijo que Freddie parecía furioso, como si hubiese estado discutiendo, y que le preguntó si Dickie vivía solo.

Tom frunció el entrecejo.

—¿Y eso por qué?

—No tengo ni idea. Freddie no hablaba el italiano demasiado bien que digamos, y puede que la portera no le entendiese. Aunque, sea como sea, el simple hecho de que Freddie estuviera furioso por algo no augura nada bueno para Dickie.

Tom enarcó las cejas.

—Yo diría que en todo caso el mal augurio era para Freddie. Puede que Dickie no estuviera furioso en absoluto.

Tom se sentía perfectamente tranquilo, ya que veía claramente que Marge no sospechaba nada.

—Yo no me preocuparía por eso a no ser que haya algo concreto. Y a mí me parece que no lo hay.

Tom volvió a llenar la copa de la muchacha.

—Hablando de África, ¿han hecho indagaciones en Tánger? Dickie solía hablar de ir allí.

—Me parece que han puesto sobre aviso a la policía de todas partes. Y creo que deberían llamar a la policía francesa en su ayuda. Los franceses se las pintan solos en asuntos de esta clase. Pero, por supuesto, no pueden hacerlo. Esto es Italia —dijo ella con voz en la que, por vez primera, se advertía un cierto temblor de nerviosismo.

—¿Quieres que almorcemos aquí? —preguntó Tom—. La doncella ya lo ha preparado y vale la pena que lo aprovechemos.

En aquel momento apareció Anna para anunciar que el almuerzo ya estaba preparado.

—¡Estupendo! —exclamó Marge—. En cualquier caso, está lloviendo.

—*Pronta la collazione, signore* —anunció Anna, sonriendo y mirando fijamente a Marge.

Tom comprendió que la había reconocido por los periódicos.

—Usted y Ugo ya pueden irse si lo desean, Anna. Gracias.

Anna regresó a la cocina, en la que se hallaba la puerta del servicio, pero Tom la oyó hacer ruido con la cafetera, esperando sin duda otra oportunidad de fisgonear.

—¿Ugo también? —dijo Marge—. ¿Dos sirvientes, nada menos?

—Es que aquí van siempre por parejas. Puede que no me creas, pero este lugar me cuesta sólo cincuenta dólares al mes, sin contar la calefacción.

—¡Claro que no te creo! Pero ¡si eso es prácticamente lo mismo que se paga en Mongibello!

—Pues es cierto. La calefacción es algo fantástico, ni que decir tiene, pero no pienso utilizarla en ninguna habitación salvo mi dormitorio.

—Pues aquí se está muy bien.

—Oh, es que he abierto toda la espita porque venías tú —dijo Tom con una sonrisa.

—¿Qué sucedió? ¿Es que ha muerto alguna de tus tías dejándote una fortuna? —preguntó Marge, fingiendo estar deslumbrada.

—No. Es que he tomado una decisión: disfrutar de lo que tengo hasta que se me termine. Ya te dije que aquel empleo que buscaba en Roma no me salió bien, así que me encontré sin trabajo y con sólo dos mil dólares. Entonces decidí darme la gran vida y luego, cuando esté sin blanca, volveré a casa para empezar de nuevo.

Tom le había contado por carta que el empleo resultó ser para vender aparatos para sordos por cuenta de una compañía americana, y que ni él se había sentido con ánimos para aceptarlo ni el entrevistador le había creído el hombre adecuado para ello. Según Tom, el entrevistador había aparecido un minuto después de haberse marchado ella, impidiéndole acudir a la cita en el Angelo.

—Dos mil dólares no te durarán a este paso.

Tom comprendió que Marge trataba de averiguar si Dickie le había dado algo.

—Durarán hasta el verano —dijo Tom, como sin darle importancia—. Y, de todas formas, creo que me lo merezco. Me pasé casi todo el invierno vagabundeando por Italia como un gitano, casi sin dinero, y ya tengo bastante de eso.

—¿Dónde estuviste este invierno?

—Pues no con Tom, quiero decir, no con Dickie —dijo Tom, riendo y sintiéndose confundido al percatarse de su equivocación—. Sé que probablemente eso es lo que pensabas. Pero lo cierto es que a Dickie le vi tanto como le viste tú.

—¡Oh, vamos, vamos! —dijo Marge, arrastrando las palabras.

Parecía como si la bebida empezase a surtir efecto en ella. Tom preparó dos o tres martinis más en la mezcladora.

—A excepción del viaje a Cannes y los dos días que estuvimos en Roma, en febrero, no he visto a Dickie.

No era del todo cierto, ya que le había dicho por carta que Tom había estado con Dickie en Roma durante varios días después del viaje a Cannes, pero en aquel momento, delante de Marge, sintió vergüenza de que ella supiese, o sospechase, que había pasado mucho tiempo con Dickie, y que les creyese culpables de lo que había motivado la cuestión lanzada por ella contra Dickie, en una de sus cartas. Tom se mordió la lengua mientras servía las copas odiándose a sí mismo por cobarde.

Durante el almuerzo (Tom lamentó que el primer plato fuese un rosbif frío, ya que eso resultaba desorbitadamente caro en Italia) Marge se puso a interrogarle sobre el estado mental de Dickie durante su estancia en Roma. La muchacha daba muestras de mayor sagacidad que cualquier policía. Logró hacerle confesar que había pasado diez días en Roma, con Dickie, después del viaje a Cannes. Le hizo preguntas sobre todo: desde Di Massimo, el pintor con quien Dickie solía trabajar, hasta el apetito de Dickie y la hora a que se levantaba por la mañana.

—¿Qué crees que sentía por mí? Dímelo honradamente, sabré soportar lo que sea.

—Creo que estaba preocupado por ti —dijo Tom con vehemencia—. Creo... bueno, era una de esas situaciones tan frecuentes, un hombre que tiene miedo al matrimonio...

—Pero ¡si nunca le pedí que se casase conmigo! —protestó Marge.

—Ya lo sé, pero...

Tom hizo un esfuerzo por continuar, aunque el tema le escocía como si fuese vinagre en la boca.

—Digamos que no se vio capaz de afrontar la responsabilidad de que tú le tuvieses tanto cariño. Creo que lo que deseaba era tener contigo una relación más superficial.

Con eso se lo decía todo y no le decía nada.

Marge le dirigió una de sus miradas de niña desvalida, pero fue sólo un momento; luego se repuso valientemente y dijo:

—Bueno, todo eso es agua pasada. Lo único que me interesa es lo que pueda haberle pasado a Dickie.

Tom pensó que la furia de Marge contra él, por haber pasado todo el invierno con Dickie, era agua pasada también, porque, desde el principio, ella se había resistido a creerlo y ahora ya no tenía necesidad de hacerlo. Con mucho cuidado le preguntó:

—¿Por casualidad no te escribiría desde Palermo?

Marge movió la cabeza negativamente.

—No. ¿Por qué?

—Quería saber qué opinabas tú sobre su estado de ánimo de aquellos días. ¿Le escribiste tú?

Ella vaciló.

—Sí... de hecho, lo hice.

—¿En qué tono? Te lo pregunto sólo porque pienso que una carta poco amistosa pudo haberle sentado muy mal entonces.

—Verás..., resulta difícil decirlo. Le escribí en un tono bastante amistoso, diciéndole que regresaba a los Estados Unidos.

Marge le miró con los ojos muy abiertos. Tom disfrutaba viendo su rostro, viendo cómo otra persona titubeaba al mentir. Aquélla era la carta malintencionada que ella había escrito diciéndole que le había contado a la policía que él y Dickie estaban siempre juntos.

—Entonces no creo que tenga importancia —dijo Tom con voz suave.

Transcurrieron unos instantes en silencio, entonces Tom le preguntó por su libro, por el nombre del editor y por sus planes para el futuro. Marge le contestó dando muestras de entusiasmo y a Tom le dio la impresión que si Dickie volvía junto a ella y le publicaban el libro antes del siguiente invierno, la muchacha estallaría de felicidad, explotaría como una bomba y nunca más se sabría de ella.

—¿Crees que debo hablar con mister Greenleaf? —preguntó Tom—. Gustosamente iría a Roma.

Mentalmente se dijo que no iría tan gustosamente, ya que en Roma había demasiada gente que le había visto interpretar el papel de Dickie Greenleaf.

—¿O acaso él preferiría venir aquí? Podría darle alojamiento en casa. ¿Dónde se aloja en Roma?

—Con unos amigos americanos que viven en un piso muy grande. Se llaman Northup y viven en la Via Quattro Novembre. Me parece que quedarías muy bien si lo hicieses. Te anotaré la dirección.

—Buena idea. No le caigo simpático, ¿verdad?

—Pues, para serte franca, no. Bien mirado, creo que es un poco duro contigo. Probablemente cree que estuviste viviendo a costa de Dickie.

—Pues no es verdad. Lamento que no diera resultado lo de hacer que Dickie regresara a casa, pero eso ya se lo expliqué. Le escribí cuando me enteré de la desaparición de Dickie, esforzándome por ser amable, por tranquilizarle. ¿Es que no sirvió de nada?

—Creo que sí, pero... ¡Oh, cuánto lo siento, Tom! ¡Con lo bonito que es este mantel!

Marge acababa de verter su copa sobre la mesa y se puso a limpiarla torpemente, con la servilleta. Tom regresó corriendo de la cocina con un trapo mojado.

—No tiene ninguna importancia —dijo; mirando cómo la madera iba perdiendo color pese a sus esfuerzos.

No era el mantel lo que le importaba, sino la hermosa mesa que había debajo.

—Lo siento muchísimo —seguía diciendo Marge.

Tom la odiaba. Inesperadamente, se acordó de los sujetadores de la muchacha colgados en el antepecho de la ventana, en Mongibello, y pensó que aquella noche, si la invitaba a quedarse, colocaría toda su ropa interior sobre una de sus sillas. La idea le repelía. Deliberadamente, le lanzó una sonrisa desde el otro lado de la mesa.

—Confío en que me harás el honor de aceptar una cama para esta noche —dijo Tom—. No la mía —añadió soltando una carcajada—, pero tengo dos habitaciones arriba y puedes escoger la que más te guste.

—Muchas gracias. Lo haré —dijo ella, sonriéndole alegremente.

Tom la instaló en su propia habitación, ya que la cama que había en la otra no era más que un diván muy grande y no era tan cómodo como su propia cama de matrimonio. Marge cerró la puerta para echar una siestecita después de comer.

Tom se puso a pasear inquieto por el resto de la casa, preguntándose si en su habitación habría algo de Dickie que fuese necesario sacar. El pasaporte de Dickie había estado escondido en el forro de una maleta que estaba en el armario, recordó, pero ahora se hallaba con el resto de las posesiones de Dickie en Venecia. No se le ocurría que hubiera nada en la habitación que pudiera incriminarle, y trató de tranquilizarse.

Más tarde, enseñó toda la casa a la muchacha, mostrándole la librería llena de volúmenes encuadernados en piel que había en la habitación contigua a la suya. Le dijo que los libros ya estaban en la casa, pero lo cierto era que los había comprado él mismo, en Roma, Palermo y Venecia. Advirtió que diez de ellos ya los tenía en

Roma, y que los jóvenes agentes que acompañaban a Roverini los habían mirado de cerca, en apariencia para examinar los títulos. Pero no había por qué preocuparse, aunque volviesen los mismos agentes a su casa. Le enseñó a Marge la entrada principal de la casa, con su amplia escalinata de piedra. La marea estaba baja y dejaba al descubierto cuatro escalones, los dos más bajos cubiertos de musgo, espeso y mojado. El musgo era resbaladizo, de largos filamentos, y colgaba sobre el borde de los escalones como una mata de pelo verde oscuro. A Tom le repelían aquellos escalones, pero Marge dijo que eran muy románticos, y se inclinó para contemplar fijamente las profundas aguas del canal. Tom sintió el impulso de arrojarla al agua de un empujón.

—¿Podremos coger una góndola y regresar por este lado esta noche? —preguntó ella.

—Claro.

Aquella noche iban a cenar fuera y Tom aborrecía la larga velada que le esperaba, ya que no cenarían hasta las diez y luego probablemente Marge le pediría que se sentasen en la plaza de San Marco, para tomarse un *espresso*, hasta las dos de la madrugada.

Tom alzó los ojos hacia el cielo brumoso de Venecia, y vio una gaviota que planeaba hasta posarse en la escalinata de una de las casas al otro lado del canal. Trataba de decidir a cuál de sus nuevas amistades podía llamar para presentarse con Marge en su casa sobre las cinco de la tarde, para tomar una copa. Naturalmente, a todas les encantaría recibirla. Finalmente eligió a un inglés llamado Peter Smith-Kingsley. Peter era dueño de un cubrecama de punto, un piano y un bar muy bien surtido. Tom se dijo que Peter era el más conveniente, ya que siempre insistía para que sus invitados se quedasen un rato más. Allí permanecerían hasta que llegase la hora de irse a cenar.

24

Tom llamó a mister Greenleaf desde la casa de Peter Smith-Kingsley, sobre las siete de la tarde. La voz de mister Greenleaf sonaba más amistosa de lo que Tom había esperado y daba lástima oír la avidez con que escuchaba lo poco que Tom le dijo sobre Dickie. Peter, Marge y los Franchetti –unos hermanos de Trieste a los que Tom había conocido poco tiempo antes– se hallaban en la habitación de al lado y podían oír casi todas sus palabras, así que Tom procuró esmerarse para hacerlo mejor que si hubiese estado solo.

–Le he contado a Marge todo cuanto sé –dijo–, así que ella podrá decirle lo que se me haya olvidado ahora. Lo que más lamento es no poder dar a la policía ninguna pista realmente importante.

–¡Estos policías! –dijo mister Greenleaf con voz malhumorada–. Empiezo a sospechar que Richard ha muerto. Pero por alguna razón que se me escapa, los italianos no quieren reconocer esa posibilidad. Actúan como unos aficionados..., o como unas viejas solteronas jugando a detectives.

Tom se quedó de una pieza al oír la brusquedad con que mister Greenleaf hablaba de la posible muerte de Dickie.

–¿Cree usted en la posibilidad de un suicidio, mister Greenleaf? –preguntó con voz tranquila.

Mister Greenleaf suspiró.

–No lo sé. Creo que es posible, sí. Nunca tuve una gran opinión de la estabilidad de mi hijo, Tom.

–Me temo que pienso como usted –dijo Tom–. Marge está en la habitación contigua, ¿quiere hablar con ella?

—No, no, gracias. ¿Cuándo piensa volver?

—Me parece que mañana. Si le apetece venir a Venecia, aunque sea para tomarse un breve descanso, mister Greenleaf, me honrará alojándose en mi casa.

Pero mister Greenleaf declinó la invitación. Tom reflexionó y se dijo que se estaba buscando problemas a propósito, como si no pudiera evitarlo. Mister Greenleaf le dio las gracias por haberle llamado y se despidió muy cortésmente.

Tom regresó a la otra habitación y, dirigiéndose al grupo, dijo:

—No hay novedades de Roma.

Peter soltó una exclamación que expresaba su desengaño ante la falta de noticias.

—Aquí tienes, por la llamada —dijo Tom, colocando mil doscientas liras sobre el piano—. Muchas gracias.

—Se me ocurre una idea —empezó a decir Pietro Franchetti, hablando en inglés con acento británico—. Dickie habrá cambiado su pasaporte por el de un pescador napolitano, tal vez por alguno de esos vendedores ambulantes que venden cigarrillos en Roma, pensando que así podría llevar la vida tranquila que tanto ansiaba. Pero sucede que la persona que ahora tiene el pasaporte de Dickie Greenleaf no sabe hacer falsificaciones tan bien como creía, de manera que tuvo que desaparecer precipitadamente. A la policía no debería costarle mucho trabajo dar con un hombre que no pueda presentar su verdadero carné *d'identita,* averiguar entonces de quién se trata, y luego buscar a quien esté viviendo bajo su nombre, ¡que no será otro que Dickie Greenleaf!

Todos se echaron a reír, y Tom con mayor fuerza que los demás.

—Lo malo de esa idea —dijo Tom— es que muchas personas que le conocían vieron a Dickie en enero y febrero...

—¿Quiénes? —preguntó Pietro interrumpiéndole.

En su voz se advertía un tono beligerante muy propio de los italianos al conversar, que resultaba doblemente irritante al hablar en inglés.

—Pues yo mismo, sin ir más lejos. De todas formas, como iba a decir, las falsificaciones datan de diciembre, según dice el banco.

—No deja de ser una idea —apuntó Marge.

Marge hablaba con un tono algo eufórico, debido, sin duda, a que se estaba bebiendo la tercera copa de la velada, repantigada en el cómodo diván de Peter.

—La idea sería muy propia de Dickie y probablemente la habría puesto en práctica justo al regresar de Palermo, cuando el asunto de las falsificaciones de cheques le cayó encima por si no tenía bastante. No creo nada de esas falsificaciones. Dickie ha cambiado tanto que no es de extrañar que también haya cambiado su letra.

—También yo lo creo así —dijo Tom—. Los del banco no están todos de acuerdo en que los cheques sean falsos. En América también hay disparidad de opiniones al respecto, y lo mismo sucede en Nápoles. En Nápoles jamás hubieran caído en la cuenta de no haberles avisado el banco de los Estados Unidos.

—Me pregunto qué traerá hoy la prensa —dijo Peter animadamente, poniéndose el zapato que se había quitado, probablemente porque le apretaba—. ¿Qué os parece si salgo a buscarla?

Pero uno de los Franchetti se ofreció para ir él y salió corriendo de la habitación. Lorenzo Franchetti llevaba un chaleco rosa con bordados, *all'inglese*, un traje cortado en Inglaterra y zapatos de gruesa suela, ingleses también; su hermano vestía de un modo muy parecido. Peter, por el contrario, iba vestido con prendas italianas de la cabeza a los pies. Tom ya se había fijado, en las reuniones y al ir al teatro, que si un hombre iba vestido con prendas inglesas se trataba forzosamente de un italiano, y viceversa.

Llegaron unas cuantas personas más —dos italianos y dos americanos— en el mismo momento en que Lorenzo volvía con los periódicos, que pasaron de mano en mano. Hubo más comentarios, nuevos intercambios de conjeturas estúpidas, más excitación ante las noticias del día: la casa de Dickie en Mongibello había sido vendida a un americano por el doble de lo que él había pedido al principio. El dinero iba a quedar depositado en un banco de Nápoles hasta que Greenleaf lo reclamase.

En el mismo periódico había una caricatura en la que se veía a un hombre arrodillado y buscando algo debajo de su escritorio. Su esposa le preguntaba:

—¿Un botón del cuello?

Y el hombre respondía:

—No, estoy buscando a Dickie Greenleaf.

Tom tenía noticia de que en los teatrillos de variedades se representaban también parodias de la búsqueda de Dickie.

Uno de los americanos que acababan de llegar, un tal Rudy, invitó a Tom y a Marge a un cóctel que daría en su hotel el día siguiente. Tom estuvo a punto de decirle que no, pero Marge se le adelantó diciendo que iría encantada. Tom se quedó sorprendido al ver que ella seguiría en Venecia el día siguiente, ya que le había parecido oírle decir que se iría por la mañana. La fiesta iba a resultar pesadísima. Rudy era un tipo que hablaba por los codos, vestía de un modo chillón y, según él mismo dijo, se dedicaba al negocio de las antigüedades. Tom se las arregló para sacar a Marge de allí antes de que aceptase nuevas invitaciones que la hiciesen quedarse más tiempo.

Durante la larga cena de cinco platos, Marge estuvo de un humor atolondrado que irritaba a Tom, aunque hizo un esfuerzo supremo y le siguió la corriente, y cuando ella dejaba caer la pelota, Tom la recogía y la driblaba durante un rato, soltando majaderías como:

—Puede que Dickie, de pronto, se haya encontrado a sí mismo como pintor y, al igual que Gauguin, se haya retirado a alguna isla de los mares del Sur.

Le ponía enfermo oírse decir eso. Entonces Marge empezaba a fantasear sobre Dickie en los mares del Sur, acompañándose con lánguidos movimientos de las manos. Pero Tom no ignoraba que aún faltaba lo peor: el paseo en góndola. Si la muchacha metía las manos en el agua, Tom deseó que un tiburón se las arrancase de una dentellada. Encargó un postre que apenas iba a caberle en el estómago, pero Marge se lo comió.

Como era de esperar, Marge quiso alquilar una góndola para ellos dos, en vez de coger una de las que hacían el servicio regular de pasajeros de diez en diez, desde San Marco hasta la escalinata de Santa Maria della Salute. Así pues, alquilaron una góndola para ellos solos. Era la una y media de la madrugada y Tom tenía un sabor amargo en la boca a causa de haberse bebido demasiados *espressos,* el corazón parecía querer saltarle del pecho y daba por seguro que no lograría pegar ojo hasta el amanecer. Sintiéndose agotado, se recostó en la góndola, tan lánguidamente como la misma Marge, procurando que su muslo no tocase el de ella. Marge seguía de un humor efervescente y en aquel momento se entretenía recitando un monólogo sobre el amanecer veneciano, amanecer que, según los indicios, había tenido ocasión de ver en una visita anterior. El suave balanceo de la góndola y los movimientos rítmicos del remo hicieron que Tom se sintiese algo mareado. La extensión de agua que mediaba entre el embarcadero de San Marco y la escalinata se le estaba haciendo interminable.

Los escalones estaban sumergidos, salvo los dos de arriba y el agua lamía la superficie del tercero, agitando el musgo de un modo muy desagradable. Tom pagó al gondolero mecánicamente, y estaba ya delante de la puerta de casa cuando advirtió que se había olvidado las llaves. Echó una mirada a su alrededor, tratando de encontrar algún punto por donde pudiera trepar, pero desde los escalones no se alcanzaba ni la repisa de las ventanas. Antes de que pudiera decir algo, Marge estalló en carcajadas.

—¡Te has dejado la llave! ¡Rodeados por las aguas embravecidas y... sin llave!

Tom procuró sonreír, preguntándose por qué diablos tenía la obligación de no olvidarse un par de llaves que medían casi treinta centímetros y pesaban tanto como un par de revólveres. Se volvió y empezó a chillarle al gondolero para que regresase.

—*Ah!* —dijo el hombre, riendo entre dientes—. *Mi dispiace, signore! Deb'ritornare a San Marco! Ho un appuntamento!*

El hombre siguió remando.

—¡No tenemos llave! —le dijo Tom en italiano y a grito pelado.

—*Mi dispiace, signore* —le contestó el gondolero—. *Mandarò un altro gondoliere!*

Marge se rió otra vez.

—Oh, nos recogerá otro gondolero. ¡Qué emocionante!

La noche estaba muy lejos de ser agradable. Hacía frío y empezaba a caer una llovizna muy molesta. Tom pensó que podía atraer a la góndola del servicio público, pero no se la veía por ninguna parte. Sólo se veía al *motoscafo* acercándose al muelle de San Marco. Resultaba muy improbable que el *motoscafo* se molestase en ir a recogerles, pero, pese a ello, Tom lo llamó a pleno pulmón. El *motoscafo,* lleno de luces y de gente, pasó ante ellos sin detenerse y puso proa hacia el embarcadero de madera, al otro lado del canal. Marge estaba sentada en el último escalón, con los brazos en torno a las rodillas y sin hacer nada. Al fin, una motora, que a juzgar por sus trazas sería de pesca, aminoró la marcha y desde ella alguien les preguntó en italiano:

—¿Se han quedado bloqueados?

—¡Nos olvidamos las llaves! —explicó alegremente Marge.

Pero no quiso subir a la embarcación, diciendo que esperaría hasta que Tom entrase por detrás y le abriese la puerta. Tom le dijo que probablemente tardaría quince minutos o más y que iba a pillar un resfriado si se quedaba en los escalones, así que, finalmente, ella accedió a subir a bordo. El italiano les llevó hasta el desembarcadero más cercano, el de la iglesia de Santa Maria della Salute. No quiso aceptar dinero por la molestia, pero sí el paquete de cigarrillos americanos, ya casi vacío, que Tom le dio. Tom no sabía exactamente por qué, pero aquella noche, al atravesar la Viale San Spiridone, sintió más miedo que de haberlo hecho a solas. Marge, por supuesto, no dio muestras de que la calle la cohibiese y la recorrió charlando por los codos.

25

Tom se despertó muy de mañana a causa de los fuertes golpes que alguien estaba dando con el picaporte. Se puso la bata y bajó apresuradamente. Era un telegrama y Tom tuvo que subir corriendo otra vez en busca de una propina para el repartidor. De pie en la fría sala de estar, Tom lo leyó:

Cambié de idea, quisiera verle. Llego a las 11.45

H. GREENLEAF

Tom se estremeció, aunque ya se lo esperaba, mejor dicho, se lo temía. El alba apenas empezaba a despuntar y la luz daba a la sala de estar un aspecto gris y horrible. Tom se preguntó qué hubiera sentido si, en lugar de la «H», los de telégrafos hubiesen escrito una «R» o un «D» por equivocación. Regresó a toda prisa a su habitación y se metió en la cama, todavía caliente, para tratar de dormir un poco más. No podía apartar de la cabeza la idea de que Marge había oído los golpes y aparecería en su habitación de un momento a otro, para ver de qué se trataba. Finalmente, al ver que no lo hacía, supuso que no se había despertado. Se imaginó a sí mismo recibiendo a mister Greenleaf en la puerta, estrechándole firmemente la mano, e hizo un esfuerzo por adivinar cuáles iban a ser sus preguntas; pero el cansancio le nublaba la mente y le hacía experimentar una sensación de miedo e inquietud. Tenía demasiado sueño para poder formular las preguntas y sus correspondientes respuestas, pero, al mismo tiempo, los nervios no le dejaban conciliar el sueño.

Necesitaba prepararse un poco de café y despertar a Marge, para tener a alguien con quien hablar, pero le repelía la idea de entrar en la habitación y encontrarse con la ropa interior y las ligas de la muchacha desparramadas por el suelo.

Fue Marge la que le despertó y, según dijo, ya tenía el café preparado en la planta baja.

—¡Figúrate! —dijo Tom con una amplia sonrisa—. Esta mañana he recibido un telegrama de mister Greenleaf. Llegará al mediodía.

—¿En serio? ¿Cuándo lo recibiste?

—Esta mañana, a primera hora. A no ser que lo haya soñado —añadió Tom, buscando el telegrama—. Aquí está.

Marge lo leyó.

—Conque quiere verte... Le hará bien, al menos eso espero. ¿Vas a bajar o prefieres que te suba el café?

—Ya bajaré yo —dijo Tom, poniéndose la bata.

Marge ya llevaba puestos unos pantalones deportivos y un suéter. Los pantalones eran de pana negra, bien cortados y Tom supuso que estaban hechos a la medida, ya que se ajustaban a la figura de la muchacha todo lo bien que cabía esperar. Siguieron bebiendo café hasta que, a las diez, llegaron Anna y Ugo, con la prensa de la mañana y leche y panecillos para el desayuno. Entonces hicieron más café y calentaron la leche, luego se instalaron en la sala de estar. Aquélla era una de las mañanas en que la prensa no decía nada del caso Dickie ni del caso Miles. A veces los periódicos no traían nada por la mañana y luego, por la tarde, volvían a ocuparse del asunto, aunque no hubiese en realidad nada nuevo que decir; lo hacían simplemente para que la gente no olvidase que Dickie seguía sin aparecer y que el asesinato de Miles todavía estaba por esclarecer.

Marge y Tom se fueron a la estación del ferrocarril para recibir a mister Greenleaf a las doce menos cuarto. Llovía nuevamente y hacía tanto frío que el viento lanzaba la lluvia, fría como aguanieve, al rostro de los transeúntes. Se cobijaron en la estación, observando a los pasajeros que salían del andén, y finalmente apareció mister Greenleaf, solemne y con el rostro ceniciento. Marge se adelantó para saludarle con un beso en la mejilla y él sonrió.

—¡Hola, Tom! —dijo cordialmente, tendiéndole la mano—. ¿Cómo está?

—Muy bien, señor. ¿Y usted?

Mister Greenleaf traía una maleta pequeña por todo equipaje, pero se la llevaba uno de los mozos de la estación, que incluso les acompañó en el *motoscafo,* aunque Tom se ofreció a llevarla él. Tom sugirió que fuesen directamente a su casa, pero mister Greenleaf insistió en que antes quería instalarse en un hotel.

—Iré a su casa tan pronto como me haya inscrito. Tenía pensado alojarme en el Gritti. ¿Cae cerca de su casa? —preguntó mister Greenleaf.

—No demasiado, pero puede ir andando hasta San Marco y allí coger una góndola —dijo Tom—. Le acompañaremos, si se trata sólo de firmar en el registro. Podríamos comer los tres juntos... a no ser que quiera usted estar a solas con Marge un rato.

Volvía a ser el modesto Ripley de antes.

—¡He venido para hablar con usted, más que nada! —dijo mister Greenleaf.

—¿Hay alguna noticia? —preguntó Marge.

Mister Greenleaf movió la cabeza negativamente. Iba mirando distraídamente por la ventanilla del *motoscafo,* como si su mirada se sintiese cautivada por la visión de una ciudad desconocida, aunque nada de lo que veía se le quedaba grabado. La pregunta de Tom sobre el almuerzo se había quedado sin respuesta. Tom cruzó los brazos y, dando a su rostro una expresión complacida, se dispuso a no abrir la boca en lo que quedaba de viaje. De todos modos, el motor de la embarcación ya hacía suficiente ruido. Mister Greenleaf y Marge estaban sosteniendo una conversación trivial sobre algunas personas que conocían en Roma. Tom dedujo que los dos se llevaban bien, aunque sabía que Marge no conocía a mister Greenleaf antes de su llegada a Roma.

Almorzaron en un modesto restaurante a medio camino entre el Gritti y el Rialto. La especialidad de la casa era el pescado, del que había siempre un amplio muestrario sobre una larga mesa interior. En una de las bandejas había unos pulpitos de color oscuro que a Dickie solían gustarle mucho y, al pasar, Tom los señaló con la cabeza, diciéndole a Marge:

—¡Lástima que Dickie no esté aquí para comerse unos cuantos!

Marge sonrió alegremente. Siempre estaba de buen humor cuando se acercaba la hora de comer.

Mister Greenleaf se mostró algo más locuaz durante el almuerzo, pero en su rostro seguía reflejándose su expresión pétrea y no dejaba de lanzar miradas furtivas a su alrededor mientras hablaba, como si esperase que Dickie se presentara en cualquier momento. Dijo que la policía no había encontrado nada que se pareciese, siquiera remotamente, a una pista, por lo que él había contratado los servicios de un detective privado de los Estados Unidos que debía trasladarse a Italia y poner en claro el misterio.

La noticia dio que pensar a Tom. Supuso que también él sospechaba, de un modo inconsciente, que los detectives americanos eran mejores que sus colegas de Italia, pero luego la inutilidad de semejante medida se le hizo evidente igual que, a juzgar por su cara, se le hacía a Marge.

—Puede que sea una excelente idea —dijo Tom.

—¿Tiene usted buena opinión de la policía italiana? —preguntó mister Greenleaf.

—Pues... de hecho, sí —contestó Tom—. Además, tienen la ventaja de hablar italiano y de moverse en su propio terreno, pudiendo interrogar a cuantos sospechosos encuentren. Supongo que la persona que usted ha contratado sabe hablar italiano, ¿no es así?

—No lo sé, en realidad lo ignoro —dijo mister Greenleaf.

Parecía desconcertado, igual que si acabase de darse cuenta de que le había pasado por alto este detalle.

—Se trata de un tal McCarron. Dicen que es muy bueno.

Tom se dijo que probablemente no hablaría italiano.

—¿Cuándo va a llegar?

—Mañana o pasado mañana. Mañana estaré en Roma para recibirle, si es que llega.

Mister Greenleaf ya había terminado su *vitello alla parmigiana,* aunque no había comido mucho.

—¡Tom tiene una casa preciosa! —dijo Marge, atacando un voluminoso pastel de siete pisos.

Tom transformó en una débil sonrisa la mirada asesina que le estaba dirigiendo. Supuso que las preguntas se harían en casa, probablemente cuando él y mister Greenleaf estuviesen solos. Sabía que mister Greenleaf quería hablar a solas con él, así que encargó el café en el mismo restaurante, antes de que Marge propusiera tomarlo en casa. A ella le gustaba como lo hacía la cafetera de filtro que Tom tenía. Aun así, al llegar a casa, Marge estuvo con ellos en la sala de estar durante una media hora. Tom decidió que la muchacha era incapaz de darse cuenta de nada y finalmente, mirándola con fingido enfado, le indicó la escalera con los ojos. La muchacha captó la indirecta, se llevó la mano a la boca y dijo que iba a echar una siestecita. Como de costumbre, resultaba imposible vencer su buen humor. A decir verdad, durante el almuerzo se había referido a Dickie como si estuviese segura de que vivía, diciéndole a mister Greenleaf que no se preocupase, que eso no era bueno para la digestión. Daba la impresión de no haber perdido aún la esperanza de llegar a ser su nuera algún día.

Mister Greenleaf se puso en pie y empezó a recorrer la estancia con las manos en los bolsillos de la americana, con el aire de un ejecutivo dispuesto a dictarle una carta a su secretaria. Tom advirtió que no hacía ningún comentario sobre la suntuosidad de la casa y que, de hecho, ni siquiera parecía interesarle.

—Bueno, Tom —empezó a decir, soltando un suspiro—, es una extraña forma de terminar, ¿verdad?

—¿De terminar?

—Quiero decir que ahora usted vive en Europa, mientras que Richard...

—Ninguno de nosotros ha insinuado que haya vuelto a los Estados Unidos —dijo Tom con voz agradable.

—Eso sería imposible. Las autoridades de inmigración lo hubiesen sabido.

Mister Greenleaf siguió su paseo, sin mirar a Tom.

—Sinceramente, ¿dónde cree que puede estar?

—Verá, mister Greenleaf, podría estar escondido en Italia... eso es muy fácil si no se aloja en un hotel donde sea obligatorio firmar el libro de registro.

—¿Es que aquí hay hoteles donde eso sea posible?

—No, es decir, oficialmente no los hay. Pero cualquiera que hable italiano tan bien como lo hace Dickie podría hacerlo sin demasiadas dificultades. Para serle franco, si Dickie sobornó al propietario de alguna fonda de poca importancia, en el sur del país, pongamos por caso, podría muy bien seguir allí sin que le denunciasen, aunque el fondista supiera que se trataba de Richard Greenleaf.

—¿Y es esto lo que, a su juicio, puede que esté haciendo ahora?

Mister Greenleaf le miró de repente y Tom vio la misma expresión de tristeza que había observado en Nueva York, al verle por primera vez.

—No..., bueno, es posible. Es lo único que puedo decir.

Hizo una pausa.

—Siento tener que decirle esto, mister Greenleaf, pero creo que hay una posibilidad de que Dickie esté muerto.

El rostro de mister Greenleaf no se inmutó.

—¿A causa de aquella depresión de que me hablaba en su carta? ¿Qué fue exactamente lo que él le dijo?

Tom arrugó la frente.

—Nada. Fue por su estado general de ánimo. Resultaba fácil ver lo mucho que le había afectado el asunto Miles. Dickie es un muchacho que detesta todo tipo de publicidad, toda violencia, los detesta con toda su alma.

Tom se pasó la lengua por los labios. La agonía que estaba pasando al tratar de expresarse era sincera.

—Algo sí me dijo: que si sucedía alguna cosa más, se volaría la tapa de los sesos... o haría alguna barbaridad semejante. Además, por primera vez me pareció que había perdido su interés por la pintura, su pintura. Tal vez fuese algo transitorio, pero hasta entonces había creído que, pasase lo que pasase, a Dickie siempre le quedaría el refugio de sus cuadros.

—¿Tan en serio se toma la pintura?

—Sí, en efecto —dijo Tom con firmeza.

Mister Greenleaf volvió a levantar los ojos hacia el techo, con las manos en la espalda.

—Lástima que no podamos localizar al tal Di Massimo. Quizá podría decirnos algo. Tengo entendido que él y Richard pensaban irse juntos a Sicilia.

—No lo sabía —dijo Tom, pensando que mister Greenleaf se habría enterado a través de Marge.

—Di Massimo se ha esfumado también, eso si es que alguna vez ha existido. Me inclino a pensar que Richard se lo inventó para convencerme de que estaba pintando. La policía no encuentra a ningún pintor llamado Di Massimo en sus... listas de identidad o como se llamen.

—Nunca llegué a conocerle personalmente —dijo Tom—. Dickie citó su nombre un par de veces y yo nunca puse en duda su identidad..., o la realidad de su existencia.

Tom se rió brevemente.

—¿Qué fue eso que dijo antes acerca de «si le sucedía alguna cosa más»? ¿Qué más le sucedió?

—Bueno, no lo supe entonces, en Roma, pero creo que ahora sé a qué se refería. Le habían interrogado sobre la embarcación hundida cerca de San Remo. ¿No le hablaron de eso?

—No.

—Encontraron una lancha cerca de San Remo. La habían hundido adrede. Al parecer, esa embarcación fue echada de menos el mismo día en que él y yo estuvimos en San Remo y dimos un paseo en una lancha parecida. Son esas motoras de poco calado que alquilan a los turistas. Bueno, sea como sea, la habían echado a pique y encontraron unas manchas que creyeron de sangre. Dio la casualidad de que el hallazgo tuviera lugar poco después del asesinato de Miles y que no pudieran encontrarme a mí por aquellas fechas. Esto fue debido a que yo me hallaba viajando por el país, así que preguntaron a Dickie dónde estaba yo. ¡Sospecho que de momento Dickie creyó que le consideraban posible culpable de mi asesinato!

Tom se rió.

—¡Cielo santo!

—Eso lo sé porque hace unas pocas semanas me interrogó un inspector de policía aquí, en Venecia. Según me dijo, antes le había hecho a Dickie algunas preguntas sobre eso. Lo raro es que yo no tenía ni idea de que me andaban buscando..., no con gran ahínco, pero buscándome al fin y al cabo... hasta que vi la noticia en el periódico, ya en Venecia. Entonces me presenté en la comisaría.

Tom seguía sonriendo. Desde hacía días tenía pensado contarle todo esto a mister Greenleaf, si llegaba a verle, tanto si estaba enterado del asunto de la lancha como si no lo estaba. Era mejor que dejarle que se enterase por la policía y que le dijesen que él, Tom, estaba en Roma con Dickie en un momento en que por fuerza debería haberse enterado de que la policía andaba buscándole. Además, la historia encajaba con lo que acababa de decir sobre la depresión de Dickie en aquellos días.

—No entiendo del todo este asunto —dijo mister Greenleaf, que estaba sentado en el sofá y escuchaba atentamente a Tom.

—Bueno, eso ha pasado al olvido, ya que tanto Dickie como yo estamos vivos. El motivo de que lo saque a colación es simplemente porque Dickie sabía que la policía me buscaba, ya que le preguntaron dónde me hallaba yo. Es probable que, la primera vez que le interrogaron, no supiese con exactitud cuál era mi paradero, pero, cuando menos, sabía que todavía me encontraba en Italia. Pero incluso cuando estuve en Roma y nos vimos, no se lo comunicó a la policía. No estaba de humor para colaborar con ellos. Lo sé porque en el mismo momento en que Marge estaba hablando conmigo en el hotel, en Roma, Dickie había salido a entrevistarse con la policía. Su actitud podría resumirse en que la policía se las apañase para dar conmigo, que él no pensaba decirles dónde estaba yo.

Mister Greenleaf meneó la cabeza con un gesto entre paternal e impaciente que parecía querer decir que no le sorprendía saber aquello de Dickie.

—Me parece que fue esa noche cuando dijo lo de «si le sucedía alguna otra cosa...». Eso me ocasionó ciertas complicaciones cuando llegué a Venecia. Probablemente la policía me tomó por un imbécil por no haberme enterado antes de que me estaban buscando. Aunque lo cierto es que así fue.

—¡Hum! —exclamó mister Greenleaf con tono de indiferencia.

Tom se levantó para ir a buscar el coñac.

—Me temo que no estoy de acuerdo con usted en lo del suicidio de Richard —dijo mister Greenleaf.

—Bueno, tampoco lo está Marge. Lo único que dije es que había una posibilidad. Ni siquiera creo que sea lo más probable.

—¿Ah, no? Entonces ¿qué le parece más probable?

—Que esté escondido —dijo Tom—. ¿Puedo ofrecerle un poco de coñac, señor? Me imagino que, viniendo de América, esta casa le parecerá un poco fría.

—Así es, francamente.

Mister Greenleaf aceptó la copa.

—Mire, podría ser que Dickie estuviera en algún otro país en vez de aquí —dijo Tom—. A lo mejor se marchó a Grecia... a Francia o a cualquier otro sitio al regresar de Nápoles, ya que nadie se puso a buscarle hasta unos días más tarde.

—Lo sé, lo sé —dijo mister Greenleaf con voz de cansancio.

26

Tom albergaba la esperanza de que Marge se hubiese olvidado de la invitación al cóctel que daba el anticuario en el Danieli, pero no fue así. Sobre las cuatro de la tarde, mister Greenleaf se retiró a su hotel para descansar; tan pronto se hubo ido, Marge le recordó que el cóctel era a las cinco.

—¿De veras tienes ganas de ir? —preguntó Tom—. Ni siquiera recuerdo cómo se llama ese hombre.

—Maloof. M-a-l-o-o-f —dijo Marge—. Sí, me gustaría ir. No hace falta que nos quedemos allí mucho rato.

Y dio el asunto por concluido. Lo que Tom más aborrecía era el espectáculo en que se convirtieron ellos dos, nada menos que dos de los principales protagonistas del caso Greenleaf, moviéndose entre los invitados con igual disimulo que dos acróbatas en la pista de un circo, bajo la luz de los focos. Tom sabía que no eran más que un par de nombres que mister Maloof había atrapado para mayor gloria suya, una especie de invitados de honor. No le cabía la menor duda de que mister Maloof habría estado diciendo a todo el mundo que Marge Sherwood y Tom Ripley iban a asistir a su recepción. A Tom le parecía indecente, igual que la forma en que Marge trataba de justificar su mareo diciendo sencillamente que no estaba en absoluto preocupada por la desaparición de Dickie Greenleaf. Tom llegó incluso a pensar que la muchacha engullía un martini tras otro por el simple hecho de que eran gratis, como si Tom no pudiera darle cuantos le apetecieran en su propia casa, o no pensase invitarla a unos cuantos más, por la noche, al ir a cenar con mister Greenleaf.

Tom se bebió una sola copa, a sorbitos, y logró permanecer todo el rato en el extremo de la sala opuesta a donde se hallaba Marge. Reconocía ser amigo de Dickie Greenleaf, cuando alguien iniciaba la conversación preguntándole si lo era, pero a Marge la conocía sólo superficialmente.

—La señorita Sherwood está invitada en mi casa —decía con una sonrisa preocupada.

—¿Dónde está mister Greenleaf? ¡Qué lástima que no haya venido con ustedes! —dijo mister Maloof acercándose tan furtivamente como un elefante.

Llevaba en la mano un Manhattan en una enorme copa de champán. Llevaba también un traje de tweed a cuadros, muy chillón, hecho en Inglaterra. Tom supuso que los ingleses fabricaban aquella clase de paño a regañadientes, sólo para vendérselo a los americanos como Rudy Maloof.

—Creo que mister Greenleaf está descansando —dijo Tom—. Le veremos más tarde para cenar.

—¡Oh! —exclamó el señor Maloof—. ¿Han visto los periódicos de la tarde?

La pregunta la hizo cortésmente, poniendo cara de respeto y solemnidad.

—Sí —contestó Tom.

Mister Maloof movió la cabeza afirmativamente y no dijo nada más. Tom se preguntó qué noticia estúpida le hubiera comunicado de no haberle dicho que ya los había leído. La prensa de la tarde decía que mister Greenleaf había llegado a Venecia y se alojaba en el Gritti Palace. No decían nada de que un detective americano debiera llegar a Roma aquel mismo día, o cualquier otro día, y eso hizo que Tom pusiera en duda lo que mister Greenleaf había dicho al respecto. Supuso que se trataba de una historia cualquiera, parecida a las que contaban muchas personas y que no guardaban ni la más mínima relación con la verdad, igual que a él le sucedía con sus temores imaginarios, que no le servían más que para avergonzarse de sí mismo, al cabo de un par de semanas, por haber creído en ellos. Uno de ellos era, por ejemplo, el haber creído que Marge y Dickie tenían una aventura amorosa, o estaban a punto de tenerla, en Mongibello; de modo parecido, en febrero había creído que el asunto de los cheques falsos iba a echarlo todo a perder si él seguía haciéndose pasar por Dickie Greenleaf. Lo cierto era que el asunto ya estaba olvidado; lo último que sabía Tom era que siete de los diez grafólogos americanos defendían la autenticidad de la firma. De no ser por sus temores infundados, Tom hubiese podido firmar una remesa más y seguir representando indefinidamente el papel de Dickie Greenleaf. Tom apretó las mandíbulas y frunció el entrecejo, escuchando a medias lo que decía el anfitrión. Mister Maloof trataba desesperadamente de dar la impresión de ser una persona seria e inteligente describiendo su expedición a las islas de Murano y Burano aquella mañana, mientras Tom, inmerso en sus propios pensamientos, se decía que tal vez era cierta la historia del detective privado que le había contado mister Greenleaf, o al menos lo era hasta que se demostrase lo contrario. Se hizo el propósito de que ni el más leve parpadeo revelase sus temores.

Distraídamente, contestó a algo que mister Maloof acababa de decirle y el otro se echó a reír neciamente y se alejó de él. Tom siguió sus amplias espaldas con ojos cargados de desprecio, consciente de que se estaba comportando groseramente y de que debía hacer un esfuerzo por recobrar la compostura, ya que la cortesía, incluso delante de semejante hatajo de anticuarios de segunda categoría y compradores de quincallería (había tenido oportunidad de verlo al dejar su abrigo junto a los de los demás), formaba parte de su interpretación del perfecto caballero. Pero aquella gente le recordaba demasiado a la que había dejado atrás, en Nueva York, y por eso le ponían de mal humor, haciéndole sentir ganas de huir a toda prisa.

Marge era la causa de que estuviese allí, después de todo, la única causa, y a ella le echaba la culpa. Bebió un sorbo de su martini y, alzando los ojos hacia el techo, pensó que sólo en cuestión de unos meses sus nervios y su paciencia se habituarían a tratar con gente como aquélla, suponiendo que volviera a encontrarse rodeado de semejantes cretinos. Al menos, algo había adelantado desde su marcha de Nueva York, y seguiría haciéndolo. Sin apartar la vista del techo, Tom pensó en hacer un viaje hasta Grecia, partiendo de Venecia para bajar por el Adriático hasta llegar al mar Jónico y Creta. Decidió hacerlo en verano, en junio. La palabra «junio» evocaba multitud de cosas agradables: descanso, tranquilidad, sol a raudales... Pero su ensueño duró solamente unos segundos. Las voces chillonas, con acento americano, nuevamente se abrieron paso en sus oídos y se le clavaron como garras en los nervios de sus hombros y espalda. Involuntariamente, se apartó de donde estaba, dirigiéndose hacia Marge. Sólo había otras dos mujeres en la estancia, las horribles esposas de los no menos horribles hombres de negocios, y Marge, forzoso era reconocerlo, era mejor parecida que ellas, aunque su voz era peor; como la de las otras dos, sólo que peor.

Estuvo en un tris de indicar a Marge que era hora de marcharse, pero, como era inconcebible que fuese el hombre quien hiciese tal proposición, no dijo nada y se limitó a unirse al grupo de Marge con cara sonriente. Alguien le llenó de nuevo la copa. Marge estaba hablando de Mongibello, de su libro, y los tres hombres calvos, canosos y con la cara llena de arrugas la escuchaban como si estuvieran en trance.

Cuando la misma Marge, minutos más tarde, sugirió que se fuesen, les costó horrores librarse de Maloof y su cohorte, que ya estaban algo más borrachos que antes e insistían en que todos, mister Greenleaf incluido, cenasen juntos.

—¡Para eso está Venecia... para pasarlo bien! —repetía mister Maloof, como un imbécil, aprovechando para enlazar su brazo con el de Marge y magullarla un poco al tratar de hacerla quedarse.

Tom pensó que era una suerte que todavía no hubiese cenado, ya que lo hubiese vomitado todo allí mismo.

—¿Qué número tiene mister Greenleaf? ¡Vamos a llamarle!

—Será mejor que nos larguemos —dijo Tom susurrando al oído a la muchacha.

La cogió del brazo y empezó a conducirla hacia la puerta. Los dos repartían gestos y sonrisas de despedida a diestra y siniestra.

—Pero... ¿Puede saberse qué te pasa? —preguntó ella al llegar al pasillo.

—Nada. Sólo que esto se estaba desbocando —dijo Tom, sonriendo para quitar importancia a sus palabras.

Marge estaba un poco bebida, pero no lo bastante para no poder ver que algo le sucedía a él. Tom advirtió que estaba sudando y se secó la frente.

—Esa clase de gente me saca de mí —dijo Tom—. Apenas nos conocen, ni falta que nos hace, y se pasan el rato hablando de Dickie. ¡Me ponen enfermo!

—Pues es raro. A mí nadie me ha hablado de él, ni siquiera han sacado a relucir su nombre. Creí que las cosas iban mucho mejor que ayer, en casa de Peter.

Tom siguió caminando, sin decir nada. Despreciaba a la gente como aquélla, pero no podía decírselo a Marge porque, al fin y al cabo, la muchacha era una de ellos.

Recogieron a mister Greenleaf en el hotel. Todavía era temprano para cenar, de manera que se sentaron en un café para tomar el aperitivo. Durante la cena, Tom se esforzó en ser amable y llevar una conversación animada; pretendía así borrar la mala impresión causada por su estallido de nervios al salir de la fiesta. Mister Greenleaf estaba de buen humor. Acababa de llamar a su esposa y la había encontrado muy animosa. El médico que la atendía llevaba diez días probando unas nuevas inyecciones y, al parecer, ella respondía al tratamiento mucho mejor que a los que lo habían precedido.

La cena transcurrió tranquilamente. Tom contó un chiste inocente y moderadamente divertido que hizo reír a Marge bulliciosamente. Mister Greenleaf se empeñó en pagar la cuenta y luego, al salir, dijo que quería regresar al hotel porque no se encontraba bien del todo. Al verle escoger cuidadosamente un plato de pasta, prescindiendo de la ensalada, Tom supuso que su mal era el de casi todos los turistas. Estuvo a punto de aconsejarle un remedio excelente que podía adquirirse en cualquier farmacia, pero mister

Greenleaf no era de la clase de hombres a quien podía hablarse de aquello, aun estando a solas.

Mister Greenleaf anunció que se iba a Roma el día siguiente, y Tom prometió telefonearle alrededor de las nueve de la mañana para enterarse de en qué tren se iba. Marge se iba con él a Roma y le era indiferente salir a una hora o a otra. Regresaron caminando al Gritti. Mister Greenleaf, con su severo rostro de industrial asomando debajo del sombrero, parecía un pedazo de Madison Avenue recorriendo las estrechas y zigzagueantes callejuelas.

—Siento muchísimo no haber podido estar con usted más tiempo —dijo Tom, ya ante el hotel.

—Lo mismo digo, muchacho. Puede que otra vez...

Mister Greenleaf le dio unos golpecitos en la espalda. Mientras regresaba caminando a casa con Marge, Tom se sentía invadido por una alegría desbordante, consciente de que todo había salido a pedir de boca. Marge charlaba de cosas sin importancia y soltaba risitas de colegiala traviesa, pues se le había roto una tira del sujetador y tenía que sostenerlo en su lugar con la mano. Tom iba pensando en la carta recibida aquella tarde, la primera que recibía de Bob Delancey —exceptuando una postal de mucho tiempo antes—, en la que Bob le decía que la policía había estado haciendo indagaciones en su casa sobre un supuesto fraude en la declaración de la renta. Al parecer, el autor del fraude se había valido de la dirección de Bob para recibir los cheques, que había recogido por el sencillo procedimiento de sacarlos del buzón donde el cartero los dejaba. También había interrogado al cartero, que dijo recordar que en los sobres constaba el nombre de un tal George McAlpin. Bob parecía tomárselo a broma a juzgar por lo que decía al describir la reacción de los que estaban en su casa al ser interrogados por la policía. El misterio consistía en quién había cogido las cartas dirigidas a George McAlpin. La noticia había tranquilizado a Tom, porque el episodio de sus fraudes con la declaración de la renta llevaba tiempo rondándole por la cabeza, y estaba convencido de que tarde o temprano se abriría una investigación sobre el mismo. Se alegró de que la cosa no hubiese ido a más. Le costaba imaginarse de qué modo la policía lograría relacionar los nombres de Tom Ripley y George McAlpin. Además, como decía Bob en su carta, el estafador ni tan sólo había tratado de cobrar los cheques.

Se sentó en la sala de estar con la intención de leer nuevamente la carta de Bob. Marge se fue a su habitación para hacer la maleta y acostarse. También Tom se sentía cansado, pero la idea de que recobraría la libertad al día siguiente, cuando Marge y mister Greenleaf se hubiesen ido, le resultaba tan grata que no le hubiera importado quedarse velando toda la noche, pensando una y otra vez en ella. Se quitó los zapatos para poner los pies sobre el sofá y, recostándose en un cojín, siguió leyendo la carta de Bob:

«La policía cree que se trata de un extraño que venía a recoger las cartas, ya que ninguno de los vagos que hay en la casa tiene trazas de delincuente...».

Resultaba extraño leer cosas sobre la gente que conocía en Nueva York: Ed y Lorraine, la tonta que había intentado colarse de polizón en su camarote el día de su salida de Nueva York. Resultaba extraño y nada atractivo. Tom reflexionó sobre lo tristes que eran sus vidas en Nueva York, entrando y saliendo del metro, como hormigas, frecuentando algún sórdido bar de la Tercera Avenida para distraerse, mirando la televisión. Incluso si tenían dinero suficiente para ir de vez en cuando a algún bar de Madison Avenue, o a un buen restaurante, todo resultaba sórdido al compararlo con la más mísera de las *trattorias* de Venecia, con sus mesas con platos de ensalada, bandejas de quesos maravillosos, con sus amables camareros que servían el mejor vino del mundo.

«¡Créeme que te envidio al pensar que te encuentras cómodamente instalado en un viejo *palazzo* veneciano!», le escribía Bob. «¿Das muchos paseos en góndola? ¿Cómo son las chicas? ¿Es que estás adquiriendo tanta cultura que al volver no querrás dirigirnos la palabra? Por cierto, ¿cuánto tiempo estarás ahí?»

«Eternamente», pensó Tom, diciéndose que tal vez nunca regresaría a los Estados Unidos. No era el simple hecho de estar en Europa lo que le hacía pensar de aquella manera, sino las veladas que había pasado solo, en Venecia y en Roma, tumbado en un sofá haciendo planes sobre los mapas u hojeando una guía de viaje; veladas dedicadas a contemplar sus trajes —suyos y de Dickie—, a acariciar los anillos de Dickie que llevaba en los dedos y a pasar la mano, amorosamente, por la maleta de piel de antílope comprada en Gucci. Había limpiado la maleta con un producto especial fabricado en Inglaterra, y no es que la maleta estuviese sucia, ya que la cuidaba muy bien, sino que lo hacía para protegerla. Amaba poseer cosas, no en gran cantidad, sino unas pocas y escogidas, de las que no quería desprenderse, pensando que eran ellas lo que infundía respeto hacia uno mismo. Sus bienes le recordaban que existía y le hacían disfrutar de esa existencia. No había que darle más vueltas. ¿Y acaso eso no valía mucho? Existía. No había en el mundo mucha gente que supiera hacerlo, aun contando con el dinero necesario. En realidad no hacía falta disponer de grandes sumas de dinero, bastaba con cierta seguridad. Él ya había estado cerca de ella, incluso en sus días con Marc Priminger. Eran las cosas que poseía Marc lo que le había atraído a su casa, pero no eran suyas, de Tom, y resultaba imposible empezar a comprarse cosas para uno mismo cuando se ganaban solamente cuarenta dólares semanales. Aun economizando al máximo, le hubiese costado los mejores años de su vida llegar a poder comprarse las cosas que le gustaban. El dinero de Dickie le servía sólo para cobrar cierto empuje en el camino que llevaba recorriendo desde hacía tiempo. Le serviría para visitar Grecia, para coleccionar cerámica etrusca si le apetecía (acababa de leer un interesante libro sobre el tema, escrito por un americano residente en Roma), para hacerse socio de alguna sociedad artística e incluso hacer alguna donación a la misma. Le permitía disponer de tiempo libre para, por ejemplo, quedarse leyendo a Malraux hasta tarde, como pensaba hacer aquella misma noche, sin preocuparse por tener que levantarse temprano por la mañana, para ir al trabajo. Acababa de comprarse los dos volúmenes de la *Psy-*

chologie de l'Art, de Malraux, y los estaba leyendo con gran placer, directamente del francés, con la ayuda de un diccionario. Se le ocurrió que podía echar un sueñecito y luego, sin importar la hora que fuese, leer un poco más. A pesar de los *espressos,* experimentaba una sensación de agradable sopor. La curva de la esquina del sofá se adaptaba a sus hombros como el brazo de otra persona, mejor dicho, mejor que el brazo de otra persona. Decidió pasar la noche allí mismo. Era más cómodo que el sofá de arriba. Subiría a por una manta y luego volvería a bajar.

—¿Tom?

Abrió los ojos. Marge bajaba por la escalera, descalza. Tom se incorporó. Marge llevaba en la mano el estuche donde él guardaba los anillos de Dickie.

—Acabo de encontrar los anillos de Dickie aquí dentro —dijo la muchacha, casi sin aliento.

—Oh, es que me los dio... para que se los cuidase.

Tom se puso en pie.

—¿Cuándo?

—Me parece que fue en Roma.

Tom dio un paso atrás y tropezó con un zapato. Se agachó para recogerlo, y más que nada lo hizo para aparentar serenidad.

—Y él ¿qué pensaba hacer? ¿Por qué te los dio a ti?

Tom dedujo que ella había estado buscando un poco de hilo con que coserse el sujetador, y se maldijo por no haber escondido los anillos en un sitio más seguro, en el forro de la maleta, por ejemplo.

—No lo sé, verás —dijo Tom—. Puede que fuese por capricho o por algo parecido. Ya sabes cómo es. Me dijo que si alguna vez le sucedía algo, quería que yo conservase los anillos.

Marge puso cara de perplejidad.

—¿Adónde iba?

—A Palermo, en Sicilia.

Tom sostenía el zapato con ambas manos, como si pensara utilizar el tacón de madera a guisa de arma. De pronto, por su mente cruzó fugazmente el modo en que iba a hacerlo: golpeándola con el zapato y luego, tras sacarla a rastras por la puerta principal, la arrojaría al canal. Diría que ella se había caído al resbalar en el musgo y que, como era tan buena nadadora, él la había creído capaz de mantenerse a flote.

Marge clavó la mirada en el estuche.

—Entonces, es que realmente pensaba suicidarse.

—Sí... si es así como prefieres mirarlo. Los anillos.., hacen que tal posibilidad sea mayor.

—¿Por qué no dijiste nada de esto antes?

—Me olvidé por completo de los anillos. Los guardé para no perderlos, el mismo día en que me los dio, y nunca se me ocurrió mirarlos otra vez.

—Así que... se suicidó o cambió de identidad..., ¿no es así?

—En efecto.

Tom hablaba con acento triste y firme a la vez.

—Será mejor que se lo digas a mister Greenleaf.

—Sí, lo haré. A mister Greenleaf y a la policía.

—Prácticamente, esto lo aclara todo —dijo Marge.

Tom retorcía el zapato entre sus manos, como si fuese un par de guantes, pero sin variar su posición porque Marge le estaba mirando fijamente, con una extraña mirada, sin dejar de pensar. Tom se preguntó si ella ya lo sabría y simplemente le estaba engañando.

—Ni siquiera puedo imaginarme a Dickie sin sus anillos —dijo Marge seriamente.

Tom comprendió que ella no acertaba con la respuesta, que su mente distaba mucho de acercarse a la verdad. Entonces se tranquilizó y, hundiéndose en el sofá, fingió estar atareado poniéndose los zapatos.

—Yo tampoco —dijo automáticamente.

—Si no fuese tan tarde, llamaría ahora mismo a mister Greenleaf. Es probable que ya esté en la cama y, si se lo dijera, no dormiría en toda la noche, me consta.

Tom intentaba meter el pie en el otro zapato, pero hasta sus dedos estaban como muertos, sin fuerza. Se estrujó el cerebro en busca de algo sensato que decir.

—Siento no haberlo dicho antes —dijo Tom con voz grave—. Fue una de ésas...

—Entiendo. Parece una tontería que mister Greenleaf haya contratado a un detective ahora, ¿no crees?

A Marge le temblaba la voz. Tom la miró y se dio cuenta de que estaba al borde del llanto. Enseguida comprendió que era la primera vez que ella admitía la posibilidad de que Dickie estuviera muerto, que probablemente lo estuviera. Tom se le acercó lentamente.

—Lo siento, Marge. Sobre todo siento no haberte dicho antes lo de los anillos.

La rodeó con un brazo, aunque apenas hacía falta porque ella se apoyaba en él. Olió el perfume y pensó que probablemente era el Stradivari.

—Ésa es una de las razones de que estuviera seguro de que se había suicidado... al menos de que era probable.

—Sí —dijo ella con un quejido.

En realidad no estaba llorando, sólo se apoyaba en Tom con la cabeza rígidamente inclinada hacia abajo. Parecía alguien que acabase de conocer la noticia de alguna defunción. Lo cual era cierto.

—¿Quieres un coñac? —preguntó tiernamente.

—No.

—Ven, sentémonos en el sofá.

Marge se sentó y Tom fue a por el coñac que guardaba en el otro extremo de la habitación. Llenó las copas y, al volverse, la muchacha no estaba. Tuvo el tiempo justo de ver cómo el borde de la bata y los pies desnudos desaparecían en lo alto de la escalera.

Supuso que prefería estar sola y decidió subirle el coñac, pero luego lo pensó mejor. Probablemente el coñac no iba a servirle de nada. Tom comprendía cómo se sentía ella. Con movimientos solemnes, volvió a dejar las copas en el mueble bar. Tenía pensado verter en la botella el contenido de una copa solamente, pero vertió las dos y luego guardó la botella entre las otras.

De nuevo se dejó caer en el sofá, con un pie colgando hacia fuera, demasiado cansado incluso para quitarse los zapatos. Tan cansado como después de matar a Freddie Miles, o a Dickie en San Remo. Había estado tan cerca de volver a matar... Empezó a recordar la frialdad con que había pensado golpearla con el zapato, procurando no levantarle la piel por ninguna parte, y luego, con las luces apagadas para que nadie pudiese verles, arrastrarla por el vestíbulo hacia la puerta principal: la rapidez con que su mente había improvisado una explicación, que ella había resbalado por culpa del musgo y que, creyéndola capaz de regresar nadando, él no se había lanzado al agua para rescatarla ni había gritado pidiendo ayuda hasta que... En cierto modo, incluso había llegado a imaginar las palabras exactas que él y mister Greenleaf, consternados por el accidente, hubiesen dicho después; en su caso, la consternación hubiera sido pura apariencia. En su interior se hubiese sentido tan tranquilo y seguro de sí mismo como después del asesinato de Freddie, porque su historia hubiese sido perfecta, igual que la de San Remo. Sus historias eran buenas porque siempre las imaginaba intensamente, tanto que él mismo llegaba a creérselas. Durante un momento oyó su propia voz que decía:

—... yo estaba allí, en los escalones, llamándola, convencido de que regresaría en cuestión de segundos, incluso sospechando que me estaba gastando una bromita... Pero no estaba seguro de que se hubiese hecho daño y ella estaba de tan buen humor allí en los escalones, junto a mí, escasos segundos antes...

Tom se puso tenso. Era como un gramófono que estuviese sonando dentro de su cabeza, como un pequeño drama que se estuviera representando allí mismo, en la sala de estar, sin que él pudiera hacer nada para interrumpirlo. Podía verse a sí mismo de pie, junto a las enormes puertas que se abrían al vestíbulo principal, hablando con la policía y con mister Greenleaf. Podía oír su propia voz y ver que le creían.

Pero lo que parecía aterrorizarle no era aquel diálogo, ni la alucinante creencia de haberlo hecho (porque sabía que no era así), sino recordarse a sí mismo de pie ante Marge, con el zapato en la mano e imaginándose todo aquello de un modo frío y metódico. Y el hecho de que hubiese sido la tercera vez. Las otras dos veces eran hechos, no frutos de su imaginación. Podía decirse que no había querido hacerlo, pero lo había hecho, ésa era la verdad. No quería ser un asesino. A veces llegaba a olvidarse por completo de que había asesinado. Pero a veces, como le estaba sucediendo en aquellos momentos, le resultaba imposible olvidar. Sin duda, aquella noche lo había conseguido durante un rato, al pensar sobre el significado de las posesiones y sobre por qué le gustaba vivir en Europa.

Con un gesto brusco, se volvió sobre un costado, y apoyó los dos pies en el sofá, sudando y temblando, preguntándose qué le estaba pasando, qué le había pasado; si al día siguiente, al ver a mister Greenleaf, empezaría a soltar una serie de incoherencias sobre Marge cayéndose en el canal y él gritando para pedir ayuda, luego tirándose al agua sin poder encontrarla. Aunque Marge estuviera allí con ellos, temía perder el control de sí mismo y delatarse como un maníaco.

Recordó que se veía obligado a hablar de los anillos con mister Greenleaf por la mañana, repitiendo la historia que había contado a Marge, añadiendo algunos detalles para hacerla más plausible. Empezó a inventárselos. Su cerebro recobró la serenidad. Se estaba imaginando la habitación de un hotel de Roma, Dickie y él de pie en ella, hablando, y Dickie quitándose ambos anillos para dárselos diciéndole:

—Será mejor que no le cuentes a nadie esto...

27

Marge llamó a mister Greenleaf a las ocho y media de la mañana, para preguntarle a qué hora podían pasar a recogerle en el hotel. Pero mister Greenleaf debió de darse cuenta de que algo le pasaba. Tom la oyó empezar a contarle el asunto de los anillos, empleando las mismas palabras que había pronunciado él la noche anterior, señal indudable de que ella le creía, aunque no pudo ver cuál era la reacción de mister Greenleaf. Tenía miedo de que la noticia fuera la última pieza que le faltase al padre de Dickie para completar el rompecabezas, y que más tarde, al reunirse con él, le encontraría acompañado por un policía dispuesto a detener a Tom Ripley. Esta posibilidad destruía en parte la ventaja de no estar presente al enterarse mister Greenleaf de lo referente a los anillos.

—¿Qué te ha dicho? —preguntó Tom cuando Marge hubo colgado.

Marge se sentó en una silla con gesto cansado.

—Al parecer piensa como yo. Él mismo me lo ha dicho. Da la impresión de que Dickie pensaba seriamente en matarse.

Tom pensó que, de todos modos, mister Greenleaf dispondría de un poco de tiempo para pensárselo antes de que ellos llegasen.

—¿A qué hora nos espera? —preguntó Tom.

—Le dije que pasaríamos sobre las nueve y media, tal vez un poco antes. Tan pronto como nos hayamos tomado el café, que, por cierto, se está preparando ahora.

Marge se levantó y entró en la cocina. Ya iba vestida para salir y llevaba el mismo conjunto de viaje que a su llegada.

Tom se sentó indeciso al borde del sofá y se aflojó el nudo de la corbata. Había pasado la noche en el sofá, vestido, sin despertarse hasta hacía escasos minutos, al bajar Marge, y estaba sorprendido de haber dormido allí pese al frío de la estancia. También Marge se había llevado una sorpresa al encontrarle en el sofá. Tom sentía calambres en el cuello, en la espalda y en el hombro derecho. Rápidamente, se puso de pie.

—Voy a lavarme arriba —dijo en voz alta para que Marge le oyese desde la cocina.

Echó un vistazo a su habitación y observó que la maleta de Marge ya estaba hecha y permanecía en mitad de la habitación, cerrada. Confiaba en que ni ella ni mister Greenleaf decidiesen no marcharse aquella misma mañana. Pero lo más probable era que tomasen el tren antes de mediodía, ya que mister Greenleaf tenía que entrevistarse en Roma con el detective llegado de América.

Tom se desnudó en la habitación contigua a la de Marge, luego entró en el cuarto de baño y abrió la ducha. Después de mirarse brevemente en el espejo, decidió afeitarse primero y regresó a su habitación a por la maquinilla eléctrica que, sin ninguna razón especial, había sacado del baño al llegar Marge. Al dirigirse de nuevo al cuarto de baño oyó sonar el teléfono y a Marge que contestaba. Tom se asomó al hueco de la escalera, aguzando el oído.

—Oh, muy bien —dijo ella—. No, eso no importa si no... Sí, ya se lo diré... De acuerdo, nos daremos prisa. En este momento Tom se está aseando... Pues, menos de una hora. Adiós.

La oyó caminar hacia la escalera y se echó hacia atrás porque iba desnudo.

—¡Tom! —gritó ella por el hueco—. ¡Acaba de llegar el detective americano! Hace un momento que ha llamado a mister Greenleaf y ahora viene para aquí desde el aeropuerto.

—¡Muy bien! —respondió gritando Tom.

Enojado, entró en su alcoba y cerró la ducha. Luego enchufó la maquinilla, preguntándose qué hubiese sucedido de haber estado bajo la ducha. Lo más probable hubiese sido que Marge gritase de todos modos, dando por sentado que él la oiría. Se alegraría cuando la viese partir, y esperaba que lo hiciese aquella misma mañana, a no ser que ella y mister Greenleaf optasen por quedarse para ver lo que el detective pensaba hacer con él. Tom no ignoraba que el detective estaba en Venecia especialmente para verle, pues de lo contrario se hubiese quedado en Roma, esperando a mister Greenleaf. Entonces se preguntó si Marge también habría reparado en ello. Se dijo que seguramente no, que para ello hacía falta un mínimo de capacidad de deducción.

Después de ponerse un traje y una corbata discretos, Tom bajó a tomarse el café con Marge. Se había duchado con agua tan caliente como podía soportar y ya se sentía mucho mejor. Marge no dijo palabra mientras tomaban el café salvo que los anillos iban a despertar el interés de mister Greenleaf y del detective, con lo que pretendía decir que también el detective pensaría que Dickie se había suicidado. Tom esperaba que no se equivocase. Todo dependía de la clase de individuo que fuese el detective, de la primera impresión que de él, Tom, sacase el sabueso.

Era otro día gris, pegajoso de humedad, y a las nueve no llovía, aunque había llovido antes y volvería a hacerlo, probablemente sobre el mediodía. Marge y Tom cogieron la góndola en la escalinata de la iglesia y desembarcaron en San Marco; desde allí fueron andando hasta el Gritti. Al llegar avisaron por teléfono a mister Greenleaf y éste, una vez les hubo anunciado la llegada de mister McCarron, dijo que subiesen a su habitación.

Él mismo les abrió la puerta.

—Buenos días —dijo, cogiendo con gesto paternal un brazo de Marge—. Tom...

Tom entró a la zaga de Marge. El detective estaba de pie, junto a la ventana. Era un hombre bajito y rechoncho, de unos treinta y cinco años. Tenía cara de amable y avispado. Inteligente, pero moderadamente, fue la primera impresión de Tom.

—Les presento a Alvin McCarron —dijo mister Greenleaf—. Miss Sherwood y mister Tom Ripley.

Tom advirtió que sobre la cama había una cartera nueva, flamante, y en torno a la misma unos cuantos papeles y fotografías... McCarron le estaba examinando de pies a cabeza.

—Tengo entendido que es usted amigo de Richard, ¿no es así? —preguntó.

—Los dos lo somos —contestó Tom.

Se vieron momentáneamente interrumpidos por mister Greenleaf, que se cuidó de que todos se sentaran. La habitación era espaciosa, excesivamente amueblada y sus ventanas daban al canal. Tom se sentó en una silla tapizada con cuero rojo. McCarron se instaló en la cama y estaba examinando sus papeles. Tom vio que entre ellos había unas cuantas fotocopias que parecían ser de los cheques de Dickie. Había también unas cuantas fotos sueltas de Dickie.

—¿Tienen ustedes los anillos? —preguntó McCarron, mirándoles a los dos.

—Sí —afirmó solemnemente Marge.

Se levantó para sacar los anillos de su bolso y dárselos a McCarron.

McCarron se los mostró a mister Greenleaf, sosteniéndolos en la palma de la mano.

—¿Son éstos los anillos?

Mister Greenleaf asintió con la cabeza después de echarles un breve vistazo. Marge puso cara de sentirse un tanto ofendida, como si estuviera a punto de decir:

—Conozco estos anillos tan bien como pueda conocerlos mister Greenleaf, y probablemente mejor aún.

McCarron se volvió hacia Tom.

—¿Cuándo se los dio?

—En Roma. Que yo recuerde fue aproximadamente el tres de febrero, pocos días después de que asesinasen a Freddie Miles —contestó Tom.

El detective le estaba escrutando con sus inquisitivos ojos castaño claro. Sus cejas alzadas dibujaban un par de arrugas en la gruesa piel de su frente. Tenía el pelo castaño, ondulado y lo llevaba corto en las sienes y peinado con una gran onda sobre la frente que le daba el aspecto de un estudiante un poco presumido. Tom se dijo que resultaba imposible adivinar su pensamiento mirándole a la cara, entrenada en la impasibilidad.

—¿Qué le dijo al darle los anillos?

—Pues que si le pasaba alguna cosa, quería que yo los conservase. Entonces yo le pregunté qué podía pasarle, y me dijo que no lo sabía, pero que algo podría sucederle.

Premeditadamente, Tom hizo una pausa.

—No me pareció que en aquel momento estuviese más deprimido que en otras ocasiones que hablé con él, así que ni se me ocurrió pensar que quisiera suicidarse. Sabía que tenía pensado marcharse, pero nada más.

—¿Adónde? —preguntó el detective.

—Dijo que a Palermo.

Tom se dirigió a Marge.

—Seguramente me los dio el mismo día que tú me hablaste en Roma... en el Inghilterra. Ese día o el día anterior. ¿Te acuerdas de la fecha?

—El dos de febrero —contestó Marge con voz apagada.

McCarron iba tomando notas.

—¿Qué más? —preguntó a Tom—. ¿A qué hora fue? ¿Sabe si había estado bebiendo?

—No. Dickie bebe muy poco. Y creo que eso fue a primera hora de la tarde. Me dijo que haría bien en no hablar de los anillos con nadie y, por supuesto, me mostré de acuerdo. Los guardé y me olvidé completamente de ellos, tal y como le conté a miss Sherwood... Supongo que fue debido a haberme tomado tan en serio lo de no mencionárselos a nadie.

Tom hablaba con acento de sinceridad, tartamudeando levemente, sin darse cuenta, como hubiese hecho cualquier otro en las mismas circunstancias, según él mismo reflexionó.

—¿Qué hizo con los anillos?

—Los puse en una caja vieja que tengo... un estuche que utilizo para guardar botones sueltos.

McCarron le contempló en silencio, y Tom aprovechó para afianzar sus posiciones, pensando que de aquel rostro plácido y avispado de irlandés podía esperarse cualquier cosa, desde una pregunta formulada a modo de desafío hasta una afirmación categórica de que él, Tom, estaba mintiendo. Mentalmente, se aferró con mayor fuerza aún a los hechos, sus hechos, dispuesto a defenderlos hasta la muerte. En medio del silencio casi podía oír la respiración de Marge. Se sobresaltó al oír la tos de mister Greenleaf, que parecía poseído de una notable serenidad, casi aburrimiento. Tom se preguntó si entre él y McCarron habrían montado algún ardid en su contra, basándose en lo de los anillos.

—¿Le parece propio de él confiarle los anillos durante un corto tiempo? ¿Alguna vez había hecho algo parecido? —preguntó McCarron.

—No —contestó Marge, adelantándose a Tom.

Tom empezó a respirar con mayor facilidad, comprendiendo que McCarron aún no sabía a qué atenerse. El detective seguía esperando su respuesta.

—Sí, me había prestado ciertas cosas anteriormente —dijo Tom—. De vez en cuando me daba permiso para usar sus corbatas y sus chaquetas. Pero, desde luego, eso es muy distinto a los anillos.

Había experimentado un impulso de confesar lo de la ropa, ya que sin duda Marge estaba enterada de que Dickie le había sorprendido una vez vestido con su ropa.

—Me cuesta imaginarme a Dickie sin sus anillos —dijo Marge, dirigiéndose a McCarron—. Se quitaba el de la piedra verde cuando nadaba, pero nunca se olvidaba de volver a ponérselo en cuanto salía del agua. Diríase que formaban parte de su indumentaria. Es por eso por lo que sospecho que tenía intención de suicidarse o de cambiar su identidad.

McCarron movió la cabeza afirmativamente.

—¿Sabe si tenía algún enemigo o enemigos?

—Absolutamente ninguno —dijo Tom—. Ya se me ha ocurrido antes.

—¿Se le ocurre también algún motivo que le impulsara a disfrazarse o a hacerse pasar por otra persona?

Con mucho cuidado en sus palabras, Tom respondió:

—Posiblemente... pero eso es casi imposible en Europa. Hubiese necesitado otro pasaporte. En cualquier país adonde se hubiese dirigido, le hubieran pedido el pasaporte al entrar. Incluso para alquilar una habitación en los hoteles hubiese necesitado el pasaporte.

—Pero si usted me dijo que tal vez no le fue necesario el pasaporte... —dijo mister Greenleaf.

—Sí, en efecto, pero me refería a los hoteles de poca monta de aquí. Se trata de una posibilidad muy remota, desde luego. Pero después de tanta publicidad como se ha dado a su desaparición, veo difícil que pudiese conservar el incógnito —dijo Tom—. Seguramente, a estas alturas alguien ya le hubiese traicionado.

—Bueno. Resulta evidente que se marchó llevándose su pasaporte —dijo McCarron—, ya que lo utilizó para entrar en Sicilia y alojarse en un hotel de categoría.

—Así es —dijo Tom.

McCarron dejó pasar unos instantes mientras tomaba notas, luego alzó la mirada hacia Tom.

—Bueno, ¿qué opina usted, mister Ripley?

Tom comprendió que McCarron distaba mucho de darse por vencido, y que, más tarde, querría verle a solas.

—Me temo que estoy de acuerdo con miss Sherwood, es decir, que todos los indicios apuntan hacia la posibilidad de un suicidio, pensado desde hacía ya mucho tiempo. Ya se lo he dicho a mister Greenleaf.

McCarron miró a mister Greenleaf, pero éste permaneció callado, limitándose a devolverle la mirada. Tom tuvo la impresión de que McCarron también se inclinaba a creer en la muerte de Dickie y en que había perdido tiempo y dinero al venir desde los Estados Unidos.

—Quisiera volver a comprobar algunos extremos —dijo McCarron, sin desanimarse, cogiendo de nuevo sus papeles—. Vamos a ver. La última vez que alguien vio a Richard fue el día quince de febrero, al desembarcar en Nápoles procedente de Palermo.

—Eso es —dijo mister Greenleaf—. Un camarero del buque recuerda haberle visto.

—Pero después de eso no hay rastro de él en ningún hotel, ni se puso en contacto con nadie.

McCarron iba mirando alternativamente a mister Greenleaf y a Tom.

—Así es —dijo Tom.

McCarron desvió la mirada hacia Marge.

—Es cierto —dijo la muchacha.

—Y usted, miss Sherwood, ¿cuándo lo vio por última vez?

—El veintitrés de noviembre, cuando se fue a San Remo —contestó ella prestamente.

—Usted estaba en Mongibello a la sazón, ¿no? —preguntó McCarron, pronunciando la «g» de un modo gutural, como si no supiese nada de italiano, al menos cómo pronunciarlo.

—Sí —dijo Marge—. Estuve en un tris de verle en Roma, en febrero, pero la última vez que llegué a verle fue en Mongibello.

Tom casi experimentó una oleada de afecto por Marge. Ya había empezado a sentirla por la mañana, pese a que ella le había irritado.

—Durante su estancia en Roma se esforzó en no encontrarse con nadie —terció Tom—. Por eso, cuando me dio los anillos, al principio creí que se le había metido en la cabeza la idea de alejarse de todos cuantos le conocían, yéndose a vivir a otra ciudad, esfumándose durante una temporada, por decirlo así.

—¿Y por qué, según usted?

Tom se puso a explicarlo con profusión de detalles, citando el asesinato de Freddie Miles y el efecto que a Dickie le había causado.

—¿Cree usted que Richard sabía quién había matado a Freddie Miles?

—No, claro que no.

McCarron esperó a oír la opinión de Marge.

—No —dijo ella, moviendo la cabeza negativamente.

—Piénselo un poco —dijo McCarron a Tom—. ¿Cree que eso podría explicar su comportamiento? ¿Cree que se está ocultando para no tener que responder a las preguntas de la policía?

Tom reflexionó un instante.

—No hizo ni dijo nada que me hiciese pensar en eso.

—¿Cree que tenía miedo de algo?

—No me imagino de qué —contestó Tom.

McCarron siguió preguntándole si Dickie y Freddie Miles eran muy amigos, si conocía a alguien más que fuese amigo común de Dickie y de Freddie, si sabía de alguna deuda o de algún asunto de faldas...

—Que yo sepa, solamente Marge.

Marge protestó diciendo que ella no tenía nada que ver con Freddie, por lo que quedaba descartada toda posibilidad de que rivalizasen por ella, y McCarron le preguntó a Tom si podía afirmar con seguridad que él era el mejor amigo de Dickie en Europa.

—No diría tanto —contestó Tom—. Creo que su mejor amigo o amiga es Marge Sherwood. Apenas conozco a los amigos que Dickie tiene en Europa.

McCarron estudió el rostro de Tom nuevamente.

—¿Qué opina de esas falsificaciones?

—Pero ¿lo son efectivamente? A mí me pareció que nadie estaba seguro del todo.

—No creo que lo sean —dijo Marge.

—Al parecer las opiniones están divididas —dijo McCarron—. Los peritos creen que la carta que escribió al Banco de Nápoles era auténtica, lo cual sólo significa una cosa: que si ha habido alguna falsificación, él está encubriendo a alguien. Supongamos que se trata de un caso de falsificación, ¿tienen alguna idea de a quién trata de encubrir?

Tom titubeó un momento, y Marge dijo:

—Conociéndole, no le creo capaz de estar encubriendo a nadie. ¿Por qué iba a hacerlo?

McCarron tenía los ojos clavados en Tom, pero resultaba imposible adivinar si estaba calibrando su honradez o simplemente rumiando todo lo que acababan de decirle. El detective tenía todo el aspecto de un típico vendedor de coches americano, o vendedor de cualquier otra cosa; era alegre, presentable, de mediana inteligencia, capaz de charlar de béisbol con un hombre o de hacer algún cumplido tonto a una mujer. Tom no se había formado una gran opinión de él, pero, por otro lado, se decía que no era prudente menospreciar al contrario. Mientras Tom le estaba mirando, McCarron abrió su boca pequeña y blanda para decir:

—Mister Ripley, ¿le importaría bajar conmigo unos minutos, si dispone de ellos?

—No faltaría más —dijo Tom, poniéndose en pie.

—No tardaremos —dijo McCarron, dirigiéndose a Marge y a mister Greenleaf.

Al llegar a la puerta, Tom volvió la cabeza hacia atrás, porque mister Greenleaf se había puesto en pie y estaba diciendo algo, aunque no le prestó atención. De pronto, Tom notó que estaba lloviendo, que sobre los cristales de la ventana caían cortinas de lluvia gris, y tuvo la sensación de estar presenciando la última escena de su vida, una escena borrosa y fugaz en la que la figura de Marge, al otro lado de la espaciosa habitación, quedaba empequeñecida y mister Greenleaf, de pie y con el cuerpo inclinado hacia delante, hacía pensar en un anciano que anduviese con pasos vacilantes. Pero era por la cómoda habitación que estaba dejando atrás, y por la casa al otro lado del canal, invisible a causa de la lluvia, que tal vez nunca volvería a ver.

Mister Greenleaf estaba preguntando algo:

—¿Van a... a volver dentro de unos minutos?

—Oh, claro —contestó McCarron con la firmeza impersonal de un verdugo.

Echaron a andar hacia el ascensor. Tom iba preguntándose si era de aquel modo como solían hacerlo: unas palabras apenas susurradas en el vestíbulo y luego la entrega del culpable a la policía italiana, tras lo cual McCarron regresaría a la habitación como había prometido. McCarron llevaba consigo un par de papeles que había sacado de su cartera. Tom miraba fijamente la moldura que adornaba la pared del ascensor, al lado del indicador de pisos; era una figura geométrica parecida a un huevo y enmarcada por cuatro diminutas circunferencias en relieve.

«Piensa en algo sensato y normal que decir sobre mister Greenleaf», se dijo Tom a sí mismo, apretando los dientes. «¡Ojalá no empiece a sudar a mares precisamente ahora!»

Todavía no había empezado a sudar, pero temía hacerlo en cuanto llegasen al vestíbulo. McCarron apenas le llegaba a los hombros y, en el momento en que el ascensor se detuvo, Tom se volvió hacia él y, sonriendo torvamente, le dijo:

—¿Es éste su primer viaje a Venecia?

—Sí —contestó McCarron, encaminándose hacia el otro lado del vestíbulo y, señalando la cafetería del hotel, añadió—: ¿Nos sentamos allí?

Su tono era cortés y Tom accedió a su proposición. La cafetería no estaba demasiado concurrida, pero no había ninguna mesa que quedase aislada de las demás lo suficiente para que su conversación no pudiera ser oída. Tom se preguntó si McCarron se proponía acusarle allí mismo, colocando tranquilamente las pruebas sobre la mesa, una tras otra. Aceptó la silla que el detective le ofrecía. McCarron se sentó de espaldas a la pared. Un camarero se les acercó.

—*Signori?*

—Café —dijo McCarron.

—*Cappuccino* —pidió Tom—. ¿Prefiere un *cappuccino* o un *espresso*?

—¿Cuál de los dos es con leche? ¿El *cappucino*?

—Así es.

—Entonces tomaré uno.

Tom hizo el encargo.

McCarron le miró, sonriendo aviesamente. Tom se imaginó tres o cuatro formas de empezar la acusación:

«Usted mató a Richard, ¿no es cierto? Lo de los anillos es ya demasiado, ¿no le parece?», o bien: «Hábleme de la lancha de San Remo, mister Ripley, sin omitir ningún detalle»; o tal vez se limitaría a ir exponiendo sus conclusiones tranquilamente:

«¿Dónde estaba usted el quince de febrero, cuando Richard desembarcó en... Nápoles? De acuerdo, pero ¿dónde vivía usted por aquel entonces? ¿Dónde vivía en enero, por ejemplo?... ¿Puede probarlo?».

McCarron no decía absolutamente nada, sólo se miraba las manos regordetas, sonriendo débilmente, como si le hubiese sido tan absurdamente fácil descifrar el embrollo que casi le daba vergüenza expresar sus conclusiones de palabra.

En una mesa cercana, cuatro italianos parloteaban como loros y soltaban grandes risotadas. Tom sintió deseos de alejarse de ellos, pero permaneció inmóvil en su silla, preparándose para lo que iba a venir hasta que la tensión a que se estaba sometiendo a sí mismo se convirtió en una actitud de desafío. Se oyó decir a sí mismo, con una voz que reflejaba una tranquilidad increíble:

—¿Tuvo suficiente tiempo para hablar con el *tenente* Roverini al pasar por Roma?

Y mientras formulaba la pregunta comprendió que lo hacía con un motivo concreto: averiguar si McCarron estaba al corriente del asunto de la lancha de San Remo.

—No, no me fue posible —contestó McCarron—. Me pasaron recado de que mister Greenleaf iría a Roma hoy, pero llegué tan anticipadamente que decidí venir aquí para verle..., y, de paso, hablar con usted también.

McCarron bajó la vista sobre sus papeles.

—¿Qué clase de hombre es Richard? ¿Cómo le describiría usted, refiriéndose a su personalidad?

Tal vez McCarron ya había empezado a recorrer la senda que le llevaría a formular su acusación, y trataba de hacerse con más pruebas basándose en las palabras que Tom utilizase para describir a Richard. O tal vez lo único que pretendía era obtener la opinión objetiva que los padres de Dickie no podían proporcionarle.

—Quería ser pintor —empezó a decir Tom—, aunque sabía que nunca llegaría a ser un buen pintor. Se esforzaba en aparentar que eso no le importaba, que su vida era feliz y que la vivía exactamente tal como la tenía planeada...

Tom se humedeció los labios.

—Pero creo que la vida que llevaba estaba empezando a pesarle. Su padre no la aprobaba, como probablemente ya sabrá usted. Además, Dickie se había metido en una situación embarazosa con respecto a Marge.

—¿Qué quiere decir?

—Marge estaba enamorada de él, pero él no lo estaba de la muchacha, aunque la veía tan asiduamente en Mongibello que ella no podía más que darse falsas esperanzas...

Tom se daba cuenta de que empezaba a pisar tierra firme, pero siguió fingiendo que le costaba expresarse.

—A decir verdad, nunca llegó a hablar de ello conmigo. Siempre hablaba en términos muy elogiosos con respecto a Marge. Sentía un gran afecto por ella, pero cualquiera podía ver... Marge incluida..., que nunca llegaría a casarse con ella. Pero Marge jamás abandonó la esperanza. Creo que fue por eso principalmente por lo que Dickie se fue de Mongibello.

McCarron parecía estar escuchándole paciente y comprensivamente.

—¿Qué quiere decir con eso de que nunca abandonó la esperanza? ¿Qué hizo ella?

Tom aguardó a que el camarero dejase las dos espumosas tazas de *cappuccino* y colocase la nota del importe debajo del azucarero.

—Pues no dejó de escribirle, pidiéndole verse, pero al mismo tiempo con mucho tacto, de eso estoy seguro, para no entrometerse en su ansiada soledad. Todo esto me lo contó él en Roma. Me dijo que, tras el asesinato de Miles, no estaba de humor para ver a Marge y que se temía que ella, al enterarse del lío en que Dickie andaba metido, se presentara en Roma.

—Según usted, ¿por qué estaba inquieto después del asesinato de Miles?

McCarron bebió un sorbo e hizo una mueca porque la bebida quemaba o tenía un sabor demasiado amargo. Metió la cucharilla en la taza y empezó a darle vueltas. Tom le explicó que Dickie y Freddie habían sido muy buenos amigos y que el asesinato de Freddie fue poco después de salir de casa de Dickie, escasos minutos después.

—¿Cree que tal vez fue Richard quien mató a Freddie? —preguntó McCarron en voz baja.

—No, no lo creo.

—¿Por qué?

—Porque no tenía ningún motivo para matarle... al menos ningún motivo que yo sepa.

—La gente suele decir que Fulanito o Menganito no era capaz de matar a nadie —comentó McCarron—. ¿A usted le parece que Richard era el tipo de hombre capaz de convertirse en un asesino?

Tom titubeó, buscando sinceramente la verdad.

—Nunca pensé en ello. No sé cómo son las personas capaces de matar a alguien. Le he visto furioso...

—¿Cuándo?

Tom le describió los dos días en Roma, cuando, según dijo, Dickie estaba furioso y decepcionado a causa de las preguntas que le estaba haciendo la policía, llegando a irse de su apartamento para no recibir llamadas telefónicas de sus amigos y de desconocidos. Tom lo relacionó con la creciente frustración que se estaba apoderando de Dickie a causa de sus escasos progresos en la pintura. Tom pintó a Dickie como un muchacho tozudo y orgulloso, temeroso de su padre y, por ende, empeñado en llevarle la contraria; un muchacho inestable que se mostraba generoso con los desconocidos y también con sus amigos, pero que era presa de frecuentes cambios de humor que le hacían pasar de la sociabilidad al retraimiento más exagerado. Resumió su descripción del carácter de Dickie diciendo que era un muchacho de lo más corriente a quien le gustaba creerse extraordinario.

—Si se suicidó —dijo finalmente Tom—, creo que fue por haberse dado cuenta de sus propios fracasos y limitaciones. Me resulta mucho más fácil imaginármelo como suicida que como asesino.

—Pero yo no estoy completamente seguro de que no asesinase a Freddie Miles, ¿y usted?

McCarron era sincero, de eso Tom estaba seguro. Incluso esperaba que Tom defendiera a Dickie, porque habían sido amigos. Tom se sintió libre del terror que le atenazaba, pero sólo libre en parte, igual que si se tratase de algo que iba derritiéndose lentamente en su interior.

—No puedo decirlo con certeza —dijo Tom—, pero no creo que lo hiciese.

—Tampoco yo estoy seguro. Pero sin duda eso explicaría muchas cosas, ¿no le parece?

—Sí —contestó Tom—. Lo explicaría todo.

—Bueno, hoy ha sido mi primer día de trabajo —dijo McCarron, con una sonrisa de optimismo—. Ni siquiera he examinado el informe de Roma. Es probable que necesite hablar nuevamente con usted cuando haya estado en Roma.

Tom le miraba fijamente, pensando que la charla terminaba allí.

—¿Habla usted italiano?

—No, no muy bien, pero sé leerlo. Me defiendo mejor con el francés, pero ya me las arreglaré —dijo McCarron, como si el asunto no tuviese mucha importancia.

Pero sí la tenía, y mucha. A Tom le resultaba imposible imaginarse a McCarron enterándose de todo lo que sobre el caso Greenleaf sabía Roverini, valiéndose exclusivamente de un intérprete. Además, McCarron tampoco podría indagar por ahí, preguntando a la gente como la portera de Dickie Greenleaf en Roma. Y eso era muy importante.

—Hablé con Roverini aquí, en Venecia, hace unas pocas semanas —dijo Tom—. Salúdele de mi parte.

—Lo haré.

McCarron terminó su café.

—Conociendo a Dickie, ¿dónde cree usted que iría si quisiera ocultarse?

Tom se movió inquieto en la silla, pensando que McCarron estaba apurando todas sus posibilidades.

—Pues, sé que Italia es lo que más le gusta. No apostaría por Francia. También le gusta Grecia. Y me habló de hacer un viaje a Mallorca alguna vez. Supongo que España en general es una posibilidad.

—Entiendo —dijo McCarron, suspirando.

—¿Regresará a Roma hoy mismo?

McCarron alzó las cejas.

—Me figuro que sí, depende de que pueda dormir unas cuantas horas aquí. No he visto una cama desde hace dos días.

Tom se dijo que lo soportaba muy bien.

—Me parece que mister Greenleaf quería saber los horarios del ferrocarril. Hay dos trenes esta mañana y es probable que unos más por la tarde. Tenía pensado marcharse hoy.

—Pues podemos marcharnos hoy —dijo McCarron, alargando la mano hacia la cuenta—. Le agradezco mucho su ayuda, mister Ripley. Ya tengo su dirección y el número de teléfono, en caso de que tenga que verle otra vez.

Se levantaron.

—¿Le importa que suba a despedirme de Marge y mister Greenleaf?

A McCarron no le importaba. Volvieron a subir en el ascensor, y Tom tuvo que hacer un esfuerzo para no ponerse a silbar. La tonadilla de *Papa non vuole* le daba vueltas en la cabeza.

Al entrar, examinó cuidadosamente a Marge, buscando algún síntoma de enemistad. Pero la muchacha solamente parecía un poco trágica, como si hubiese enviudado recientemente.

—Quisiera hacerle unas cuantas preguntas a solas, miss Sherwood —dijo McCarron—. Si a usted no le importa, mister Greenleaf.

—No faltaría más. Precisamente estaba a punto de bajar a comprar algunos periódicos —dijo mister Greenleaf.

McCarron no se daba por vencido. Tom se despidió de Marge y de mister Greenleaf por si se iban a Roma aquel mismo día y él no volvía a verles. A McCarron le dijo:

—Si puedo serle útil, tendré mucho gusto en desplazarme a Roma cuando usted lo crea oportuno. Bueno, aquí me encontrará hasta fines de mayo.

—Para entonces ya sabremos algo —dijo McCarron, con su sonrisa confiada de irlandés.

Tom acompañó a mister Greenleaf al vestíbulo.

—Me hizo otra vez las mismas preguntas —dijo Tom—, y también me pidió mi opinión sobre el carácter de Dickie.

—¿De veras? ¿Y cuál es su opinión? —preguntó mister Greenleaf con voz desesperanzada.

Tom se daba cuenta de que, tanto si se había suicidado como si estaba escondido, la conducta de Dickie resultaría igualmente reprensible a los ojos de su padre.

—Le dije lo que me parece que es la verdad —dijo Tom—. Que es capaz de huir y también de suicidarse.

Mister Greenleaf no hizo ningún comentario y se limitó a dar unas palmadas en el brazo de Tom.

—Adiós, Tom.

—Adiós —dijo Tom—. Espero tener noticias suyas.

Tom se dijo que todo iba bien entre él y mister Greenleaf, y lo mismo pasaría con Marge. La muchacha se había tragado la explicación basada en el suicidio, y a partir de aquel momento todos sus pensamientos partirían de ahí.

Tom pasó la tarde en casa, esperando una llamada telefónica, siquiera una de McCarron, aunque no fuese nada importante. Pero no recibió ninguna, a excepción de la de Titi, la condesa, que le invitó a tomar unos cócteles por la tarde. Tom aceptó.

Tom se preguntó por qué iba a esperar que Marge le causara problemas. Nunca lo había hecho. Lo del suicidio era una *idée fixe,* y, con su escasa imaginación, la misma Marge se encargaría de que sus propios pensamientos se ajustasen a ella.

28

McCarron telefoneó desde Roma al día siguiente, preguntando los nombres de todas las personas que Dickie conocía en Mongibello. Al parecer eso era todo lo que quería saber, ya que se tomó mucho tiempo para ir anotándolos todos y cotejarlos con la lista que Marge le había dado. La lista de Marge era muy completa, pero Tom repitió todos los nombres, junto con las complicadas direcciones en que vivían. Estaba Giorgio, por supuesto; Pietro, el barquero; Maria, la tía de Fausto, cuyo apellido Tom no sabía, aunque le explicó a McCarron, de manera premeditadamente complicada, qué debía hacer para dar con su domicilio; Aldo, el de la tienda de comestibles; los Cecchi; e incluso el viejo Stevenson, el solitario pintor que vivía en las afueras del pueblo y a quien Tom nunca había visto. Tom tardó varios minutos en darle la relación completa, y lo más probable era que McCarron tardase varios días en localizarles. No dejó fuera a nadie, salvo al *signore* Pucci, el hombre que se había encargado de vender la casa y el velero de Dickie y que, sin duda, le diría al detective, si éste no lo sabía ya por Marge, que Tom Ripley estuvo en Mongibello para poner en orden los asuntos de Dickie. De todas formas, tanto si se enteraba de uno u otro modo, a Tom no le pareció nada grave que McCarron supiese que él se había encargado de arreglar los asuntos de Dickie. En cuanto a las personas como Aldo y Stevenson, le daba igual que McCarron obtuviese de ellos tanta información como pudiesen darle.

—¿Alguien más en Nápoles? —preguntó McCarron.

—No, que yo sepa.

—¿En Roma?

—Lo lamento, pero nunca le vi acompañado en Roma.

—¿No llegó a conocer a ese pintor..., a... Di Massimo?

—No. Le vi una vez —dijo Tom—. Pero no me lo presentó.

—¿Qué aspecto tiene?

—Pues no pude verle muy bien. Fue desde lejos, al despedirme de Dickie. Me pareció de mediana estatura, cincuentón y con el pelo negro, algo canoso... Eso es todo lo que recuerdo. Ah, sí...., era de complexión más bien robusta y llevaba un traje gris claro.

—¡Hum!... De acuerdo —dijo McCarron distraídamente, como si estuviese ocupado en tomar nota de todo—. Bien, creo que eso es todo. Muchas gracias, mister Ripley.

—No hay de qué. ¡Buena suerte!

Luego Tom se quedó en casa esperando durante varios días, igual que hubiese hecho cualquier persona al alcanzar su punto culminante la búsqueda de un amigo desaparecido. Rechazó dos o tres invitaciones. La prensa mostraba un interés renovado por la desaparición de Dickie, interés que, sin duda, se inspiraba en la presencia de un detective americano, contratado por el padre de Dickie, en Italia. Cuando se presentaron unos fotógrafos del *Europeo* y de *Oggi* para fotografiarle a él y a su casa, Tom les dijo firmemente que se fuesen, y tuvo que coger por el brazo a un joven demasiado insistente y llevarlo hasta la puerta. Pero nada de importancia acaeció durante cinco días. No hubo llamadas telefónicas ni cartas, ni siquiera del teniente Roverini. A veces, especialmente al anochecer, Tom se imaginaba lo peor, presa como de una depresión más fuerte que en cualquier otro momento del día. Se imaginaba a Roverini y a McCarron uniendo sus esfuerzos y desarrollando la teoría de que Dickie pudiera haber desaparecido en noviembre; entonces se imaginaba a McCarron verificando la fecha en que Tom había comprado el coche y oliéndose algo al averiguar que Dickie no había regresado del viaje a San Remo y que Tom lo había hecho para cuidarse de la enajenación de los bienes de Dickie. Tom estudiaba y volvía a estudiar el adiós cansado e indiferente que le había dicho mister Greenleaf al irse de Venecia, interpretándolo como señal de hostilidad e imaginándose a mister Greenleaf poniéndose furioso en Roma, al no dar resultado todos los esfuerzos para encontrar a Dickie y, de pronto, exigiendo una minuciosa investigación en torno a Tom Ripley, ese granuja a quien él había costeado el viaje a Europa para que le devolviese a su hijo.

Pero cada mañana Tom recobraba el optimismo. En el lado positivo se hallaba el hecho de que Marge creía a pie juntillas que Dickie se había pasado aquellos meses en Roma, y probablemente ella conservaba todas sus cartas y se las enseñaría a McCarron. Las cartas eran excelentes. Tom se alegraba de haberles dedicado tanto tiempo. Marge era una ventaja más que un riesgo. Realmente era una suerte que no la hubiese matado la noche en que ella encontró los anillos.

Cada mañana, desde la ventana de su dormitorio, Tom veía salir el sol, abriéndose paso entre neblinas invernales, alzándose trabajosamente sobre la ciudad dormida hasta que, finalmente, antes del mediodía, conseguía brillar sin trabas durante un par de horas. Para Tom, el despuntar sereno de cada nuevo día era como una promesa de paz para el futuro. Los días iban siendo más cálidos, con menos lluvia y mayor claridad. La primavera estaba casi al llegar, y Tom se decía que una de aquellas mañanas saldría de casa y embarcaría con destino a Grecia.

Hacía seis días que mister Greenleaf y McCarron se habían ido, y por la tarde, Tom telefoneó al primero en Roma. Mister Greenleaf no pudo darle ninguna noticia, aunque Tom ya se lo esperaba. Marge ya había partido para los Estados Unidos. Tom supuso que mientras mister Greenleaf permaneciera en Italia, los periódicos publicarían algo sobre el caso cada día. Pero a la prensa ya se le estaban acabando las noticias sensacionalistas sobre el caso Greenleaf.

—¿Y cómo está su esposa? —preguntó Tom.

—Bastante bien, aunque me temo que la tensión empieza a hacerse sentir en ella. Anoche la llamé por teléfono.

—Lo siento —dijo Tom, pensando que debería escribirle una carta amistosa, sólo unas palabras que la animasen un poco durante la ausencia de su marido. Y deseó que se le hubiese ocurrido antes.

Mister Greenleaf anunció que pensaba irse a finales de aquella misma semana, pasando por París, donde la policía francesa se hallaba investigando también. McCarron le acompañaría y, si en París no surgía ninguna novedad, los dos regresarían juntos a casa.

—Me parece evidente, y creo que a todo el mundo le pasa igual —dijo mister Greenleaf—, que mi hijo ha muerto o se esta escondiendo deliberadamente. No queda ningún rincón del mundo donde no se haya oído hablar de la búsqueda... salvo Rusia, tal vez. ¡Cielos! Supongo que no habrá mostrado deseos de irse allí, ¿eh?

—¿A Rusia? No, no que yo sepa.

Al parecer, mister Greenleaf había decidido que, suponiendo que contra todo indicio Dickie no hubiese muerto, podía irse a paseo. Durante la conversación que sostuvo con Tom por teléfono, ese sentimiento de indiferencia predominaba sobre cualquier otro.

Aquella misma tarde, Tom se fue a casa de Peter Smith-Kingsley. Peter tenía un par de periódicos ingleses que le habían enviado sus amigos de Inglaterra, y en uno de ellos salía la foto de Tom expulsando de su casa al fotógrafo del *Oggi*. Tom ya la había visto en la prensa italiana. Hasta a América habían llegado fotos en las que se le veía en las calles de Venecia, junto con otras de su domicilio. Tanto Bob como Cleo le habían mandado por correo aéreo algunas de las fotos y recortes de la prensa sensacionalista donde se hablaba del caso, que a los dos les parecía terriblemente emocionante.

—¡Estoy más que harto! —dijo Tom—. Si sigo aquí es por cortesía y para ayudar si puedo. Si algún otro periodista intenta colármeme en casa, le voy a recibir a escopetazos en cuanto cruce la puerta.

Tom se sentía verdaderamente irritado y asqueado, y ello se le notaba en la voz.

—Te entiendo muy bien —dijo Peter—. Ya sabes que regreso a casa a finales de mayo, así que si te apetece pasar una temporada en mi refugio de Irlanda, serás más que bienvenido. Puedo asegurarte que allí se está más tranquilo que en la mismísima tumba.

Tom le miró. Peter ya le había hablado de su viejo castillo de Irlanda, enseñándole incluso algunas fotos. De pronto, por su cerebro cruzó fugazmente el recuerdo de su relación con Dickie. Fue como revivir una vieja pesadilla, como un fantasma pálido y malévolo que le amenazase con la posibilidad de que lo mismo se repitiese con Peter, el recto, confiado, ingenuo y generoso Peter. Lo único distinto era que no se parecía lo suficiente a Peter. Pero una velada, para divertirle, Tom había imitado el acento británico y los modales amanerados de Peter, sin olvidar su forma de echar la cabeza hacia un lado al hablar. Y Peter se había reído como nunca al verle. Tom pensó que no debería haberlo hecho y se sintió avergonzado, por haberlo hecho y por haber pensado, hacía un momento, que lo mismo que le había ocurrido con Dickie podía ocurrirle con Peter.

—Gracias —dijo Tom—, pero creo que me irá bien seguir solo durante una temporada. Echo de menos a mi amigo Dickie, ¿sabes?, le echo mucho de menos.

Inopinadamente se encontró con los ojos llenos de lágrimas, recordando la sonrisa de Dickie el día en que habían empezado a congeniar, al confesarle Tom que su padre le había enviado. Recordaba el primer viaje a Roma y la media hora que habían pasado en el bar del Carlton, en Cannes, cuando Dickie se mostró tan aburrido y silencioso, y con razón, porque fue él quien le arrastró a Cannes, sabiendo que a Dickie no le decía nada la Costa Azul. Nada de todo aquello hubiese sucedido si él se hubiese dedicado a viajar solo, si no hubiese sido tan ambicioso e impaciente, si no hubiese malinterpretado como un estúpido la relación entre Dickie y Marge, esperando simplemente a que se separasen por propia voluntad. Hubiera podido seguir viviendo con Dickie el resto de su vida, viajando y disfrutando de la vida hasta el fin de sus días. Si aquel día no le hubiera dado por ponerse las ropas de Dickie...

—Te entiendo, Tommie —dijo Peter, dándole unas palmaditas en la espalda—. De veras que te entiendo, muchacho.

Tom le miró con los ojos bañados en lágrimas. Se imaginaba estar de viaje con Dickie, en un transatlántico que les llevaba a América para pasar las Navidades con los padres de Dickie, que le tratarían como a otro hijo.

—Gracias —dijo Tom.

La palabra le salió como un balbuceo infantil.

—Me temo que hubieras reventado de no desahogarte de este modo —dijo comprensivamente Peter.

29

Venecia
3 de junio de 19...

Apreciado mister Greenleaf:

Al hacer hoy una maleta, me he encontrado un sobre que Richard me dio en Roma y que inexplicablemente había olvidado hasta ahora. El sobre llevaba escrito «No debe abrirse hasta junio» y da la casualidad de que ya estamos en junio. Dentro del sobre encontré el testamento de Richard dejándome a mí su renta y sus bienes. Me siento tan atónito como probablemente se sentirá usted y, sin embargo, por el modo en que está redactado el testamento (escrito a máquina) parece escrito por alguien en posesión de sus facultades mentales.

Lo que más siento es no poder haber recordado antes que el sobre se hallaba en mi poder, ya que hubiésemos sabido mucho antes que tenía la intención de quitarse la vida. Lo guardé en un compartimento de la maleta y luego se me fue de la cabeza. Me lo dio la última vez que le vi, en Roma, cuando se encontraba tan deprimido.

Pensándolo mejor, le adjunto una fotocopia del testamento para que pueda comprobarlo con sus propios ojos. Es el primer testamento que veo en mi vida, por lo que desconozco por completo qué pasos hay que dar seguidamente. ¿Me lo puede indicar usted?

Le ruego que transmita mis mejores deseos a mistress Greenleaf y sepa que los dos pueden contar con mi más sentida simpatía y que me pesa tener que escribirle la presente. Le ruego que me conteste cuanto antes. Mi próxima dirección será:

A la atención de la American Express

Atenas, Grecia.

Muy amablemente,

Tom Ripley

Tom no ignoraba que en cierto modo estaba jugando con fuego, ya que la carta podía dar pie a que se abriese una nueva investigación de las firmas, tanto en el testamento como en los cheques, una de aquellas investigaciones implacables que las compañías de seguros y, probablemente también las compañías fideicomisarias, ponían en marcha cuando veían en peligro el dinero de sus propios bolsillos. Pero no estaba de humor para seguir esperando. Tenía el pasaje para Grecia desde mediados de mayo, y el tiempo había ido mejorando día a día, mientras él sentía aumentar su desasosiego. Había sacado el coche del garaje de la Fiat en Venecia, para ir al Brennero, Salzburgo y Múnich, bajando luego hasta Trieste y Bolzano. En todas partes el tiempo era espléndido, salvo un leve aguacero primaveral que le había sorprendido en Múnich, cuando paseaba por el Englischer Garten. Tom ni siquiera se había guarecido de la lluvia, limitándose a proseguir su paseo, presa de una excitación infantil al pensar que era la primera lluvia alemana que caía sobre él. Tenía solamente dos mil dólares, transferidos de la cuenta bancaria de Dickie y ahorrados de la renta mensual. No se había atrevido a sacar más dinero habiendo transcurrido solamente tres meses. El mismo riesgo que corría al tratar de hacerse con todo el dinero de Dickie le resultaba irresistible. No podía más de aburrimiento tras las monótonas semanas en Venecia, cuando cada día que pasaba parecía confirmarle su seguridad personal y poner de relieve lo aburrido de su existencia. Roverini ya había dejado de escribirle. Alvin McCarron había regresado a Estados Unidos (sin haber dado más señales de vida que una llamada sin importancia desde Roma), por lo que Tom daba por hecho que él y mister Greenleaf habían llegado a la conclusión de que Dickie estaba muerto o escondido voluntariamente, así que no valía la pena seguir buscándole. Los periódicos ya no publicaban nada sobre Dickie, ya que nada tenían que pudiera publicarse. Tom experimentaba una sensación de vacío e inactividad que, de no haber hecho el viaje en coche a Múnich, hubiese acabado por volverle loco. Al regresar a Venecia para hacer el equipaje con vistas al viaje a Grecia, la sensación se había hecho aún peor: estaba a punto de irse a Grecia, de visitar aquellas islas milenarias y heroicas, e iba a hacerlo en calidad de Tom Ripley, el pequeño e insignificante Tom Ripley, sin más que dos mil dólares que ya empezaban a menguar en el banco. Tanto era así, que iba a tener que pensárselo antes de comprarse cualquier cosa, siquiera fuese un libro sobre el arte griego. La idea le resultaba intolerable.

Todavía en Venecia, había tomado la decisión de hacer de su viaje a Grecia un acto heroico, enfrentándose a las islas como correspondía a un individuo valiente, que vivía y respiraba, y no como un don nadie de Boston. Si al desembarcar en el Pireo caía en manos de la policía, nadie podría quitarle los días vividos antes, de pie en la proa de un navío, desafiando al viento y cruzando las aguas oscuras como el vino, como Jasón o Ulises reencarnados en su persona. Así que había escrito la carta a mister Greenleaf y la había echado al correo tres días antes de zarpar de Venecia. Probablemente, la carta tardaría cuatro o cinco días en llegar a manos de mister Greenleaf, así que no le daría tiempo a retenerle en Venecia y hacerle perder el buque. Además, desde todos los puntos de vista, era mejor no aparentar demasiado interés por el asunto, pasando un par de semanas incomunicado, hasta llegar a Grecia, como si le diese lo mismo cobrar o no la herencia, y no pudiera permitir que un asunto semejante le obligase a aplazar un viaje que tenía pensado hacer.

Dos días antes de la partida, fue a tomar el té en casa de Titi della Latra-Cacciaguerra, la condesa que había conocido al empezar a buscar casa en Venecia. La doncella le acompañó hasta la sala de estar, donde Titi le saludó con unas palabras que llevaba semanas sin oír.

—*Ah, ciao, Tomaso!* ¿Has visto el periódico de la tarde? ¡Han encontrado las maletas de Dickie! ¡Y sus cuadros! Aquí mismo, en la American Express de Venecia!

Los pendientes de oro de la condesa vibraban a causa de su agitación.

—*¿Qué?*

Tom no había visto la prensa porque se había pasado toda la tarde haciendo el equipaje.

—¡Léelo! ¡Aquí! ¡Dice que la ropa la depositaron en febrero! La mandaron desde Nápoles. ¡A lo mejor está en Venecia!

Tom leyó la noticia. El periódico decía que al recibirse el rollo de telas, el cordel estaba desatado y un empleado, al volver a atarlo, había reparado en la firma R. Greenleaf que llevaban las pinturas. A Tom empezaron a temblarle las manos de tal modo que tuvo que coger el periódico por ambos lados para poder leerlo. El periódico decía también que la policía estaba examinándolo todo minuciosamente para encontrar huellas dactilares.

—¡A lo mejor está vivo! —gritó Titi.

—No lo creo... No veo de qué modo esto prueba que lo esté. Pudo suicidarse o ser asesinado después de mandar las maletas. El hecho de que vayan bajo otro nombre... Fanshaw...

Tuvo la impresión de que la condesa, que, sentada en el sofá, le estaba mirando atentamente, parecía sorprendida por su nerviosismo, así que, serenándose rápidamente y haciendo acopio de valor, dijo:

—¿Lo ves? Lo están examinando todo para encontrar huellas dactilares. No lo harían si estuvieran seguros de que fue Dickie quien mandó las maletas. ¿Por qué iba a depositarlas bajo el nombre de Fanshaw si esperaba recogerlas él mismo? Hasta han encontrado su pasaporte, junto con lo demás.

—¡Quizá esté escondido bajo el nombre de Fanshaw! ¡*Oh, caro mio,* te hará bien un poco de té!

Titi se puso en pie.

—*Giustina! Il te, per piacere, subitissimo!*

Tom se dejó caer sobre el sofá, con gesto desfallecido, sin apartar el periódico de sus ojos. Pensaba si también se desharía el nudo que ataba el cadáver de Dickie.

—Ah, *carissimo,* eres tan pesimista —dijo Titi, dándole unos golpecitos en la rodilla—. ¡Es una buena noticia! ¿Y si todas las huellas son suyas? ¿No te alegrarías entonces?

Supón que mañana, al pasar por alguna callejuela de Venecia, ¡te encuentras cara a cara con Dickie Greenleaf, alias *signore* Fanshaw!

La condesa dejó oír su risa aguda y agradable, en ella tan natural como el mismo respirar.

—Aquí dice que en las maletas estaba todo.., los útiles para afeitarse, el cepillo de dientes, los zapatos, el abrigo, el equipo completo —dijo Tom, ocultando su terror tras la fachada del pesimismo—. No es posible que esté vivo y haya dejado todo eso. Seguramente el asesino desnudó el cadáver y depositó allí sus ropas porque era la forma más fácil de librarse de ellas.

Titi reflexionó brevemente, luego dijo:

—¿Me harás el favor de no desanimarte así hasta que sepas de quién son la huellas dactilares? Al fin y al cabo, mañana emprendes un viaje de placer, ¿no? *Ecco il te!*

«Mañana no, pasado mañana», pensó Tom. «Roverini tendrá tiempo suficiente para cotejar mis huellas con las de los cuadros y maletas.»

Tom procuró recordar si en los cuadros y en las maletas había superficies lisas en las que pudieran hallarse huellas dactilares. No había muchas, salvo en los útiles para el afeitado, pero encontrarían lo suficiente aquí y allá para lograr reconstruir diez huellas perfectas si se lo proponían. El único hecho que le permitía conservar cierto optimismo era que todavía no tenían sus huellas, y que quizá no se las tomasen porque aún no sospechaban de él, pero quizá tenían ya las de Dickie, y, en caso contrario, lo primero que haría mister Greenleaf sería mandarlas desde América, para cerciorarse. Había muchos sitios donde Dickie habría dejado sus huellas: en algunas de sus cosas en América, en la casa de Mongibello...

—¡Tomaso! ¡Tómate el té! —dijo Titi, volviéndole a apretar suavemente la rodilla.

—Gracias.

—Ya verás. Cuando menos esto es un paso hacia la verdad, hacia lo que pasó *realmente*. Bueno, ahora hablemos de otras cosas, ¡si vas a ponerte tan triste! ¿Adónde irás desde Atenas?

Tom procuró volver su atención hacia Grecia. A sus ojos, Grecia estaba recubierta de oro, el oro de las armaduras que llevaban los guerreros, y bañada por la luz del sol, su famosa luz. Vio estatuas de piedra con rostros serenos y fuertes, como las mujeres del porche del Erecteón. No deseaba irse a Grecia dejando atrás, en Venecia, la amenaza de las huellas colgando sobre su cabeza. Le degradaría, le haría sentirse tan rastrero como la más inmunda de las ratas que correteaban por las callejas de Atenas, más bajo que el más sucio de los mendigos que le abordasen en las calles de Salónica. Tom se ocultó el rostro con las manos y rompió a llorar. Grecia se había acabado, había explotado como un globo dorado.

Titi le rodeó con uno de sus brazos firmes y rollizos.

—¡Tomaso! ¡Arriba esos ánimos! ¡Espera a tener un motivo para desesperarte!

—¡No comprendo cómo no te das cuenta de que esto es un mal síntoma! —dijo desesperadamente Tom—. ¡De veras que no lo comprendo!

30

El peor síntoma de todos era que Roverini, que hasta entonces le había estado escribiendo en tono amistoso y explícito, no le comunicó absolutamente nada acerca del hallazgo de las maletas y las telas en Venecia. Tom pasó una noche en vela y luego, durante el día, estuvo yendo de un lado para otro, ocupándose de los inacabables preparativos del viaje, pagando a Anna y a Ugo, así como a los diversos tenderos que le abastecían. Esperaba que la policía se presentase en cualquier momento, de día o de noche. El contraste entre la tranquilidad y confianza que había sentido tan sólo cinco días antes y la aprensión que ahora le embargaba resultaba casi insoportable. No podía dormir ni comer ni estarse en un mismo sitio durante varios minutos seguidos. Otra cosa que apenas podía soportar era la ironía de verse compadecido por Anna y Ugo, de recibir las llamadas de sus amigos preguntándole si, en vista del hallazgo de las maletas, tenía alguna idea sobre lo que podía haber sucedido. También resultaba irónico que él pudiera decirles que estaba consternado, incluso desesperado, sin que ellos comprendiesen el verdadero alcance de sus palabras. Lo consideraban algo perfectamente natural, ya que, al fin y al cabo, cabía la posibilidad de que Dickie hubiese sido asesinado. A todos les parecía muy significativo que en las maletas se hubiesen encontrado todas las pertenencias de Dickie, hasta los útiles de afeitar y el peine.

Luego estaba la cuestión del testamento. Mister Greenleaf lo recibiría dos días más tarde, y para entonces era posible que ya se supiera que las huellas dactilares no eran las de Dickie, y que hubiesen interceptado al *Hellene* para comprobar las suyas. Si se descubría que también el testamento era falso, no tendrían piedad para él. Ambos asesinatos saldrían a la luz, con tanta naturalidad como la noche sigue al día.

Al embarcar en el *Hellene* Tom experimentaba la sensación de ser un fantasma andante. Hacía días que no dormía, ni comía, y se mantenía en pie solamente gracias a los innumerables *espressos* que consumía y al impulso de sus crispados nervios. Quería preguntar si el buque llevaba radio, pero no hacía falta, por fuerza tenía que llevarla. Era un buque de calado más que respetable, con tres cubiertas y capacidad para cuarenta y ocho pasajeros. Tom se desmayó unos cinco minutos después de que los camareros dejasen su equipaje en el camarote. Recordaba haber permanecido boca abajo en el camarote, con un brazo debajo del cuerpo, y haberse sentido demasiado fatigado para cambiar de postura y luego, al recobrar el conocimiento, el buque ya se movía, no sólo se movía sino que se balanceaba suavemente, con un agradable ritmo que infundía sensación de tremendas reservas de potencia, que era como una promesa de avance ininterrumpido por ningún obstáculo. Tom se sentía mejor, a no ser por el brazo sobre el que había yacido y que ahora colgaba a un costado, como muerto, moviéndose de un lado a otro cuando caminaba hasta el punto de tener que sujetárselo con la otra mano. Su reloj marcaba las diez menos cuarto y fuera reinaba la más absoluta oscuridad.

A la izquierda, muy a lo lejos, se divisaba tierra, probablemente Yugoslavia, cinco o seis lucecitas blancas y débiles, pero nada más salvo el mar y el cielo, negros los dos, tan negros que no había ni rastro del horizonte. Parecía que el buque navegase con la proa pegada a una gigantesca pantalla negra, sólo que no se notaba ninguna dificultad en la regular marcha del navío y, además, el viento azotaba su frente sin traba alguna, como si procediese de la infinidad del espacio. No se veía un alma en cubierta, y Tom dedujo que todos estarían abajo, cenando. Se alegró de estar solo. El brazo empezaba a recobrar la sensibilidad.

Tom se asió a la proa, en el mismo sitio por donde se separaba formando una V y aspiró profundamente. Sintió que en él nacía un nuevo espíritu combativo, desafiante. Se dijo que qué más daba que en aquel preciso momento pudiera estar recibiéndose un cable ordenando la detención de Tom Ripley. Afrontaría lo que fuese valientemente, con la misma firmeza con que en aquel momento afrontaba el viento. Tal vez saltaría por la borda, lo cual, para él, representaría un acto de supremo valor además de la salvación. Desde donde se hallaba podía oír el sonido de la radio del buque, instalada en lo más alto de la superestructura. No tenía miedo. Su estado de ánimo era tal y como había esperado que fuese durante el viaje a Grecia. El hecho de contemplar sin miedo las negras aguas que le rodeaban era tan agradable como ver aparecer en el horizonte las islas griegas. En la oscuridad que se abría ante sus ojos podía ver mentalmente las islitas, las colinas de Atenas salpicadas de edificios, y la Acrópolis.

Entre los pasajeros había una inglesa de edad avanzada que viajaba en compañía de su hija, ya cuarentona, soltera y tan nerviosa que ni tan sólo podía disfrutar del sol durante quince minutos seguidos, tumbada en una hamaca de cubierta, y se veía impulsada a levantarse y anunciar con su vozarrón que iba a dar una vuelta. La madre, por el contrario, era una mujer sumamente tranquila y lenta, al parecer debido a cierta parálisis de la pierna derecha, que era más corta que la otra y la obligaba a llevar un grueso tacón en el zapato, así como a ayudarse con un bastón al caminar. Era exactamente la clase de persona que, en Nueva York, hubiese vuelto loco a Tom con su lentitud y su invariable cortesía; pero allí, a bordo del buque, Tom se sentía impulsado a pasar largas horas con ella, contándole cosas y oyéndola hablar de su vida en Inglaterra, y de Grecia, donde no había estado desde 1926. Tom la acompañaba a dar breves paseos por cubierta y ella se apoyaba en su brazo, sin dejar de disculparse por las molestias que le estaba causando, aunque resultaba fácil ver que le encantaban tantas atenciones. Y la hija se mostraba visiblemente contenta de que alguien la librase de su madre.

Tom se decía que tal vez mistress Cartwright había sido una verdadera arpía en su juventud, que quizá era ella la culpable de todas las neurosis de su hija, a la que había absorbido hasta el punto de impedirle llevar una vida normal y casarse. Tom se decía que tal vez se mereciese que la echasen a patadas por la borda, en vez de llevarla a pasear por cubierta, escuchando sus historias durante horas y horas. Pero daba igual. El mundo no siempre daba a cada cual su merecido. Él mismo era un buen ejemplo de ello. Se consideraba afortunado hasta extremos inimaginables por haber escapado sano y salvo pese a haber cometido dos asesinatos, afortunado desde el momento de adoptar la identidad de Dickie hasta entonces. Durante la primera parte de su vida, la suerte se había mostrado tremendamente injusta con él, pero después de haber conocido a Dickie, se había sentido más que suficientemente compensado. Pero presentía que algo iba a suceder en Grecia, algo que no podía ser bueno. Hacía demasiado tiempo que duraba la buena racha. Si le atrapaban gracias a las huellas dactilares y al testamento, y le sentenciaban a la silla eléctrica, Tom pensaba que, por muy dolorosa que fuese semejante muerte, por muy trágico que fuese morir a los veinticinco años, todo quedaría compensado por los meses vividos desde noviembre.

Lo único que le dolía era no haber visto todo el mundo aún. Deseaba ver Australia. Y la India. Visitar el Japón. Después Sudamérica. Se decía que el simple hecho de ir de país en país, admirando sus obras de arte, bastaba para llenar agradablemente toda un vida. Había aprendido mucho sobre la pintura, incluso al tratar de copiar los mediocres cuadros de Dickie. En las galerías de arte de París y Roma había descubierto en sí mismo un interés por el arte que era nuevo en él, insospechado. No es que quisiera pintar, pero, de tener dinero, su mayor placer hubiera sido coleccionar cuadros que le gustasen y ayudar a los pintores jóvenes con talento y sin dinero.

Su mente se iba por tales tangentes mientras paseaba con lady Cartwright por cubierta, o cuando escuchaba los monólogos, no siempre interesantes, de la buena señora.

Lady Cartwright le consideraba encantador. Días antes de llegar a Grecia, le dijo varias veces lo mucho que había hecho él para que el viaje le resultase agradable, y se pusieron a hacer planes para encontrarse en cierto hotel de Creta, el día dos de julio, ya que Creta era el único sitio donde se cruzaban sus respectivos itinerarios. Lady Cartwright viajaría en autobús. Tom asentía a todas sus sugerencias, aunque no esperaba volver a verla una vez hubieran desembarcado. Se imaginaba la escena de su arresto y traslado a otro buque, o tal vez a un avión, para ser devuelto a Italia. Que él supiese, no se había recibido ningún mensaje por radio relacionado con él, aunque estaba claro que, de haberse recibido, no iban a informarle forzosamente a él. El periódico del buque —una simple hojita ciclostilada que cada noche, a la hora de la cena, todos los pasajeros hallaban junto a su cubierto— no hablaba más que de política internacional, y no era de esperar que publicase noticia alguna sobre el caso Greenleaf, aun suponiendo que se hubiese producido algún acontecimiento importante. Durante los diez días del viaje, Tom vivió inmerso en una extraña atmósfera de predestinación y de valor heroico y desinteresado. Se imaginaba cosas muy extrañas: a la hija de lady Cartwright cayéndose por la borda y a él lanzándose al mar para salvarla; o soportando la fuerza del agua que penetraba por una brecha del casco para taponarla con su propio cuerpo. Se sentía poseído de una fuerza y un valor sobrenaturales.

Cuando el buque puso proa hacia tierra, al llegar a Grecia, Tom se hallaba apoyado en la barandilla, junto a lady Cartwright, que le estaba contando lo muy cambiado que se veía el puerto de El Pireo desde la última vez que allí había estado. A Tom los cambios no le interesaban en lo más mínimo. El Pireo existía, y eso era lo único que le importaba. No era un espejismo que surgiese ante sus ojos, sino tierra firme, tierra por la que él podría caminar, en la que se alzaban edificaciones que podría tocar con sus propias manos... si llegaba hasta ellas.

La policía estaba esperando en el muelle. Tom vio a cuatro agentes, de pie con los brazos cruzados, con la vista alzada hacia el buque. Tom estuvo ayudando a lady

Cartwright hasta el último minuto, alzándola suavemente para salvar el último peldaño de la escalerilla. Luego se despidió sonriendo de ella y de su hija. Tuvieron que ponerse a hacer cola en sitios distintos para recibir su equipaje y, además, las dos Cartwright salían enseguida para Atenas en su autobús especial.

Con el calor y la leve humedad del beso de lady Cartwright todavía en la mejilla, Tom dio media vuelta y lentamente se acercó a los policías. No pensaba dar ningún escándalo, sino limitarse a decirles quién era él. Detrás de los agentes había un quiosco, y a Tom se le ocurrió comprar un periódico. Quizá se lo permitirían. Los agentes observaron cómo se les acercaba. Iban uniformados de negro y llevaban gorra con visera. Tom les sonrió débilmente. Uno de ellos se llevó la mano a la visera y se echó a un lado, pero ninguno de los otros hizo ademán de ocupar su puesto. Tom ya se encontraba prácticamente entre dos de ellos, delante mismo del quiosco, y los policías seguían mirando fijamente al frente, sin prestarle ninguna atención a él.

Tom echó un vistazo a los numerosos periódicos que tenía delante, sintiéndose aturdido y al borde del desmayo. Su mano se dirigió automáticamente hacia un periódico de Roma, que databa solamente de tres fechas. Se sacó unas liras del bolsillo y entonces, de pronto, advirtió que no llevaba divisas griegas; pero el hombre del quiosco cogió las liras con tanta naturalidad como si estuvieran en la propia Italia, e incluso le devolvió el cambio en liras.

—Me llevaré éstos también —dijo Tom en italiano, cogiendo otros tres periódicos italianos y el *Herald Tribune* de París.

Lanzó una mirada furtiva hacia los agentes de policía. No le estaban mirando.

Entonces regresó al tinglado donde los pasajeros del buque se hallaban aguardando el equipaje. Oyó que lady Cartwright le saludaba alegremente al pasar, pero fingió no haberla oído. Al llegar a su cola, abrió el más viejo de los periódicos italianos, que databa de cuatro días. En la segunda página del titular decía:

SIGUE SIN APARECER ROBERT S. FANSHAW,
EL HOMBRE QUE DEPOSITÓ EL EQUIPAJE DE GREENLEAF

Tom leyó el resto de la larga columna, pero solamente le interesó el quinto párrafo:

Hace unos días la policía comprobó que las huellas dactilares que aparecen en las maletas y en los cuadros son las mismas huellas que se hallaron en el piso que Greenleaf dejó abandonado en Roma. Así pues, se da por seguro que fue el mismo Greenleaf quien depositó las maletas y los cuadros...

Con dedos torpes por la ansiedad, Tom abrió otro periódico. Allí estaba también:

En vista de que las huellas dactilares encontradas en los objetos que había dentro de la maleta son idénticas a las que hay en el apartamento del *signore* Greenleaf en Roma, la policía ha sacado la conclusión de que el *signore* en persona hizo las maletas y las despachó a Venecia. Se especula sobre la posibilidad de que se suicidase, quizá en el mar y en estado de total desnudez. Otra conjetura apunta hacia la posibilidad de que esté viviendo bajo el nombre de Robert S. Fanshaw u otro nombre falso. Una tercera posibilidad es la de que fuese asesinado, después de hacer las maletas o ser obligado a hacerlas, quizá con el propósito de confundir a la policía mediante las huellas dactilares.

En todo caso, es inútil proseguir la búsqueda de Richard Greenleaf ya que, aun suponiendo que esté vivo, no tiene en su poder el pasaporte de Richard Greenleaf...

Tom se dio cuenta de que estaba temblando y la cabeza le daba vueltas. La fuerte luz del sol, filtrándose por el borde de la techumbre, le dañaba los ojos. Como un autómata, siguió al mozo que llevaba su equipaje hacia el mostrador de la aduana. Mientras el aduanero examinaba las maletas, Tom, sin quitar la vista de las manos del aduanero, trataba de comprender el significado exacto de las noticias que acababa de leer. Significaban que no había ni la más leve sospecha sobre él, que las huellas dactilares habían garantizado su inocencia; significaban, en resumen, que no sólo no iría a la cárcel ni a la silla eléctrica, sino que, además quedaba libre de toda sospecha. Estaba libre. Fuera del asunto del testamento.

Cogió el autobús que se dirigía a Atenas. Uno de sus compañeros de mesa ocupaba el asiento de al lado, pero no hizo ademán de saludarle, y, aunque le hubiese hablado, Tom no hubiera podido contestarle. Estaba seguro de que en la American Express de Atenas le estaría esperando una carta relativa al testamento. Mister Greenleaf había tenido tiempo suficiente para contestarle. Quizás habría pasado el asunto a sus abogados, y la carta, de uno de éstos, no sería más que una respuesta cortés y negativa. Y quizá el siguiente mensaje de América se lo mandaría la policía, anunciándole que era responsable de falsificación. Tal vez los dos mensajes ya le estaban aguardando en la American Express. El testamento podía echarlo todo a rodar. Tom contempló el paisaje reseco y primitivo que se deslizaba junto a la ventanilla. Nada de lo que veía se le quedaba grabado. Cabía la posibilidad de que la policía griega le estuviese esperando en la American Express, que los cuatro hombres del muelle no fuesen agentes de policía, sino soldados o algo por el estilo.

El autobús se detuvo. Tom se apeó y, tras reunir su equipaje, se puso a buscar un taxi.

—¿Querrá parar un momento en la American Express? —dijo Tom en italiano, y al parecer el taxista le entendió.

Tom recordó que las mismas palabras se las había dicho una vez a un taxista italiano, en Roma, al pasar por allí camino de Palermo, y pensó en lo muy seguro de sí mismo que se había sentido aquella vez, poco después de darle el esquinazo a Marge, en el Inghilterra.

Se incorporó al ver el rótulo de la American Express. Echó una ojeada en torno al edificio, buscando a la policía, aunque era posible que estuvieran dentro. Le dijo al taxista que le esperase, otra vez en italiano, y el hombre pareció entenderle también, llevándose la mano a la gorra. Todo estaba saliendo de un modo engañosamente fácil, igual que segundos antes de que todo salte por los aires. Tom lanzó un vistazo al vestíbulo de la American Express. No se veía nada anormal. Tal vez en cuanto pronunciase su nombre...

—¿Tiene alguna carta a nombre de Thomas Ripley? —preguntó en inglés, hablando en voz baja.

—¿Ripley? ¿Quiere deletreármelo, por favor?

Tom lo deletreó.

La muchacha le dio la espalda y sacó unas cuantas cartas de un casillero.

Nada estaba sucediendo.

—Tres cartas —dijo ella, en inglés y sonriendo.

Una de mister Greenleaf. Una de Titi, desde Venecia. Una de Cleo, reexpedida. Abrió la carta de mister Greenleaf.

9 de junio de 19...

Apreciado Tom:

Su carta del tres de junio llegó ayer.

Para mi esposa y para mí no fue una sorpresa tan grande como usted habrá probablemente imaginado. Ambos sabíamos el gran afecto que Richard sentía por usted, pese a que nunca se molestó en decírnoslo al escribirnos. Como usted dice, este testamento parece indicar, por desgracia, que Richard se ha quitado la vida. Se trata de una conclusión que nosotros hemos acabado por aceptar, ya que la única explicación, aparte de ésta, sería que Richard, por motivos que él sabrá, ha decidido volverle la espalda a su familia.

Mi esposa comparte conmigo la opinión de que, prescindiendo de lo que Richard haya hecho consigo mismo, debe llevarse a cabo su voluntad. Así pues, en lo que al testamento se refiere, sepa que cuenta usted con mi apoyo personal. He puesto la fotocopia en manos de mis abogados, quienes le tendrán al corriente de la marcha de cuantas gestiones efectúen para traspasarle a usted los fondos y demás bienes de Richard.

Una vez más, gracias por la ayuda que me prestó durante mi estancia en el extranjero. Esperamos que nos escriba.

Con mis mejores deseos,

HERBERT GREENLEAF

Tom se preguntó si sería una broma. Pero el papel con el membrete de Burke-Greenleaf parecía auténtico, y, además, mister Greenleaf no era la clase de hombre capaz de gastar bromas semejantes, ni que viviese un millón de años. Tom se dirigió al taxi que le estaba esperando. No era una broma. El dinero era suyo. El dinero y la libertad de Dickie. Y esta libertad, como todo lo demás, parecía una combinación de la suya y la de Dickie. Podría tener una casa en Europa y otra en América, si le apetecía. El dinero obtenido de la casa de Mongibello seguía esperando que lo retirase. Tom lo recordó de repente, y supuso que debería mandárselo a los Greenleaf, ya que Dickie había puesto la casa en venta antes de redactar el testamento. Pensó en lady Cartwright y sonrió. Le mandaría una enorme caja de orquídeas en Creta, si es que en Creta había orquídeas.

Trató de imaginarse la llegada a Creta... la alargada isla, coronada por los cráteres de volcanes apagados, el bullicio del puerto cuando el barco enfilase la bocana, los mozalbetes que hacían de mozo de equipajes y que, ávidamente, tratarían de hacerse con el suyo para pegársela, dinero para todo y para todos. Vio cuatro figuras inmóviles de pie en el muelle imaginario, las figuras de los policías de Creta que le estaban aguardando, pacientemente, con los brazos cruzados. De pronto, se puso rígido y la visión se desvaneció.

«¿Acaso iba a ver policías esperándole en todos los puertos en que desembarcase? ¿En Alejandría? ¿En Estambul? ¿En Bombay? ¿En Río?»

Se dijo que de nada servía pensar en eso, ni echar a perder el viaje preocupándose por unos imaginarios policías. Aunque los hubiese en el muelle, su presencia no significaría por fuerza que...

—*A donda, a donda?* —preguntaba el taxista, tratando de hablar con él en italiano.

—A un hotel, por favor —dijo Tom—. *Il meglio albergo. Il meglio, il meglio!*

Este libro se terminó de
imprimir en el mes
de abril de 2004